THE BOSS IS MISSING

老板不见了

陈佳勇 著

上海文艺出版社

目录

1_ 312房间与专案组 1
2_ 从圆明园茶室到振华控股 8
3_ 聪明人的分手不需要歇斯底里 22
4_ 见识光怪陆离的金融圈 29
5_ 中秋西山夜宴 62
6_ 百家乐赌局 83
7_ 澳门圣诞夜之香艳 100
8_ 念佛免悲哀 108
9_ 华尔街、CLUB和绿水鬼,还有伊朗人的旧书店 ... 128
10_ 杜铁林生日宴百态 149
11_ 车祸后的莫逆之交 167
12_ 干将与莫邪:沈天放和薛翔鹤 174
13_ 女明星和小小的舒芙蕾 209
14_ 三亚年会、潭柘寺或者孤独的国王 225
15_ 大牛市、股灾和熔断 240
16_ 现金为王之绝杀孔老三 272
17_ 葬礼、华光信托和商业帝国的"蛊惑" 288
18_ "总裁助理"林子昂拜见"壳王"六哥 314
19_ 做一个比坏人更坏的好人 333
20_ 这一天终于还是来了 343

后记　一晃十七年

事皆前定,谁弱又谁强。
——苏轼《满庭芳·蜗角虚名》

1_312房间与专案组

"林先生，你看一下笔录，如果没什么问题的话，请每一页都签上你的名字，摁上手印，最后一页请写'以上笔录，与我说的一样，无误。'然后，在这句话后面签名，摁手印。"

"每一页都要摁手印吗？"

"对，每一页都需要。"

在这个北京西四环边上的三星级宾馆，达安宾馆的312房间，林子昂已经足足待了五个小时了。晚上6点过来的，现在房间里的挂钟指针已经指向了11:10。坐在对面的专案组办案人员，总共两位，年长的叫关主任，年纪轻的专门负责记录，叫小张，都来自C市检察院。林子昂刚进来的时候，关主任就把两人的工作证件给林子昂看过了。

林子昂把笔录仔细地看了一遍，A4的打印纸，总共十页。关主任给林子昂的茶杯里添了点热水，随后放下热水壶，拿起桌上的打火机,准备给自己点上一支烟。

"我抽支烟,没问题吧?"关主任向林子昂询问道。

"噢,没问题,您随意。"林子昂客气地回复。

"不好意思,我是个老烟枪,但我们有规定,办案期间不能抽烟。刚才这几个小时,真把我憋坏了。"一支烟点上,关主任猛抽了一口,房间里的空气也终于多了点生气。

"关主任,我看完了,没问题。"林子昂说完,便在笔录的每一页签上自己的姓名,并拿过办案人员小张递过来的红色印泥,一页一页地摁起手印。

"林先生,我问个题外话,你们这行平均工资能有多少啊?我的意思,就是一般的工作人员,大学刚毕业的那种,年薪二十万能有吗?"关主任问道。

"大学毕业第一年的话,二十万,差不多吧,但工作会很辛苦。"

"那不错啊,比我们好多了。不瞒你说,我儿子明年高考,考你们京华大学肯定是考不上的,我也不指望。就希望他考个好专业,将来能够自食其力。"

林子昂微微一笑,以为谈话就此结束。

"我就好奇,像你们老板杜铁林这样的,一年能挣多少呢?一千万有没有啊?"关主任继续问道。

"关主任,老板一年挣多少,我就真的不知道了。就像刚才您问我的,有些事,我是知道的,有些事,我是真的不知道。"

"噢,没事,没事,我就是随便问一下。这个跟办案一点关系都没有,你别有压力。"

2

林子昂将签完字摁过手印的笔录交给对方,小张也仔细核对了一遍,确认无误。

"好的,林先生,那就这样,如果有什么需要补充的话,我们会再联系你的。"关主任说道。

"那我可以走了?"

"对,可以走了,有事我们随时联络。"关主任主动与林子昂握手,将他送出了312房间。

这个三星级的达安宾馆,是一家营业二十多年的老宾馆了。总共四层,只有一部老式电梯,房间和楼道里的暗红地毯,透着一股腐旧味,走廊的灯光更是昏暗。林子昂示意关主任留步,关主任却执意要送,两人便沿着走廊往中间的电梯口走去。

"林先生,你们公司是不是还有一位副总,叫沈天放?"

"是的,沈总也是我们北京公司的负责人。"

"噢,这样啊,他现在就在这间323房间。"关主任指了指323房间的门牌,然后抬起左手看了看手表,"估计至少得到12点了,他的问题比较复杂。"

林子昂与关主任道别,进了电梯。电梯门关上的那一刹那,林子昂感觉身体被抽空了,但仍能依稀听见老式电梯的轿厢,发出吱吱呀呀的声音。整整五个小时的问话,虽然对方态度和蔼,但林子昂的内心始终是惧怕的。

走出达安宾馆的大堂,又往前走了十五六米,拐到一个僻静处,林子昂方才感觉踏实些。他从包里拿出刚才调成静音状态的手机,总共有二十个未接电话,其中十五个都是女朋友晓雯打过来的。

林子昂定了定神,拨通了电话,"晓雯,我出来了。"

"你现在在哪里？我马上开车过来接你。"

那一刹那，电话那头的晓雯都快哭出来了。

"我就在达安宾馆西边的岔路口。"

"好，你等我，五分钟，我马上就到。"

回到家，林子昂在浴室里冲洗了整整半个小时，从头到脚，每一个地方，他都洗得格外干净，格外用力。尽管头发已经洗了两遍了，林子昂还是感觉发丝里有一股老式宾馆的怪味道。洗好澡，林子昂裹了条大浴巾，坐到卧室大床的床沿边，拿起床头柜上的矿泉水，一口气喝掉了大半瓶，方才感觉舒服些。

晓雯见他沉闷，也不敢多问什么，便拿上自己的换洗内衣，去浴室洗漱。刚才回家路上，她关心地多问了几句，一向好脾气的林子昂竟然还发了火，随后紧闭双眼，一言不发。

距离老板杜铁林出事已经两个星期了。在这短短两周时间里，作为杜铁林的贴身助理，林子昂经历了从未有过的人生煎熬。一幕一幕往事，在脑海中翻滚，尤其最近发生的一系列事情，交织罗列。林子昂竭尽全力在脑海中进行复盘，希望找到事情的线索，知道老板究竟是犯了什么罪，出了什么事情？然而，就像在达安宾馆312房间里自己说的那样，有些事，他是知道的，有些事，他是真的一点也不清楚。

林子昂家的卧室直接连着浴室，隔着磨砂玻璃，能模模糊糊地看到里面大致的轮廓。女朋友晓雯正在往身上涂抹沐浴液，混杂着蜜桃香味的水汽从浴室门缝里溜了出来，窜到卧室里。北京10月的天气，到了晚上逐渐就凉了，室内的干燥也渐渐增加了。这些浴室中的香味水汽，便像是进入了一个快乐的无人之地，上蹿下跳，肆意地侵蚀着每一寸空间，试图占满，把那些未曾触及的一切，统统据为己有。

林子昂的脑袋里，此时一片空寂，他下意识里觉得，应该给老板杜铁林的太太李静老师打电话，将刚才五个小时的谈话内容告诉她。他想告诉李静老师，对方是怎么问的，问了些什么，而自己又是怎么答的，怎么应对的。还有，副总沈天放也被叫去问话这件事情，要跟李静老师说吗？关主任说沈副总在323房间，他就真的在那间房间里吗？需不需要再跟沈副总去个电话，求证一下？如此等等，林子昂的脑子里，一团乱麻，又相互纠缠。

林子昂从手机里翻出李静老师的电话号码，想拨过去，但又生怕李静老师的电话被"监控"了，贸贸然地用自己的手机拨过去，怕是会生出不必要的事端。这两周，也是林子昂与李静老师相处时间最长的两周。按理，他作为老板的贴身助理，应该是与老板太太相熟的，但实际并非如此。振华控股创立至今，已经十八年了，公司上下见过老板太太和老板女儿的人，统共也不会超过十个人。

浴室里传来吹风机"呼呼"的声响，女朋友晓雯对自己的一头长发从来就呵护备至。她喜欢用一款日本原装的小众品牌洗发水，再配上专门的护发素，发丝里便会留存一股清香味，同一般洗发水的俗腻味决然不同。林子昂第一次闻到这秀发里的清香味，便觉得这个味道怎么这么好闻，是那种让男人很轻易就沉迷的气息，尤其是刚刚洗完澡，头发刚刚吹风机吹过，还有热度的时候。

平日里，晓雯常常要在浴室里倒腾四五十分钟，才能把澡洗好，林子昂开玩笑说她是贵妃出浴。晓雯说，你要是看不惯，你就去找个邋遢婆，反正我就要弄得"喷喷香"。晓雯比林子昂小四岁，有自己的小性子，但终究小了四岁，加之林子昂是真的少年老成，晓雯便蛮愿意听林子昂话的。

但今天不一样，晓雯只洗了二十分钟，就穿上吊带睡衣，走出浴室。她轻轻地坐到林子昂身旁，头发只吹了半干，身体也因为擦得匆忙，后背一大半还湿着。

"别担心了，早点睡吧。"

"嗯，刚才车上我情绪不大好，对不起，我不该那样的。"

晓雯把头靠在林子昂肩膀上，什么也没说。

林子昂闻到了那股熟悉的发香，因为后背上的水滴，她的睡衣浸透了大半。丝薄的睡衣，紧贴着后背的皮肤，低胸的前端，却镂空了一大片。晓雯娇羞着把脸颊凑过来，顺带捋了一下头发，她与他的身体贴得更近了。

林子昂很自觉地迎了上去，原本还有点麻木的右手，已经触到了那片他最熟悉的领地边缘。

"别不开心了。大不了就辞职，不会有事的。"晓雯坐到林子昂身上，轻声轻语地说道。

"假期也没去成日本，下次再补给你吧。"

"我想住京都鸭川边上的民宿，好不好？"晓雯撒娇着说，"还有，今天晚上我在车里等了你四个多小时，你知道我有多害怕吗？"

"我知道，我不会再让你担惊受怕了。"林子昂将晓雯抱起，翻转了过来，自己的脖子却被晓雯的双手缠绕得更紧了。

虚掩的浴室木门，现在完全敞开着。浴室里的水汽纷纷溢出，混杂了香气，混杂了汗水，更加汹涌地占满了整个房间。

林子昂瘫软在整个泥潭里。他已经整整二十四个小时没有睡过觉了，高度紧张的神经，还有全身紧绷的肌肉，顿时松弛了下来。还有那个快速运转的大脑，以为自己能永不停歇，但终究依托于凡人的肉身，说停下也就停下了。感觉什么事情也没有发生，抑或，感觉所有的事情都已经过去了。

八年时光，一切恍如隔世。若不是这今晚的五个小时，在一问一答里，回闪过去的一幕一幕，怕也记不得这么清晰。你说命运是什么？你想怎么说它，它就是什么样。但若你想刻意掩饰什么，也许就未必能如你所愿了。

但在这一刻，林子昂是真的累了。

2_ 从圆明园茶室到振华控股

林子昂初见杜铁林,是 2009 年的冬天,在圆明园遗址后面的一座私人茶舍。

前几日,林子昂正在宿舍看书,接到班主任老师安可为打来的电话。

"干吗呢?"

"在宿舍看书呢。"林子昂答。

"行,周三下午 3 点,你跟我去见个人,振华控股的老板杜铁林。还有,把你的简历发我邮箱,就这么着。"

还没等林子昂反应,那边已经挂上了电话。

杜铁林的名字,林子昂自然是知道的。2006 年林子昂初入京华大学,在开学典礼上作为杰出校友代表致辞的,正是这位杜铁林。林子昂记得,当年学校领导在介绍时,说杜铁林是国内知名投资公司振华控股的创始人,专做股权投资和私募基金,同时,还是国内两家A股上市公司的大股东和实际控制人。巧的是，杜铁林并非经济学专业毕业，而是正宗的中文系科班出身，在这点上，同在京华大学中文系就读的林子昂，论辈分，还是杜铁林的小师弟呢。当然，杜铁林1968年生人，林子昂1988年生人，两人相差二十岁，硬要攀师兄弟，其实也蛮为难的。

因为这层关系，林子昂特意留意过媒体上关于杜铁林的报道，但除了振华控股公司网站上的简介之外，鲜见杜铁林的其他公开信息。仅有的一两篇采访文章，杜铁林也是混在一堆的企业家里面，较之那些动不动就上电视的顶级企业家，杜铁林要么是低调，要么就是企业规模大概还没到那一步吧。当然，这一切，都是林子昂的猜想而已。

倒是从系里老师那里偶尔听到一些对于杜铁林的议论，说是当年高考，杜铁林以全省文科第三名的成绩考入京华大学中文系。后来本科毕业读硕士，导师便是现在的京华大学中文系主任王儒瑶先生。那年王儒瑶刚刚有资格指导硕士研究生，杜铁林便成了"王门"的开山弟子。出了学校，杜铁林先是在部委机关工作，再之后2000年创办振华控股，正式下海经商。这段经历，知道底细的人并不多。不管怎么着，中文系的毕业生里，能够做生意、挣大钱的毕竟是少数，杜铁林算是中文系毕业生里的"异类"。

但为什么要安排这次见面呢？林子昂一时半会也没想明白这是为什么。既然是班主任老师安排的，那就去见见传说中的大老板吧，也算是人生的一种体验。林子昂在自己的记事本上，用红笔特别标注了一行字，"周三下午3点，圆明园茶舍，杜铁林"。

那天，北京冬日惯常的萧瑟。虽然风不大，气温却极低，零下十五度。

　　临出发前，林子昂犹豫了很久是否要穿正装，思来想去，还是觉得没有必要这么刻意，便穿上一身干净素朴的灰色连帽运动卫衣，裹上羽绒服，依照安可为给的地址信息，自行前往。

　　茶舍并不对外营业，先得到圆明园东侧边门，然后向北两百米有一片荒地，再从一扇边门进来，有一条坑坑洼洼的碎石路。沿路空置了好几处平房宅院，出入都是步行，很少有汽车进出。虽说京华大学与圆明园相邻，林子昂还真是第一次来这片荒地。茶舍就在这荒地的最里面，隔着栅栏依稀就能看到圆明园大水法遗迹，却不见任何招牌，只在窗户上贴着一个"茶"字。

　　林子昂从裤兜里掏出手机，看了一下时间，下午2:50，正好比约定的时间提前了十分钟。在院门外面略作停留，感觉又消耗掉了三四分钟，林子昂才抬步走了进去。

　　"您好，我是安老师的学生，约了3点在这里。"

　　林子昂看到前台有一位姑娘在整理茶具，便开口说道。

　　"好的，这边请，请小心台阶。"

　　姑娘在前面带路，林子昂快速跟上，还来不及观察院内的景致和布局，便三拐两拐，到了里屋一间茶室的门外。姑娘轻敲了几声门框，听到里面应了一声"请进"后，便轻轻推开房门，将林子昂引了进去。待到客人入内，姑娘又添加了一桶净水，再轻轻地把门带上，退了出去。

　　进了屋内，一阵暖意袭来。林子昂还没来得及跟人打招呼，眼镜片上就已经起了一阵雾气，全然看不清楚。他赶紧摘下眼镜，想拿衣服擦拭，正慌乱中，班主任安可为对他说笑道："没事，没事，先歇一下,把外套脱了放衣架上吧。"

林子昂应允着,走到衣架那里,脱下外套挂好。衣架上,一件灰色毛呢大衣,是老师安可为的,还有一件黑色大衣,看材质应是高级羊绒,挺括得很。林子昂把自己的羽绒服挂在了略低于这两件大衣的位置上,此时眼镜片上也没了雾气,他定了定神,转身来到茶台旁。

林子昂坐在了老师安可为的侧身处,落座抬头,算是第一次和杜铁林正式地打了照面。

"子昂,我给你介绍一下,这位就是杜总,也是我们的大师兄。"安可为说。

"你好,子昂,我是杜铁林。"

杜铁林微笑着伸出手来,很绅士,也很职业的那种笑容。

林子昂起身,和杜铁林握了手,"杜总,您好,我叫林子昂。"

"能喝茶吧?"杜铁林问林子昂。

"可以的,我能喝茶。"林子昂答道。

"我以为现在的年轻人都喜欢喝星巴克,不喜欢喝茶了呢。"杜铁林说笑着。

林子昂在座位上坐定,杜铁林的一句玩笑话,反倒让他觉得不紧张了。只见端坐在茶台对面的杜铁林,替林子昂挑选了一个开片汝窑杯,先拿开水烫了一下,再用竹夹将茶杯夹到林子昂面前,倒上了茶。

"普洱生茶,喝得惯吗?"杜铁林接着问。

"嗯,喝得惯,而且这茶汤颜色真亮。"

"听上去,你也懂茶啊。"杜铁林说。

"也没有，就是平时在家，我爸没事常喝茶，我也就跟着喝一些。"

林子昂将杯中的热茶一饮而尽，一股顺滑，像一道弧线，进入身体，整个身子也暖和起来。这个时候，他才正儿八经地打量起眼前的这位大老板。

杜铁林，五官端正的国字脸，刚过四十岁，着一件修身的高领羊绒衫，很儒雅，也很干练。都说生意场上无好人，小商小奸，大商大奸，林子昂看着眼前的这位，却怎么看也不像是坏人。当然，林子昂在此之前也从来没接触过什么商人企业家，他的父亲是省城人民医院的外科主任，母亲是中学的语文老师，都属于专业技术人员。家里的亲戚也好，父母的朋友也罢，即便有做生意开公司的，规模也远没到杜铁林这个级别。所以，对于成功的大老板应该长什么样，林子昂其实是没有概念的。

"大师兄，子昂可是我这一届班上最好的学生。"一旁的安可为插话道。

"简历我看过了，确实很优秀。你安可为做班主任四年，肯定是希望大家都能有个好归宿。"杜铁林接着安可为的话说道。

林子昂在一旁听着，也不好插嘴，但感觉安可为和杜铁林说话，语气轻重全是朋友相处的感觉，但又不失了尊重。

"我听安老师说，你还做过校学生会的副主席，干吗不去竞选正主席呢？"

杜铁林见林子昂面前的茶杯空了，便给他倒上茶，并随口问道。

"能做个副主席就挺好了，也算经历过了。想做京华大学校学生会主席的人，一定得有远大的政治理想才行，我没那个抱负，而且那也不是我想要的。"林子昂答道。

林子昂不清楚这次见面是否也算面试，来之前，安可为简单跟他交代过，大意是说杜铁林一直想招一位助理，并且要求是男生，嘱他多留意。所以，机缘巧合，才有了这次会面。

"那你想要什么呢？"杜铁林问。

林子昂应声："力所能及的，可控的。"

"哈哈，到底是中文系的学生啊，理想主义。"

杜铁林说完，拿起公道杯往林子昂面前的茶杯里又加了点热茶，再给安可为倒上，最后公道杯回到自己面前，给自己的空杯倒上。

"来，先喝茶。"杜铁林说道。

林子昂发现，杜铁林特别享受自己烧水、沏茶、倒茶的整个过程，完全不需要别人帮忙，手法也很是娴熟。喝到第三泡茶的时候，杜铁林取出的是凤凰单枞的蜜兰香，并且说，这茶得用盖碗泡。杜铁林便将茶叶置入盖碗，投茶到三分之二位置，然后就着内胆边缘，将九十五摄氏度的热水注入，随即盖上碗盖，又露了一手空中倒把，蜜兰香的香气便瞬间沁出。这也是林子昂第一次喝凤凰单枞。

那天下午，整个茶舍也就他们三位客人，本来就隐秘的茶舍，加上只有这一桌客人，便显得像是在"密谋"什么大事。但其实，绝大部分时间，都是安可为和杜铁林两人在胡侃闲聊，林子昂就坐在安可为的侧身处，边喝茶，边听讲。偶尔讲到几处略微"敏感"的事情，安可为和杜铁林也都不避讳，全然把林子昂当成自己人看待。

"你那个副教授，评下来了没有啊？"杜铁林问安可为。

"评审委员会那里一开始还有不同意见，说我还年轻。"安可为有点不开心,"他们想让我把这个名额让给其他几位资深讲师,我就不明白了,我著作论文都够格,为什么就不可以呢?"

"王先生那边,怎么表态?"杜铁林问。

"先生那边,他没法表态啊,我是一路硕士博士跟着王先生这么读上来的,脑门上就贴着'王儒瑶'三个字。在这关键节点上,先生怎么个表态法啊?"安可为喝了一口茶,大概是凤凰单枞的香气滋润了心脾,顿时又开心了。

"但大师兄,咱老师到底是老江湖啊,你猜后面怎么着?"

"还能怎么着,肯定是护犊子呗。"

"怎么叫护犊子呢?我是真的够资格。大师兄,你这话太难听了。"

"你就告诉我,最后怎么个翻转?"杜铁林打哈哈道。

"最后总结时刻,先生不急不躁,和和气气地只说了一句话。"安可为兴奋地说道,"先生说,我不赞成年轻人进步太快,但我也不反对年轻人正常进步。他老人家这么一说,其余人谁还敢废话,事情也就成了。"

寥寥几句,一旁的林子昂听得真切,原来象牙塔里也有江湖,心中便生出几分敬畏。

闲聊的中间,杜铁林问林子昂大学生活过得是否愉快?

林子昂说,刚进大学的时候心里紧张,看身边的人个个都是天之骄子。现在临近毕业,才发现"天之骄子"也早就分好了三六九等。

杜铁林便说,人对自己个体的认知,永远是个难题。有的人,年纪轻轻就知道自己要什么,有的人,到老了都没搞明白。凡事,都得年轻的时候，就定好锚点。"

林子昂听着，觉得这位老板还挺像个读书人。

不知不觉中，时间就到了下午5点多。安可为提醒杜铁林，时间差不多了，两人晚上还约了到王儒瑶先生家里吃晚饭。虽说老先生家就在不远处的蓝旗营，但生怕北京的恶劣交通影响，还是早点去为好。

三人喝了最后一杯茶，各自着了外套，在前台姑娘的恭送下出了院门，径直往东边的园门走去。下午5点多的北京冬日，天色已渐黑，加之又在这圆明园附近，更觉阴气沉重，令人害怕。

"我说大师兄，咱以后还是少来这个地方喝茶，阴气太重。你到北京来，咱们就昆仑啊、中国大饭店啊，喝喝咖啡不是挺好的嘛。干吗每次都要来这个破地方？"

安可为边说边裹紧了身上的大衣，加快脚步，想快点走到园门外。

杜铁林着了那件修身的黑色羊绒大衣，腰板挺得笔直，前脚刚落地，后脚就紧跟着抬起，说话的声音也异常洪亮。

"可为，以其野蛮精悍之血，注入我华夏颓废之躯，这话谁说的？"

"知道，知道，陈寅恪、陈寅恪！你每次来这地方，就喜欢叨叨这两句话，真是烦死了。一会儿吃饭，就别再叨叨了，我求你了啊。"

安可为继续呼着冷气，紧赶着往前走。落在后面的林子昂，听着这不着调的对话，觉得好奇怪，眼看着两位走到了最前面，也赶紧加快了步伐。

三人步行至园门处，一辆黑色的奥迪A8已经停在了外面。杜铁林的司机站在车旁，见老板出来了，便立刻开了右后座的车门。杜铁林让安可为先上车，临上车前，杜铁林转身走到林子昂身旁。

"你有没有兴趣到我公司实习？如果愿意，记得给我打电话。"

杜铁林说完，拿出名片夹，抽出一张名片递给林子昂。

林子昂接过名片后，杜铁林便上了车。

突然车窗摇下，杜铁林探出头来，叮嘱了林子昂一句，"自己路上小心。"

黑色奥迪A8的红色尾灯闪烁起来，消失在了北京车水马龙的夜色里。

寒假过后，林子昂便来到了金融街附近的振华控股北京分公司实习。

这北京的金融街，因为有了"一行三会"在此处聚集办公，便又集聚了国际国内大大小小的各类金融公司，加之各省市来办事的人一多，人来人往，高档饭店、五星级宾馆也就随之应运而生。西二环这地方，林子昂也就去梅兰芳大剧院看过戏，对于京城的其他各种时尚游玩之地，林子昂少有涉猎。京华大学的文科生嘛，平时的活动半径主要还是在中关村，再远也就是到紫竹桥那边的国家图书馆查阅资料。具体到林子昂这个人，某种程度上，甚至还有点无趣，他讨厌那种漫无目的的闲逛，凡事尽量照着规划来，失了规划和节奏，对林子昂而言，才是最可怕的。

北京分公司平时坐班的人并不多，拎着行李箱频繁出差的人倒不少。主要的几个负责人，要么待在自己的小隔间打电话，要么就是集中在会议室开电话会议。林子昂列席了几次会议，都是北京分公司的各个项目负责人参加的每周例会，大体就两部分内容：一，沟通最新的备选投资项目情况；二，沟通投后项目的进展。讨论完毕，再将北京分公司的整体项目信息统一汇总后，报给杜铁林。来振华控股实习后，林子昂才知道，振华控股的总部其实在上海，这或许也跟杜铁林安家上海有关系。

听安可为讲，杜铁林的太太李静是上海安华大学的大学老师，两人是高中同学，上大学时，一个在北京，一个在上海。原本杜铁林硕士毕业，想去上海工作，但最终选择留在北京去了部委机关，一待好几年。1998年的时候，三十岁的杜铁林已经做到了实权部门的副处级，仕途一片光明，两人也终于结束爱情长跑结了婚，但依旧分居两地。等到杜铁林下定决心辞职下海，已经是2000年的时候了。2000年，杜铁林和李静的女儿出生，取名杜明子，振华控股也于2000年在上海创立。杜铁林人生中的几件大事，统统集中在了这世纪之交的千禧年。随着公司起步，谁也没料到后面的发展速度会越来越快。外面有传言，振华控股起步之初，李静家里的背景关系对杜铁林颇有助力，但究竟是怎样的背景，却没人知晓。

以上这些，都是林子昂从安可为那里听到的"传闻"。多年之后，林子昂终于见到了传说中的李静老师，在林子昂看来，这位李老师待人和善，平易近人，完全没有"老板娘"的做派。一个相对独立的知识女性，对丈夫杜铁林的生意似乎也不是很感兴趣。这便是林子昂对李静最初的认识。

林子昂初到公司实习，做的是会议纪要的工作，其实每次例会都有公司行政做记录，完全没必要再让林子昂重复多做一份。但刚来报道时，林子昂询问自己的实习工作内容，接待他的北京分公司行政负责人 AMY 答复，老板关照了，给林子昂的实习任务，就是做会议纪要。

于是，林子昂实习的第一周和第二周，各种新名词在脑海中翻腾，所有的谈话，听下来都像是天书。一个习惯了用 word 软件写文章的人，一个在"文史哲世界"里游刃有余的人，突然一脚踏入无名之地。在这两周里，无数的 PPT，无数的数据模型，无数的量化分析，扑面而来。说句真心话，林子昂的专业方向是中国现代文学，"鲁郭茅巴老曹"那是家常便饭，中间段的郁达夫、沈从文也很 OK，即使更为小众的废名、穆时英、成仿吾，林子昂也是了如指掌。但是，此时此刻，面对"市盈率"和"净资产收益率 ROE"，林子昂彻底懵逼了。

下班后，林子昂便尝试着去看各种财经访谈，翻阅关于股权投资和私募基金的各种资料，想着尽快学一些皮毛，生怕被看轻了。公司里也有好几位与林子昂差不多年龄的实习生，大多是工商管理和金融专业出身，但因为各自划分在不同的小组，针对不同的项目负责人进行汇报，交谈的内容便十分有限。

某天深夜，林子昂在网上搜索资料，无意中找到一部奥利弗·斯通的电影《华尔街》，虽说这电影有点旧了，但大差不差讲的是金融圈的故事。林子昂便如获至宝，以"看电影学金融"的执念，把这部老电影连看了两遍，再根据这部电影按图索骥，从学校图书馆找来一堆关于高盛、雷曼兄弟的书来读。加之 2008 年的美国次贷危机实在太有名，耳濡目染，他也想尽快了解这些"专有名词"到底是什么意思。但是，这个实习，真的值得吗？

在学校里，林子昂算是活跃分子，各个院系的学生会主席也都认识，他便有意无意地问了几位经济学院的好朋友，对振华控股怎么评价。没想到这几位朋友，压根就瞧不上这些本土投资企业，说振华控股就是土鳖型投资公司，要去还是得去大摩、瑞银这样的正规国际大公司。更有一位朋友和林子昂打趣道，振华控股的老板不就是你们中文系毕业的嘛，别看现在是有些规模了，但终归不是专业出身，谁知道以后会怎样呢。

林子昂听了之后，总觉得朋友们的话没说在点子上。

北京分公司最忙碌的时候，就是杜铁林来北京的时候。杜铁林平均两周就要来一次，每次待上两三天。他一般就住金融街的威斯汀，后来觉得进进出出的熟人太多，索性就让公司在建国门那边的国际俱乐部租了公寓，私密性好了很多，也算是他在北京的半个家了。偶尔上午没事，杜铁林就会去会所游泳四十分钟，然后出了住所，扎到日坛公园逛一圈，或者索性在北边的胡同里闲逛遛弯。杜铁林很少上电视宣传自己，走在大街上也没多少人认识他，倒也自由自在。偶尔去拍卖行看预展，因为杜铁林是常客，遇见熟人和他打招呼的几率，比在大街上真是翻了好几倍。再后来，杜铁林嫌麻烦，之后在拍场举牌的事情一律由林子昂代劳。而老板杜铁林则在电话那头指挥，或者事先掌过眼、看过实物之后，告诉林子昂一个心理价位，但凡超过心理价位，哪怕就多叫了一口，也不要。当然，这些也照例是后话了。

林子昂在振华控股实习快两个月了，学校里还有一篇毕业论文要做，但基本占用不了他太多的时间。期间，班主任安可为问他实习感觉如何，是否和杜铁林有更多更深入的接触。林子昂均如实作答，杜总来北京的时候总是很忙碌，除了开会时能打个照面，也没有其他更多的交谈了。事实上，自打上次圆明园茶舍喝茶之后，安可为也许久没和杜铁林见面了。中间通过一次电话，谈了些其他的事情，临了安可为问杜铁林对他的这个学生林子昂怎么评价，杜铁林就说了三个字"还不错"。

在林子昂这里，现在已是 4 月，身边的朋友们，要么基本确定了毕业之后的职业方向，要么就是定了留校继续读研，或者出国留学，各自的路径很清晰。而班上的同学，一大半都是继续读硕士，直接本科毕业就出去工作的，总数很少。林子昂显然是个另类，就想着直接工作。原本他已经定了一家报社，还有某家门户网站也给他发了 offer，但中间斜插出来振华控股这桩事，也确实让他有些小为难。

与杜铁林的见面是班主任安可为牵的线，这里面更多的是安可为对林子昂的偏爱，在林子昂看来，老师的面子一定得给足。而能与杜铁林直接见面，林子昂显然是兴奋的，尤其是真的见了面之后，天然的有了亲近感。作为一个心智早熟的小伙子，林子昂渴望强刺激，骨子里有好胜心，但在自己的原生家庭里，从小到大顺风顺水，便打内心里希望经历风雨。振华控股和它背后的整个金融行业，就像是一片丛林，陌生、刺激、危险，具有挑战性，与此同时，诱惑、陷阱、交易、暗流涌动，这些都对他有着巨大的吸引力。

但实习的这两个月，林子昂却不知道自己是否真的能胜任这份工作？毕竟这是家投资公司，与自己所学的专业实在差距太大。以他这两个月的浅薄见识，振华控股里面的员工可真的是在正儿八经地做着市场分析和各种投研尽调。这些工作中的干货，即便林子昂足够聪明，没有一年半载的实际操作，怕也难以摸到门道。

　　林子昂父母那里，也多次询问，问林子昂毕业后究竟怎么考虑？如果需要出国读书，父母全力支持，钱的事情从来就不需要林子昂多担心。若要工作，父母则希望林子昂尽量留在北京，工作稳定了，再在北京买套房，首付的钱家里出，剩余的房贷林子昂自己还，这钱也是早就准备好了的。林子昂感恩父母的宽容，但这种按部就班的生活路径，始终不是林子昂想要的。

　　杜铁林的出现，似乎燃起了林子昂内心的欲望之火。或许这个人就是他的人生榜样，或者这只是一次预料之外的偶遇，在没有确定之前，什么都是未知数。与这样的一个未知数相比，林子昂面前还有一件棘手的事情，倒实实在在的要"确定"下来了。

　　这件已经不是"未知数"的事情，就是林子昂的女朋友修依然提出要和他分手，而且已经说了好几个月了。

3_ 聪明人的分手不需要歇斯底里

大学谈恋爱，本是司空见惯的事情，更何况从中学开始，就有很多女生向林子昂表达爱慕，但他总觉得不对劲，没感觉。进了京华大学，林子昂直觉里，觉得应该谈一次正式的恋爱了。每年，京华大学文理科加在一起全国招生三千多人，男女比例大体平衡。在林子昂的逻辑里，京华大学把这些全国最优秀的学生招进来之后，等于已经帮他做了一次筛选。但凡能进京华大学的，都是聪明人，脑子不会笨。林子昂所要做的，就是在一群聪明女生里，找一个最漂亮的，这样的选择显然容易多了。

话说林子昂第一次见修依然，是在大学英语的公共课上。中文系的他分班分在了最高级别的 A 班。大学英语公共课，是林子昂第一次有机会接触到外系的同级校友，因为不是本专业的，反而有种陌生的新鲜感。这 A 班的公共英语课总共也就两个学期，一年以后，倘若不是熟稔的关系，也许就不再来往了，不像自己本专业的同学，满满四年，抬头不见低头见。林子昂琢磨着，找个外系的女朋友，似乎也挺好。

回想起来，林子昂第一次见到这位戴着黑框眼镜留着齐肩长发的外系女生，至少从外表上，让他很心动。第一堂课，班上同学自我介绍，他知道了她的名字叫修依然，哈尔滨人，国际关系学院。这三个基本信息，林子昂默念在心。轮到林子昂自我介绍时，他甚至有点走神，慌慌张张中，报了自己的名字林子昂，来自中文系，杭州人。这大学第一堂英语课，上得是心神不定，荒腔走板。后来，修依然跟林子昂说，那天你真的很好笑。

开学两周以后，林子昂渐渐适应了京华大学的教学节奏，但他内心最期许的课程还是大学英语课，坐在那位"国关女孩"身后，俨然成了他的一个习惯。唯一遗憾的是，林子昂始终还没想好怎么去跟"国关女孩"拉近关系，时间却已经过去了一个多月。

某日，林子昂被叫去参加学校团委组织召开的新生座谈会，一进会议室就看到会议桌上竟然还有自己的席卡，"林子昂"三字赫然在列。也许是缘分，林子昂的席卡边上，另外一张席卡上，写着一个林子昂已经默念了千遍的名字——修依然。

"你好！"修依然这时刚好进来，坐在了自己的座位上，并转过头来，主动和林子昂打招呼。

"嗯，你好！"林子昂有点惊慌，大脑冷冻了一分钟后，厚着脸皮说道，"我们是一个英语班的，不知道……你……有没有印象？"

"我知道，你每次上课都坐我后面。"

"哦，对，我是坐在后面。但是，那个什么，我……"

"不用解释啦，我知道你的名字，还有，你们班的王子萱，是我高中同学,我闺蜜。明白了吧?"

"噢,王子萱啊,你高中同学?噢,不好意思……其实,我跟她,也不是很熟。"

"你这个人说话还挺搞笑的。王子萱跟我说过,你是你们班上的大才子,怎么说话吞吞吐吐的,结巴啊?"

"结巴?我哪里结巴了?"

林子昂试图辩解,此时团委老师已经宣布会议开始,不便继续闲聊了。林子昂内心觉得,这样的开局,好像还不坏,至少是修依然主动和他打招呼的。

那天会议后,林子昂主动和修依然一起离开会场,一路闲扯,把她送到了女生宿舍门口。这一路,走快点十分钟,走慢点,最多也就十五分钟,他们总共走了二十分钟。林子昂和修依然互留了手机号,便就此道别。倒是第二天上自己班级的专业课,林子昂主动坐到王子萱的后面,东搭一句,西扯一句,时不时地问问修依然的事情。惹得王子萱看他好奇怪,"林子昂,你干吗?想追我闺蜜啊?我就说吧,你们这种南方人就是闷骚。你的底细,我都跟依然说过了。哈哈哈。"

总之,不管真闷骚,还是假闷骚,这一来二去的,林子昂和修依然真的成了校园情侣。一起去食堂吃饭,一起去看电影,拥有了许多人生的第一次。但就像绝大多数的大学爱情故事那样,开花容易,结果难。临近毕业,修依然告诉林子昂,你要给我一个交代。

"我已经跟你说过很多遍了,我已经拿到 LSE 的 offer 了,这是我一进大学就定好的目标。你又不肯申请国外的学校,我们以后隔得那么远,感情肯定会出问题的。"修依然一边说,一边难过起来。

这种情绪已经折磨了她小半年,过去的撒娇、赌气,慢慢变成了埋怨。有一段时间,她情愿这 LSE 的录取通知书不要来,这样和林子昂之间就不会有冲突,也许留在国内,好好地做一对小情侣也挺好。然而,该来的总会来,而且还是分量很重的 LSE。这不是鸡肋,该怎么选择,对于修依然这样的女生而言,太清楚不过了。她不是傻妞,她是修依然,她是林子昂所能接触到的所有聪明女生里最漂亮的那一个。

林子昂摆弄着手里的空矿泉水瓶,每次到星巴克来,他都点会一瓶斐济水。一个到星巴克和女朋友一起喝咖啡,自己却喝矿泉水的人,是不是有点怪?反正,修依然看他,已经见怪不怪了。

在修依然看来,两个人在一起做男女朋友三年了,因为彼此都能聪明地感受到对方的真实用意,所以,感情上就没有任何隔阂。每一次问候,每一个私密小动作,总是能在自己最需要、最期待的时候,对方就正正好好地贴合了过来,这便是默契。在谈恋爱的最初阶段,他和她,都以为遇到了真爱,每一个小细节都很合拍,感觉是天作地和。其实,他和她,还是太年轻,他们还不知道,那种感觉,主要还是因为他们接触到的男女之情,数量还远远不够。

但是,眼前的这位小伙子,眼前的这位女孩子,旁人一看他们的眼睛,就知道,他们是真的聪明。两个这么聪明的人放在一起,其中一方就得发自内心地做一些迁就,要不然,所有的契合都会显得太完美了。但凡太完美的东西,时间长了,就一定会露出它虚假的一面。很不幸的是，林子昂骨子里，并不想做迁就。

就像到星巴克喝咖啡，林子昂总是能记住修依然的偏好，时不时地根据新推的应季产品做调整，开心的时候，两个人一起喝一大杯，你一口，我一口。但林子昂自己，那瓶斐济矿泉水，每次是必点的。星巴克的那个透明冷藏玻璃柜里，仅有的那几瓶小瓶矿泉水，它们的命运就是等待林子昂这样的客人出现。那种性格里特别倔强，又习惯特立独行的人，他们一定会出现。

林子昂已经足足沉默了十分钟，对面的修依然，强行克制着自己的情绪。聪明人和聪明人谈分手，是不需要歇斯底里的。但对于两个都只谈了第一次恋爱的年轻人而言，分手也是第一次，就跟第一次牵手时的感觉一样，陌生而无措。

"你觉得，我一个中文系的人，去申请东亚研究，有什么意思呢？"林子昂终于开口说话。

"这跟专业是否对口根本就没有关系，我知道你压根也不会留在本校读研究生。你骨子里就是看不上那些读硕士博士的，觉得里面一半是混文凭，不是真做学问。但是，林子昂你仔细看看，全世界的大学里，都是这样的。"

"你做一个事情，总归得有个理想在，不能太功利的。"林子昂说。

"林子昂，我告诉你，做学问并不是什么特别崇高的事情，即便有，那也是塔尖上的一小部分。对于大部分人而言，读博士，拿学位，做学问，本质上就是一份工作而已，也是谋生。读书，写书，做老师，都是谋生。"

"那样不纯粹。"林子昂辩解着，"就跟这矿泉水一样，至少它很纯粹，就是一瓶干干净净的水。"

"你觉得男女朋友之间，有必要这么说话吗？"

修依然的火气瞬时大了起来，大声对林子昂吼道。

"所以啊，我觉得，我们不要这样说话啊。这都什么年代了，通讯那么方便，交通又那么发达。你在伦敦读书，很快就硕士读完了，我来看你也很方便。为什么一定要分手呢？"

"我想要一个确定的东西，如果你给不了我确定的东西，我就自己给自己一个确定的东西。我去伦敦读书，这就是我给自己的交代。"

两人同时陷入了沉默。修依然屏住情绪，不想哭，但眼泪还是不争气地掉了下来。

"我想让你陪我一起到英国读书，就一年的时间。我有错吗？我压根就没想过要去美国读博士，因为那得五六年时间。我知道我喜欢你，但我也有梦想啊，就一年，你都不愿意。"

修依然想把自己的心里话全部倾吐干净，在这个时候，她也不想照顾对方的情绪了，索性就全部任性地说了出来。林子昂坐在对面，脸色灰白，一声不吭地听着。

"咱俩个性都太强了。我是里面外面一样强，你是表面和和气气，里面比谁都硬。在你心里，最重要的还是你自己。林子昂，我只想跟你说一句话，很多时候，你的纯粹，你的理性，其实就是你的自私。"

修依然说完这话，便起身，头也不回地走出了咖啡店。

就像你看过的所有烂俗的青春言情剧一样，女主角头也不回地冲了出去，只是外面没有下雨，没有煽情的背景音乐，男主角也没有立刻起身,冲出门外去挽留。就像之前说过的那样,两个聪明人分手,是不需要那么歇斯底里的,尽管他们都还很年轻,尽管他们其实是可以稍微歇斯底里一下的。

4_ 见识光怪陆离的金融圈

大学毕业典礼再过两个月就要举行了，散伙饭也已经吃了好几顿。修依然那边，林子昂始终没有主动去联络。在振华控股的实习，进行得有条不紊，上上下下都对林子昂很满意，这上上下下自然也包括杜铁林本人。只是，林子昂想不通，为什么公司HR要求他尽快入职，最好一处理完学校的事情，第二天就来上班。他实在不明白，仅仅是做些会议记录，并且顺手处理一些文案上的事情，这份工作真的有价值吗？对于是否要去振华控股上班，林子昂还是有些犹豫。打消这些疑虑的，却是一次计划之外的见面。

那天，班主任安可为一个电话打到林子昂的手机上。

"你在哪呢？"安可为问。

"在宿舍，整理东西。"

"好，晚上6点到亭达宾馆二楼的畅春包间，王儒瑶先生说要请你吃个饭。"

"王先生？王先生为什么要请我吃饭啊？"

"我也不清楚，说是要毕业了，有几句话要跟你交代一下。你准时来就是了。"

挂了安可为的电话，林子昂有些生气，怎么安可为每次都这样直接通知，一点商量沟通的余地都没有。但人家是班主任，又是好心，还能怎样呢？倒是此刻，脑子开始思索另外一个事情，这四年里自己与系主任王儒瑶先生究竟有哪些过往交集？其实也没什么特别深刻的事情。一个普通本科生，和一个堂堂的中文系主任，能有什么深入交往呢？如果一定说有什么联系，那最多是同乡情谊。王儒瑶是浙江绍兴人，林子昂是浙江杭州人，但年龄辈分差这么多，怎么可以随便攀这个浙江同乡呢？

在林子昂心目中，王儒瑶先生是京华大学响当当的大牌学者，老先生说句话，校长都会给他几分面子，甚至分管文科的副校长，遇到大事先得跟老先生沟通一番。好在王儒瑶从不来事，也不搞"学阀"做派，平时上课就是上课，开会就是开会，该给的面子都会给，但彼此的界限也分得很清楚。当然，在大是大非的事情上，譬如维护中文系师生利益这种事，王儒瑶分寸把握得最精准。对内部各个专业、各个"小山头"的处置，王儒瑶也是最近这几任系主任里颇有办法的一位。

林子昂刚入学那年，王儒瑶就已经做了一届系主任，一晃四年，目测老先生还得继续干下去。论行政级别，这京华大学是个副部级的单位，中文系还不是学院，一定要论级别，怕还不如人家外语学院、经济学院来得大。但中文系里面的老师厉害啊，常常顶着政协常委、文联作协主席这样的头衔。在这大学里，不能全拿社会上的一套来定规矩，但又不能不把外面的事全然不当回事。所以，做这京华大学的校长，是难事，做这京华大学中文系主任，也不是易事。好在京华大学中文系有个优良传统，只要是自己根系里出来的老师教授，不管是文学专业、语言专业，还是古文献专业，这个系主任的位子是可以大家伙轮流着做的，算是规避了"文人相轻"又能"和谐统一"的最佳方案。

晚上6点，林子昂准时到了吃饭的地方。略坐了五六分钟，服务员推门引人进来，王儒瑶走在前面，安可为紧跟在后面。林子昂快速起身，老先生抬手道，"坐吧，坐吧，别起来了。"

三人吃饭，座席排位最好定。王儒瑶落了中间的主座，林子昂坐在王先生的左手位，安可为则坐在王先生的右手位。这些座次讲究，也没人教过林子昂，反正过去在家的时候，跟着父亲参加过一些聚会，略微知道一些。虽然江浙一带也讲究宴席座次，但终究比不过北方讲究。说实话，在北方吃饭，遇到十人左右的大桌，林子昂也不知道该怎么就座，反正他岁数最小资历最浅，坐在离门口最近的末位，总归是没有错的。实际上吧，这个离门口最近的末位，最适合看饭局上的各种细节。林子昂在之后的工作饭局中，倒是越来越真切地体会到了这一点。

"可为，你来点菜吧。子昂，你有什么特别想吃的吗？"王儒瑶问林子昂。

林子昂赶紧示意，一切都以安老师的意见为准，他没忌口。

可不么，学校毕竟不是CBD，附近就这么几家大一点的餐馆。原本这几家餐馆还有几个像样的菜，但现在大学里长年累月的会议，加上周末的各种EMBA班，吃饭摆谱的人一多，有限的资源就被炒高了价格。菜价往上，菜品往下，江浙广东一带来的人，见这北京的宴席，都是摇头的。林子昂只是不知道，他虽然跟着父母见过一些市面，分得清餐馆的高低档次，但他这四年的活动范围也只是学校附近，并未真正领略过这北京城内的各种奥妙。等到哪天，他知道北京吃顿鱼头泡饼，还能吃掉大几千块钱的时候，才会真正明白北京究竟怎样的一个皇城根下。

再回过头来说中文系里的师生聚餐。因为学校周边这几年也陆陆续续多了一些互联网高科技企业，不时四环路南边会冒出几家高档餐馆，常有其他"有钱"院系的师生前往。但这些好像都和中文系没啥大关系，因为学中文的，怎么看也不像是大富大贵的命。因而，中文系的师生，要么校内食堂二楼点几个小菜，要么就喜欢到这亭达宾馆，已成惯例。

安可为翻了翻菜单，点了一个黑椒牛仔骨，一个鱼香肉丝，一个毛血旺，一个炒芥菜，再加了一个西红柿牛腩汤。客观上讲，安可为点菜，一如既往地保持了他从本科到硕士再到博士，这么多年始终一贯的"校园下饭菜"癖好。中国的大学饭馆，这几个菜，也确实是常规菜。但不知道为什么，王儒瑶也挺习惯这些，或许，他这样的大学者，对一般的物质生活已经没有什么大兴趣了吧。

对于名流学者的生活状态，林子昂一直都很感兴趣，刚进大学那会，他曾经以为著名教授都是不食人间烟火的。这也就是为什么，大一第一学期，有一天中午他看见王儒瑶一个人在食堂吃刀削面的时候，他惊呆了。林子昂不敢相信，原来老先生和我们普通人一样，他也是吃刀削面的呢。

"我先以茶代酒，祝贺子昂大学毕业了。" 王儒瑶举起茶杯，向林子昂示意。

林子昂赶忙起身，举起茶杯回敬，饭就这么开吃起来。

王儒瑶在自己学生面前向来说话直接，饭局伊始，便直接跟林子昂攀谈起来。

"我原本跟安可为讲过，你是可以做学问的，我也一直希望你能留下来。但是，每一代年轻人，总有每一代年轻人的想法。谁没有年轻过啊，对吧？"王儒瑶说道，"再说了，现在都什么年代了，你们这拨孩子，但凡能考上京华大学而且又是大城市里出来的，已经不能放在一个固定的模子里规划未来了。"

"王老师，我就是想早点出去闯闯，我怕自己耐不住做学问的寂寞。"林子昂答道。

"板凳要坐十年冷，这话说得没错。但是做学问，光有耐心毅力，没有悟性，那也是没用的，那是死学问。说白了，也就是在小圈圈里转悠，没啥大出息。"

王儒瑶顺势用手指在空中比划着。在自己熟悉的学生面前，王儒瑶偶尔也会点评一下周边的人事，但照例只说大概，从不说具体的人。

这顿饭吃得很快，感觉不是来说事情，而是真的来吃饭的。真吃饭和假吃饭，其实很好分辨，场面上的假吃饭，一般是酒喝得多，菜吃得少，谈事的时间长。这顿饭，王儒瑶、安可为、林子昂三人，嘴巴都没停过，但却是吃饭为主，说话为辅。林子昂一边吃一边想，怎么就干吃饭啊？刚才那几句聊完之后，已经过去二十分钟了，连一句尬聊都没有啊。一想到这，林子昂的心里就有些慌。

毕竟，论辈分，这三人是师徒三代。论关系，林子昂对安可为是熟悉，安可为对王儒瑶是敬重。至于王儒瑶对林子昂，兴许是喜欢，但林子昂对王儒瑶，则百分百是看如来佛祖，看祖师爷的态度。林子昂始终不明白王儒瑶为什么要请他吃这顿饭，比对一般的普通本科生，这待遇已经明显超标了。

"可为，你那些学生安排得怎么样了？除了保研的，考研的，出去工作的那些，你得特别关心啊。"

王儒瑶放下筷子，感觉有东西塞牙了，取了一根牙签，顺便停下来问安可为。

"还行，去报社，去机关的，都有。肯定比上一届好。"安可为说。

"我之前就跟你说了，多用点心，多帮帮学生。你是第一次当班主任，现在大四毕业，学生有出息了，你这个班主任脸上才有光呀。"

"我肯定百分百尽力，但现在文科生找工作确实难，学校里又有硬性规定，要看那个三方就业协议的签约率。"

"当然要看啊，你以为你这次评副教授，纯粹是你学问好啊？委员会里的那几位老先生，最后为什么投你赞成票？还不是觉得你这次毕业工作安排得好，对毕业生关心啊。"王儒瑶点拨道。

"还有这个原因啊？那我干脆开个职业介绍所算了。"安可为偶尔也会在王儒瑶面前开开玩笑，逗老先生开心。

"子昂，听说你要去杜铁林那里上班？"王儒瑶转过头来问林子昂，话也点到了此处。

"是的，振华控股那边希望我学校事情一结束就过去上班，但我自己还没有完全想好。"

"安可为，是你介绍的吧？你觉得这份工作适合子昂吗？"王儒瑶又转头问安可为。

安可为见王儒瑶说话的语气突然变严肃了，紧忙答话："去年年底，杜师兄说想从应届生里招一位合适的助理，要求还挺多，我权衡了一下，才把子昂介绍给他的。"

王儒瑶举起筷子，夹了一根芥菜放进嘴里，咀嚼了好一阵，也不说话。一旁的安可为，更不敢轻易地嬉皮笑脸。大概过了一两分钟，王儒瑶放下筷子，又拿起茶杯，喝了一口茶，说道："我觉得，挺好的。"

安可为原本以为自己做错了什么事情，传到老先生那里去了呢，听到这一句"我觉得，挺好的"，这才放心。

"但是，王老师，您看我像是个做生意的料吗？我心里挺慌的。"

林子昂将内心犹疑，倾吐而出。

听完这些，王儒瑶说道："我们这个中文系吧，就是块万金油招牌，八十年代的时候还挺红火。这几年，确实比不上金融法律专业招人喜欢，市场经济嘛，这个也很正常。"

王儒瑶喝了口茶，继续说道："但很多人不明白一个道理，京华大学这块大招牌放在那里，底下的小招牌其实就无所谓了。这个错综复杂的校友圈层，你只要是其中的佼佼者，跨界来往，那是常有的事。什么专业不专业的，都是小事情。"

听王儒瑶这么一说，林子昂似乎悟到了一些什么。

"子昂，大学四年，你学得不错，是个好苗子。"王儒瑶说得更诚恳了，"但没人说过中文系的毕业生人人都要做学问啊，你到杜铁林那里去，到资本市场上去闯一闯，真刀真枪地做些事情，也很好嘛。你是杭州伢儿，是杭铁头，不要怕。"

"最后送你两句话，第一，到了社会上，遇事就按照社会上那套来，不要按学校里的那套来。第二，如果不开心了，就回来读研究生，系里的大门永远为你敞开着。"王儒瑶极其郑重地说道。

走出校门之后，每当林子昂遇事，便总是想起王儒瑶交代的这两句话。这两句话，怕是会记着一辈子的两句话。

那天晚上，回到宿舍，林子昂一晚上都没有睡着，竟然失眠了。

突发的香港之行，整整三天时间，是林子昂第一次贴身近距离与杜铁林相处。那天，是周三的下午，林子昂正式入职振华控股上班后的第二周，那天，杜铁林正好在北京。

临近下班，北京分公司的行政负责人AMY突然跑到林子昂的工位上，急匆匆地问道，"子昂，你有港澳通行证吗？"

"有啊。"

"签注没过期吧？"

"没过期，新办的。"

"太好了，明天上午你陪老板去趟香港。你赶紧把证件信息发我，我帮你订机票。航班订好后，我会把航班信息和酒店信息，一并发你。总共三天，住两晚。周六晚上，你再从香港回北京，周一正常上班，老板说周一还有其他事要你处理。还有，你离开香港后，老板后面的行程，他自己安排，你不用管，你就负责这三天随行即可。OK？"AMY做事干练，说话就像开机关枪，语速飞快。

林子昂感觉自己还在慢慢消化 AMY 前面刚说过的两句话，AMY 后面要说的十句话，就已经迫不及待地冲了出来。

AMY 才不管你新人林子昂到底听清楚了没有，说道："子昂，你是老板的贴身助理，事无巨细，都得想到。我该想到的，都已经帮你想到了，但你在老板身边，一定还会有很多突发情况。反正，老板想到的，你一定得想到，老板没想到的，你也得提前想到。"随后，AMY 又细细关照了林子昂需要做哪些准备，统统交代完毕，十分钟后，行程表和会议资料，就已经发到林子昂邮箱里了。

第二天上午，林子昂早早地到了首都机场 T3 航站楼。AMY 交代过林子昂，老板是商务舱，他是经济舱，老板出差一般就一个手提登机箱，不爱托运行李，所以，林子昂最好也不要托运行李，免得让老板等。到了香港机场，有专门的司机接机，司机的联系方式也一并给了林子昂。林子昂问 AMY 还有什么要交代的吗？AMY 想了想，告诉林子昂，老板是一个挺随和的人，凡事随机应变，其他也就没什么了。

林子昂办完票，站在闸机口，回想 AMY 昨日跟他说的话。此时，手机响了，一看来电显示，正是杜铁林。

"子昂，我已经办好票了，你在哪里啊？"

"杜总，我也已经办好了，我在国际出发的闸机口那里等您。"

"好，我这就过来，你等我一下。"

这一路，林子昂把 AMY 发给他的行程表反复地看了好几遍。杜铁林此行是去香港参加一个投资论坛，会议举办地在香港九龙的香格里拉大酒店，而且真正的会期就是周五一天，上午主旨演讲，中午工作午餐，下午圆桌论坛，晚上大会晚宴。杜铁林并非论坛的演讲嘉宾，就是很普通的去参会。据 AMY 说，原本老板不准备参加的，突然又说要赶过去，所以才急急忙忙问林子昂是否有现成的港澳通行证。

飞机落地，已经是下午 1 点了。顺利过关入境，接机的司机早已等候在到达出口。司机开的是一辆丰田阿尔法商务车，林子昂很识趣地坐到副驾驶位子上，杜铁林则坐在后座。一路上杜铁林接了两个电话，其余时间则忙着手机发信息，终于把公务杂事处理完毕，车子也已经行驶到了西九龙附近。

"子昂，过去来过香港吗？"

杜铁林神情轻松，一边看着车窗外的街景，一边随口问道。

"来过两次，不过都是跟着父母来旅游，自己来还是第一次。"

"以后，估计得经常来啊。"

入住酒店后的下午，林子昂跟着杜铁林在大堂吧先后见了三拨客人，林子昂主要负责签单和结账，杜铁林则严格地按照预定好的时间表一档接一档地和人谈事。这种工作方式，恰好是林子昂自己最推崇的，他觉得这个老板真靠谱。

杜铁林具体的谈话，林子昂都在努力听着，但绝不插嘴，看得出来，这几拨客人都是例行的拜访和见面。杜铁林所说的话，一大半也都是务虚，否则，也不会放在这个酒店大堂里谈事了。

临到吃晚饭的时候，杜铁林关照林子昂等会一起去西贡吃海鲜，香港这边的合作方周先生也会过来。

晚上 6 点，两人一起上了阿尔法商务车，便往目的地驶去。林子昂感觉车开了好久，山路兜转。之后很多年，林子昂跟随杜铁林走南闯北，都有这种感觉，永远都是上飞机下飞机，上车下车，进宾馆出宾馆，人在旅途，看似去过了一个地方，但其实和这个地方的直接接触始终是缺乏的。

车子差不多开了有一个小时，终于到了西贡。这一条街道上，布满各种海鲜店，感觉跟三亚的海鲜大排档差不多。但西贡这里的海鲜食材显然更新鲜，好东西也更多。晚饭安排在一家叫做全记的餐厅，周先生已经到了，选了个户外的位子。

"周先生，我跟你介绍一下，这是我们公司新来的林子昂，京华大学毕业。"杜铁林说。

"我知道啦，杜总你就喜欢名牌大学的毕业生。"还没等林子昂接话，周先生就已经伸出了手，"你好，我是周鹤龄。"

"您好，周先生！"林子昂走上前，和周先生握手道。

眼前的这位周先生身形精瘦，样子斯文，戴一副金丝边眼镜，同杜铁林是多年老友。在此之后，林子昂在北京和上海同周先生多有见面，每次见面，周先生永远穿着黑西装，而且永远不打领带。此刻，在全记户外吃海鲜，也是如此。

"以后香港有事情，给我电话啦，上面有我移动电话。"周先生从口袋里拿出一张名片递给林子昂。

林子昂接过名片一看，原来周先生是律师，名片上的 G 律所，后来一查资料才知道是纽约、伦敦、香港、新加坡都有办公的国际大所，而眼前的这位周鹤龄先生正是香港这边的高级合伙人。

"杜总，今天想吃点什么啊？"待到客人落座后，周先生拿着菜单，问杜铁林。

"我们老朋友了，你来定吧。但那个泡饭，一定要点，上次你请我这里吃饭，那个泡饭我印象深刻。"杜铁林说道。

周先生心领神会,第一个菜就点了杜铁林最中意的泡饭,然后又点了椒盐濑尿虾、避风塘炒蟹,蒸了一条石斑鱼,又炒了一个芒果螺,外加一盆青菜。服务生下单完毕,上了茶水,周先生便和杜铁林攀谈起来。

　　"杜总,这次香港待几天啊?"

　　"就两个晚上,后天就回去了。你最近怎么样啊?"

　　"我还是老样子,就等着杜总给我大单子来做啦。之前的那个case,并购的条件好复杂,涉及美国和内地两边的法律问题辣么多,但是我们做得还OK啦。振华控股要想拓展海外业务,我们团队的能力完全可以帮到啦。"

　　"但我听说,你最近和美国总部那边的老板有些不开心啊?"

　　"也还好啦,鬼佬的死脑筋,我要和他们argue啊。我只是想告诉他们,中国的企业将来一定会变强,我们不可以失去这个机会。就跟红酒一样,旧世界和新世界,都很好,我们不可以厚此薄彼的。"

　　"你这么有信心?"

　　"主要是我对你杜总有信心啦。"

　　"周先生,你这几年变化很大啊,和我第一次见你的时候,完全不一样了。"杜铁林打趣道。

　　"哪有啦,我一直都这样。我是专业人士,法律是我的工作,但是,anyway,business就是business,就像你们常说的,要与时俱进啦。"

　　"周先生连与时俱进都懂,看来你两地融合,做得很不错啊。"杜铁林说。

"没有啦,就是知道那么一点点而已。"

周先生的港普越说越流利,看似不经意的谈话里,却处处流露着一股进取心。

"总之,我们不可以输的。中国的市场辣么大,中国的新技术运用辣么广泛,而且在一个相对宽松的资金环境下,这是历史的机遇啊。如果我们不去抓住这个机会,也许就没有下一次了。我老爸从小就教育我啦,Make Money,Be Happy,所以,杜总你一定要给我机会。在两个标准不一样的市场环境里做切换,我们一定是做得最专业的。"

那一餐,是林子昂第一次正儿八经地看到了所谓的生意场,一个同下午在大堂吧喝茶务虚完全不一样的场景。而对方,准确地说,还不是生意伙伴,只是专门为了促成这些大买卖而存在的专业机构。在过去的PPT里,各种内部会议简报里,林子昂一直能看到他们的名字,而当这些名字变成一个个生动鲜活的人坐在你面前说话的时候,这种感觉很奇妙,也很新鲜。而且,西贡的濑尿虾确实很大个,肉头也很有嚼劲。对此,林子昂同样记忆深刻。

第二天的会议,开得四平八稳。先是港交所的负责人做主旨演讲,接着是内地金融主管部门的领导发言,大体都是探讨两地市场的合作与共赢。下午的圆桌论坛,主要是各大机构、券商、投行等专业人士的研讨,也是四平八稳。但对林子昂而言,都是不可多得的学习机会。

根据行程,杜铁林需要参加大会晚宴,7点开始,8:45结束,无需林子昂陪同。晚宴结束后,晚上9点,林子昂须在酒店大堂门口等候,另有安排。这中间的空当,林子昂正好想去周边逛逛,因为九点还有事情，也不敢走远，便在附近尖沙咀这一带溜达。

香港的夏夜潮湿而炎热，酒店商场里的冷气却开得冰冷，两相比较，反差极大。从酒店出发往西走，经过几个小巷子，就到了么地道，沿着这条路往西到了弥敦道，左转就能看到著名的重庆大厦。林子昂上次随父母一起来香港，就跟通常的观光客那样，去海洋公园，爬太平山，然后坐天星小轮，逛海港城。林子昂原本计划着毕业旅行和修依然一起来香港迪士尼乐园玩，这是小情侣之间必须要做的事情，顺便再接地气地深入香港的大街小巷，好好看看类似重庆大厦这样的地标建筑，再逛逛田园书屋这样的二楼书店，这才是林子昂理想中的香港旅游观光路线。

尤其是那个著名的"重庆大厦"，林子昂后来读到一本研究重庆大厦的社会学著作，封底的推荐语上这么写道："重庆大厦是全球化的一个缩影，但有种不同的味道，它收容和养育了生存在跨国资本主义底层的微不足道的玩家。"香港恰恰因为地域的狭小，尽管社会的分层区隔特别严重，但那么多人挤在那么小的一个地域空间里，那种烟火气却是大家共享的。

因为想到修依然了，林子昂估摸着她也快去英国了。此刻站在香港尖沙咀的街头，林子昂感到有些难过，他想给修依然发一条短信过去，却不知道该发些什么。犹豫来，犹豫去，也就干脆断了这个念头，不发了。

8:50，林子昂回到香格里拉，在大门口等候。9点整，杜铁林准时下楼，一同下来的还有一位五十岁左右的中年男子，脸型方正，再仔细看，不就是下午圆桌论坛上的某位嘉宾嘛，但具体名字林子昂还是没记住。

杜铁林没有跟中年男子多介绍林子昂，只说了一句，这是我们公司的小林。

中年男子面带微笑，跟林子昂点头示意，随后跟杜铁林说："铁林，难为你放下生意不做，陪我散步了。"

"哪里，开了一天会了，总得出来透透气。平时您也难得来香港，正好趁这个机会，到香港的大街小巷走走，看看真正的香港市井生活。"

"是啊，这次跟着部长一起过来开会，这在香港最后一个晚上了，也该去大街上走走看看了。"

"现在还有这个机会，等过阵子，任命一下来，张局变成张部，就更难有这个闲情逸致了。"

"蹉跎了，五十岁的人了，看事已经看透，看花还没看够。你说我这个六〇年年头出生的人，硬把我说成和你一样的六〇后，合适吗？"

"当然合适啊！你永远是我的老大哥！当年要不是分在你手下，我怕是连那个副处级也提不上啊。"

"你这个滑头，溜得快，不说这些了，我们出去走走吧。"

中年男子和杜铁林有说有笑地走在前头，林子昂跟在后面，且识趣地隔了两三米的距离。

尖沙咀的夜市，灯红酒绿，人流穿梭，建筑物、商铺近在咫尺。如此一来，人与人的气息，便离得很近，不像在北京，人群隐在高大威严的建筑下，楼宇之间又隔着大马路，人与人的气息始终连接不上。身处那样的威严之下，人便容易觉得自己渺小，不像这里，街头的热气混杂着商铺漏出来的冷气，躁得很，但也真实。

林子昂在路边的便利店买了矿泉水，分别递给杜铁林和中年男子。中年男子对林子昂说了声"谢谢"，面带微笑。

　　此时已走到了九龙公园附近，再往前走就是海港城了。中年男子便提议去九龙公园逛逛，走走夜路，也暂时从喧嚣中抽离一下。香港过马路的红绿灯滴滴声，催得人心里紧张，怕是打扰到他们没法好好说话了。

　　于是，三人便进了九龙公园的大门，有一段上坡路径直向上，走到里面，瞬间安静了许多。公园里大树环绕，在周边高楼霓虹灯的映照下，脚下的路看着清晰，但又仿佛硬生生地隔绝出来一个安静的小世界。

　　"铁林，平时北京事多，难得有时间和你详聊。但这次来香港，确实给我不少启发，我也想听听你的看法。"中年男子和杜铁林说话，语气平和。

　　"张局，您说，我听着。"杜铁林说道。

　　"我隐约觉着，属于我们中国的时代要到来了。你看我们这个行当，过去从制度设计开始，全是跟美国学，不能说百分百照着学吧，但至少也有个五六成。没想到2008年金融危机，把全世界都搞蒙了，我就疑惑了，这美国人的系统真的不行了吗？如果他们出问题了，那我们原先学习他们的那一套东西，还管用吗？"

　　"张局，您这是站在宏观角度看历史问题，这个我可没法评论。"

　　"我只是个人探讨，不代表集体意见。但你看现在这个外部大环境，金融危机之后，我们推出了一整套的应对措施，那是非常行之有效的。我就在想，我们中国，要人口有人口，要市场有市场，还有新技术的应用,这些我们都不缺。那假以时日,再加上我们高效而且指令明确的行政系统,能不能创造出一个属于我们自己的金融体系呢?然后,再让其他国家逐渐参与进来,进而我们就能统筹规划,制定出新的国际规则了。这可是千载难逢的历史机遇啊!"中年男子说道。

"机遇不机遇的,我还真不好说。但从长远来看,中国和美国这两个国家,合作和冲突在所难免,现在就是一个此长彼消的过程。我出来办企业十年了,当年您说我是不辞而别,其实,我是想把很多想法,通过办企业这样的形式,真正的检验一遍。"杜铁林说道。

"好在这条路你走通了,振华控股现在做得很不错啊。"

"振华控股能走到今天,这十年的收获是巨大的,也交了不少学费。在您面前,我也不怕别人说我调子高,真得感恩这个时代啊。而且,我有一个深刻体会,全球的市场是贯通的,企业就是在不同市场中间游走的灵魂。最优秀的企业,完全可以串联起不同的地域、不同的文化,乃至不同的国家利益。既能实现国家战略,又能让企业成长发展,这样的好事,我们为什么不去做呢?"

"我就说嘛,你小子心中有理想,不是纯粹为了赚钱。铁林啊,我们这一代人,赶上了施展拳脚的好时候,就像你说的,得要感恩啊。现在国家经济有了一定的基础,怎么做大做强,庙堂与江湖,得各自承担身上的使命。"

杜铁林说:"张局,您再过一段时间,身上的担子会更重。我在外面呢,自食其力,绝对不会给您添麻烦。但我会把市场中的真实情况,时不时地跟您汇报沟通。反正我个人觉得,和海外的融合,是大势所趋。中国的资本,国内不强大,是走不出去的,但强大了不走出去,也是不对的。至于怎么走,我们这些做企业的,也是摸着石头过河。我就希望领导能定个调子,让我们更加有底气、没包袱地闯一闯,试一试。失败了,是我企业的事,大不了我杜铁林倾家荡产,但若是成功了,或许,我们真的就闯出来一个中国模式。"

"说得好!我们肯定要闯一闯,试一试。对于这个中国模式,我非常期待!"中年男子说道。

不知不觉中,已经走了快一个小时了。

中年男子抬起手腕,看了一下手上的计步器,对杜铁林说:"今天晚上走了不少路啊,快一万步了。这么走一走,对颈椎、腰椎都有好处啊。"

"张局,您工作繁忙,一定要劳逸结合。还有,嫂子最近身体好些了吗?我觉得吧,主要还是心病,您得抽出时间多陪陪嫂子。"杜铁林说道。

"药是经常吃着的,还得谢谢你,这些年从香港给你嫂子带药,从来就没断过。"

"咱们之间,就别说啥谢谢不谢的,多大点事啊。"

"你也知道,我这么多年一直忙工作,确实家里照顾得少了。好在张子悦现在也上大学了,你嫂子也没心事了。"

"子悦是聪明孩子,读书全凭自己真本事。您知道现在北京要上个好点的学校,家长们得多辛苦。您也算是位高权重了,但我从来没见您,为了孩子读书求过人,托过关系。这是做父母的福气啊。"

中年男子笑着说:"是,这孩子长这么大,读书的事,我还真没操心过。铁林,不瞒你说,这么多年了,都是人家来找我办事,你让我倒过来求人,我还真不知道该怎么办呢。"

"我还是那个观点，子悦本科读完，得送出去继续深造。你让他自己申请耶鲁、哥大这样的名校，需要我这边出力的，尽管吩咐就是了。然后，海外深造完毕，是否回国工作，看他自己选择。我倒觉得，来香港工作挺好的，国内国外，两头都靠。"

"这些都是后话了，早着呢，看他自己发展吧。"

杜铁林说："您也别有什么负担，怕他影响到您，说到底，儿子优秀也是做老爹的一份光荣。再说了，谁说过领导干部的孩子，就不能有出息了？你把他留在身边，保不齐还被人说三道四，扔到香港来，工作生活都得独立。再说了，在这里，各个老爹都有能耐，你这个老爹的职位也还不够高呢，担心什么呢？"

"铁林，这点你不用担心，我从来不会将儿子的事业发展，同我的工作做捆绑。只是现在，还没到时候，等到真有那么一天，我一定让子悦来找你请教。"

"请教谈不上，子悦从小叫我铁林叔叔，到时候您让我这个做叔叔的，尽点力，我就知足了。"

不知不觉中，中年男子和杜铁林已经在九龙公园里走了好大一圈，时不时地还有夜跑爱好者从他们身边擦肩而过。身处异乡，环境是陌生的，但身边知己二三，同处这异乡，反而营造出了比平时更亲近的氛围。中年男子同杜铁林边走边聊，因为说到家庭孩子的事了，便又多聊了几句。

中年男子说："最近外面有些风言风语，已经传到我这里来了。铁林啊，家和万事兴，生意做得再大，也不能忘了这个根本。你可不能辜负了李静，李老就这么一个宝贝女儿，当年他是怎么嘱托你的，你可不能忘记啊。"

"大哥，怎么突然说起这个事情来了？是不是李静最近跟嫂子说什么了？"杜铁林问道。

"李静个性那么强，她怎么可能说这些？我就想提醒你，里外有别，你自己脑子里可得生根弦啊。不要以为自己现在不在体制内了，就可以随便了。"

"知道了，老哥，我知道您为我好。我和李静，那是青梅竹马，患难夫妻。您也别听外面那些谣言，都是瞎编的，我心里有数。"

"瞎编不瞎编，我不知道。但有一点，老哥我是有体会的。你今年四十二，肯定觉得自己无所不能，等你到了五十岁我现在这个年纪，心态肯定会有变化。到最后，你会发现，外面再好都比不过家里好。"中年男子继续说道。

"真到了五十岁，怕不是心态有变化，而是各方面都不中用了呢。"杜铁林调侃着。

"你小子啊，被资本主义腐蚀，脑子里不纯净了。不过话说回来，人的精神状态真的很重要。我年纪轻的时候，跟着部里的领导出去开会，连轴转啊，都累突突了，你再瞧瞧人家领导，那会儿都快六十了，仍旧精神矍铄啊！"

杜铁林说："您现在不也很矍铄嘛，而且五十岁升部长助理，进部委会，正当年啊！"

中年男子立马摇摇手，连说了几声"蹉跎了"。

此时，正好遇着一段下坡路，两人光顾着说话，全然忘记了这里的光线昏暗，疾步下坡时，中年男子一时走得快，脚下突然绊了一下。

"哎哟，走太快了。"中年男子突然停下脚步，痛叫了两声。

一旁的杜铁林马上俯下身,问要紧不要紧。走在后面的林子昂,见杜铁林和中年男子突然停下,也赶紧冲上前去。

"不打紧,不打紧,我试着走几步哈。"中年男子边说边慢慢站起身,往前走了几步,还好,没太伤着筋骨,但走路的速度明显放缓了。

林子昂见着,忙对杜铁林说,"杜总,我知道香港有个药蛮好的,专治扭伤,我这就去药妆店买,一涂就好。"

中年男子连忙示意林子昂不要麻烦了,说:"没事的,小林,我歇一歇就好,不打紧。"

杜铁林说:"让小林买来试试,或许有用呢。"

杜铁林做了个手势,林子昂便赶紧去找最近的药妆店。

香港这地方,生活就是方便,不远处就有一家万宁药妆。林子昂凭着过去在香港药妆店采买的记忆,从货架上立刻找到了一瓶"黄道益"活络油,掏钱买单,一路小跑着回到原地。

只见中年男子和杜铁林两人正坐在一棵大树下的长椅上闲聊,神情很放松。林子昂料想伤得不严重,便上前问明中年男子具体伤痛处,将这活络油在脚踝四周涂抹均匀,再用手指用力按摩。一分钟后,再涂抹一些,继续按摩,不一会儿,中年男子对林子昂说,感觉有股热气渗透了进去。如此涂抹三次,又休息了十来分钟,中年男子起身走上几步,感觉好了不少。

"嘿,看来还真管用,好很多了。"中年男子说道。

杜铁林说:"我们还是早点回去吧,不能再走了。"

中年男子听从了杜铁林的话,林子昂在前,他们两人在后,就这样慢慢地向着下面的大路走去。到了大路旁,林子昂立刻拦了一辆的士，三人上了车，直接往酒店开去。

到达酒店后，杜铁林和中年男子先行下车，却不想遇到了熟人。林子昂一边忙着支付车费，一边看车窗外的情形，只见原本在酒店门口穿着西服吊儿郎当抽烟的几个男子，如今正毕恭毕敬地围绕在中年男子四周，不停地问候寒暄着，手里的烟也早掐了。林子昂琢磨着，这位被老板杜铁林称呼为"张局"的中年男子，大概也是个不小的人物呢。

等到寒暄完毕，中年男子方才得以脱身，在杜铁林的搀扶下，往电梯口走去。

在等候电梯的时候，中年男子对林子昂说："小林，今天谢谢你了，这药还真管用。"

林子昂便将"黄道益"递给中年男子，说："临睡前，您再抹一下，然后明天早上再抹一次，应该就没问题了。"

杜铁林要护送中年男子回房间，两人便先进了电梯。等到电梯轿厢的门关上后，林子昂又在电梯外等候了半分钟，方才摁了上去的按钮。

刚回到房间，突然手机一响。林子昂打开手机，是杜铁林发来的短信：

"今天辛苦了，明天早上9点，一起酒店早餐。"

香港之行结束，杜铁林做了一个重大决定，将振华控股内部的公司架构一分为二，上海北京两处办公室分署办公，实行双总部模式。上海这边的团队主要以旗下的私募基金为主，主做二级市场，这本来就是杜铁林创办振华控股之初的看家本领和基础业务。北京这边的团队则重点介入股权投资业务。一声令下，调兵遣将，北京办公室的人员和场地迅速扩张起来。杜铁林自己的时间安排，也从之前的三分之一北京，三分之二上海，逐渐调整成一半一半，到最后，待在北京的时间反而更久了。

在北京时，杜铁林的工作安排一档接一档，不停地在开会，不停地研讨方案，还有应接不暇的访客，各种熟人故旧托来的各种关系，杜铁林都要一一处理妥帖。在北京办公室，林子昂是杜铁林的贴身助理，除非杜铁林不需要他跟着，一般情况下，林子昂是必须紧跟在杜铁林身旁的。好在林子昂在北京单身一人，刚毕业那会儿，周末还想着跟同学聚会见个面，工作忙起来之后，天南海北的，也根本想不到这些了。在林子昂看来，在老板身边学东西，这是当下最重要的事情。

林子昂在大学时候的朋友，但凡本科毕业就工作的，大部分都进了外企和政府机关，还有一部分进了央企，像他这种中文系毕业进了民企的，也算奇葩一朵。时间一久，因为在不同属性的单位工作，各自的发展路径和思维习惯就看出不同来了。人家问林子昂，你一个中文系毕业的，进了振华控股这样的民营投资公司，碰上老板也是个中文系毕业的奇葩商界精英，这算什么路数？林子昂打哈哈说道，我跟着我们老板，弃文从商。

而与之相对应，林子昂再看自己原先的同班同学，尤其是那些继续在学校读研究生的同学们，觉得他们的生活过得太简单了。因为生活内容的差异，时间一久，彼此之间的共同语言便越来越少，林子昂也就渐渐淡了和大家的来往。你问林子昂，这淡忘了的同学情谊，还追得回来吗？林子昂一时半会还没心思考虑这个问题。就好比每天上班前,他整理着装,他显然更在意的是现在的自己,而不是过去的那个"林子昂"。

随着社交圈子的逐渐扩大,林子昂渐渐发现,自己变复杂了。但这个"复杂",在林子昂这里,恰恰是他一直想要的东西。他喜欢看到人与人相处中所纠缠的各种利益、各种博弈,甚至是各种交易,正如他自己阅读小说的时候,爱不是简单的爱,恨也一定不是简单的恨。学校里的生活早就满足不了林子昂所期待的"生活浓度"了,所以,他渴望着离开象牙塔,这种发自内心的欲望驱动,支撑着他日复一日的高强度工作。

身体的极度疲劳与精神的极度亢奋,包裹着林子昂这个年轻的生命。

他幻想着有一天,他能像自己的老板那样,从容,有风度。到了那个时候,他的脸上应该始终流露着自信的神情,他说话的态度也应该始终稳重而到位,而且,他应该永远都不害怕,内心也永远都不压抑。他预感,随着时间的推移,一个全新的林子昂一定会破茧而出,一个他曾经无比期待的、理想中的林子昂,一定会全新地站在镜子前面。

因为有期待,日子便过得飞快,一晃一年多就这么过去了。

林子昂翻看过去一年的行程记录,因为跟着老板出差,有时还要独自去办事,自己租住在公司附近的小公寓,一个月累计居住的时间也就十来天。大部分的夜晚,他都是在各地的五星级宾馆里度过的。一开始觉得这种日子很新鲜,觉得五星级宾馆到处都好,还会认真比较各个连锁品牌的细微差异。到最后,什么品牌不品牌的,只要这个宾馆的枕头足够舒服,能让自己倒头睡着就行了。

就在这一年多的时间里，林子昂的航空公司会员卡，从普通会员到银卡再到金卡，坐飞机的频次比坐地铁的次数都多。通常情况下，每次金卡会员林子昂上了飞机，空乘小姐便会殷勤地跟他打招呼，递上拖鞋毛毯，在对方的微笑面前，林子昂感觉很享受。尤其是碰上折扣优惠，林子昂也坐上商务舱，那就更享受了。说起这个商务舱，因为在这里时常会碰到一些明星艺人或者电视上常见的商界大佬，林子昂还仔细观察过他们的神态举止。女明星通常全程墨镜，男明星十之八九倒头就睡，商界大佬则喜欢边吃水果边看资料，反正有事没事，这些公众人物在飞机起飞前都喜欢拿着手机不停地拨弄，感觉自己真有很多事情要处理似的。

林子昂飞得最多的还是北京上海来回，这条忙碌的黄金航线，从早到晚，永远那么多人。在休息室里，在飞机廊桥和机舱里，甚至是在摆渡车上，时不时地就能看到几张熟悉的面孔。官员有官员的架子，商人有商人的腔调，明星是明星的装范，出差狗是出差狗的模样，学校里的教授则一看就知道是知识分子。林子昂觉得，这就是人生百态啊。

与世间的百态相比，林子昂决心，还是先做好自己。

正式入职振华控股一年之际，公司人事给林子昂发了一枚荣誉勋章。但凡入职满一年、五年、十年者，都会颁发一枚公司勋章，虽然造型一样，但勋章的金属材质和大小分量完全不同。看着这枚小勋章，林子昂更期待的是尽快融入公司核心，早点为公司"建功立业"。

私下里，老板杜铁林曾问林子昂，在振华控股正式工作一年后，有什么感受？

林子昂倒也回答得实在，说比想象中有意思得多了。

对于杜铁林，林子昂是百分百地崇拜，整个振华控股公司内部，也将杜铁林看作是神一样的存在。但涉及自身未来发展，林子昂内心仍有疑问。

某次出差间隙，林子昂见杜铁林心情不错，便将心中困惑说给杜铁林听。

"杜总，我来公司一年多了，但我一直有个疑问，您当时为什么要招我进公司呢？虽然我很努力地在学习了，但一下子那么多财务数据、数学模型，我真的消化起来有困难。我们这样的投资公司，不应该都是经济学专业、金融学专业才对吗？"

"你这话，一半对，一半不对。专业的事情，当然要交给专业的人去做。所以，我没让你去上海，我要是让你去做二级市场，去操盘炒股票，你肯定是懵的。我把你放在北京，是希望你把精力放在股权投资这块业务上。"杜铁林说。

"北京的这块业务，企业的数据好坏只是一种参考，但更主要的是看到社会的变化，看到趋势。人对了，这个企业就一定能做好，人不对，即便商业模式再好，也没用。至于怎么看人？这个问题就复杂了。你身上有股天生的聪明劲，而且有超出你实际年龄的沉稳，这才是我最看重的。"杜铁林接着说。

"还有，你是我的贴身助理，但我招的不是生活秘书。等到你业务能力提高之后，我迟早是要把你扔出去做业务的。至于十年之后，你是否还愿意继续待在振华控股，我从来就不关心，反正永远都会有年轻人加入进来。如果振华控股能变成一个黄埔军校，那才是我杜铁林最大的骄傲。"杜铁林最后说道。

林子昂终于知道，老板原来是这么考虑的，而他迟早有一天，是要出去闯荡一番的。

　　你问林子昂愿不愿意跟着老板一起打天下，林子昂肯定是愿意的。这一年的相处，林子昂处处都能体会到老板的雄心壮志，但有时候，冷不丁的，他又总觉得老板身上有种神秘气质，有很多他看不透的地方。什么才是老板的终极目标？林子昂无从知晓。他只是隐约觉得，跟着杜铁林，他能学到很多学校里完全学不到的东西，而那些东西或许是一个男人在社会上立足并成就一番事业所必需的。

　　公司里的人见林子昂一进公司就跟在老板身边，又见杜铁林对林子昂事事关心，便难免有议论。有人说林子昂其实是某位高干的孩子，私下里管杜铁林叫叔叔，还有人说，林子昂的父母不是高干，而是杜铁林生意上的重要合作伙伴，人家把孩子放在振华控股就是锻炼学习，将来是要回去接班家族产业的。总之，都说不能让孩子输在起跑线上，到最后才发现，这有权有钱人家的孩子就是不一样，起跑线竟然紧挨着终点线。碰上林子昂这种，家里这么有资源，身上还没有骄娇二气，这将来就是铁定的人生赢家啊。对于这些传言，林子昂只能一笑了之。

　　平时，林子昂比较注重锻炼身体，穿上高档西服的时候，精神样子倒真的就是一个标准的有为青年。要说林子昂这一年多在行为举止上的变化，其实一大半都在模仿自己的老板杜铁林，但要论身形与长相，主要还是遗传于他的父亲。林子昂的父亲老林，年轻时就是医学院里的佼佼者，如今作为杭州知名三甲医院的外科主任，加上儿子又在北京的投资公司工作，便觉得自己人生家庭事业都很成功,天天都喜滋滋的。

老林觉着,儿子大学毕业了,如今从事的又是高大上的金融工作,便想帮儿子添置点行头,思来想去,老林便去杭百买了一块浪琴手表送给儿子。林子昂不懂其中道理,问父亲为什么要送他浪琴表。

老林说:"我虽然不懂你们这个行当,但男人在外面混,手表就是一种身份象征。你刚工作,是新人,千万不能戴很贵的表,综合考虑,浪琴表最适合现在的你。再过几年,老爸送你一块豪雅表,能一直戴到三十岁。三十岁以后,事业再上一个台阶,你才可以换更好的表。那时候,老爸希望你自己有能力买块顶级世界名表。"

林子昂觉得父亲说话的方式很有趣,便问父亲:"我看你平时也不怎么戴手表,怎么也挺懂这些?"

老林便说:"我好歹也是杭州外科一把刀,可别小看了老爸。但你看我平时都忙成什么样了,不是在手术室,就是在去手术室的路上。你再看我这一双手,全是消毒水味道,怎么戴手表?再说了,老爸大小也是个业务领导,要注意形象,怎么可以张扬呢?你小子有出息点,等我退休后,能给我买块百达翡丽,我肯定嘴巴笑到合不拢。"

"爸,什么表?什么表嘴巴合不拢?"

"百达翡丽呀,你连这个都不知道,你要被公司同事笑话的。"老林摇头说道。

言者无心,听者有意。林子昂戴着父亲赠送的浪琴表,便有意无意地打量起身边同事领导的手腕。首先看杜铁林,经常戴的是IWC万国表,表面庄重又不张扬,是杜铁林的标配。按理,杜铁林应该戴更昂贵的手表,但他自始至终就喜欢IWC万国表,近乎执念。再看公司几位男高管,个性张扬的戴劳力士,文雅一些的戴积家,女高管则多戴卡地亚经典款。振华控股的整体风格偏沉稳,即便天生钟爱劳力士的副总沈天放,平时所戴劳力士也是劳力士里最沉稳的那几款,骚气的那几款估计都放家里保险柜了。

这一年多时间里,林子昂参加过好几次行业晚宴,发现其他投资公司的老板和高管,手腕轻轻一抬,个个都比振华控股的人高调。男老板手上的百达翡丽、江诗丹顿,女高管手上镶钻的宝玑、伯爵,或者即便做了投资行当还要显示自己文艺气质的"金融女",常常身着露肩礼服,手拿一杯香槟,却时不时地想让你看到她戴了一块弗兰克穆勒,仿佛在说,你看我这另类的表面设计,这五颜六色的夸张数字,我可不是一般的投行女子。

说到女孩子,林子昂也常常会想到修依然,不知道她在伦敦读书是否一切安好,后续又有什么新进展?分开后的这一年多时间里,林子昂深刻感受到了修依然的倔脾气,真是从里到外都是强硬。林子昂不开口,修依然就绝对不会主动联系林子昂,仿佛这四年的校园情侣能赌气成世仇一般。林子昂曾经尝试着给修依然的邮箱发邮件,但写了没几句,就写不下去了,因为"欲辩已忘言"。

至于工作上,林子昂倒经常会遇到各式各样的女孩,偶尔也有同龄人,但绝大多数都比林子昂岁数大,都得叫一声"姐姐"。她们看林子昂,也多半把他当成"弟弟"一般,更何况,妹妹可以在哥哥面前"疯癫",姐姐在弟弟面前,总归还是得"矜持"些吧。在这个男男女女的花花世界,又碰上如此色彩斑斓的生意场名利圈,林子昂也渐渐知道了什么叫诱惑。

"在诱惑面前,如果一时半会不知道后面是不是有陷阱,最稳妥的办法,就是先克制自己。"这句话不是林子昂自己悟出来的,而是父亲老林一再叮嘱儿子的话。但林子昂终究是个正常的年轻小伙子,有血性,有欲望,有时候出差在外面,也觉得寂寞和孤单。每当这时,林子昂一时找不到其他更好的宣泄途径,就干脆冲到健身房,撸铁,跑步,一阵大汗淋漓之后,方能把多余的精力统统释放出来。

因为是在北京分公司上班的缘故,林子昂随杜铁林出差的时候,公司副总、北京分公司总经理沈天放也常常一起。有一次,三人一起去外地看项目,晚宴后,对方客户盛邀杜铁林一行去 KTV 唱歌。林子昂天生一副破嗓子,在学校时就不喜欢唱歌聚会 KTV,但碍于老板的面子,只好跟着去了,而且那天晚上吃饭喝了点酒,身体也有些躁。

说到喝酒,林子昂反正没醉过。原本不知道自己的酒量,来振华控股上班后,宴请多了,喝着喝着,就发现自己酒量居然还可以。白酒能喝个三两以上,红酒一瓶多,除了冰啤酒不擅长之外,林子昂基本上能做到上酒桌不怯场。作为贴身助理,照规矩,林子昂是要帮老板挡酒的,但杜铁林做人做事一流,酒量酒品则是超一流,便坚决不允许林子昂替他挡酒,更何况喝到最后,往往也就没有规矩了。好在小伙子终究年轻,即便比老板多喝几杯,也能最后散场时搀扶好自己的老板,也算尽忠职守了。

那天晚宴结束,林子昂跟着众人上了车,大概因为晚上喝的是冬虫夏草浸泡过的高度白酒,胸口似有小虫子在爬,车子一颠,身体就更躁了。杜铁林和对方老板坐在前车,下车后,两人互相勾肩搭背地耳语着，走在最前面。林子昂、沈天放，还有对方公司几个高管则坐在后面的商务车里，鱼贯而出，也互相搀扶着进了大堂。林子昂岁数最小，跟在最后面。

"小林，别落在后面，赶紧的。"沈天放大声招呼着林子昂。

"沈总，我来了。您没事吧？"林子昂回话。

沈天放说："没事，我这身板，放心。你小子酒量可以啊，又进步了。"

林子昂说："今天不行，好像喝得有点多了。"

沈天放说："一会儿再喝一点，第二场，酒可以醒一半。"

说起这位振华控股的副总沈天放，是杜铁林日常业务上的左膀右臂，也是公司里的实权派。振华控股的母公司法人代表是杜铁林，再下面一级子公司则由杜铁林最信任的两位副手分别担任法人代表。北京公司的法人代表是沈天放，上海公司的法人代表则是另一位副总薛翔鹤，两人都是杜铁林的得力干将，但风格却很不相同。

就像之前说的戴手表的事，沈天放喜欢劳力士，薛翔鹤则习惯戴积家，便能看出两人的性格差异。外形上其实也差别很大，沈天放一米八的个子，一百九十斤体重，做事果断，执行力强，像左冲右撞的猛将。薛翔鹤则戴无框眼镜，发型永远锃亮，像书生，更像师爷，平时一身休闲西服，一看就是最好的操盘手。因为在北京上班的缘故，林子昂相对和沈天放更熟些，上海那边的薛副总，交往则相对少一些。

一开始，沈天放也没把林子昂这个新人太当回事，但接触了几次，发现这小伙子挺识趣，脑子也好使，加之毕竟是老板身边的人，便开始把林子昂当小兄弟看待。"小林"是沈天放对林子昂常用的称呼，还常常扯着嗓子喊，在沈天放看来，这样才显亲切。林子昂显然更喜欢老板对他的称呼，一句"子昂"，稳稳当当，更像是长辈对晚辈的关切。

"小林，想什么呢，来，坐我边上。"沈天放一把将林子昂拉过来，摁到自己身旁。

此时，杜铁林和对方公司老板早就落座中间位，一直交头接耳说着事。

等到稀里糊涂地坐下后，林子昂这才发现眼前的这个KTV，同他学生时代去过的KTV相比，分明就是两码事。地方大了两倍以上，装修也更豪华，偌大的吧台上，酒水饮料果盘早就摆上了。林子昂数了数，他们总共八个人，坐在这么大的豪华包间里，实在是太空落落了。可没过多久，一个领班经理模样的女子进来，随后，又鱼贯进来了约莫十五六位年轻姑娘。定睛一看，个个身高挺拔，前凸后翘。

林子昂还没弄明白怎么回事，倒是沈天放熟门熟路，对杜铁林和对方公司老板说道："两位领导，那我就先点了，你们别跟我抢。平时你们是领导，到了这里，只有兄弟，没有领导。"

杜铁林并不多言语，看来是司空见惯，太了解沈天放的做派了。只见沈天放，略微看了看，直接对女经理说："不行，换第二批。"于是，十五六位女子鱼贯离开，没一会儿，又进来另一拨女孩子，连续这样进来了三四拨人，你挑我选，偌大的豪华包厢，已经不显得拥挤了。林子昂傻坐着，酒劲一个劲地往脑门顶，再看沈天放，左拥右抱，一边一个姑娘，手也不老实起来。

林子昂就坐在沈天放的右手边，便与其中一位女孩子身子紧贴着。此时，一股浓烈却诱人的女士香水味，已经冲到了林子昂的鼻尖，他偷偷地瞄了一眼边上的这个女孩，一身白色的薄薄的蕾丝裙，包裹着极好的身材，这模样放在学校里，至少也是系花级别的。女孩子齐肩长发，林子昂注意到她的一双手很好看，手指修长，皮肤白皙，说起话来也是柔柔的。林子昂不敢多看，继续僵坐着。

　　林子昂又瞅了一眼杜铁林，只见杜铁林身边也已经坐了一位姑娘，正拿果盘里的水果，递到杜铁林嘴边。也不知道什么时候，杜铁林已经点起了一支雪茄。林子昂知道，杜铁林平时是不抽烟的，估计也就在这个地方偶尔破戒一下。只见杜铁林右手手指夹着雪茄，左手拿起威士忌酒杯，和对方公司的老板推杯换盏，他似乎看到了一个不一样的杜铁林。

　　"嘿，小林，你傻坐着干吗呢，就你没点了。"沈天放突然发现了新大陆，一脸坏笑，"噢，我明白了，我明白了。我们小林还是小伙子呢，这事好办，今天哥哥就让你开开荤。"

　　林子昂颇为尴尬，一时不知道该怎么接话。

　　"怎么样，你喜欢什么样的？是我帮你选，还是你自己来啊？"沈天放继续大声嚷嚷着，众人也跟着哄笑。

　　林子昂没办法，抬起头，迅速地扫了一眼眼前这第四拨女孩子，只见一个穿黑色超短裙的女孩子，齐耳短发，眼神里还有些许桀骜不驯。林子昂心想，原来这就是传说中的不一样的KTV，横竖都已经来这了，便学着沈天放那样，指着眼前的这位黑色超短裙女生说："三十六号，穿黑色裙子的那个。"

　　林子昂的酒，瞬间就醒了一大半。

5 中秋西山夜宴

转眼就到了 2011 年的 9 月。

这一年的国庆长假，林子昂要回杭州看望爷爷奶奶，他事先跟公司行政 AMY 姐做了报备。平时杜铁林的行程都由 AMY 统一安排，然后再根据杜铁林的指示，抄送一份给林子昂，哪些需要林子昂陪同，哪些不需要，日程表上都会列清楚。林子昂除了帮杜铁林准备常规的文件材料之外，一些重要的迎来送往，杜铁林也开始关照林子昂亲自去办，譬如去机场接送重要客人，或者送文件礼物到重要客户那里，都需要林子昂随时机动。

国庆长假前是中秋节，对于做生意的人而言，中秋节是仅次于春节的重要时节，重要的吃饭送请，放在中秋节前夕最为合适。这年的中秋节是 9 月 12 日星期一，加上前面周六周日正常休息，便可连休三天。所以，请人吃饭的话，得略微提前些。

杜铁林提早让 AMY 订好了西山四合院的包间，说要请人吃饭，并让林子昂随时待命。因为不确定具体哪一天，可能周三，可能周四，也可能周五，得看客人哪天有空，如此一来，干脆就把周三至周五的包间都预订了。AMY 问杜铁林客人人数，杜铁林说就六位。

杜铁林特别嘱咐 AMY："让老那把菜准备得精致些，稍微素一点。"

老那是西山四合院的老板，也是京城有名的美食大家，同媒体圈的几位美食达人多有来往。作为西山四合院的常年 VIP，杜铁林在老那的饭店吃饭也有些年头了。

因为这顿宴请重要，林子昂便将周三至周五三个晚上的事情都错开了。杜铁林跟林子昂说，对方客人总共有四位，要准备东西。但这四位客人具体是谁，林子昂不清楚，都是杜铁林单线联系。或许是凑齐客人们的时间太难了，反正周三、周四连着两天这顿饭都没吃成，直到周五早上才接到通知，说就定在今天晚上吃饭。

临到周五这天快下班时，林子昂已经准备妥当，先是把精心准备的四份中秋节大礼放到了杜铁林奥迪 A8 的后备厢里，接着又额外备了几份给客人司机的手信小礼物。时间到了下午 5 点，杜铁林会客结束，林子昂便随杜铁林一同下了电梯。车向西山四合院驶去。

"子昂，今天晚上是私人聚会，总共就六个人，你也一起参加。我请的是王先生和安老师，还有张局和黄秘书。张局你去年香港见过的，黄秘书，你见过吗？"杜铁林说。

"哪个黄秘书？完全没印象啊。"

"噢，你可能没见过，他原先就在张局手下，现在张局提部长助理了，黄秘书跟他。以后你得跟人家常来常往呢，黄秘书也是八〇后，1981 年的。"

"杜总,我是1988年的,是八〇后的尾巴了。"

"你跟我一样,我是六〇后的尾巴,尾巴就得跟头上的人多学习。"杜铁林调侃自己最拿手,又随口问道,"子昂,你国庆节去哪里啊?"

"杜总,我回趟杭州,看看我爷爷奶奶。之前跟您说过,也跟AMY姐报备了。"

"噢,对,我忘记了。没事,我国庆长假要去趟美国,你在家多陪陪爷爷奶奶。我先眯会儿,到了叫我。"杜铁林说罢,便打起盹来。

林子昂过去看过一则趣闻轶事,说是二战期间英国首相丘吉尔日理万机,就靠三样东西撑着,威士忌、雪茄和打盹。而且丘吉尔打盹一般也就十五分钟左右,可别小看这十五分钟,说是极度疲劳状态下,打盹小憩之后,可以撑上好几个小时。那些精力充沛的大人物,尤其善于在路途中打盹休息,反正趣闻轶事里,都是这么写的。

临近中秋节了,路上有点堵,原本四十分钟左右的车程,开了足足一个小时。到西山四合院的时候,正好6:10。晚宴定在6点半,按照北京的堵车情形,估计7点差不多能开席。反正在北京吃饭,6点半的晚宴,7点前能到的客人都是靠谱之人,这已经成了约定俗成的默契了。

西山四合院的老板老那一看到杜铁林的奥迪车开进来,便出门迎接。

杜铁林下车寒暄道:"老那,你出来干吗呀,你忙你的。"

老那说:"杜总啊,您是我的贵客,出来迎接是应该的。听说晚上王先生也来,那老规矩,我按照王先生的口味,亲自做一份特色打卤面。您看怎么样?"

杜铁林说:"那好啊,你的打卤面可是看家本领,我们求之不得啊。"

老那说:"好嘞,那您先里屋坐。我前阵子选到一桶上好的老六堡,二十年的,饭后到茶室泡给您尝尝。中间饭菜上有什么要求,您随时吩咐我。"

和老那寒暄完,杜铁林关照林子昂先去包间,看看还有什么要准备的,自己则站在门口等候。

说起这西山四合院,杜铁林是常客了。这地方总共也就四间包间,实行会员制,菜做得精致。最关键的是,地理位置隐蔽,一般人进不来,也无从知晓这院内还有这样一番景致。因为这些原因,杜铁林常在这里招待重要客人,光王儒瑶就前后来过三次,可见这地方的特别。这其中,属西山四合院的冬天雪景,最合老先生的心意。至于饭菜,老先生也十分推崇,尤其对那碗打卤面情有独钟,说是家常里见功夫,要的就是这看尽繁华后的返璞归真。

正等候间,一辆黑色帕萨特开了进来,车停稳后,后座车门打开,王儒瑶下了车。杜铁林看见自己恩师来了,立刻上前恭迎。

"先生,您来了,我说让公司派车来接您,安可为非说他要来接。"

"没事,可为住得离我近,他开车来接我,完事后再送我回去,这样最好。"

师徒两人正说着话,安可为停好车,从驾驶座上下来,说道:"大师兄,你这地方真够难找的啊,连个门牌号都没有。好在王先生来过有印象,否则,我怕天黑了也找不到呢。"

"你啊,少贫嘴,我们一起进去吧。"杜铁林招呼安可为,陪同王儒瑶进了包间。

约莫过了十来分钟,张局和黄秘书也到了。

一张圆桌,正好六个位子,王儒瑶最年长,自然坐主位,杜铁林和张局分坐在王儒林左右侧。安可为挨着杜铁林,黄秘书则挨着张局坐,于是,林子昂就坐在了圆桌的另一头,正对着王儒瑶,一老一少,也正好。

时值中秋临近,杜铁林问王儒瑶,快过节了,要么喝点白酒?王儒瑶这天心情甚好,就对杜铁林说,过中秋了,今天可以多喝点。

举座皆欢。

突然,王儒瑶好像又想起什么事来,指着安可为说道:"对了,安可为他不能喝酒。他表面上说呢,一会儿要开车送我回去,所以不能喝酒。其实呢,我知道,他是要封山育林。铁林啊,你这个师弟,想做父亲都快想疯了呢。"

众人大笑。

安可为自己打趣道:"先生,您别笑话我,我们老家子嗣观念重,还最好生个儿子呢。所以要封山育林,厚积而薄发。"

众人又是一阵大笑。

林子昂工作这一年多来,在饭桌上听到过各种段子与调侃,但听着自己的班主任如此自我解嘲,愈加体会到安可为身上的"社会人"属性。过去做学生时,什么时候见过安可为这样啊。再环顾一周,这饭桌上,其他人林子昂都认识,唯独黄秘书是第一次见。

黄秘书，名叫黄明，1981年出生，属鸡的，正好比林子昂大七岁，人大经济系硕士毕业。毕业后就进了机关，因为工作能力强，最近刚提了副处。恰巧这次张局提任部长处理，需要配一名专职秘书，综合年龄、能力再加上现有职级的考虑，最终选了黄秘书。问他本人意见时，黄秘书听说是跟着张文华张局，心中自然乐意。至于张局自己，也知道底下有这么个小伙子，能力人品都不错，便也同意。这段时间下来，张文华对黄秘书是相当满意和信任。

林子昂此时已经跟黄秘书交换了名片，但名片上只有办公室电话，没有手机，便又与黄秘书互留了手机号码，算是初次见面，彼此打了招呼。

闲聊寒暄间，冷菜都上齐了。根据王儒瑶的提议，除了安可为，其余五人每人一个玻璃小壶分酒器，喝的是十五年的年份茅台。等服务员把小壶里的酒都倒好后，老规矩，除了正常上菜之外，服务员都在外面等候。包间里的端茶倒酒及其他招呼工作，都由林子昂代劳了。

"各位，临近中秋了，我们小聚一下。这是其一。这其二呢，大后天9月12日，中秋节当天，正好是王先生六十三岁生日。今天请大家来，还有为王先生提前过生日的意思。之前，王先生不让我说，怕惊扰了大家。现在人都到齐了，我提议，让我们一起举杯，祝先生身体健康，生日快乐！"杜铁林见众人酒杯都满上了，便提起酒杯，致开场白。

众人听了杜铁林的开场白，纷纷举杯。张文华并不知道大后天就是王儒瑶的生日，否则，他一定是要准备一份贺礼的，便说杜铁林做事欠妥，至少应该让他事先知道。

"王先生，您应该让铁林知会我们一声的，否则礼数上就不对了。我先单敬您一杯，祝您万福安康。"张文华端起酒杯说道。

"文华，你客气了。我今年六十三了，上个月学校刚做了决定，到今年年底，我就可以正式卸任系主任。以后系里的具体工作我就不管了，顿感轻松啊。来，我们喝一杯。"王儒瑶与张文华互致敬意，一仰脖干了杯中酒。

"王先生，回头我得把贺礼补上。"张文华说道。

王儒瑶说："不用，不用，心意我领了。你要真想送我贺礼，等我七十岁的时候，我要办场大的。铁林，到时你来帮我办，行不行啊？"

杜铁林说："那是一定的。"

王儒瑶便对张文华说："文华，到时你要来噢。"

张文华将身子倾向王儒瑶，一字一字地细细说道："王先生，我一定来。"

听对方这么一说，王儒瑶心情愉快，又连喝了好几杯。

张文华素来喜欢结交知名学者，更喜欢谈论人文历史。王儒瑶是京华大学的大牌教授，张文华久仰其大名，在杜铁林的引荐下，张文华见过老先生好多次了，且每次见面都很有收获，便渐渐熟稔起来。而王儒瑶看张文华，因为不是学校里的人，所以始终是客气的，加上王儒瑶自己本身也是社会知名人士，各种官员认识不少，但像张文华这样从事金融财经工作的，王儒瑶认识得并不多。因为是完全陌生的领域，王儒瑶见张文华，是有新鲜感的，而且几次见面下来，王儒瑶觉得这位张局的人文修养还不错。因此，杜铁林跟他说中秋节前要和张文华一起吃饭，王儒瑶并没有推脱，还觉得挺有意思,让杜铁林尽快安排。

"王先生,您刚才说,能从日常事务中解脱出来,这是好事啊。不像我们,整天周旋于各种日常工作,完全集中不了心志,想写点专业文章,都没有整块的时间。"张文华正好接着王儒瑶刚才的话题说道。

王儒林说:"文华,你现在是部长助理了,工作牵涉面广,身上的担子重。事功,本身就不能荒废的。至于文章么,以后再写也来得及。我不懂经济,但我知道今天中国的经济总量跟过去相比,已经是天壤之别了,这更需要专业的人来管理啊。这事可比写文章更重要啊。"

张文华又回敬了王儒瑶一杯,放下酒杯,说道:"您说得没错,现在方方面面的问题更复杂了,体量一大,牵一发而动全身。很多看似细节的问题,做决策时,真是左右为难,需要照顾到社会各个阶层的利益,不敢随意啊。"

王儒林说:"这就需要有担当精神了。每个人的命运,自己努力很重要,但更要看他所处的那个时代。个人命运与时代命运同步了,那就一定能成就一番大事业。"

"王先生,那您系主任不做了,博士生还要带吗?"张文华询问王儒瑶。

王儒瑶说:"最多再招一届,然后我就彻底退休了。其实我现在连博士都不想带了,主要是操心,不仅要教他们做学问,还要管他们博士毕业后找工作。"

王儒瑶谈及现在高校里为了防止学术近亲繁殖,原则上本校博士不能留本校,要到外面的学校去教书,有成就了,才能回来。老先生便说这政策有问题，但凡出去了，又有几个能回来的？在他看来，只要苗子好，留在自己学校里有什么不好的？一说到这，老先生便又多发了几句牢骚。

杜铁林接过了话，说道："先生，现在是博士太多了，本身就没那么多教职。而且现在还提倡吸引海外归国人员，僧多粥少啊。"

"现在这个大学啊，都喜欢搞国外大学那套东西。我不是说国外那套东西不好，但也要结合各自的学科特点有的放矢才行。就像招博士生，宁缺毋滥，招不到好苗子就不要招，学校又不是收容所，少招一届就少招一届呗，生怕这个博士点被别人抢走似的。"王儒瑶说道。

听王儒瑶话中有些小脾气，安可为忙站起身，说："大师兄，我还是想喝几杯啊，这么好的茅台酒，不喝可惜了呢。"

于是，众人又拿安可为喝酒与封山育林的事情调侃了一番，化解了尴尬气氛。此时，林子昂已经从饭店服务员那里取来了白酒杯和小酒壶，放在了安可为面前，并亲自为安老师倒好了酒。

安可为便左手拿起酒杯，右手拿着小酒壶，走到王儒瑶身旁，说道："先生，莫生气嘛。中秋节了，我借大师兄的酒来敬您一杯，感谢您当年好心收留我。"

王儒瑶假装一脸严肃地说道："我的学生里，就数你油嘴滑舌，当初就不该收留你。"

"先生说得对，当年就该让我流落街头。"安可为自嘲着。

众人说笑着，安可为便顺势提着小壶，敬了张局、杜铁林和黄秘书，回到自己的座位上，对着身旁的林子昂说道："来，子昂，我们也喝一杯。"

林子昂急忙端起酒杯，恭恭敬敬地与安可为碰杯，毕竟，安可为可是自己最亲的班主任啊。

西山四合院的冷菜、热菜都做得十分讲究，尤其是几道特色菜：葱烧海参，入味柔滑；特色佛跳墙，滋味浓郁；干烧黄鱼，咸鲜得当；这些个菜，都是配白酒的正经菜。其余的菜品，也都是精心配置的各类小炒，荤素搭配着，十分美味。

在座的，就黄秘书和林子昂岁数小，待到安可为敬酒完毕，先是黄秘书拿着小酒壶和酒杯敬了一圈，林子昂随后也敬了一圈。现在饭局上吃饭，"提壶打圈"是基本功，这样才显得实在，懂礼貌。至于那种很俗气的"拎壶冲"，林子昂和公司副总沈天放一起出去吃饭时经常遇着，但在今天这个场合，断然是不会出现的。

酒过好几巡，菜也上得差不多了。杜铁林让林子昂跟服务员说一声，可以上打卤面了。不一会儿，服务员便给每人端上一碗特制打卤面，小小一碗，面条有劲道，卤制到位。这一席菜肴，拿这碗打卤面收尾，恰到好处。

此时，老那也忙完手头的工作，照例每个包间巡视一番。倘若是他认为非常重要的客人，还会亲自进屋敬杯酒，并询问一下客人对菜品的意见，以待提高改正。因为王儒瑶在，老那便特意进来打招呼。

"王先生，可把您盼来了，今天菜品还合您口味吗？"老那说道。

王儒瑶回答道："你老那出品的菜式，那是没话说啊！"

老那说："王先生您别总夸我菜式好，您也给我们多提点意见。还有，中秋佳节了，我有一事相求。"

"说吧，什么事？不过我有言在先，犯法的事，你可别找我。"

王儒瑶调侃道。

"王先生,哪能啊,这事我都琢磨了小半年了。我就寻思着,想请您给我留幅墨宝,笔墨我都在隔壁茶室准备好了。我还特意选了二十年的老六堡,请您品鉴。其他诸位,到时也请一并移步隔壁茶叙。"老那说道。

听了老那这一番话,杜铁林假装生气地说道:"我说老那啊老那,你是无利不起早啊!刚进门时,你跟我说喝老六堡茶,我以为你是对我好。原来你是跟王先生要字啊,这老六堡敢情不是专门给我预备的啊。"

"杜总,您这是笑话我呢,茶要喝,墨宝也要请,能请王先生题字那是我的荣幸。"老那这般场面上的老手,也跟着回应道。

"老那,我看你这有启功先生的字,还有沈尹默的字,已经相当了得了。我的字可没法跟这两位大家比啊。"王儒瑶说道。

"王先生,我老那读书虽然少,但我一心好学。我收藏书法作品,别的不懂,但求都是名家学者题的字,我就喜欢。人是做学问的,写出来的字,就会有书斋气,跟市面上那些所谓的书法家不一样。您是京华大学的大教授,您的字,我可是梦寐以求啊。"老那奉承道。

王儒瑶今天兴致颇高,欣然应允。众人便跟着,移步来到东厢房的茶室。

这西山四合院,茶室就一间,布置得丝竹雅乐,很是清静。茶室里还有一方长条大石臼,里面养了几尾金鱼,水面上漂着几片浮萍,鱼儿便在这浮萍下游弋。茶室里有一幅横幅题字,"无去亦无来"，语出宋代高僧释印肃所作《金刚随机无尽颂·非说所说分第二十一》：

> 真闻信不猜，无去亦无来。
> 声闻无见解，人天几万回。

老那确实已经摆好了笔墨，宣纸也早就铺好了，用镇纸压得很是平整。就等王儒瑶挥毫泼墨了。

"老那，是命题作文，还是我随便写啊？"王儒瑶问老那。

"王先生，中秋节嘛，您看着发挥就是了。"

"好，那我想一想啊。"

王儒瑶提笔稍微想了想，便写了八个字：

> 一壶月光，几两荷风。

随后，题了自己的姓名。

众人皆在一旁称赞。

这倒不是客套，细看王儒瑶的书法，虽然不是书法大家的架势，但绝对属于"文人字"里有韵味的。而且王儒瑶的字，不是借着大学者的名头胡写乱写，看得出来，小时候有写字的"童子功"在，故而在这个基础上，字里有变化，便形成了自己特有的风格。

再说这"一壶月光，几两荷风"，放在这中秋时节的西山四合院，良辰美景与美味佳肴相衬，且这八个字本身就很吉祥，宾主尽欢也是理所应当的。于是，老那让人赶紧把王儒瑶的题字收藏好。

王儒瑶心情愉悦，问老那："我的印章还需不需要给你盖上啊？"

老那答道："那敢情最好了，等过完中秋节，我就到您府上拜访。到时我把题字带上，请您钤印。王先生，各位，还请赶紧入座。"

众人陆续在茶几旁坐下。

杜铁林还是老习惯，要亲自泡茶，见一旁的老那乐开了花，便催促道："老那，快把你的好茶拿出来，让我瞧瞧。"

老那便拿出新近觅来的老六堡茶，让杜铁林细看。这老六堡是广西梧州一带的茶，过去一直出口东南亚，喝着不伤胃，尤其有祛湿的功效，最适合那些外面应酬多、饮食油腻的人喝。至于年份，则越长久越好，一般要十年以上，才可以称之为"老六堡"。这些年，凤凰单枞和老六堡俨然成了茶界小众双煞，吸引了不少人为之着迷。

杜铁林话不多说，将老那所谓"二十年老六堡"拿来仔细看了看，上面的金花清楚能见，说是二十年，可能时间还能再久一些。杜铁林抬腕看了下手表，正好晚上9点，喝上一个多小时的茶，预计10点半11点这样子结束。好在第二天就是假期，稍晚点也没事。

老那张罗完毕后，就先忙自己的事去了。茶室外面，月色清朗，因为在西边的缘故，空气也清爽了些。众人喝茶，吃着水果，东拉西扯地闲聊着。

也不知道是谁，聊着聊着，把话题扯到了王阳明。

中国的所谓士绅阶层，好像都有王阳明情结，毕竟就算你官做得再大，公司企业办得再大，也没人敢在公开场合谈论自己的"明君圣主"情怀，但谈谈王阳明，完全没问题。一来说明自己有事业心，不死读书，二来，又能说明自己终究还是知识分子的成色打底，比一般的官吏商贾要高级些。这其中的逻辑大概是说，我本是个读书人，是时代造化，形势所迫，才去做了些具体的事情，没想到，还做得不错，精准地践行了"内圣外王"的最高理想。心态，就是这么个显摆的心态，说话的语气，却是相当的谦虚和诚恳。

说来也巧，王儒瑶自己就是阳明学会的常务理事，且又是绍兴人，便引经据典地说了一通自己的体会，让众人受教不少。林子昂也是第一次在这么私密的场合，听王儒瑶讲王阳明。

"我对王阳明心学的看法，就是刚才说的这些。你们觉着有用就听，觉着没用，就当我胡说八道。但有一点，我得提醒大家，当代人看王阳明，永远都觉得王阳明是'圣人'，但终究隔的时间有些久远了，并不真切。就好比学孔孟，隔了几千年，你哪里知道孔孟时代的社会现状和历史背景呢？感受不深的。要说感受深，1840年以后的中国才叫深刻剧变，所以，我建议大家可以读一些王阳明，但更应该读一读曾国藩。"王儒瑶说道。

林子昂听到王儒瑶说起"曾国藩"，便心想，这茶话会的话题风向看来要转了，果不其然。

"对读书人而言，王阳明和曾国藩这两位都是标杆性的人物。你看曾国藩其实挺有意思的，他学习圣人，还喜欢写日记，写得还特别详细，尤其喜欢在日记里进行自我反思，这写日记的习惯蒋介石也有。我看到那些喜欢写日记的名人，我心里就打怵。当然，曾国藩喜欢写日记，且保存完整，对于我们做研究的人而言，倒是提供了一手的好资料。"王儒瑶继续说道。

"但是，你们说说，一个人整天写日记的人，而且他肯定知道这些日记以后会给后人看的，这挺可怕的吧？"王儒瑶喝了口"老六堡茶"，自言自语道。

"那是相当可怕啊。"杜铁林给众人沏上茶，随口应了一句。

"真性情还是假性情，完全分不清了。"王儒瑶说道。

"王先生，曾国藩较之王阳明，修为境界上肯定有差别，这些都是后世人的评价了。我特别想知道，现在人文学界对曾国藩的那些具体作为，如何评价？有最新的定论吗？"张文华问王儒瑶。

王儒瑶说道："谈不上怎么评价，但我个人觉得，这个人身上可琢磨的切入点很多。当然了，学者看曾国藩，与你们做官的看曾国藩，感兴趣的点可能完全不一样。我看曾国藩，更多的是看他在新与旧的碰撞中如何取舍，看他针对太平天国的军事行动所造成的历史变化，还要看他如何办洋务接触西方先进军事技术等等。文华，你们领导干部，怎么看曾国藩啊？"

张文华喝了口茶，笑着说道："王先生，您套我话呢。"

"文华，你是我接触到的领导干部里喜欢读史书的，也有心得。我很想听听，你一个负责经济工作的领导同志，怎么解读曾国藩这样的历史人物？同样的问题，我也问过其他领导同志，线上的、块上的，都问过。你放心，回答过这个问题的领导里，也有不少大领导。我相当于就是做个调查问卷。"王儒瑶说道。

张文华说："王先生，您这是把我放在架子上烤呢。那我就这里小范围说说，权当是喝茶闲聊。"

张文华喝了一口热茶，借着嗓子通润，侃侃而谈起来。

"我梳理过曾国藩做官的经历，主要有三个阶段，先是他做京官翰林的时候，道光皇帝欣赏他，之后是咸丰年间他练湘军带兵打仗，再之后就是同治时期，他势力威望最高峰的时候，主要涉及到慈禧和恭亲王奕䜣对他的评价和使用。一般人看曾国藩，无非就是看他在这三个阶段里,怎么为人处世呗。"张文华说道。

"稍微能够深入一点的,往往喜欢谈论曾国藩带兵打仗的尚拙精神,或者是他内心的坚守和顺势而为,尤其是人生经历过几次大波折之后的醒悟与改变,包括他自裁湘军、裁湘留淮的良苦用心等等。但这些,本质上还是在讨论他的为官之道。如果研究曾国藩,仅仅停留在看政治小说、打听官场秘闻这个层面上,我觉得,太低级了。"张文华又说道。

"有点意思。文华,你继续。"王儒瑶仔细聆听着。

"曾国藩他是个读书人,他为什么要练湘军?他又不是职业军人。而且十几年的时间里,他带领湘军就做了一件事情,就是消灭太平天国。他是跟太平天国有杀父之仇吗?显然没有,所以动机不成立。我就想着,要去寻找他思想底层的核心动机。你看他的文字记载里,所有实践行动,他都是有理论支撑的。"张文华继续说道。

"后来我发现,曾国藩最抵触太平天国的一个原因,本质上,是他觉得太平天国依托一个完全舶来又变异出来的拜上帝教,把既有的儒家传统完全颠覆了。曾国藩自身的士大夫情结,对这个是完全接受不了的,所以他一定要灭了太平天国,为的就是他内心的那个道统。这才是他的核心动机。"张文华说到自己的学术发现,更加滔滔不绝起来。

"当然在过程中,曾国藩也有建功立业的想法,还有摆脱同僚排挤的诉求,他采取了哪些具体的手段来完成这件事,都是技术层面的考量。就好比我们今天做一件事情,内心深处,总得要有一个根子上的原因,要有终极理想,至于怎么实现,如何区分轻重缓急,这其实也是技术层面上的事情。在曾国藩之前,一千多年的封建体制了，皇上怎么想的，臣子就怎么办。办得成与不成，办得好与不好，过去就一个标准，就是看皇上最后是否满意，横竖都是在自己的那个系统里兜转。但到了曾国藩他们这一代掌权做事的时候，出现了太平天国，出现了外国势力，这些全新的变数，完全没头绪啊。这对当时的士大夫阶层，才是思想层面最大的挑战。"

张文华细细讲来，偶尔停顿，若有所思。

"文华这个说法有点意思，一般人讨论曾国藩，落脚点还在权谋上，毕竟能做到他这样知进退的臣子，历史上也是极少数。我们中国人讨论政治问题，最后都会落到权谋上，老百姓也是乐此不疲。我看那些个电视剧，这个大帝，那个王朝的，全是这些东西。大家伙就喜欢讨论这些，完全不能再上升一个层次，站在全球历史进程中看这些人物。毕竟，这是数千年未有之大变局啊。"王儒瑶说道。

"先生，您是站在学术的角度看历史人物，但大家对曾国藩为官做事上的修为感兴趣，也在情理之中。谁都想从里面找到人生指南，这是绝大多数人的诉求啊。"杜铁林在一旁说道。

张文华正好接着杜铁林的看法，说道："里面自然涉及到很多人情世故，我们在看这些历史记载的时候，也会不自觉地身份带入。好比，我们勉励自己要学曾国藩，要守拙，好像挺高尚的。但嘴巴上说要学曾国藩，但实际上自己心里的那点小心思，那些个自以为是，更像是左宗棠、沈葆桢，甚至是年轻时的李鸿章，多少是有些骄纵的，做不到真正的'拙'。或者，还会不自觉地自比曾国藩，觉得我们也能像他那样既有能力，又有气度。实际上，我们都是把自己过于放大了，在当今社会情形下，我们的专业范围更聚焦，但也更狭窄，事业的范围远比不上当时那些历史先贤。"

安可为在边上喝了好一会儿茶,这老六堡茶他是第一次喝,喝到现时,浑身通透,后背竟开始出汗了,便知这老六堡茶的劲道真足。听到这里,安可为见王儒瑶和张文华、杜铁林讨论得热烈,想着自己其实也有一些心得体会,尤其是刚写了一篇关于李鸿章的思想史文章,便忍不住插嘴。

"其实,我觉得李鸿章最不容易。前面的人滚雪球,一代又一代,滚到他这一代,那么大一个烂摊子,苦苦支撑,真是历史造化。我最近就写了一篇论文,讨论李鸿章的历史选择问题,现在学界对李鸿章的评价也在逐渐改变,更客观理性了。"安可为说道。

因为说到李鸿章了,一直忙于沏茶的杜铁林也燃起了表达欲望,大谈特谈起来。

林子昂平日里在杜铁林身边工作,时常听到杜铁林谈生意时会拿李鸿章举例,便知道老板最推崇李鸿章。这其中或许还因为,杜铁林和李鸿章一样,都是安徽人的缘故吧。

杜铁林一边给大家倒茶,一边说道:"也该客观评价了,当时那个情形,多难啊。李鸿章自己就说过,最难者洋务。看似是在办洋务,办外交,但实质上是外头牵扯着里头,难就难在这里。我过去也没这个体会,自打做了企业之后,尤其是现在也经常和老外打交道,体会最深。现在我们讲中外交流、国际合作,那是因为中国市场起来了,有这个劳动力,有这个消费市场,当时都没这个概念。一个农耕国家,被西方工业产品倾销,一下子,就这么直接硬碰硬了。文化上的冲突,经济上的撕扯,军事上的落败,还牵扯了国家主权和割地赔款,要我来做决策,心里也一定恐慌啊。所以,李鸿章是真心不容易啊。"

王儒瑶评价道:"文华,你看,铁林现在是企业家了,看李鸿章的角度果然和我们不一样啊。你是官员,我是学者,他是老板,这每个人的角度就是不一样啊。"

杜铁林听恩师这么一说,连忙打哈哈,说这些全是工作之余的瞎琢磨,还是抓紧给各位泡茶最重要。于是,忙着烧水、沏茶,一顿张罗。这顿茶席,喝到现在,已经过去一个多小时了,你来我往,兴致极高,完全没有结束的意思。

林子昂在边上听得津津有味,感觉不像是饭局后的喝茶闲聊,更像是在参加高校读书会。他坐在一角,看着几位侃侃而谈,恰好黄秘书坐在林子昂的斜对角,此时,正好两个人的眼神有所交会,彼此相视一笑。

黄秘书这微微一笑,林子昂感觉被电到了,有种物属同类、惺惺惜惺惺的感觉。他立刻将自己从学术思考的缥缈世界里抽离,黄秘书的"微微一笑"似乎是在提示他,此刻也是一种"迷局",不要错失了自己的身份。毕竟,黄秘书和他同属"八〇后",之于张文华,之于杜铁林,他们的身份又是相近的,应该会有不少相同的心灵感应吧。

林子昂赶紧喝了一口热茶,把自己脑子里的杂念清理了一下。

回过头来,再看眼前这几位,也确实有趣,像一幕话剧。一位名教授、一位企业家、一位官员,然后一位大学青年教师、一位秘书、一位助理,六个人坐在这间幽静的茶室里喝茶闲聊,讨论几个一百多年前的晚晴官员,还加上"圣人"王阳明。这种感觉,是不是挺魔幻现实主义的?

恰好这时候,王儒瑶似有顿悟,突然提高声响说道:"文华,铁林,这个话题不能再谈了,到此为止吧。我岁数大了,要回去睡觉了。"

"还有啊，你们俩都是做具体事情的人，看历史问题不能太理论化思维了。你们该读的书，早就读完了，有时间有精力，还是要多谈谈具体的事功，不要老想着形而上的为什么。别忘了，你们都是掌握资源的人，更应该为老百姓多做点实实在在的事情。"王儒瑶语重心长地告诫道。

因为王儒瑶这么一说，众人便暂停讨论。这么一停，一回眸，好像是谈得过于学究气，过于学术化了。众人因为各自的身份，抽离又进入，进入又抽离，便都忍不住笑出声来。

"谈历史走向，谈财政外交，于我而言终究是非专业，刚才那些胡说八道，你们别当真。不过，李鸿章和曾国藩的文字功底都极好，文华，铁林，你们有空倒是可以看看这两个人写的奏折。尤其是他们政治生涯里最关键的那几道奏折，那真是文采飞扬，话里有话，都是值得精读细读的范文。我最近常建议系里的研究生，要多看看这些奏折，我们做文学研究的人，也要把文本范围扩大一下嘛。"王儒瑶说道。

张文华和杜铁林都听着很感兴趣，便专门请教了王儒瑶这些奏折文章的出处，决定找来仔细看看。说着说着，时间已经到了11点，该各自打道回府了。

就在众人热烈讨论的插空，林子昂趁着喝茶的间隙，已经把事先预备好的中秋节大礼放到了各位客人的车上。给张局和黄秘书的礼物放好之后，又悄悄地跟黄秘书说了一声。黄秘书微微点头，说知道了。在外面放礼物的时候，林子昂见张局的司机一直守在车里，很辛苦。专门给司机预备的伴手礼，林子昂便特意给了两份。

众人走出茶室，向西山四合院门外走去。临了，老那又给每人送了一盒自制的手工月饼。但见院墙上洒着皎洁的月光，抬头看天上，有星辰漫步，真正应了秋高气爽的好节气。

王儒瑶看来是真的兴致高，临上车，又拉着张文华的手，轻声说道："文华啊，做京官不易，古今都如此。有机会，还是要往外面走，往块上走。你对曾国藩有研究，有体会，自然明白我的意思。另外，我自己的一个人生体会，也是我临到退休之际的一个感受，这世上人人都想成为曾国藩，但也要人生路上遇到胡林翼这样的好知己啊。无曾国藩，无胡林翼，无胡林翼，亦无曾国藩。"

张文华紧握着王儒瑶的手，答道："王先生，您说的这番话，我一定牢记。"

6_ 百家乐赌局

林子昂跟在杜铁林身边，尽心尽力地完成着自己的本职工作。有的饭局和会议，林子昂不需要参加，但需要在外面等候杜铁林，以便随时接应。通常情况下，司机王哥会在车里或车库附近等候，林子昂则在会场外等候，也可以就近走走逛逛，只要估算好时间，别耽误事就行。碰上去政府机关开会或拜访领导，林子昂则要早早地做好准备，这同一般的商务活动还有些不一样。

中秋节过后没几天，AMY姐告诉林子昂，杜铁林要在去美国休假之前，去张局办公室拜访一趟，具体时间得跟黄秘书再碰一下，看领导何时有空。这事，杜铁林关照，让林子昂联络。于是，林子昂习惯性地翻开手机通信录，找到黄秘书的电话，打了过去。但对方手机关机，连打了好几次，都是如此。正纳闷中，突然意识到，或许对方不方便接手机，便翻出黄秘书之前给的名片，打了办公室电话。

老板不见了

"黄秘书，您好！我是振华控股的林子昂。"

"哦，子昂，你好。"

果然电话就接通了。

林子昂说："黄秘书，打扰了，想跟您确认一下领导的具体时间，杜总来拜访。"

电话那头的黄秘书说："领导刚跟我说了，就周三下午 2 点，可以吗？你把车牌号、来访人数、姓名一并报给我。到时，车子直接从东门进来，停院里就可以了。"

"好嘞。"林子昂一并把相关信息报给了黄秘书。

周三下午，杜铁林的车开至东门外，林子昂下车与站岗的武警通报了一声，对了车牌号，确认无误后便放行进了院内。上了电梯，到了办公室门口，黄秘书已经在等候了。杜铁林便随黄秘书进了张局的办公室，一分钟后，黄秘书从张局办公室出来，将门轻轻带上，留了一条小缝。

见黄秘书出来了，林子昂便将事先打印好的汇报材料，还有一个 U 盘，递给黄秘书。

"你要没啥事的话，到我办公室坐一会儿。"黄秘书对林子昂说道。

"会不会影响您工作啊？"

"没事，来吧。"

林子昂便随黄秘书沿着过道往前走，一拐角，就是黄秘书的办公室，小小的一间。办公桌上工整地放着各种文件材料，屋子的一角，有一个小书柜，塞满了党建读物和专业参考书。一把折叠椅，斜放在书柜旁。

"上次见面,咱俩也没多聊。"黄秘书递了一瓶矿泉水给林子昂,"先喝口水,歇一歇。"

"是啊,上次听王先生讲曾国藩,听得我云里雾里。"

"王先生讲得全面,杜总、张局又都是研究型水平,我们这种就只好在边上认真听讲了。"黄秘书说。

"是啊,我这次假期里回家,看见我爸书橱里正好有曾国藩的传记,还特意拿下来看了。"

"说明你还很好学啊。"

"哪里呀,反正假期里也没事,随便翻翻。"

"假期里没和女朋友一起出去旅游?"黄秘书问。

"啥女朋友呀,我单身狗。"林子昂有点不好意思,"过去是有女朋友,后来大学毕业就分了。"

"哈哈,正常。你条件那么好,有机会再找呗。"黄秘书打趣道。

此时,黄秘书办公室的电话响了,电话那头,大概是询问了黄秘书一组数据和几个法规细则,黄秘书准确而精准地回答着。约莫过了四五分钟,就挂了电话。

林子昂难得进机关大院,待在这部级机关的办公室里,多少有些紧张和拘谨。算起来,这是和黄秘书的第二次见面,但还没摸清楚对方的性格特点,便不知道该怎么说话。正好林子昂看到黄秘书的办公桌上有一张全家福,一家三口,小朋友大概两三岁的样子,便攀谈道:"黄秘书,您已经结婚有小宝宝了啊?"

"对啊,研究生一毕业就结婚了,小朋友今年正好两岁。"

"男孩还是女孩啊?"

"小男孩,现在已经叽叽喳喳会说话,喜欢跟大人交流了呢。"

"真让人羡慕!"

"有啥好羡慕的,什么年龄段,做什么年龄段的事罢了。"

黄秘书和林子昂相视一笑,这熟悉的"相视一笑",仿佛才是一把钥匙,两个人的话渐渐多了起来。

"子昂,你进振华控股多久了?"

"我去年7月进的公司,加上前面的实习,也有一年半了。"

"和学校相比,感觉怎么样啊?"

"就是忙,整天跟着杜总开会,飞来飞去的。"

"杜总的眼光独到,相信振华控股会越做越好的。如果当年他不出去开公司,以杜总的能力,现在肯定也是司局级干部了。"

"这司局级干部,是不是很难做到啊?"林子昂问。

"可能在北京不算什么,但在我们老家,县长也就是处级干部,这司局级得是我们那边地级市的市委书记呢。"黄秘书说。

"那您现在不就是处级干部,就是县长嘛。"林子昂仿佛找到了对话的切入点,但又感觉不是那么回事。

黄秘书笑着说道:"我哪里是什么县长啊,我就是北京部委机关里的一个小秘书,小得不能再小了。"

"您谦虚了,杜总一直跟我说,让我跟您多学习。"

"谈不上学习,我们多交流就是了。还有,我们之间就不要'您'来'您'去的,就直接叫名字,好不好?"

"明白,那我以后就直接叫你黄明哥。"

"这样挺好。我们毕竟都算同龄人,别弄那么多规矩。"

此时,黄秘书办公桌上的电话又响了。黄秘书接起电话,不时应答着,最后说道:"好的,我知道了,我来转达。"

挂上电话，黄秘书跟林子昂说："杜总已经出来了，我到电梯口送一下你们。"

林子昂跟着黄秘书走出办公室，见杜铁林也刚好走到电梯口。三人趁着等电梯的间隙，又寒暄了几句。

"黄秘书，具体的方向，我已经向张局做了详细汇报。公司这边很看重这个机遇，你帮我多费心了。"杜铁林对黄秘书说。

"杜总，您客气了，我们随时沟通。"

"另外，我过段时间要出国，怕有时差不能及时回复。如果期间有什么需要沟通的，可以直接告诉子昂，他会第一时间转告我的。"

"好的，杜总，我会和子昂保持联系的。"

黄秘书说完，把杜铁林拉到一边，轻声低语了几句。

"杜总，李部长那边，您方便时也要汇报一下。领导特意让我关照的。"

"好，我明白。"杜铁林说道。

此时电梯恰好到了，杜铁林便和黄秘书道别，进了轿厢。林子昂站在杜铁林身后，乍一看老板脸上的神情，面带红光，有几分喜悦。

张局的办公室在十楼，电梯在下行到七楼的时候停了一下，上来一位中年女子，低头拿着厚厚的一摞文件。上电梯后，中年女子直接摁了三楼的键，背对着杜铁林和林子昂，继续仔细翻阅着资料，根本就没意识到轿厢里还有其他人。

"郭姐！"杜铁林恶作剧似的大声喊道。

这悄么声的一句"郭姐"，着实把中年女子吓了一大跳。

中年女子侧身一抬头，发现大叫"郭姐"的人，竟是杜铁林，便

"厉声"说道:"哎哟,铁林啊,叫那么大声干吗呀,你要吓死你郭姐啊。"

"郭姐,你比上个月我们一起吃饭时又好看了。"杜铁林说。

"杜铁林,这是单位,别没正经的。不过呢,你也确实说的是实话。"中年女子看来很享受杜铁林的"恭维"。

电梯很快就到了三楼,中年女子扔下一句"我开会去了",便出了电梯,一句"再见"都没有。

林子昂觉得刚才那一幕好突然,便问杜铁林,杜总,这个女的是谁啊?话刚说出口,林子昂就后悔了,怎么可以随便问这种傻问题呢?好在杜铁林并不介意,但被林子昂这么一问,感觉又想起什么事来,转身上下打量了一下林子昂。

"咦,我怎么就没想到呢?"杜铁林自说自话中,"子昂,你现在有女朋友吗?"

"杜总,您怎么问我这个问题啊?"林子昂十分诧异。

"噢,刚才那个郭姐是我老同事,之前郭姐让我帮她女儿介绍男朋友来着。但她女儿是86年的,比你大了点。这事回头再说吧,我们先回公司。"

出了电梯,杜铁林大踏步地走出了办公楼正门,径直往停车场走去。林子昂一阵眩晕,脑子里还在回想电梯里的那个"郭姐"。

离国庆节正式放假还有三天,杜铁林就提早交接完工作,去美国休假了,而且这次是纯粹的休假,没有夹带任何工作。但9月28日至30日的三天里,林子昂还是每天固定时间会接到杜铁林的电话,处理公司事宜,国庆七天里则全程静默,老板一次也没找他。唯一让林子昂觉得好奇的是,杜铁林这次的美国行程比较神秘,机票酒店地接一律自己安排，没有让 AMY 帮着预订。仿佛突然变成了武侠小说里的独行侠，执剑闯天涯。林子昂觉得，这大概就是老板应该具备的"范"吧。

平日里，林子昂下班回家后，习惯打开电脑做工作记录，白天工作上的具体事务，他会记个大概作为资料备查，对他自己更为有意义的工作感悟，偶尔也会记录一笔。时间一久，这些电脑里的文字记录，便像是家长给小孩子在墙上画的身高线，一道一道地往上，记录了每一个不同阶段的成长。

林子昂仔细翻看这些记录，譬如讲到公司战略布局，别人家的公司讲究统一思想，贯彻落实，但在振华控股，却不是这样的。人家老板，会把各种考虑全部给下属讲清楚，就像扫盲一样都掰开来讲明白，互相交了底，人心也就凝聚了。但杜铁林不会，杜铁林从来不会把所有的细节都摊开来说，他永远只说个大概，说个三四分，余下的具体事务，他照例会和不同分管的副总或手下进一步交代，但每个人的分管领域又天然地做了边界的划分，完全做到了背靠背。至于每个板块之间应该如何协调，如何统筹，最后掌管全局的，一定是他杜铁林自己。

又譬如杜铁林常对下属说的一番话："你们帮我扛事，帮我打拼，革命果实我们一起分享，但风口浪尖需要冲在最前面的，必须是我杜铁林。""赢了是大家的，输了算我的，但我不希望输，我希望赢。""如果振华控股垮了，要连带承担最大责任的，一定是我杜铁林，也只能是我杜铁林。"如此种种，俨然成了振华控股里的"杜铁林语录"。

不知不觉中，林子昂笔记本电脑里的《振华工作笔记》越写越长，越写越多。日常的每一天，一律都被填充到了各种行程表里，所谓私人时间，几乎是不存在的。林子昂也想知道，时间去哪儿了？原来时间并没有消逝，时间只是被转化成了各种项目的进度表。林子昂也渐渐的如他老板那样，不再按照日历来过日子，所依据的全是工作计划的推进程度。

好在振华控股之前投资的几家科技公司，陆续在创业板上市，赶上创业板一路高歌猛进，振华控股的投资收益颇丰，公司规模也与日俱增。与之相对应，林子昂的工资奖金也在不断提升，但杜铁林自己，则依旧秉持"恐怖的低调"。也或许是老板这样的做事风格，使得振华控股在业内的口碑越来越好，能被振华控股看上的公司，往往意味着有发展前景，但振华控股的厉害之处，恰恰在于始终能够精准卡位，无论价格，还是时机，永远都踩在那个最精准的点上。

这里面当然纠缠了很多的关系。人在江湖，谁能免俗呢？单单林子昂见过的，还有林子昂帮着接待联络的，就有许多不得不面对的关系户。名义上，这些老板的亲朋故旧，拿来好多项目，说是请杜铁林掌眼，实际上就是想让杜铁林拿点钱出来投资。杜铁林始终保持着自己的铁律，仔细看项目，仔细看人，真看中的，且不说资金上的大力支持，还各种资源拼命往上加，俨然把自己也当成了被投企业的一分子，手把手地推着企业往前走。若是看不中的，哪怕是天王老子托下来的关系，杜铁林也是软钉子扎回去，酒照喝，饭照吃，但口袋里的钱是想都不要想的。

不断锤炼中，林子昂也逐渐承担起更多的工作。尤其是杜铁林关照的需要重点维护的诸多社会关系，逢年过节，林子昂均做得细致而到位。这些事情，有的是常规的"人情往来"，北京哪里有最适宜的购物卡礼券，有什么最好的新式礼品上市，林子昂一律摸得门清。有的则不是物质上的需求，而是人情的冷暖，一个问候，一个细节，就足够了。反正，无论哪种"到位"，大家都觉得林子昂这个小伙子不错，关键一点，就是懂事。

说到送礼这件事情，还真是门学问。因为时常要买些高档伴手礼，林子昂便经常穿梭于北京那几家知名大商场，尤其是那几家品牌店，林子昂都快成熟客了。店员都把他看作富二代，年纪轻轻总买各种高档首饰，便时常打趣道，"这位先生，我们看您经常来买，做您女朋友一定好幸福啊！"每逢这时，林子昂只好礼节性地笑笑，赶紧买好东西走人。这些个洋货奢侈品店，其实还是很规范的，所谓规范，在林子昂看来，就是标准化，什么样的产品，全世界各地买，东西都是一样的。唯一的差别就是国内买和国外买，存在价格差而已。但跟中国的那些玉啊、田黄啊、瓷器古董之类相比，又着实简单多了。但这些东西，无论国货，还是洋货，本质上都不是生活必需品，可场面上又需要，你说能怎么办呢？这些都是林子昂采买之余的牢骚话而已，后来也就习以为常了，倒是自己信用卡的额度不断提高，信用卡的级别也随着"买买买"而"变变变"。

时间的标尺，悄悄地标到了 2011 年的圣诞节。

林子昂在工作上进步神速，但在个人感情进展上仍旧乏善可陈。就连杜铁林有时候也说他，说你这个年纪，应该躁一些，多谈几个女朋友才好。林子昂心想，老板你说得轻巧，我每天跟在你屁股后面，哪里有时间？杜铁林又说，男人生活过得乏味，生意也多半做不好。林子昂又心想，老板你自己的日子难道还不够枯燥吗？

圣诞节前几天，杜铁林明明知道林子昂情感空窗，但仍故意问林子昂，圣诞节晚上有安排吗？林子昂如实回答，没安排。杜铁林便又嘲笑了他几句，随后说道，既然你没安排，那就跟我一起出差吧，我们去澳门。林子昂这才知道，杜铁林要在澳门和凯康电子的总裁王江南见面了。

凯康电子，是国内新兴的手机生产商，计划半年后在香港 H 股上市，正是很多投资机构纷纷追逐的对象。王江南早就听闻杜铁林的名字，也想会一会杜铁林，在杜铁林这边，也同样如此。至于为什么会约在澳门见，据说，这是王江南提出来的，说辛苦一年了，来澳门过个圣诞节，放松放松。更准确地说，这是杜铁林和王江南的第二次见面，只不过第一次见面，是某位中间人的撮合，在一个会场上简单地打了一个照面，交换了名片，简单寒暄了几句。这次澳门见面，虽说是第二次，但正儿八经的见面，这才应该算是第一次。

林子昂反正单身一个人，横竖到哪里都是出差，到哪里也都是生活，跟着老板走就是了。去澳门之前，杜铁林先是在深圳参加一个会议，林子昂陪同参加。第二天中午的会议一结束，杜铁林又上了车，直接去香港见客户，副总沈天放和周鹤龄律师在香港那边等候。恰好深圳这边的会议，还有一些需要收尾的工作，杜铁林嘱咐林子昂办理。根据计划，深圳这边事情处理完毕，林子昂从深圳蛇口码头坐船去澳门，行政这边已经帮他订好了澳门的宾馆房间。杜铁林晚上则和沈天放一起，直接从香港去澳门，约了晚上 8 点在永利酒店和王江南见面。

这是林子昂第一次去澳门，对于这个城市有所耳闻，也有些新奇。保险起见，林子昂手头工作一结束，下午5点前就赶到蛇口码头，坐上了去澳门的快艇。快艇在海面上飞速前进，林子昂看着舷窗外的天色逐渐暗下来，不一会儿，就陷入了一片漆黑。船体飞速掠过水面，不停地发出巨响，刺激着耳膜。12月的南方，稍微有些凉意，但又跟北京此时的时节不同，着一件夹克衫就够了。但林子昂还是感觉船舱里有些凉，便把夹克衫的拉链往上提了提。

林子昂的眼神，跟学校时比起来，逐渐多了些坚毅，但也少了些清澈。很多事情，过去只是听说，等到自己亲手经办了，听得多了，见得多了，也就觉得事情原来就是这样的。所谓生意场，好像也没有那么神秘，也没见着什么生死存亡刀光剑影的，跟电影小说里描写的不一样。实际情况，无非就是各取所需，然后谈一谈，就好了。当然，如果把做生意理解成简单的迎来送往和利益交换，那也真是太小看做生意了。真正的好生意、大生意，无一例外都要建立在庞大的真实需求之上，如果仅仅是利益交换就可以拿到的，那不叫生意，那叫腾挪。

当然，生意也好，腾挪也好，沟通与交流都是必不可少的。其中最重要的一条法则，就是信任，就是人家愿不愿意和你"玩"，这才是关键。要说酒局饭局，真正上档次的人，谁缺你这一顿饭，谁稀罕你这一顿酒。至于这钱，很多时候能用钱解决的问题都是小问题，无非是付出和收获是否匹配罢了。但有时候，钱还真的没用，人家高高在上，压根就不需要花钱，所以也就不稀罕这钱。人家为什么帮你？也许就是觉得你这个人挺真诚、挺有趣的，帮了也就帮了，仅此而已。其他的，都是你自己想多了。

林子昂琢磨着这些事情，这些粗浅的想法，经常在他的脑子里，像地铁列车一样，一会儿过来，一会儿过去，不停地颠来倒去。他逐渐接纳身边这些人和事，感觉振华控股就像是一扇进入高级江湖的大门，沿着杜铁林的指引，他进了这个门，但因为随从的身份，他有时候还看不真切，但又的很想多看一眼。

那里，真是一片汪洋大海，他感觉自己就像现在海面上的这艘快艇，快速行进，任凭船体与水面碰撞，发出剧烈的声响。汪洋大海里的深邃与恐怖，真实存在，但种种光鲜诱惑，又常常让人忘记了自身能力的局限。

快艇逐渐靠近码头，远处的灯火提醒着人们，这里是座不夜城，灯红酒绿，由来已久。入了关，走出码头，林子昂上了一辆的士，没多远就到了永利酒店。前台办好入住，一看时间正好 7:30。林子昂接到沈天放的电话，说杜铁林一会儿就到，让林子昂直接到楼上的俱乐部门口等。

8 点整，杜铁林准时出现在永利，加上沈天放和林子昂，一行三人到了约定的 VIP 包间。林子昂一进房间，看到里面是一张百家乐的赌桌，桌子一边的荷官正在发牌，而桌子另一边只有一位中年男子端坐着，并不多言语。中年男子的身旁站着两位助理，正安静地看着老板打牌。

这位中年男子显然是这里的老熟客了，玩牌很专注，但面部表情几乎没有，就正常的看牌，押庄，押闲，间或着押一把和。每把押的都是固定数，十万，偶尔变幻着心情，或五万，或二十万，但次数极少。总之，不紧不慢，似乎真是在等人，而不是在玩牌。对面的荷官也同样面无表情，手势娴熟，发牌，摊牌，然后结算，快或慢，都是自己的节奏。这一来一往，在这安静的 VIP 厅里自成体系，不像楼下的大厅，吵吵闹闹，人声鼎沸。

听到有客人进门的声音，中年男子转过身来，一看正是期盼到来的贵客，便起身欢迎道："杜总，真准时啊，8点整，一分不差。"

杜铁林上前一步，与中年男子握手，说道："王总，有半年时间没见了，气色很好啊。"

"还好啦，最近打球打得比较多，晒得我这张老脸红彤彤的。杜总，约在这里见面，您别见外，一来这里安静，没杂人，而且快过新年了，我们一起放松放松嘛。"

"王总的安排非常好，澳门我还真的好久没来了。总去香港开会，完事就走，从来就没想过到澳门来休息个一两天。我得感谢王总给我这个机会啊。"

"那我们先玩几把，放松一下，然后去吃火锅，杜总您看怎么样？"

"一切都听王总安排，不过我百家乐玩得很一般。我听说，王总您可是高手啊。"

"什么高手呀，也是压力大，偶尔来放松一下。算总账，平进平出，略微输一点，就当是打球买卡了。"

"王总真是谦虚，您的名气我是知道的。那我就跟王总学习学习，来几把。不过，这里的VIP厅，怎么个玩法，我还真不知道。"

"随意啦，我都把筹码给您准备好了，小玩玩。"

王江南让手下把事先已经准备好的一摞筹码递给杜铁林。

杜铁林连忙示意打住，说："王总您太客气了，烧香打牌，这钱还得自己出啊。"

杜铁林一个脸色，沈天放马上心领神会。不一会儿，沈天放就从账台换了五十万的筹码过来,十万一个,总共五个,放在了杜铁林面前。

"王总,我确实不怎么玩牌,见笑了。我一般就玩三把,不管输赢,就三把牌,所以人称'杜三把'。"杜铁林说道。

"杜总,您这个玩法挺特别啊,不过我就喜欢有个性的玩法。我那帮广东的朋友总批评我,说我王江南老牛拉慢车,慢腾腾的,而且每把押的都一样,都嘲笑我不敢押大。我就说,我自己乐意,每个人都有自己的习惯嘛。"

杜铁林哈哈大笑起来,直觉这个王江南挺幽默的。待到寒暄完毕,杜铁林拿出一个十万的筹码,交给荷官,示意打散成两个五万的,然后把手头的筹码分成了三摞,十五万、十五万、二十万,正好三把牌。

王江南老习惯,一个十万的筹码拿捏在手里,转了几圈,押在了闲上。待到王江南押好筹码,杜铁林拿起第一摞的两个筹码总共十五万,也同样押在了闲上,说道:"第一把,紧跟王总,我也押闲。"

王江南微微一笑,并没有接话。

女荷官只两三秒钟的时间,就发好了牌,庄这边两张牌,一张J、一张6,闲这边两张牌,一张Q、一张10。荷官给闲发了第三张牌,正好出来一张7,恰恰好压过一头,闲赢。这一把,王江南赢了十万,杜铁林跟着王江南押闲,赢了十五万。

拿过赢来的筹码,杜铁林说道:"王总很旺啊!"

王江南说:"哪有,我前面连押了四把闲,但这张台好魔障,连开了四把庄,我输到现在。刚才那把闲,是你旺我才对。"

"有点意思！那我们干脆再押一把闲，六六大顺嘛。"杜铁林鼓动道。

"好啊，再来一把闲。"王江南听了杜铁林的话，很兴奋，"听杜总的，我这把押大点。"

说话间，王江南拿了四个五万的筹码总计二十万押在了闲上。杜铁林则照例依旧，将事先准备好的第二摞筹码十五万，也押在了闲上。随后荷官示意押筹结束，开始正式发牌。庄这边一张6，一张7，点数3，闲这边一张10，一张6，点数6，又是闲赢。最后一张牌摊开来的时候，桌旁的众人忍不住欢呼起来，"好，好，好！"

这是林子昂第一次进赌场，更是第一次见到这么大的押注。看着桌面上五万、十万的筹码，就这么扔来扔去，林子昂的神经高度刺激着。他还没看明白这所谓的百家乐游戏到底怎么个玩法，只见杜铁林两把牌，十分钟不到，就已经赢了三十万。这澳门的赌场玩的是港币，林子昂脑子里拼命在想最近港币兑人民币的汇率，折算这三十万港币究竟是多少钱。

VIP厅里灯火明亮，房间里还好像打了新鲜的氧气，人在这种刺激下，便异常兴奋。

王江南说："杜总，可以啊，我这把赢的钱，得分你一半啊。"

杜铁林说："王总，您客气，您这是水到渠成，运气到这了，这把牌本来就应该赢。"

"我看杜总玩牌，心平气和，我特别欣赏。有些人，拿着牌吹吹个不停，嘴巴里咋咋呼呼的，特别的烦。"王江南伸出右手食指，在头顶上哗啦了一圈，又指指台面，做出对那种举动非常不屑的样子。

"很多人总想努力一下嘛,其实这几张牌,放在那里,次序都排好了。该是什么牌,就是什么牌。一件已经发生的事情,仅仅因为你不知道,就认定这件事情还没发生,还想拼命地翻牌,那是徒劳啦。"杜铁林说道。

"杜总这番话我倒是第一次听,很有哲理啊。玩牌玩出人生哲理来了。"王江南说道。

杜铁林说:"王总,我这边第三把了,您怎么押啊?"

王江南说:"咱好兄弟,两把牌配合得不错,这把我听你的。"

杜铁林看了看赌桌旁的电子提示器,前面六把,四把庄,两把闲,略作思考,便把面前的第三摞筹码二十万拿起来,押了出去。

"这把,我押庄。"杜铁林说。

"那我也押一把庄,换换口味。"

王江南的手指在眼前的一堆筹码里游走了一下,不慌不忙地拿起一枚十万的筹码,押在了庄上。

荷官开始发牌,庄这边一张4、一张5,9点,胜利在望。闲这边,一张Q、一张J,气氛紧张起来,关键的第三张,居然发出来一张9,和了。

王江南和杜铁林看到这第三张牌发出来,都忍不住"哎哟"了一声,看来两位老板虽然表面上显得漫不经心,但真的面对眼前的牌局,其实专注度一点也不差,骨子里都认真对待着。

"王总,没想到庄9点,居然还能和,没挣到钱啊。"杜铁林的口气里似乎有点抱歉的意思。

王江南连忙说道:"哎,杜总,可不能这么说。和也挺好,我们反正没输钱嘛。我就一个观点,不输就是胜利,挺好的,真的挺好的。"

因为是和，不输不赢，杜铁林和王江南便各自取回了刚才押上去的筹码。

王江南说："杜总，就三把牌？"

杜铁林说："看王总的。"

王江南说："那就三把牌吧，我们点到为止，别坏了杜总的规矩。想必大家肚子都饿了，我们去吃饭吧。"

杜铁林将台面上自己的筹码整理了一下，本钱五十万，赢了三十万，总共八十万的筹码。杜铁林抽出其中一个五万的筹码，递给身旁的林子昂，说道："子昂，这个拿着，过圣诞节了，给自己买件礼物。"

林子昂一下子没缓过神来，倒是一旁的沈天放机灵，右手搭在林子昂的肩膀上，对林子昂说："还不谢谢老板啊，老板过新年发红包呀。"

"啊？这样啊。"林子昂依旧不知道该不该拿这个过于巨大的"红包"，虽然眼前只是一枚小小的筹码。

"辛苦一年，给自己一个奖励吧。"杜铁林微笑着说道。

林子昂将这个五万的筹码接了过来，紧握在了手心，说道："谢谢杜总。"

杜铁林神情愉悦，将剩余的筹码统一交给沈天放。众人左拥右簇着离开，一片欢声笑语。林子昂紧跟在后面，神情却有点恍惚。他思索着，感觉应该是VIP厅里的氧气太足了，自己醉氧了。

7_澳门圣诞夜之香艳

那天晚餐，杜铁林和王江南相见恨晚，或许是一同上过了赌桌，也或许是认可了彼此的性格，总之，一众人吃海鲜火锅，吃得热火朝天。

先是开了一支唐培里侬的年份香槟，点缀了一番，火锅汤底选了浓汤花胶鸡，又点了东星斑、斑节虾、雪花牛肉和新鲜蔬菜，全都是主打食材新鲜，没有其他花里胡哨的东西。杜铁林特别喜欢吃四宝丸，又特意加了两份四宝丸。选小酱料的时候，杜铁林和王江南的习惯也惊人相似，就是一碟海鲜酱油再加一点红辣椒。

香槟点缀完毕，王江南接着选了自己最喜欢的新西兰云雾湾的长相思佐餐，香槟和干白都放在冰桶里，任意选择，随时添加。唐培里侬就是唐培里侬，没话说，至于这款长相思，食材的新鲜加上这款新西兰酒恰到好处的酸度，平衡得相当完美。最后又上了一份煲仔饭，每人分上一小碗，美妙的圣诞夜，好像都浓缩在这香喷喷的饭粒里了。

杜铁林和王江南边吃边聊，聊到了共同的朋友，嘲笑了行业里的几个著名"二货"，又顺便展望了一下双方的共同愿景，一顿火锅足足吃了两个多小时。最后，两位老板拍板定下了投资入股的大方向，这顿火锅也就达到了最高潮。

又是一顿碰杯海喝，杜铁林一看手表，已经快 11:30 了，酒喝多了的时候不谈生意细节，这是杜铁林的习惯。加之王江南第二天要从香港飞悉尼，他老婆孩子都在澳洲，过完元旦新年之后再回国。杜铁林便和王江南约定，两人元旦后在北京再具体见面详聊一次，至于一些基础工作可让双方团队先准备起来。

一行人从火锅店出来后分手作别。王江南和手下都住在永利，车子直接载着他们回了酒店。杜铁林、沈天放和林子昂三人也上了自己的车，却不晓得下一站的目的地。行政 AMY 姐跟林子昂交代过，他和沈天放都住永利，至于杜铁林，林子昂问过 AMY 姐杜总的住宿安排，AMY 姐只回了一句，老板自己会安排，你听老板的。

上车之后，林子昂便问杜铁林："杜总，我们去哪里啊？AMY 姐说这次住宿您自己安排。"

或许是这顿火锅吃得浑身暖洋洋，也或许是长相思的酒劲上来了，更或许是今天特殊的心情，杜铁林的眼神有一点点迷离，但看得出来很享受。

杜铁林问司机："从这里去氹仔，12 点前能到威尼斯人吗？"

司机说："没问题，过了大桥，十五分钟就能到。"

"OK！我们出发去威尼斯人！"杜铁林说道。

林子昂坐在副驾驶座上，系好了安全带，车子便往威尼斯人驶去。

　　林子昂头倚在车窗旁，傍晚从蛇口码头坐船过来时，就已经是夜幕降临的时候了。到现在，他还未真正仔细领略到这个城市的面貌，也还没看清楚街道两旁的建筑物，只感觉全是各种灯火辉煌。兴许是今天圣诞夜的缘故，五星级高档宾馆里的奢华布置，橱窗里的各种奢侈品摆设，路边穿梭的节日人群，扑面而来。再看澳门的马路上，顶级豪车、各种酒店的穿梭巴士，还有无数的士。为什么这么小的一个岛，竟然能容纳那么多的五星级高档酒店？这到底是个什么样的地方？还有，为什么要去威尼斯人？威尼斯人又是个什么地方啊？脑子里一堆的疑问，上蹿下跳。还有上衣口袋里那枚五万块的筹码，林子昂生怕掉了，赶紧摸了摸口袋，还好，拉链拉着呢，还在。

　　肚子里满满的饱腹感，加上酒意，也让林子昂昏昏欲睡。但林子昂不想睡，他还在回忆刚才那顿火锅，真是太好吃了！刚才在火锅店，杜铁林向王江南分别介绍了沈天放和林子昂。一桌子人属林子昂最年轻，王江南更是对林子昂很有好感，整餐饭便时不时地对林子昂说道："来，小伙子，多吃牛肉。"

　　于是，林子昂这边刚吃完，王江南那边又张罗着，来，小伙子，再吃点。面对这么好吃的雪花牛肉，林子昂也是食欲大开，但这频繁的一来一去，也真的把林子昂给吃撑了。他好想在这浓浓的夜色里，在这座澳门城的马路上暴走两个小时，否则他肚子里的牛肉、海鲜，怕是要跟他作对一晚上了。然而，现在还不行，即便要去暴走，至少得跟着杜铁林去完威尼斯人后才行。

　　车子到了威尼斯人，杜铁林带着沈天放和林子昂，看似左兜右转,却又是轻车熟路地到了楼上的总统套房。打开房门,里面的奢华程度远超国内酒店的各种行政套房,林子昂的直觉告诉自己,这里是总统套房嘛,毕竟不一样的。或许是那些平时出差住的酒店过于商务了,到了这个威尼斯人,林子昂才意识到真正的纸醉金迷,原来是这个样子的。

屋里放着音乐,英文歌,都是一些听着很开心的歌。林子昂不大懂音乐,大概也只能这么形容吧。客厅里已经坐着七八个人,男男女女,形象都很俊俏,喝着红酒,聊天,说到中途,还会发颤式地哄堂大笑。林子昂心里就纳闷,这都是些什么人啊?有什么事情,值得笑得那么大声啊?当脑海里涌出这些奇怪的提问时,林子昂隐隐觉得,刚才的晚饭可能自己真是喝多了,脑子已经晕了。

这时,只见人群中最光彩夺目的一位年轻女子站了起来,向杜铁林这边走来,半娇羞半生气地质问道:"你看看现在几点了?说好的圣诞夜呢?"

"我马不停蹄地赶过来了,现在是 11:50,还没到 12 点。"杜铁林说道。

年轻女子也不再多说什么,走到杜铁林身边,身子半贴着杜铁林,正好看到边上的林子昂,便说道:"你就是林子昂吧?常听老杜说起你。"

林子昂此时完全不知道该怎么接话,头也不晕了,准确地说,应该是瞬间就清醒了。

因为眼前的这位女子不是别人,而是姚婷婷,国内知名的女演员。过去都是在电视上看到姚婷婷,现在姚婷婷就站在自己面前,而且看样子,她和自己的老板杜铁林还不是一般的关系,想想杜铁林真不把自己当外人,这都可以直接见面?林子昂的脑子顿时又从清醒变成眩晕了。

"怎么?不认识我吗?"姚婷婷"调戏"林子昂。

"认识,认识……"林子昂说话有点结巴了,"但过去都是在电视上见,没想到,会在这里见到真人。"

一旁的沈天放冲过来插科打诨了,一边搂着林子昂的肩膀,一面对姚婷婷说道:"姚老师好!Merry Christmas!"

"去,你到一边去,你这种油嘴滑舌的。"姚婷婷将沈天放支开。

"小林,还不赶紧叫姚老师啊!"沈天放戏谑着。

此时,姚婷婷那双美丽的眼睛,仍旧直勾勾地盯着林子昂看,林子昂被她盯得实在不好意思,说道:"姚老师好!"

姚婷婷说:"什么姚老师啊,叫姐姐!"

林子昂仍旧有点害羞,不好意思,但已经支支吾吾地改口道:"婷婷姐好!"

"嗯,这才差不多。"姚婷婷特别开心地说着,"放心,姐姐吃不了你。"

林子昂这才近距离地仔细看了看眼前的这位著名女演员,看似素颜,其实是很高级的淡妆。休闲打扮,并不像在电视上参加颁奖典礼一样穿得光彩夺目,但近在眼前,你不得不承认,姚婷婷真的长得漂亮。林子昂回想起来,京华大学里也有好几位知名的校花,也是大美女,包括自己的前女友修依然,但事实上,女人的美丽仍是有很大区别的。姚婷婷说起来还要比自己的同学大好几岁呢,但年龄真的不是问题,大学校花与姚婷婷相比,欠缺女人味,此时,年龄小显得稚嫩,反而成了弱势。不得不承认,姚婷婷往那里一站,那个容颜,那个气场,那个魅力,林子昂终于明白,所谓美女明星,那真的就是老天爷在眷顾这些美丽的精灵。

2011年年尾的圣诞夜,就这样光怪陆离地到来了。

林子昂之前也听说过一些关于杜铁林的"绯闻",但一来,林子昂对这些小道消息并不热衷,其次,这属于老板个人的私事。私事就是私事,林子昂作为杜铁林的助理,也没有必要知道。但当这事真的摆在面前的时候,必须承认,这冲击力还是蛮强的。因为距离这么近,林子昂第一次觉得,女明星果然就是女明星,真的和普通女生不一样。这个观点,林子昂又在内心深处念叨了好几遍。

"人生如逆旅,我亦是行人。"无论如何,今天是圣诞夜呀,远离了北京上海这些熟悉的地方,来到了澳门,一个不近不远,有些熟悉,但也有些陌生的地方。人生苦短,何不尽情地开心一把呢?杜铁林让沈天放、林子昂一起来威尼斯人,其实,就是想让大家一起开心开心。

于是,大家一起举杯,说笑着,开心着。林子昂又喝了好多香槟,突然发现自己喝香槟居然能喝到有醉意,真是好奇怪,十个手指,都感觉酥麻了。林子昂伸展了一下十个手指,嗯,还有反应,说明还没有完全醉。他看到自己的老板和女明星肩并肩坐在一起,看杜铁林的神情,好优雅的一位成功男士,再看姚婷婷依偎在他身边,也显得特别赏心悦目。

但这一幕,在刚开始的时候,林子昂是懵圈的。自打进了振华控股,这种懵圈的感觉,时不时地就来一次,时不时地又来一次。林子昂自认为在学校里已经是很成熟的年轻人了,远比同龄人要见多识广，但真的跨入这般浓墨重彩的香艳世界，这些东西，学校里压根就没教过啊。原来，很多时候，事情其实是这个样子的！

时间过得快，一眨眼，就凌晨 1 点多了。沈天放一看就是坐不住的人，好像还有赶第二场的意思，林子昂更是连打了好几个哈欠。两人便跟杜铁林和姚婷婷打了个招呼，要先回永利了。临别时，林子昂照例习惯性地问杜铁林明天怎么安排，杜铁林说："先好好休息，明天白天你自己安排，晚上一起吃饭。具体时间地点，明天定。"

林子昂便和沈天放一同下了电梯，来到酒店大堂正门口。林子昂估计也是酒喝多了，问了一个很好笑的问题："沈总，姚婷婷和杜总很熟吗？姚婷婷哎，我看过她演的好多电视剧呢！"

沈天放说："这有什么好大惊小怪！很多年前，杜总就和她认识了，那会刚出道。"

"您是说，很早就认识了？"

"对啊，反正我都认识她四五年了，她 1979 年的，比杜总小十一岁。"沈天放说道，"怎么样，小林，你还行不行？要不要我带你去 happy 一下，解解酒？"

林子昂说："沈总，真不行了，喝香槟都能喝得晕乎乎的，我得直接打车回酒店了。"

"那好，我不管你了。我去见个朋友，有事打电话。"沈天放刚说完，就直接钻进了酒店门口停着的的士，扬长而去。

林子昂脑子有点晕，心想这沈天放的朋友真是满天下啊，圣诞夜都凌晨 1 点多了，在澳门，还有朋友要见，鬼知道是什么狐朋狗友啊。当然，这些也是不需要林子昂多考虑的。

林子昂一个人站在酒店门口，呆滞了好几分钟，手里拿了一瓶矿泉水，是刚才在楼上总统套房里顺手拿的。他仰起脖子，将一瓶矿泉水，咕隆咕隆地喝了一干二净。凌晨 1 点多的澳门，圣诞夜，还是稍微有点冷的，林子昂把外套的拉链拉上，脑子也稍微清醒了一点。年纪轻到底不一样，还是扛得住，林子昂坐上的士，往永利酒店开去。

澳门的夜景，有点像虚幻的话剧舞台，酒店外墙的灯光，霓虹灯闪烁，让人兴奋，但又充斥着各种浮华世界的诱惑气息。这么小的一个地方，聚集了那么多人，夜里全是放纵的味道。林子昂突然想起来口袋里那枚筹码，还在静静地等待着他。

回到酒店，林子昂便到了楼上的 VIP 厅，在账台处把筹码兑换成了现金，总共五万港币，一千一张的港币大钞，总共五十张。拿着这五万块钱，林子昂回到房间，一张一张地摊放在床上，真的好多钱。有汇丰银行的狮子，还有渣打银行的龙，摸在手里的质感真好。如今，这五十张一千元的港币大钞，就这么整整齐齐地摆放在大床上，而且在雪白的床单映衬下，更加的夺人眼球。这一刻，林子昂感觉自己闻到了钞票的味道，陶醉着。

又过了一会儿，林子昂在迷迷糊糊中醒了，发觉自己竟然衣服也没脱，就躺在了铺满钞票的大床上。看了看房间的时钟，已经 2:50，快 3 点了，林子昂强撑着困意，把钱归拢好，扔在了写字台上。然后，继续躺到大床上，睡着了。

这一觉，脑子里像是放电影一般，一幕接一幕，一场接一场。

8_念佛免悲哀

2012年说来就来了。

王江南凯康电子的上市计划有条不紊地进行着,振华控股连同其他三家国内知名的投资机构,纷纷参与了这单PRE-IPO的项目,这其中振华控股领投,所分到的投资份额也最多。那阵子,公司里会计师、律师一堆人进进出出,很是热闹,这也是振华控股的常态。

当年6月底,凯康电子香港上市,成了市场追捧的"明星股",市值一路高歌猛进。到了年底,市值一举突破七百亿港币,按当时的市值计算,振华控股所持有的凯康电子3.55%股份市值二十四亿左右,获利颇丰。这部分股份,之后振华控股陆续减持了一部分,中间略有起伏,累计套现近十亿,但仍余下了1.75%的股份。在杜铁林看来,这1.75%的股份原则上短期内是不减持了,他决心跟王江南一起从长计议,还是套用他自己常说的一句话:"赌场就是人生,一个不敢赌的人，和一个赌了不能收手的人，都是不值得交往的。"

这期间，杜铁林和王江南一起去了印度，也看了看东南亚市场。那里庞大的人口基数，加之手机通讯业的迅猛发展，孕育了无数的商机。杜铁林第一次看到，原来中国制造也可以完全走出中国代工的老路，开拓出新的阵地来。当然，竞争也异常残酷。对于海外市场，中国的企业要想真的走出去，绝非那么简单，但总归要走出这一步的，更何况，背后还有一个十三亿人口的庞大国内市场等着去开拓升级，杜铁林理想中的实业加资本的产业驱动升级梦，正在昭示他一步步前进。

王江南后来又看中了产业链周边的一些企业，想收购整合，但这些公司的新技术无一例外都处在孵化期，因而公司也都处于亏损阶段，要想盈利，估计还要等一段时间。王江南来找杜铁林，就是想商量一下，该怎么筹谋。在王江南看来，凯康电子上市前后，杜铁林出了不少力，同样是参与PRE-IPO的另外那几家，却仿佛是躲在振华控股后面分享了这场盛宴。经此一役，王江南与杜铁林互相视作知己，但凡重要的事情，两个人都会事先互相通个气。

"杜总，你帮我这么多，当时你本可以拿更多份额的，但都分给他们了。杜总，你是大善人啊。"王江南一边挥杆，一边与一旁的杜铁林闲聊道。

"王总，我也是在商言商，这事是我牵的头，能碰上凯康电子这么好的公司，我最应该感谢您和您的团队。"杜铁林用力一击，球向远处飞去，"再说了，分他们一点也好，他们只要站在那里别捣乱，这就是他们最大的作用了。有时候，也是需要人家来撑撑场子的。"

"我给你算过，少赚了至少五个亿。"王江南伸出右手，伸展五个手指，跟杜铁林比划着。

杜铁林笑着对王江南说："王总，赚多赚少又怎样呢？这是碰上好的行情，碰到好的企业了，要是遇上经济危机了，照样都得吐出来。08年那波行情，我差点就破产了，好在那时候振华控股体量小，船小好调头，现在这船上，那么多身家性命，我可不敢冒险啊。"

王江南对杜铁林这番话颇为认同，进而说道："杜总，上次给你看的那几家企业，你觉得怎么样？我是准备今后要并购他们的，但现在技术还不完善，前期投入也大。我现在这个阶段，还需要维护一个高业绩增长，利润对我很重要。按理应该尽早全部收购，再进一步整合，但以我现在的力量，只能采取分步走的策略。我公司这边准备先收他们20%股权，后续再看情况。要不你私人跟着投一点，我保证能翻几倍，你也让我还你个人情嘛。"

见王江南毫无隐瞒便将自己的计划和盘托出，杜铁林也十分认可，至于所谓还人情一说，杜铁林其实压根就没太放心上。

"王总的心意我领了。我倒是有个问题，这几家企业的新技术，您觉得可行吗？我想听听您的专业判断。在我看来，技术创新才是最关键的，至于财务上怎么处理，是放在第二位的。"杜铁林说道。

王江南一听到技术创新，就像着了魔一样，连忙说道："杜总，你要相信我的判断！一定是有前途的。不瞒你说，我就是喜欢这个新技术，它让我兴奋！这比单纯赚钱有意思多了。"

"杜总，我上市真不是为了自己做什么亿万富翁，当时也是被架到那里了，不进则退啊。凯康电子为什么要上市？一是要发展，必须对接到资本市场，才能方便我去做更多的创新业务。二来，上市了，我才能对跟着我的那帮兄弟有个交代，还有这么多年帮助过我的人，都得有交代啊。至于我自己，吃喝就是这点事，这些钱已经足够了。人生匆匆，为什么不做点有创新有意义的事情呢？"王江南继续滔滔不绝地说着。

"您预计这些周边企业，三年后技术能成熟吗？"杜铁林询问王江南。

"用不了三年，最多两年。这里面有自主研发的，也可以买一些技术，关键是要资金上进行输血，而且需要把这些技术尽快地嫁接到我这边的生产线上，量提上去了，才能产生规模效益。你是凯康电子的投资者，你了解情况啊，而且我也不和你隐瞒，目前凯康电子的利润水平，主要是我成本控制得好，优势也就在于价格。但中国人做企业，就怕同行之间拼价格，拼到没底线，最后两败俱伤。所以，如何提高技术含量，做拳头产品，这是我关心的核心问题。新技术投入后，一旦市场形成巨大需求，如果我的出货量跟不上的话，那才是最致命的。胃口吊起来了，就必须得填饱啊。"王江南说道。

"所以，是需要这些提供新技术的周边企业，本身的技术要稳定，并且能保证稳定的出货量？"杜铁林追问。

"就是这个意思，但这个太花钱了。而且这几家企业，别人也在抢，我出的价，其实已经不便宜了，就怕有人再恶意加价。同时，收购完成后，后续的投入也会非常大。杜总，我的资金压力巨大，个人力量终究有限，又不能完全把包袱甩给上市公司，头疼死了。"王江南说道。

"王总，既然这样，为什么我们不做一支并购基金呢？既然最后的通路都已经设计好了，咱就倒推着设计呗。但这里面最核心的，就一条,您得确认这个技术是可行的,是有市场的。这个判断得由您来做,我们毕竟是外行。"

"这个我是有信心的。其实,杜总,今天我来找你,也有这个合作的想法。但首先我是想感谢你,其次才是后续合作。你可千万别觉得我王江南花花肠子多,绕着说话啊。"

"王总,我们已经是一个战壕里的战友了,不说这些客套话。凯康电子的市场表现那么好,振华控股在这上面也挣钱了,况且我还有1.75%的股份,这部分股份,我是不走的,我还准备着翻番呢。"

"你要相信我,如果不放心的话,我可以做劣后。"王江南充满信心地对杜铁林说。

"我肯定相信您,我和你两家,一起做劣后。再说了,要是没信心,劣到屁了,也是输啊。"杜铁林说。

"杜总,你这么说,我心里就有底了。业务上的事情,我来,资金上的安排和并购基金的具体操作,就得麻烦你这边多费心了。"

"没问题。从业务出发,大概想做多大的规模呢?需要配一支美元基金吗?"杜铁林说道。

王江南听到杜铁林提到"美元基金",顿时觉得两个人真是心有灵犀,说:"杜总真是料事如神,确实需要做两支基金,并行的。一支美元基金,规模在一亿美金左右,另一支人民币基金,规模在十五亿人民币左右。应该就可以了。"

"王总看来是有备而来啊。"杜铁林心情愉快,手上的高尔夫球杆,挥洒得行云流水,成绩也比平常好了不少。

"上次我和你在澳门玩百家乐的时候,我就知道,咱俩能够合拍。"王江南心情亦是愉快,"但这样的资金筹备,最近这市场形势,不知道有没有压力啊?"

"压力什么时候都有,就看这块肉够不够香,够不够肥。反正,枪怎么打,您负责,子弹的事情,我负责。分工明确,各司其职,精细化管理之下,才能保证我们不输。至于最后能挣多少钱,那就得看命了。"杜铁林略作停顿,"王总,咱俩都是老江湖了,有命挣钱,没命花钱,这种事情,我们见得还少吗?"

王江南说:"是,是,努力是必须的,结果就看老天安排了,愿赌服输嘛。大家都说杜总的子弹最充足,所以,我也是开门见山,希望一起精诚合作。"

杜铁林说:"最核心的还是技术,还有技术投入后的量产。您方便时给我准备一些资料,不用很复杂,也不用很专业,就把技术的稀缺性和未来产业化后的前景说清楚就行。拿着这个材料,我来说服我的 LP 们。"

"还要去说服?他们不都听你的吗?"王江南有些疑虑。

杜铁林笑着说道:"金主老爷哪有那么好伺候啊?挣钱了,当然听我的,亏钱了,剁了我的心都有啊。"

王江南也跟着笑笑,说:"那这 LP 时不时也得清理啊。"

"其实也还好,都是多年的老朋友了,而且我这里的 LP,机构为主,也有一些母基金、产业指导基金陆续进来。我讲究细水长流,过河拆桥的事情,不是我老杜的风格。再说了,咱做的不就是筑路修桥的事嘛,我又不是金主,我只是帮各位金主老爷管钱而已。咱自己几斤几两,还不清楚吗?"杜铁林戏谑道。

"哈哈,杜总是聪明人啊。怪不得市场上都说,杜总的子弹,是又多又便宜啊!"

"便宜不便宜，我不好说。但凯康电子要用，我管够。"

杜铁林和王江南见完面后，两支并购基金的事情，便成了振华控股这阶段着急要办的一件大事。要说振华控股内部，其实早就练就了一支训练有素的"作战部队"。尤其是北京公司沈天放负责的团队，股权投资业务斩获颇丰，加之沈天放敢冲敢杀，几乎完美地执行了杜铁林所有的战略举措，整个北京公司更是士气满满。

而上海公司薛翔鹤负责的团队，业务也做得很稳定。二级市场的大宗交易业务，加上自有的投资业务，说得直白一点就是炒股票，也做得相当不错。在2011、2012这两年的行情下，上海公司几个节点都精准踩踏，某种程度上，这得益于薛翔鹤的细致与缜密，就像一位顶级的账房先生一样，不温不火，等到大势到来的时候，你会发现他早就打牢了基础，永远比别人高一个台阶，更早地摘到那个苹果；而当危机来临的时候，你也会发现他率先挖好了一道沟渠。倘若大家都得死，薛翔鹤一定是能够坚持到最后一批的，争取到的时间永远是最宝贵的。

或许是出于直觉，也可以说是管理上的高超技艺，杜铁林有意识地将这两位大将划分在了两个不同的主战场。平日里，两位大将各自守土有责，井水不犯河水，遇上行情大好的时候，这两位大将还能互通有无，形成协同效应。当然，鉴于性格原因，沈天放和薛翔鹤偶尔还有点彼此看不惯对方，好在一个在北京，一个在上海，地域上的隔开，也相对帮助到了两位，既和气相处又互不干扰。

对于沈天放，杜铁林知道无论好话坏话，都得和他摊开来说，不要让他去揣测。而且，沈天放天然没有揣测的本事，直来直去惯了，哪天沈天放要是拐弯抹角地说话做事，那里面一定有幺蛾子。

因而，杜铁林对于沈天放总是赏罚分明，做得好了，就直接当着公司所有同事的面重赏沈天放。最夸张的时候，沈天放有一单业务，除了公司正常发放的绩效之外，杜铁林竟然自掏腰包奖励了沈天放一辆奔驰G500，沈天放心心念念的梦想座驾。当然，遇到犯了错，沈天放也是被杜铁林骂得最凶的副总，丝毫也不给面子。正因为这样的机制，沈天放对自己的手下也是同样的赏罚分明，整个团队就像是一群嗷嗷叫的豹子，相当具有行动力和攻击性。

到了薛翔鹤这边，杜铁林则完全是另外一套管理机制，因为薛翔鹤太自律了，自律到你几乎不用提醒，他都会把各种风险点全部考虑周全，各种应急预案都给你准备好。A方案不行有B方案，B方案不行还有C方案，直到你满意，而无论哪种方案，薛翔鹤自己又都能交差。但是，杜铁林知道，薛翔鹤要的是你老板对他的充分信任，要把他当作合作伙伴，而不是把他当成手下，他没有做老板的野心，但他需要老板对他足够的尊重。钱对薛翔鹤而言也重要，但并不是最具诱惑性的。因为在薛翔鹤看来，你杜铁林给他的工资奖金，都是他应得的，他是受雇于振华控股这个公司，而不是受雇于你杜铁林个人，人身依附这样的字眼是薛翔鹤内心最抵触的。

沈天放与薛翔鹤的差异，也体现在了对待公司事务的认知角度上。在沈天放这里，公司就是老板，老板就是公司，他脑子里从来就没有"公司治理"这个概念，如果你是老板，他服你，认你做大哥，他就跟定了你，换成其他天王老子，他都不认。但碰到薛翔鹤，他做判断，最看重是否符合公司治理，如果你对他不尊重，他在权衡好利弊之后，若认定这是公司治理上的结构性问题，那薛翔鹤做事情绝对不会拖泥带水，瞬间就会走人。薛翔鹤的脑子里，也有"大哥",也懂人情,但"大哥"再大,也没有他信奉的那个"逻辑规律"大,说不通就是说不通,因为不符合他认定的那个逻辑。

正因为了解薛翔鹤内心最在意的这份"尊严",这个"逻辑",在一般小事情上,杜铁林从来不过问薛翔鹤怎么办怎么处理,充分放权。要是每件小事情上都去跟他计较,去过问,薛翔鹤直接就会怼过来一句,"既然你不相信我,那你要我来干吗?"或者再加上一句,"既然你什么都懂,那你要我来干吗?"每当这个时候,杜铁林就会会心一笑,他实在太了解薛翔鹤的心思了。但在大事情上,薛翔鹤绝对不会擅自主张,但凡他提出来要跟杜铁林面聊,那一定是十分重要的事情。每当这时,杜铁林即便再忙,都会拿出整块的时间,同薛翔鹤一起像沙盘演练一样,将每个细节,每个可能发生的变数,仔细地推敲。有时候是两三个小时,有时候是大半天,类似的沙盘演练之后,薛翔鹤也就知道了杜铁林的整体想法,甚至还打心眼里认同杜铁林在某些细节上的神来之笔,进而在内心深处认定,"老板真他妈的专业"、"老板果然有大局观"。而在杜铁林这里,两人相处,能到这个境界,也就足矣。

这些相处之道,林子昂全都看在眼里。从个人品行上而言,林子昂倾向于薛翔鹤那种,但在做事的雷厉风行上,林子昂又觉得应该是沈天放那样。当然,能把两者完美统一的,在振华控股只有一个人能做到,那就是老板杜铁林。

杜铁林才是林子昂心目中最完美的那个榜样,而在观察杜铁林如何管理下属这件事情上,林子昂是极其认真的。通常就是一次普通的会议,或是一次例行的业务讨论会,杜铁林怎么说话,包括口气和语调,林子昂都认真留意着。并非林子昂有意"偷师学艺",实则林子昂在振华控股上班，他本身也是其中的一分子。有人的地方，就有江湖，就有是非，林子昂身处其中，也是食物链上下环节中的一环，更是这个生态里的一个元素。人与人的相处，融合与碰撞，本来就在所难免。许多看似微妙的东西，回过头来看，又都变得稀松平常，理所应当。南宋杨万里有句诗，"竹深树密虫鸣处，时有微凉不是风"，放到职场上去理解，差不多也是这个意思。

当然，人心就和这一年四季的大自然一样，看似神秘，其实也都有规律。就好像这2012年的冬天，"雾霾"这个词逐渐被人热议，以为它是个新事物，其实原本就有，只是叫法上不一样罢了。但毕竟大家都在拿"雾霾"这个新名词说事，一旦出了问题，自然就会首先把责任推到这上面来。

这阵子，杜铁林在北京工作连轴转，硬生生地累倒了。林子昂想着，以杜铁林的身板，从来如钢铁侠一般，怎么会轻易病倒呢？肯定是被这北京的"雾霾"摧残的。可回头一想，人吃五谷杂粮，谁又能保证自己永远不生病，永远心情愉快，永远无所不能呢？现实就这么摆在那里，在生病这件事情上，他杜铁林也是一个凡人，不是什么钢铁侠。

见老板坐在办公室里，满脸涨得通红，林子昂便问杜铁林是否要去医院看看？杜铁林说不必了，一会儿早点下班，好好睡一觉，出出汗就好了，说完继续处理手头的文件。

约莫一小时后，杜铁林终究还是扛不住了，通知林子昂现在就走，他要回国际俱乐部休息了。一顿紧急安排，杜铁林病恹恹地上了车，窝在后座一言不发。林子昂则坐在副驾驶位子上，时不时地注意着后座的声响，好在从公司到国际俱乐部的路程不算太远，又是下午4点多钟不堵车，车子很快就到了。

林子昂陪杜铁林回到了房间，他看杜铁林的状态极差，便询问是否晚上要准备点小米粥送过来。杜铁林说不用了，你先下班吧，有事我给你打电话。林子昂退了出来，轻轻地把房门带上。一般情况下，林子昂是从来不进老板房间的，除非杜铁林关照他上去。

到了楼下，林子昂还是不放心，又在楼下等了二十分钟，见杜铁林没有召唤，这才上车准备回公司。车开出去大概十来分钟，林子昂的电话响了，是杜铁林打来的。

"子昂，我感觉还是不舒服，看来得去趟医院了。"

"好的，杜总，您稍等一会儿，我们马上赶到。"

林子昂让司机王哥马上调头回国际俱乐部。到了国际俱乐部，林子昂赶紧用随身携带的备用钥匙打开房门。这把备用钥匙，是杜铁林交给他的，平时周末杜铁林不在北京的时候，林子昂偶尔会过来添置一些生活用品和饮用水。

林子昂走进客厅，并没有见到杜铁林。再仔细一找，只见杜铁林已经瘫坐在卫生间的地板上，满脸通红，斜靠在马桶边上。林子昂马上把杜铁林搀扶起来往外走，明显感觉到杜铁林的身体死沉死沉的，双腿完全没有力气。林子昂一个人架不住，又马上打电话让司机王哥上来，两人一起，方才搀扶着杜铁林上了车。

到了医院急诊间，一量体温，竟然有摄氏四十一度，赶紧安排输液打点滴。一大一小两瓶点滴。全部吊完，已经是7点多了。因为闭着眼睛好好地休息了一会儿，也兴许是输液里的药劲上来了，杜铁林的样子看起来轻松了不少，但仍旧有些虚弱。输液完毕，林子昂问杜铁林是否要吃点东西，杜铁林说不用了，还是先回去吧，他想睡觉休息了。

林子昂便护送杜铁林回国际俱乐部。他先搀扶杜铁林进卧室躺下，然后马上到卫生间搓了一条毛巾，放到杜铁林床头柜上。在卫生间搓毛巾的时候，林子昂无意中瞥到化妆台上有几款女士高级护肤品，只是随意一瞥，赶紧就出来了。

临走前，林子昂说："杜总，您有事，随时电话我啊。"

杜铁林实在没有多余的力气说其他废话了，点了点头，在床上躺下后，就让林子昂先回去了。

林子昂回到公司，泡了一碗泡面，盯着电脑屏幕继续修改材料。AMY姐也还没有下班，问杜总身体怎么样了。林子昂说："打完点滴，好很多了。杜总说，明天他看情况，如果要来公司的话，也得是下午了。"

"原定明天下午2点和沈总有个业务会，我问过沈总了，可以缓一缓，所以就取消掉了。你跟老板说一声吧。然后，老板要吃什么的话，你记得跟我说，我安排好后，让王哥送过去。这里有一堆文件，我都整理好了，明天早上你送到国际俱乐部让老板签字吧。"AMY姐说。

说完，AMY姐把自己办公室的灯关了，也下班了。

现在是晚上21:30，偌大的办公室里，只剩下林子昂一个人。

办公室彻底安静了。

林子昂坐在自己的工位上，电脑屏幕上的word文档，是他最熟悉的好朋友。有时候，晚上一个人坐在偌大的办公室里，感觉挺好的，突然一大片区域，就你一个人在，便能体验到空旷里的寂静。而在平时白天，这办公室里，每个人，每时每刻都在奔命，几乎一个小时可以拆成三份来用。因而，林子昂便特别珍惜此刻的安静，虽然是在加班，但偶尔也可以稍微发呆一下，想点与工作其实未必十分紧密相关的事情，反正此时此刻，也没人知道。

林子昂记得过去读尼采的书，那时候岁数小，还特别喜欢摘抄尼采书里的各种警句，其中有一句，尼采是这么说的，"每一个不曾起舞的日子，都是对生命的辜负。"虽然这种片段构成的思想极其散乱，但这句话，林子昂始终没有忘记。

林子昂看了看窗外的北京夜景，再看了看空荡荡的办公室，低下头，继续敲打起眼前的电脑键盘。轻轻的哒哒声，是他最熟悉，也是最喜欢的声音。

想必，这些个安静的夜晚过后，有一天，他也会跟着微风翩翩起舞，不辜负这所有的付出。

因为这场"雾霾"引起的生病，杜铁林从北京回到上海，准备在上海家中休息一段时间，过完春节再回北京。正好上海公司这边也有些架构调整，需要杜铁林拍板，两相结合，杜铁林便决定在上海多待几天。

这两年，杜铁林实际在北京待的时间多，在上海待的时间反而少。太太李静忙学校里的事情，对杜铁林的生意并不过问。女儿杜明子在浦东的寄宿制中学读初中，也就周末回家。至于上海公司的事情，平日里，杜铁林也很少过问，反正薛翔鹤自会管理妥当。所以，于公于私，杜铁林感觉也不需要在上海待很长时间。这次因为生病休养，已是破例。

振华控股上海公司的办公室，位于兴国路上的一幢老洋房里，环境私密雅致。虽然杜铁林在上海办公室的时间少,但薛翔鹤关照过,杜总的办公室每天都要勤打理,办公桌书架都要擦拭得一尘不染。这次在上海办公室,杜铁林连续待的时间长了点,又恰好在讨论公司架构调整,上海公司里便议论,老板这次怎么待那么长时间啊?是不是对薛副总有什么不满啊?对于这些议论,薛翔鹤并不在意,他知道老板对自己是百分百信任的。

杜铁林对于这些议论,一开始权当耳边风,并没有太当回事。正如他所料,薛翔鹤安心自己的业务,一如往常,这期间除了日常工作,薛翔鹤也没因为杜铁林这阵子常驻上海办公室,而刻意地过来讨好。倘若这事放在北京办公室,倘若杜铁林连着好久没来,别说公司其他人,就是沈天放自己怕是马上就要紧张起来,心里直嘀咕,老板怎么好久没来了?是不是对我有意见啊?杜铁林一想到这手下两位大将不同的习性,再联想到自己在上海只是"多待了几天",又联想到自己如果"好久没去北京",都可能引出这些是非议论,便觉得这"公司治理"似乎真有提升和改变的必要。

某日中午,时间正好过了 11:30,杜铁林拿起办公室电话,打给薛翔鹤:"收盘了,你中午有空吗?我们一起去龙华寺吃素面,怎么样?"

"好啊!上次一起去吃素面,还是一年前了。我马上安排车子。"

薛翔鹤安排好司机,两人便出了兴国路的办公室,往龙华寺开去。

龙华寺,是上海的古刹,在上海地界上,也是头名的寺庙了。杜铁林和薛翔鹤各自付了香火钱,进了院门,请了三炷香。杜铁林在前，薛翔鹤随后，各自敬香，互不打扰。敬完香后，两人又依次往后院走，各自参拜，依旧互不打扰。全部规定线路走完，两人洗了手，去了吃素面的一侧斋房。

薛翔鹤问杜铁林，还要加点什么吗？还是老规矩？

杜铁林回答，老规矩吧。

薛翔鹤便在账台点了两碗罗汉上素面，付完钱，取了小票，再到窗口排队取面。吃素面的地方人多，杜铁林先找好空位坐下，不一会儿，薛翔鹤便端着两碗罗汉上素面过来了。

这素面其实做得很常规，香菇、木耳、面筋、胡萝卜片、笋片、油豆腐块、荸荠混为一体，作为浇头，装在一个巨大的不锈钢大桶里。至于面本身，也没什么太多嚼劲，师傅下好面，放在碗里，再从不锈钢大桶里舀出浇头，浇在上面，便是了。单就食物本身的味道而言，实属一般。但每次杜铁林来吃素面，都吃得干干净净，连汤都喝干净，按他的说法，这里的素斋不能浪费，要有敬畏之心。其实，杜铁林吃饭向来节俭，从不浪费粮食，所谓敬畏，绝非只是身在寺庙的缘故。

"难得来吃一次素面，清清肠胃。"杜铁林对薛翔鹤说道，"前阵子，真是一点胃口也没有。"

薛翔鹤便关心地问道："杜总，最近身体感觉好些了吗？"

杜铁林说："好点了，估计是前阵子被王江南并购基金的事情累着了。"

"总之还是多注意身体吧。另外，我最近对通讯行业做了些分析，纯做技术，还是做生态，这是今后手机厂商的分水岭了。不知道王江南那些新技术到底行不行啊？"薛翔鹤说道。

杜铁林说:"我看他信心满满,有野心,对技术也迷恋,我们就赌他能跟上大势吧。"

"那倒也是,有信心就好。"薛翔鹤平时比较注意问话的分寸,对于北京公司的投资业务,通常都是点到为止。

"翔鹤,我最近在想个问题,你帮我琢磨琢磨。就是,一个公司,如果完全靠制度建设,能否把人的无限潜力持续激发出来?"杜铁林突然说道。

薛翔鹤吃了一口面,对于杜铁林突如其来的这么一句问话,感觉有点摸不着头脑,问道:"杜总,您是说哪种制度建设啊?"

"你想想看啊,我们开公司是为了什么?不就是为了让员工过上好日子吗?那什么情况下,员工能全身心地为公司付出呢?除了为了钱之外,是不是还应该有某种更大的动力呢?"杜铁林说道。

薛翔鹤说:"杜总,员工上班不就是为了钱吗?还能有什么?"

杜铁林说:"那你觉得我开公司是为了什么呢?"

薛翔鹤说:"是因为有抱负呗,机关那么压抑,肯定要下海,证明自己啊。"

杜铁林说:"不是的,我当年开公司也没那么明确的想法。我就是看着外面那些人那么傻,都可以开公司。我就想,那我为什么不可以呢?"

"所以,最早开公司,其实也谈不上什么具体的设想和规划?"薛翔鹤问道。

"2000年的时候,开投资公司,都是稀里糊涂乱撞的,那会儿都是外资公司占主流,本土的真没几家。况且,我们这种又没有什么家底,都是边学边摸索,活下来最要紧。"杜铁林说道。

薛翔鹤说："是啊，我2003年进公司的，振华控股那会其实已经有点样子了，但市场上的主角还不是我们。"

"翔鹤，这么多年了，你就像我家里人一样，关键的事情，我总是要和你商量的。但我最近总在想一个事情，你和天放是我的左膀右臂，但我总有一天是要退休的。当创始人做不动了，或者各种原因离开的时候，这个公司该怎么办？是否能有一个制度，保证这个公司继续走下去呢？"

"杜总，怎么会想到这个问题了？"薛翔鹤问道。

"人生病的时候，肯定容易想些极端的问题，但我觉得是该考虑了。"杜铁林说。

"杜总，中国当下所有的民营公司都是创始人公司，而且就我们这个行当而言，什么样的老板，公司就什么样的风格。振华控股只能有一种风格，那就是您的风格。而我和天放，永远都是给您打下手的。所以，哪天您要是不想做了，这个公司其实也就结束了。不管您认不认可，反正我是这么认为的。"

"你这个想法太狭隘了。你看高盛，那么多年了，不也开得好好的吗？他们的合伙人制度，保证了这个公司顺利发展，为什么我们中国就不能开百年老店呢？"

"可是，有谁能有您那样的资源和眼界呢？或者说，如果有相似的资源和能力，他为什么不自己开公司呢？"

"所以，这里面应该是分配机制和企业文化的问题了，要么就是钱没给到位，要么就是心里不爽。反正这两方面，最好都能满足，满足不了，至少满足一个。你钱也没到位，心里又不爽，我看这种公司也没啥干头。"

"杜总，其实公司给大家开的条件已经很不错了，我们也都是学您的样，对待手下的员工方方面面都考虑到了。我觉得，已经很好了。现在行情在慢慢转暖，万一哪天大牛市又来了，多干几票，大家也就财务自由了。"薛翔鹤隐约感觉大牛市要来了，但具体哪天来，他还真不知道。

杜铁林一边听薛翔鹤讲，一边认真吃面，不知不觉中，面都快吃完了，又把汤都喝了。

"这素面真好吃。"杜铁林心满意足，又看了看眼前的空碗，若有所思，"什么样的面，连汤都能喝干净呢？"

薛翔鹤没接杜铁林的话，继续说："杜总，其实大家伙就是想着能财务自由，这是最大的动力。"

"一说到'财务自由'这四个字，我感觉你就变成和沈天放一样了。"杜铁林说道。

薛翔鹤说："杜总您拿我取笑了，天放是大开大合型的，我是精打细算型的。也许是殊途同归，也许永远就是两条平行线，我们压根就是两类人。"

"这个是你们各自性格的事情，我不做评论。我想问的是，财务自由之后怎么办？到了那个时候，大家伙口袋里都有钱了，大家靠什么动力继续做事情？"

杜铁林此时更像是自问自答了，薛翔鹤也显然是被问晕了。

"还有一件事，我也想了好久了。人无远虑，必有近忧，我必须给振华控股设计好各种防火墙，我们这个行当，刀尖上舔血，你不惹是非，万一是非惹你呢？我现在是越想越害怕，有时候晚上都睡不着觉。"杜铁林说道。

"杜总，不需要这么悲观吧。"

"我们真的不要以为我们手上经手的钱都是天上掉下来的，所有的钱，它都是有成本的。"杜铁林语重心长地说着，"翔鹤，你更细心，你帮我多想想，怎么把防火墙的事情筑得牢靠些。"

"好的，杜总，我明白了。"

薛翔鹤总觉得杜铁林今天说的话，怪怪的，兴许是刚生好病，脑子身体都还没恢复过来吧。而且生病的人最容易胡思乱想，就姑且把这些话认作是胡思乱想吧。两人吃完素面，起身离开龙华寺，出院门的时候，又回身拜了拜大肚弥勒佛，这是杜铁林和薛翔鹤来龙华寺烧香的规定动作。全部流程结束，两人坐上车，准备回公司。

在路上，杜铁林告诉薛翔鹤，薛翔鹤儿子读民办双语小学的事情已经办妥了，让薛翔鹤找个时间单独联络一下郭校董。

薛翔鹤颇为激动，连声说感谢。

杜铁林说，小侄子的事情，就是自己家里的事情，说感谢就是见外，他要翻脸不开心的。

薛翔鹤便不再多说什么，儿子读民办双语小学的事情，一直是他最近的心头大事。如今能找到门路，心中的大石头终于可以放下了。

杜铁林又关照了一番，嘱咐薛翔鹤见郭校董要注意些什么，总之，尽快把小朋友读书的事情安顿了，把名额占掉要紧。

薛翔鹤点头说，明白，一定抓紧时间办。

正说话间，车子已经到达公司，两人下车进到办公室，正好赶上"朵云轩"的廖师傅来了。

元旦新年前,杜铁林请沪上著名的大和尚题写了一句话,字是新写的字,纸却是经年的老皮纸,写完之后专门请廖师傅托了底。但杜铁林对外框有要求,要廖师傅觅一个七八成品相的老框,为选到合适的框,一来二去,花了不少时间。好在后来真的找到了一款让杜铁林交口称赞的紫檀木老框,两相搭配一组合,新旧相衬。因为用心了,这物件便很合杜铁林的心意。照杜铁林的规矩,这幅字要在春节前挂起来,因而此刻廖师傅送过来,一切都是天遂人愿。

杜铁林让薛翔鹤一起帮忙,将字框挂在了杜铁林办公桌的正后方。摆放整齐,便邀请薛翔鹤一起欣赏。

薛翔鹤仔细看了看这幅字,上面就一句话,总共五个字:"念佛免悲哀。"

9_ 华尔街、CLUB 和绿水鬼，还有伊朗人的旧书店

春节过后，杜铁林重新梳理了振华控股内部的合伙人制度，按照贡献大小、层级高低，做了统一安排，每个人的收入待遇、职级晋升，都同公司事业的成功与否紧密地挂了钩。更为神秘的是，作为原来的自然人股东，杜铁林的名字几乎在振华控股的股东名单里消失了，除非抽丝剥茧一层层地揭下去，才能依稀在一个几经包裹的有限合伙企业里，发现杜铁林的影子。同时，振华控股母公司层面的法人代表，也由杜铁林换成了 AMY。这一切，都是杜铁林深思熟虑后的安排。

至于具体经办业务的北京公司和上海公司，从明面的法律框架上，近乎被拆分成了两个不同的公司。在公开资料里，沈天放就是北京公司的老板，法人代表、股东构成里，体现的都是沈天放，而在上海这边，老板就是薛翔鹤。至于他们"昔日"共同的老板杜铁林，名字去哪里了，一般人是绝对找不到的。如此一来，原本就已经很

低调的杜铁林，变得更低调了，采访也好，论坛活动也好，杜铁林一概拒绝。在网上搜索杜铁林的照片，几乎没有踪迹，这跟当年林子昂初次见杜铁林时，还能多少从网上查到一些资料介绍相比，又神秘了。

2013年的4月，一切安排妥当，杜铁林决定去一趟美国。杜铁林带上了林子昂，并让沈天放和他的副手大刘，薛翔鹤和他的副手大张一同前往，总共六人。这次美国之行，主要是去纽约谈事，顺道参观了纽约城里的哥伦比亚大学和纽约大学，同一些华人学生做了交流，希望能找到合适的好苗子到振华控股来工作。

在纽约的时候，一行六人连轴转，拜访了各种牛鬼蛇神，全程浸润在英语环境中。杜铁林的英语口语尚可，应付一般的日常会话完全没问题，但要是谈得深入的时候，杜铁林就需要林子昂在边上帮忙。林子昂虽说是中文系毕业，好在高中就读的学校主打英语教学，底子打得牢，大学里英语也没荒废。这没有荒废，也主要是因为修依然逼迫着他一起考了托福和GRE。所以说，这许多不经意，最后回溯，都是开什么花，结什么果。

杜铁林的美国朋友全是典型的华尔街做派，把振华控股和杜铁林个人的背景资料摸得清清楚楚，深知杜铁林的能量。几次交流下来，或正常的会见，或私下的宴请，林子昂发现杜铁林这几年真是交了不少美国朋友。而与这帮华尔街朋友的频繁来往中，大家的目标也很明确，就是在彼此迥异的法律金融体系里寻找巨大的商业机会，横竖都是钱从哪里来，钱到哪里去，钱怎么退出这几个永恒话题。

杜铁林同这些老外交谈的时候，尤其是在饭桌上，聊得更深入，更私密,更透彻之际,经常会从中国古代典籍里寻找灵感。林子昂作为助理兼翻译,因为中文英文两种语言在大脑里不停切换,又碰上杜铁林的"神来之笔",便经常痛苦走神。好在脑子到底灵活,屡屡都能解围,但也有实在没辙的时候。

那天,一众人在纽约顶级的牛排馆吃晚餐,刀叉运用中,杜铁林见对面的老外谈起生意,远比自己更残酷,更血腥,便联想到《庄子》里对于"盗亦有道"的阐释。自打自己开了公司,做了生意之后,杜铁林便觉得,拿这"盗亦有道"来形容金融行当真是再恰当不过了。

于是,等到对面的老外一通大道理讲完,杜铁林便接着美国朋友的话,直接就开始背诵起《庄子》来:

夫妄意室中之藏,圣也。入先,勇也。出后,义也。知可否,智也。分均,仁也。五者不备而能成大盗者,天下未之有也。

杜铁林背诵完毕。林子昂瞬间走神,完全不知道该怎么翻译。

一旁的杜铁林大概也是意识到了林子昂的窘境,便接着说:"盗亦有道,核心总结其实就六个字,先入、后出、均分。我的理解就是做我们这个金融行当,就是进得去,出得来,分得平均,这三样东西,少一样都不行。"

随后,杜铁林转身对林子昂说道:"子昂,前面那段古文你不用翻译,就翻这段。"

林子昂如释重负,一番翻译,恰到好处。老美听完,顿觉古代中国人的智慧大大的,连声称赞精妙。事后,傲娇如薛翔鹤这般，都主动过来拍着林子昂的肩膀说："子昂，你这个助理，真心不容易。"

杜铁林他们在纽约整整待了五天，完事后，沈天放和薛翔鹤各自国内还有工作安排，要带着副手先行回国，剩下杜铁林和林子昂还要再去一趟华盛顿。临分别前，一行六人在纽约吃了顿告别晚餐，特意选了哥大附近的一家网红湘菜馆。因为这次纽约行程收获丰富，杜铁林便心情愉快，自己把自己喝嗨了。见老板已有醉意，众人也就早早收场，回了宾馆。

林子昂刚回到房间，准备洗漱，就接到沈天放的电话。

"小林，还没睡吧？五分钟后下楼，哥带你去家CLUB。"沈天放说。

"啥CLUB呀？我就不去了吧。"林子昂说。

"别废话，这是你纽约最后一夜，五分钟后下楼。"沈天放命令道。

五分钟后，林子昂乖乖地下了楼，沈天放直接拽着他出了酒店大门，上了一辆"大黄"出租车。

"沈总，我们到底去什么CLUB呀？"林子昂问。

沈天放说："到了你就知道了。"

"大黄"载着这两个中国人，穿梭在曼哈顿的街头，不一会儿就到了目的地。小小的一个门面，就一扇铁门，进去之后经过一个狭长通道，里面音乐声渐起。林子昂睁大了眼睛，乖乖，原来是一个脱衣舞CLUB。不用过多虚伪的掩饰，那一刻，林子昂的真实感受就是新奇，随后便是兴奋，再紧接着，就是不知道该怎么"玩"，感觉自己就是个土老冒。

好在沈天放是行家里手，由他带着林子昂出来耍，其实根本就不用林子昂瞎操心。此时，沈天放已经点好了两支啤酒，又塞了一沓零钱美金给林子昂，主要是一块和五块面额的。

沈天放说："小林，我们就玩一个小时，然后回去睡觉。速战速决。"

音乐声暂时轻了下来，刚才还在舞台中央劲舞的金发白人美女已经从台上走了下来，依次走到各桌客人面前，客人便把桌上准备好的零钱递给金发美女，一般也就一块美金，碰上偶尔有人塞了张五块的，美女便又贴着客人的脸，挑逗戏弄一番。此时，金发美女已经走到林子昂他们隔壁一桌了，一个坐在轮椅上的白人老头，似乎是这里的常客了，和金发美女顺带哈哈了几句。走到林子昂这里，林子昂就学着沈天放的样，依样画葫芦。

"小林，放开点，这里没人认识你。都是合法的。只要你别对人家动手动脚就行了。"沈天放说，"来，纽约最后一夜，我们喝一杯。"

此时音乐声又起，一位肤色健美的巴西美女上台表演，煞是诱人。林子昂知道沈天放根本就不把这种事情当回事，所以自己也不需要太矜持，反正自己又是单身，又是身处异国，何必装模作样呢？便喝着啤酒，和沈天放有说有笑着。

等到一曲结束，巴西美女准备下台之际，沈天放将服务生招呼过来，耳语了几句，对方示意明白。

"小林，一会儿我和你都上二楼单间，就玩二十分钟。放开玩，你英语好，你跟人家直接勾兑吧。"此时正好巴西美女走过来，直接挽了沈天放的手臂去了二楼。

林子昂正犹豫中，服务生和他一番沟通，他便知道是怎么一回事了，不一会儿也上了二楼。前前后后，差不多半小时，就像沈天放说的那样，反正也没人认识你，反正也是合法的。二十五岁的小伙子，血气方刚，也需要释放天性。尽兴之后，林子昂扶着楼梯从二楼往下走，只见一楼的中央舞台，正在全裸真空上阵。那一刻，林子昂觉得，纽约真的蛮好的。

此时，沈天放也已经回到座位上，正喝着酒，和台上的舞娘互动着。见林子昂回来了，便说："怎么样，小林？我叫你出来，没错吧？"

"是……挺好玩的。"林子昂说。

沈天放见林子昂神情放松了，便从包里取出一个表盒，放到桌上。借着闪烁的灯光一看，原来是一块劳力士的绿水鬼。

"小林，这块绿水鬼，是我专门在纽约买的，送给你。"沈天放边说，边将手表递给林子昂。

"沈总，这太贵重了，我不能收。"

"拿着吧，小东西而已。你在老板身边，不能太炫耀，他不喜欢。但也不能太寒碜，老板会觉得你不懂事。"

"谢谢沈总点拨，但这个确实不能收啊。"林子昂继续推辞着。

"小林，别推了。你不收，就是不相信我。你收了，我才能相信你。这道理，你懂吧？"沈天放说道，"还有，我是把你当小兄弟看的，好好干，兴许哪天，你会比我们干得都出色。"

林子昂听完沈天放这番话，再不收下的话，就是给脸不要脸了，便向沈天放道谢，将手表收了下来。沈天放很是开心，要林子昂把手上的浪琴表摘下，直接帮他把绿水鬼戴上。在CLUB时而昏暗时而闪烁的灯光下，绿水鬼倒是闪着特别的幽光。

第二天一早,林子昂跟随杜铁林前往华盛顿。这是林子昂第一次来美国,一切听从指令,但跟着老板去美国首都看看白宫长啥样,林子昂很是期待。在路上,杜铁林说自己1997年第一次出国,就是因公出访去的美国华盛顿,因而如今每次去,都有故地重游的感觉。

"我那会儿跟你差不多,小年轻一个,生平第一次来美国,内心很激动。但因公出访,凡事都跟着大部队,不便私人走动。"杜铁林说,"那时候参观了林肯纪念堂,还在白宫附近兜兜转转,顺便也看了华盛顿不少的博物馆。但论中意程度,还是最喜欢城里的乔治敦老城。"

杜铁林告诉林子昂,他知道乔治敦这个地方,是因为看当时的美国总统克林顿的简介,知道克林顿大学本科就读的就是华盛顿这里的乔治敦大学(Georgetown University),来了之后才发现这个老城很有味道。又因为有大学的缘故,Georgetown这里便住了不少老教授,很多老教授身故之后,子女不待见父母的藏书著作,有的老教授甚至膝下也无子女,临到最后,诸多藏书收藏就散落到了社会上。因而Georgetown这里有好多旧书店和古董店,专做这个生意。杜铁林说,这次去华盛顿,就是要去一家他常去的旧书店淘宝。

杜铁林兴致盎然地带着林子昂来到Georgetown,热心做起了"导游",那叫一个轻车熟路。因为临近中午,两人先到M大街上的一家越南餐馆吃牛肉河粉。杜铁林说,这M大街上总共两家越南餐馆,经他比较,这家的牛肉河粉的汤更地道一些。当然,这是杜铁林的说法,对于老板的讲法,老板怎么说,林子昂就怎么听。只是此时此刻的杜铁林，在林子昂看来，难得的"闲情逸致"，真心像个轻松游玩的"游客"。

吃完中饭，出了越南餐馆，两人拐到三十一号大街，继续往前走，约莫过了三个街区，在路口左侧有一个扶梯，可以直接下到一个地下室。也没什么特别明显的招牌，就挂了个"USED BOOK"，不看还真不知道其中的奥妙。杜铁林推门进去，林子昂跟在后面，进门后就是一个典型的二手书店布局，过道很窄，几乎没有转身的空间，到处堆满了书。

林子昂左右看看也没找到店员，突然角落里的台式电脑后面探出一个脑袋来，一个戴眼镜的老头，感觉应该是巴基斯坦或者伊朗那边的人。

"你好啊，萨义德先生。"杜铁林用英文说道。

"原来是你啊，我的中国朋友。"老头名叫萨义德，确实是伊朗人，来美国三十几年了。林子昂再一推算，估计当年老头在伊朗也是有些身份的人，后来革命了，才来的美国。

"这次来美国还是谈生意吗，杜先生？"萨义德问。

"是啊，刚从纽约过来。"杜铁林回答。

"你们中国人的嘴巴里，反正永远是生意，说来说去都是生意。"萨义德说。

"赚钱不好吗？"

"赚钱没什么不好，但你们中国人为了赚钱，都不要朋友了。"听萨义德的意思，还是要在发展经济的同时，多关心一下国际上的贫苦兄弟们。

林子昂觉得这个伊朗人好有意思，便悄悄地用中文问杜铁林，

"杜总,您怎么认识这个人的啊?"

"我也是前几年在这闲逛,无意中找到这家店,你别看他脾气怪怪的,这里的好书很多。你帮我仔细找有没有1900年前后出版的历史书,里面有地图或者铜版画的那种,能找到一八几几年的最好。"杜铁林吩咐道。

林子昂便仔细寻找起来,将他觉得还可以的书堆放在一个旧木椅上,供杜铁林进一步筛选。翻找中,还发现了不少中文专著和中文画册,说明这个地方,还真有不少大家隐居在此。

"萨义德先生,你觉得奥巴马连任好不好啊?他去年连任成功了。我记得我第一次来你这里的时候,他刚当选总统,你还很开心的样子呢。"杜铁林说。

"管他呢,不管谁去做,都一样啊。"萨义德说,"噢,对了,杜先生,我最近收到一些银币,是中国的,但我不认识中国字。在Ebay上我对照着看,也不知道是什么意思,你能帮我看看吗?"

杜铁林说:"好啊,没问题。"

萨义德从一旁的玻璃柜里取出一个锦盒,拿给杜铁林看,原来是民国时期的银圆,有的是孙中山头像,有的是袁世凯头像。

"应该值多少钱呢?"萨义德问。

"这个我也说不清楚,在中国,这些银圆现在的价格有高有低。"杜铁林对于这些俗称袁大头、孙小头的银圆行情略知一二,但究竟值多少钱,他也没有准数。

"你估计呢?"萨义德又问。

"估计,估计也就一百五十美金左右吧。"杜铁林盘算着,大概也就人民币千把块钱的样子,但具体每个版本有差异,又不是专业的，谁懂这些啊。

"杜先生，我们是朋友，这些中国的银币，我一枚一百美金给你，怎么样？"萨义德很正式地看着杜铁林说道。

杜铁林太了解这个伊朗人的精明和冷幽默了，便摇摇头说道："我这次是来买书的。"

"好吧，那你继续挑书吧。我也不知道这钱币值多少钱，这些中国字我也不知道是什么意思。不过，还是要谢谢你，我的中国朋友。"萨义德说。

正说话间，林子昂找到了一本1905年纽约初版印刷的美国南北战争史，很大的一个开本。第一张图片就是整版的林肯画像，铜版印刷，十分细腻，里面还有各种大大小小的插图一百多张。林子昂便把这本书拿给杜铁林看，特别沉的一大本。

杜铁林仔细看了看，决定要了，便问老板萨义德这书多少钱。

萨义德戴上老花眼镜，把书拿来翻看了一下，说："这本书确实不错，是我上次从一位老教授家里获得的。你是我的老朋友了，卖给别人要三百美金，我就给你二百六十美金吧，因为你刚才帮我鉴别中国银币了。"

杜铁林听后一笑，示意让林子昂买单付钱，他们还有下一站任务。书店老板萨义德接过钱，又花了五六分钟，把书仔细地包装好，方才交给林子昂。这间隙，杜铁林告诉林子昂，这书是送给张局的，张局业余时间喜欢研究历史地理，尤其对英文版本的历史书籍和地图册有兴趣，回北京后由林子昂把书亲自交给黄秘书即可。

其实当天下午，他们并没有什么特别的任务，纯粹就是闲逛。从伊朗人的旧书店出来后，又到波多马克河边走了走，还专门在横跨波多马克河的 Key Bridge 上拍了照留念。林子昂印象最深的，是最后一站去了隶属于圣公会的华盛顿国家大教堂。据说当年小布什准备发动伊拉克战争前，就是在这里做的祷告。林子昂很少进教堂，也很少去寺庙，对于这些宗教场所，他总有些不适应。但林子昂知道杜铁林喜欢去这些地方，老板似乎对所有具有"仪式感"的场所都很有兴趣。

那天傍晚，已近黄昏，林子昂跟着杜铁林走进华盛顿国家大教堂内部，找了座位坐下。抬头仰望这座宏伟建筑内部的穹顶，在如此高耸肃穆的穹顶下，感觉个人好渺小，又仿佛从上面传下来一个声音，说着："很多时候，我们是渺小的，很多时候，我们也必须承认，我们并非无所不能。"林子昂默默感受着，他看到杜铁林端坐在最前排，静坐了许久，直到教堂即将关闭，他们方才站起身离开。

经过一个晚上的满血休整，林子昂精力充沛，早早地起了床，在酒店周边慢跑了一个小时。这次他们住在城里的丽兹卡尔顿，进出都还方便。都说晚上不要在华盛顿城里闲逛，治安堪忧，林子昂心想，人家这地方是美国的首都，谁会觉得首都的治安不好呢，肯定是胡说。但人生地不熟的，晚上回到宾馆后，也就没有出门瞎逛。到了第二天的清晨，太阳升了起来，再不出去逛逛，就有些辜负时光了。出门前，林子昂还是多了个心眼，把护照钱包存放在了房间的保险箱里，随身就带了一个手机，裤兜里塞了二十块美金的零钱，还有一张护照签证的复印件。如此安排之后，身心轻松地出了酒店。

此时的华盛顿，肃穆而安静。清晨的空气清冽，因为还没到上班时间，人也不多，同纽约的嘈杂完全不同。加之是首都的缘故，政府部门、博物馆的建筑都盖得严肃而正经，林子昂戴着耳机，在周边慢跑，看周边的街景，便觉得似曾相识。乍一看，真有点像北京长安街，心想着，大国的首都，看来基调都是相似的。

因为互联网的关系，他这个年龄段的年轻人，所接受的资讯信息基本上已经和国际同步了。来美国之前，NETFLIX 新上了一个美剧《纸牌屋》，林子昂便在字幕组的帮助下，扒了"生肉"，看完了第一季。《纸牌屋》剧情硬核，把华盛顿的政治生态拍得波诡云谲，而中国人看政治题材的美国影视剧，容易以为真实情况就是这个样子。或者，天然觉得，美国的政治游戏，难道不应该是这样的吗？

但无论如何，周边华盛顿的街景，建筑风格，冷冷的色调，倒是和《纸牌屋》里的场景——对照了。跑着跑着，林子昂的肚子感觉有点饿了，或许到了中午，应该能在华盛顿某个街区的角落，找到《纸牌屋》男主人公弗兰克最喜欢的那家猪肋排店吧。似乎，那是一种很有生命力的吃法。

林子昂不敢耽误时间，在周边跑完既定路线后便回了酒店，简单地冲了一把澡，接着把公司事情处理完毕，等待和杜铁林会合。好在有时差，在美国的白天时间，国内是深夜，也不用担心紧急电话和信息之类。倘若是这边的晚上十一二点，反而不敢睡觉，北京一堆的事情，时不时地就传过来。这几年，林子昂的神经始终紧绷，对手机铃声特别敏感，而且时间一长吧，也有后遗症，总觉得自己的手机在响，都有点幻听的嫌疑了。

上午 10 点，杜铁林准时到了楼下，林子昂和司机小梁已经在大堂等候了。小梁是这边的地接，在纽约接机送机，包括这次从纽约到华盛顿，顺道去费城停留，都是小梁开车并陪同。杜铁林有时候公务出访来美国，地接的事情，全部委托小梁所在的公司办理，国内若有重要客户来访，也都是由振华控股委托小梁所在公司负责全程接待。这两三年因为来得多，彼此也都非常熟悉。

开车前，小梁把一个文件夹交给杜铁林。

"杜总，根据您的要求，我先做了一些筛选，Fairfax这边的房子，符合您需求的，大概有这么三处。这三处房子离得也比较近，今天上午我们都能看完。预计12点半左右结束，然后我们就在附近的一家中餐馆吃饭，位子我都已经订好了。"

"好的，辛苦你了，小梁。资料我先看看。"杜铁林接过小梁准备好的资料，仔细阅读起来。

林子昂从来没听杜铁林说过这次来美国要看房子。老板是要准备移民吗？好像完全没这个倾向啊。当然，这些都是老板的私事，不应该过问太多的。林子昂强行克制了自己的好奇心。

但好奇心仍旧会偷偷地冒出来，压抑不住。林子昂平时跟着杜铁林参加一些饭局，老板身边的一些企业家朋友倒确实都在美国买了房子，零零星星也在饭桌上谈论过。但他们这个身价的老板，一般都买加州洛杉矶的那种大House，或者就是纽约曼哈顿的高档公寓，这Fairfax是个什么地方，林子昂还真不知道。想到这，林子昂便拿出手机，在Google上查了一下。查后才知道，这Fairfax也是个富人区，算全美排名比较靠前的县郡，且挨着华盛顿，属于首都生活圈范围内的好地方。

"子昂，你也帮我看看这些资料，今天我们主要任务就是看房子。"杜铁林把资料递给林子昂。

140

林子昂接过资料,"噢"了一声,然后怯怯地问:"杜总,我们是要选办公室吗?"

"不,是我自己要买。"

约莫半小时左右,到达目的地。当地的房产中介已经等在那边了,是个三十岁左右的老美白人小伙子。杜铁林和对方打了声招呼,便在屋子四周随意地逛看起来。

按照杜铁林之前的要求,房子不要太小,也不要太大。小梁不理解这不大不小到底是什么意思,尤其是遇见杜铁林这样国内来的老板,通常情况下,他们眼里的小房子放在一般人眼里,就已经是大豪宅了。杜铁林倒也实在,几句话就打消了小梁的疑问,这不大不小的意思,就是房子地上两层即可,加一个地下室,实际上就是三层的空间,需要两个车位,卧室不少于四个即可,总面积五千平方英尺以内,不要超过这个面积。至于总价嘛,控制在一百五十万美金以内即可。

小梁略微思索了一下,说:"杜总,您这个要求的话,总价不需要一百五十万,差不多一百二十万以内就可以了。如果是一百五十万的话,差不多得有六个卧室,面积也要六七千平方英尺了。这里不是洛杉矶,虽然已经很贵了,但真的没有洛杉矶那边贵。"

"我就喜欢这个地方,挺安静的,冬天还能下雪。我不喜欢加州的阳光,太晃眼睛了,天空也蓝得让人觉得不真实。这事就辛苦你张罗了,中介费用正常给,你的单算一份。"杜铁林说。

"我不用那个中介费,杜总能让我办这事,那是相信我。我会办好的。"小梁说。

"这一码归一码，辛苦你帮我精挑细选了。"

杜铁林其实有朋友住 Fairfax，大致也了解这边的行情，但他不愿意找朋友，一来他这些个朋友若帮了忙，欠了人情不说，以后碰到了免不了吹嘘"老杜美国的房子，那是我帮着找的"，倘若房价涨了，仿佛还需要杜铁林时刻感谢他们似的。二来，若是朋友知道杜铁林要在 Fairfax 买房子，肯定推荐自家附近的房子，美其名曰离得近，方便走动。但杜铁林独独不要的就是这方便走动，他要是为了方便走动，早就买在洛杉矶帕萨迪纳、阿卡迪亚这些华人居多的地方了。一帮不咸不淡的朋友整天混在一起，有啥意思呢，这点一直是杜铁林特别抵触的。北京上海见着就烦了，好不容易跑到美国来了，已经躲到这 Fairfax 了，还要整天混在一起，真是烦透了。所以，杜铁林便想委托小梁帮着办这个事。小梁的一番话说得很实在，因为他明明知道杜铁林是谁，这送上来的肉，谁不愿意吃呢？但他没有，完全按照客观实际介绍情况，因而杜铁林觉得这小伙子不错，没有中国人专吃中国人的意思，这点让杜铁林很满意。

经过前后几次邮件电话沟通，今天真的来看房子了。杜铁林看到房产中介是一位美国小伙子，而非华人中介，且小梁严格按照他的要求精选了房源，心情很舒畅。这看的第一处房子，其实就已经很符合杜铁林的要求了。尤其二层搭出来一个露台，正好有几株盛开的晚樱，粉色的花瓣落在枝头，远处的一片小树林，也颇有几分野趣。这里同国内的豪宅小区不一样，空间相对开放，倒是国内的小区布局做得太有规划，太精致了，反而让人觉得紧张。当然，最大的区别还是这里没有围墙。

杜铁林在屋子的前前后后看了二十五分钟，然后重新回到房屋正门的草坪处，仔细打量房屋整体的外观，并拿出手机拍了好几张照片。恰好有一对美国白人夫妇牵着一条金毛经过，对方约莫四十岁上下，一身运动装扮，一看就是牵着自家的爱犬进行户外活动的当地人。男主人主动地跟杜铁林打了一个招呼，女主人也微笑示意，一切都很自然，很轻松。杜铁林也同样跟老外打了招呼，仿佛已经是邻居一般。打完招呼，老外夫妇牵着大狗，沿着步道，向小树林方向走去。这种轻松愉悦，恰恰是杜铁林想要的社区氛围。

"小梁，就这吧。我要了。"杜铁林说。

"啊？就这么定了？另两套房子，不看了？"小梁有些惊讶。

"杜总，这个房子总价一百一十五万美金，因为这里以本地居民为主，外国人不多，所以很少有房子卖出来。但这个房子只有四千五百平方英尺，不算大，就这个价格而言，略微有点贵了。我还帮您找了另外一个地方，价格是一百二十万，但面积有五千五百平方英尺呢，而且是全新的房子，性价比我感觉那个更合适。要不您也看看？我找的这个老美房产中介，是这里的销售冠军，我把您的要求都仔细跟他讲了。给您看的材料里，这三处房子都出具了估价报告，您可以比较一下。"小梁继续说道。

"没事，就这个房子吧，我挺讲究眼缘的。你跟中介确认一下，后续需要怎么签署文件，我们这次来，就一并办掉吧。然后，这个房子后续有什么需要打理的，你也多帮我关注一下，毕竟我不常驻这里。关于这个房子后续的事情，日常需要处理的事务，可直接联络子昂，他是我的助理，他都会及时办理的。"杜铁林说。

"好的，杜总，那我这就跟中介确认手续文件的事情。"小梁说。

"辛苦你和老外中介沟通了，我和子昂到二楼再去看看，我特别喜欢那个露台。"杜铁林转身跟林子昂说道,"子昂,我们上去再看看。"

林子昂跟着杜铁林走到二层露台。这房子真是不错,室内铺着地毯,走上去软软的,屋子里的内设简洁而大方,一层客厅还有一个大壁炉,料想冬天在壁炉边烤火取暖,屋外下着雪,应是不错的景致。华盛顿的冬天自然是冷的,但论寒冷程度,这里比波士顿、纽约要好一些,就好比住在北京和住在哈尔滨,这冬天还是有差异的。然而这地方,纬度又不像加拿大魁北克那么极端,林子昂知道不少中国人移民到魁北克那边,冬天零下三十多度,像是发配宁古塔一般,纯属遭罪。

单论美国房子的价格,林子昂脑子里一计算,这栋房子合下来人民币也就八百万不到,北京那边的公寓房子,随随便便就一千万了,真是莫名其妙。林子昂心想着自己以后多努力,等到哪天能有这么一座房子,也就心满意足了。

"子昂,你觉得这房子怎么样?"杜铁林问。

"我觉得,美国的房子,真漂亮。"林子昂答道。

"这是东部的房子,风格上和加州还是不一样。不过,我就是喜欢天冷一点的地方,天冷的地方适合思考。"

"是,住在这地方,早上出去跑步,心情都不一样呢。"

"子昂,我跟你商量个事情,这个房子我想用你的名义购买,所有的手续都写你的名字,你帮我代持。至于相应的可能产生的法律风险,我们可以签署一份代持协议写清楚。"杜铁林说道,"另外,之前让你在香港汇丰开好的银行账户,都办好了吗?"

"半年前都已经办好了,沈总帮我联络的那边的张小姐。而且,陆陆续续已经打了有五十万美金过去了。"林子昂说。

"是你本人的账户吧？"

"是我本人的账户，用港澳通行证办的。"

"这次回去之后，我会让人再往那个账户里汇八十万美金，合下来就有一百三十万。这里面包括房子的钱和中介的钱，还有后面三年的房产税和一些管理费用，都统一从这个账户里出。因为是用你的名字购买房子，所以资金支出必须从你账户走才合适。你觉得可以吗？"

"我听杜总的。"林子昂回答。

杜铁林说："等到全部手续办完，过个一年左右，最多两年，可能会让你再把房子转让给我的一位亲戚。具体你等我通知，可好？"

林子昂说："好的。"

当杜铁林说完这些话，林子昂其实是感觉有些奇怪的。如果房子最终还是要转给杜铁林的家人，那杜铁林为什么不现在直接写家里人的名字呢？杜铁林是民营企业家，又不是政府官员，何必弄得这么神秘呢？但老板说的话，老板要做的事情，总归有他的布局安排，反正听老板的就是了。倒是刚才老板最后一句充满商量口气的"可好？"，让林子昂倍感亲切，因为林子昂知道，每当老板嘴巴里带出这句带有安徽话口音的"可好？"时，他就真的是在和你商量，是特别放下身段的时候。

正当林子昂脑袋里胡思乱想之际，杜铁林又正儿八经地对林子昂说道："子昂，这个事情纯粹是私人层面的事情，我不会让你白干的。转让完成之后，如果账户里还有剩余的，统一都留给你做零花钱。如果不够，我再补上，你看这样行不行？"

"明白，我都听您的。"林子昂答道。

前前后后也忙到了12点，同老美中介告别后，小梁开着车，载着杜铁林和林子昂去中餐馆吃午饭，饭后又逛了几个博物馆，便回了酒店。一行人约定第二天一早签署相关文件，中介那边当天晚上会把全部文件整理完毕，电子文本先统一发过来。这些文件，林子昂作为杜铁林的助理，都仔细地进行了核对，更何况从法律层面上而言，其实是他林子昂在美国买了一个一百一十五万美金的大房子，因此看得特别认真，生怕有任何陷阱。

第二天上午，小梁和老美中介一同来到酒店，前后花了半小时，将所有文件签署完毕。等到小梁和老美中介离开后，杜铁林拿出一份代持协议，递给林子昂。林子昂接过文件，拿起笔，找到签名处，准备签字。

杜铁林说："你不仔细看一下吗？"

"杜总，您让我签哪里，我就签哪里，不用看。"

"错了！所有的法律文件，如果要签署你自己的名字，哪怕是你父母要你签，你都要仔细审看内容。这是不能有丝毫马虎的。所以，你需要认真看一下内容再签。"杜铁林很严肃地说着。

"好的，杜总，我仔细看一下。"

林子昂开始看这份协议，其实就是两页A4纸，简明扼要，该讲的都讲明白了，没啥问题。而且，还是中英文对照，可见是有备而来，提前就准备好的。

"杜总，我仔细看过了，没啥问题。我可以签字。"

"好，那你先签，随后我签。"

林子昂快速地签好字，然后递给杜铁林，杜铁林也快速地签好了名字。

按理说，这代持协议，应该一式两份，双方各持一份。但刚才林子昂签字的时候，仔细看了，就一份，他也不好意思问杜铁林是不是少打印了一份。

杜铁林签好字，又仔细地看了看两个人的签名，说道："这份代持协议，就一份，放你那里保管。"

"杜总，放我这里不合适，是我帮您代持，应该放您那里才对啊。"林子昂说道。

"不用，我相信你，放你那里就可以了。"杜铁林说道，"时间也不早了，稍微整理一下，然后我们去机场，回北京。"

当天下午，杜铁林和林子昂乘坐的航班，准时从华盛顿杜勒斯机场起飞。杜铁林在前面的商务舱躺下休息了，林子昂则坐在后面的经济舱，眼睛瞪得大大的。那份代持协议正躺在林子昂的公文包里，还有沈天放送的那块劳力士绿水鬼，也在公文包里安安静静地放着。林子昂睡不着，站起身打开头顶上方的飞机行李架，将公文包取出，又将包带打了个结，放到自己脚下，这才放心。

临去机场前，林子昂在宾馆房间里坐立不安，心里始终没着落，便给父亲老林打了电话。在电话里，林子昂将这两天发生的事情，尤其是那个房子的事，都跟父亲说了。

"爸，我这么签字没问题吧？"林子昂问父亲。

老林说："你应该在签之前给我打电话，现在事情都已经发生了，还有什么对不对的？"

"那我要反悔吗？"林子昂有些害怕。

"那也不用。我看你们这个老板挺靠谱的，你跟着他，我挺放心的。说句心里话,我非常感谢安老师,感谢他当年给你介绍了这份工作。"

"爸,我心里还是有些慌。"

"慌个屁啊。你拿了沈副总给你的绿水鬼,老爸很开心,说明你长大了,学会在社会上灵活应对了。至于房子的事情,电话里就不多说了,回家后我们仔细分析。"老林关切地开导着儿子,"还有,回家之后,在你妈面前,千万别提什么脱衣舞俱乐部的事情,她要担心的。至于那块绿水鬼嘛,你记得带回来给我看看,别忘了。"

挂上电话,林子昂觉得,比起关心儿子的事情,父亲老林似乎更关心那块"绿水鬼",真是哭笑不得,但静下心来想想,父亲说的话也有道理。或许,事情真的没那么复杂,是自己想多了。等到一年后把房子转给老板的亲戚,再把代持协议还给老板,兴许事情也就结束了。至于那块弹眼落睛的"绿水鬼",林子昂自己还真的有点喜欢了。

10_ 杜铁林生日宴百态

林子昂从美国回到北京后,第一时间联络了黄秘书,约定周末在黄秘书家附近的咖啡店见面。

林子昂带上了那本在华盛顿淘来的美国南北战争史,请黄秘书转交张局。另外,还带了些在美国购买的小孩衣服,正好黄秘书家的儿子今年三岁了,按照这个年龄段买的,顺便又捎带了一条爱马仕的围巾,这是给黄秘书太太的礼物。

黄秘书收下了书,说上班后就转交张局。给小孩的衣服,黄秘书也收下了,但那条爱马仕围巾却不肯收,说过于贵重了。

林子昂说:"这些都是给小朋友和嫂子的,不是给你的。我不大会买,还不知道小朋友衣服的尺寸对不对呢。"

"子昂,心意我领了,小朋友的衣服,我收下了。围巾真的不能要,而且我太太在事业单位工作,戴这个牌子,太高调了。"黄明推托着。

"黄明哥，你就别推了。如果是在北京买，的确贵。在美国买，价格真的还好啦。而且我也没挑那种特别扎眼的，选了一款新出来的年轻款。"林子昂解释道。

一来二去又推托了几次，黄明也就没再多说其他的，收下了礼物。两个人又七拉八扯地说了些工作业务上的事情。临别时，林子昂告诉黄明，5月29日，杜铁林四十五岁生日，逢五逢十，也算大生日，请了几个朋友小范围聚餐，想请黄秘书一起参加。

"好的，是需要我请一下张局吗？不过，参加的人，还有些谁呢？这个我得提前知道，看领导参加是否合适？"黄明问道。

"黄明哥，不需要请张局。杜总的意思，就是小范围的，请你来参加，也不用跟张局说。"林子昂说道。

"噢。"黄明略微犹疑了一下，"行，我知道了，如果那天没啥事的话，我一定过来。地方是在哪呢？"

"不远，就在国奥村那边。"

"好的，到时你再具体通知我一下。"

和黄秘书见完，林子昂看时间还早，便准备前往奥森公园。刚才在咖啡店，他感觉自己有点"沈天放附身"的意思，觉得很不舒服。每当这个时候，林子昂就会想到去奥森公园跑步快走，想去出身汗。

在奥森公园快走时，林子昂想着平时老板对自己不薄，更重要的是，这三年在振华控股，真是学到不少东西。杜铁林过四十五岁生日，总归得给老板送些什么吧？但是，杜铁林什么也不缺啊，既然他什么也不缺，林子昂觉得，那就完全从自己的心意出发吧。

林子昂知道有一家专门卖"生日老报纸"的网店，就是告诉店家具体的年月日，然后店家就把那一天的《人民日报》准备好，放在一个木制的礼盒里，做成专门的礼品包装快递过来。杜铁林的生日是1968年5月29日，林子昂想着，就准备一份生日报纸做礼物吧。

等到收到这份特殊的礼品，林子昂心细，又将这张《人民日报》仔细翻看了一遍。这张1968年5月29日出版的《人民日报》，头版头条是《毛主席和他的亲密战友林彪副主席接见比斯塔副首相及其随行人员》，看到此处，想着"亲密战友"后来也不亲密了，林子昂的眉头便略微一皱。好在当天报纸头版右上角的《毛主席语录》，写的是"全心全意为人民服务，一刻也不脱离群众，一切从人民的利益出发"。林子昂觉得这段话还可以，颇为励志。

再翻开二版，文章大标题写的是"一切想着毛主席，一切服从毛主席，一切紧跟毛主席，一切为着毛主席"。林子昂心里一喜，觉得这二版的标题甚好，倘若二版和头版的位置能互换一下就更好了。这几句话要是搁在头版，再把这报纸送给老板，老板肯定开心啊，相当于就是表了林子昂自己的"忠心"了。但历史原物是不可能修饰，也不可能被篡改的，就这样吧，反正这生日礼物他也用心了，老板应该能体会到。

再说到买书送张局这事，因为有了这次华盛顿之行，杜铁林之后便把这事全部委托给林子昂来办。一来林子昂眼力见儿好，知道什么书好什么书一般，二来杜铁林实在事情太多，由林子昂代办可以省去不少时间，也放心。

在这之后，林子昂又去过几次纽约。纽约这样的大都市，那才是真正的国际大都市，要啥有啥，只要你想得到的，就没有你买不到的。先不去说什么CLUB，即便那些冷门到不能再冷门的所谓

rare book，纽约也多如牛毛。

纽约有家著名的书店叫 Strand，这家 Strand 书店的顶楼，专门卖各种珍藏版本的西文典籍，也就是所谓的 rare book。林子昂一回生二回熟，在那里挑选过好几本精品书，颇得张局认可。不过有一次，张局也专门提醒杜铁林，中心思想就是让杜铁林关照林子昂控制好价格，不要买太贵重的书，尤其是林子昂买过一本摇篮本之后，让张局觉得有压力了。其实，那本摇篮本也是无意中的偶遇。

那日，林子昂在店里踟蹰了大半个小时，东西再三看过了，没问题，但就是价格太贵，要三万美金。林子昂自己拿不了主意，特意请示了杜铁林。

杜铁林就问林子昂一个问题，这本摇篮本，东西没问题吧？

林子昂说，肯定没问题。

杜铁林说，那就买下呗。

林子昂说，真的太贵了，要三万美金呢。

杜铁林说，有价的东西，都不叫贵。

见林子昂内心仍犹疑，杜铁林便细细地跟他说，送礼这事情，是人与人相处的润滑剂，重在平时细水长流，永远不空手，讲究的是时时刻刻想着对方。但只是细水长流还不够，间或着要来个大物件，要让人知道珍贵，让人知道我是真的对你好。

林子昂说，杜总，我听明白了。

除了纽约之外，林子昂还去香港买过书。就在兰桂坊附近一条叫赞善里的小巷子，有一家英国人开的乐文书店，店面不大，但特别精致，专做西文的 rare book 生意。与纽约 Strand 这种巨无霸相比，香港这家乐文则是小乐惠。

乐文书店的老板是位中年老外，特别谦和，平时没客人的时候就坐在自己的书桌后面处理事情，看到客人来，也就微笑示意，你要问他问题，他才会起身向你做介绍。这里有成套的精装狄更斯文集，还有其他散见的西文经典著作，当然价格也贵了些，比纽约要贵个三成左右。当然，你要把去纽约的机票钱算上，自然觉得在香港买西文 rare book，这个价格也是合理的。

林子昂在这里见到过一本英国人写的尼泊尔旅游笔记，里面有好多珍贵地图，还有手绘的行走指南，图文并茂，值得收藏。事实上，但凡有老地图的西文书，林子昂都会买下。更何况，这本书的手绘部分，讲的是中国人比较熟悉的西藏、尼泊尔区域，便肯定是要拿下的。

林子昂问老板，这书多少钱？老板说三万港币。当这个价格说出来的时候，林子昂又开始犹豫了。如果是一万港币，林子昂绝对二话不说买单走人，但现在开价三万，着实贵了。但这次来香港，也不能空手而归啊，林子昂犹豫再三还是买下了。好在这本书尺寸大，跟一本大画册一样，最后也得到了领导的好评，也就不枉费这般辛苦寻找。

但几次下来，林子昂也在反思：为什么每次买这种昂贵物品的时候，自己总会犹豫呢？为什么总是想着要寻找一个最佳的性价比呢？林子昂觉得，可能最主要的一个原因，还是自己没有像杜铁林那般有钱。如果事业能做到老板那个层面，或许就不会犹豫了。

林子昂也试图观察像杜铁林这么有钱的老板，钱都花在哪里了。但每个人的爱好真是千差万别，反正杜铁林自己是不会买这些西文古籍的，他没这方面的爱好。但杜铁林常会在拍场上买些名人字画或者当代艺术品,只是从不上瘾。他对于物质的占有欲不强,但凡买来的东西,自己欣赏过一阵子之后,或放在公司的会客室,或放在专门的会所里,遇到有朋友或重要的客人来,有喜欢的,他也就送出去了。

所以,江湖上都说杜铁林为人爽快大方,而且还大方得很有品位,一来二去的,大家都喜欢跟在杜铁林后面。杜铁林常说,钱要花出去才叫钱,而且其实也不叫花钱,譬如买了一张很贵的世界名画,看似用掉了很大的一笔钱,但其实,是这笔钱换了一个形式,变成了这幅画,陪在了你身边。

这时候,杜铁林就会问对方,你觉得是身边放一堆钱开心呢,还是放一张赏心悦目的世界名画开心呢?

林子昂觉得老板的话讲得好深刻。

当然,碰上沈天放,他就会当着杜铁林的面说,老板,我觉得还是身边放一堆钱比较开心。你得承认,一个公司凝聚力强不强,氛围好不好,都是需要有沈天放这样的人存在的。当然,也需要有在边上一言不发,既不全然否定,也不拍马屁奉承的薛翔鹤存在。

北京的5月,立夏时节悄然而至。王儒瑶前段时间去了趟日本访学,刚回到北京。杜铁林便说要去看望王儒瑶,让林子昂跟着一起去。林子昂即刻准备了上好的同仁堂干海参,又顺带买了些老先生最爱吃的水果。王儒瑶先生的家在蓝旗营,林子昂读书期间,因为联络讲座的事情,去过两三次。这次再去,发现老先生家里的陈设还是老样子。

"王先生,师母没在家啊?"杜铁林问王儒瑶。

"你师母听说你要来,本来要等你,结果她的小姐妹一个电话叫她去唱歌，她就去了。你师母喜欢热闹，你是知道的呀。"王儒瑶说道。

"您其实也应该去热闹热闹，别老窝在家里。"杜铁林说。

"我这次去日本访学已经热闹过了，回北京，我就不热闹了。"王儒瑶说。

"看来日本之行，先生很有收获啊。"

"确实有收获，买了好几张鬼怪的浮世绘，我拿给你看看，都是好东西。"王儒瑶说着，从书柜里拿出新买的日本鬼怪浮世绘给杜铁林看。

林子昂站在一旁，跟着杜铁林一起欣赏，只见画面上都是各种色彩鲜艳的鬼怪图案，面目狰狞，名字也怪里怪气的，看着有些害怕。

"先生，这些浮世绘会不会太狰狞恐怖了啊？"杜铁林问。

"心中无鬼，就不会怕鬼。我看这些鬼怪，比我看浮世绘里那些仕女还要觉得可爱呢。我这次去日本看了他们不少精品浮世绘，最后总结出一点，真正可怕的是人，不是鬼，而且人比鬼可怕多了。因为受了这个浮世绘的启发，我最近在写一篇文章，我写好了给你看。"王儒瑶说，"噢，对了，铁林，你最近怎么样啊？生意还顺利吗？我看新闻里总在说什么量化宽松，这个对你有影响吗？"

"还行，都正常。"杜铁林说。

"正常就好。凡事都讲究一个健康生态，多吃一口，少吃一口，都没事，生态别破坏了就行。"王儒瑶说。

"子昂，你跟着杜总有三年了吧？"王儒瑶突然问起林子昂。

"是的，有三年了。"林子昂说。

"相当于读了一个研究生了。我问你们杜总公司里什么情况,他也不跟我说实话。你今天正好来了,你跟我讲讲,这公司里有趣,还是学校里有趣啊?"王儒瑶问。

林子昂说:"王老师,公司跟学校是两码事啊。公司做不好,公司就垮了,学校里是做学问的地方,结构上就不一样啊。"

"有啥不一样啊?学校也是公司呀,也有层级,也有考核,也有老板。说到底,人多的地方,都一样。"王儒瑶说,"学校搞得好不好,也得看带头人行不行,这跟公司搞得好不好是相通的。学校里也得讲究一个健康生态啊。"

"王先生,您最近是不是去给 EMBA 讲课了啊?"杜铁林好奇地问道。

王儒瑶对杜铁林说:"就是被你说中了,管院的柳院长非得让我去讲一堂。一开始,我还犯愁呢,没想到讲完之后,掌声雷动。"

王儒瑶很兴奋,便开始滔滔不绝地跟杜铁林说起那次讲座的要点。林子昂在边上,感觉又开始听老师讲课了。

"我就问那些 EMBA 学员,你们都是老板,如果你的员工凡事都向你看齐,做事情都跟你老板一样整齐划一,是不是就是执行力强的表现?他们一开始都说是。我就指出他们这种线性思维的局限性,忽视了企业内部生态一旦同质化后的危害。君子和而不同,老板身边,应该需要有各式各样的人。"王儒瑶说。

"所以,我最后的落脚点,就是探讨组织内部的生态平衡。什么叫健康生态?健康生态就是竞争之后达到平衡,有对手盘,有制衡盘,大方向一致,小目标妥协,实现共生共荣。长此以往,公司才能基业长青。"王儒瑶总结道。

"王先生,那些 EMBA 学员听明白了吗?"杜铁林笑着问王儒瑶。

王儒瑶兴致颇高,说:"这我不在乎,反正柳院长也说我讲得好。"

林子昂就坐在一旁认真听,反正每次都是这样,他已经习惯了。

整整半个多小时,林子昂见一旁的杜铁林始终面带微笑,全身心地认真听讲,偶尔还要做些互动。一开始,林子昂觉得杜铁林大概是真的觉得恩师讲得有道理,但临到最后,林子昂发现不是这样的。

王儒瑶讲历史讲人文,没人能比,但跨界讲到企业经营,而且是用人文理论的修为哲学来讲企业经营,其实是有隔阂的。以杜铁林在商界这么多年的摸打滚爬,他不可能不明白其中的道理,但杜铁林丝毫没有和恩师辩论的意思,全程就是聆听。此时此刻让老先生开心,怕是比其他任何事情都重要。

当然,王儒瑶终究是王儒瑶,临到最后,老先生自我解嘲了一番,说:"其实我说的那些,三分之一有用,三分之二全是放屁。但到了我和柳院长这个年纪,为什么要跨界去讲课?就是要拿陌生的东西来刺激一下脑子,主要目的是防止那个老年痴呆。铁林,你说我讲的对不对啊?"

说完三尺讲台上那些故事,王儒瑶又主动问了杜铁林的家里事,顺便扯了些社会上的八卦。林子昂在一旁听着,感觉老先生终于从琼楼玉宇回到了人间俗世,但也看到了老先生作为普通人心里柔软的那一部分。

时间差不多到了快告别的时候，王儒瑶有些犯困，感觉要休息了。

杜铁林说："先生，您早点休息，我们就先回了。"

王儒瑶说："那也行，回头找个时间，你再过来吃饭，让你师母烧你最爱吃的那个笋烧肉。"

杜铁林说："那最好了，师母烧的笋烧肉最好吃了。"

王儒瑶似乎又想起什么，说："铁林，你是不是快过生日了？今年也四十五了吧？"

"是，但我不过生日，就随它去吧。"杜铁林这么说道。

"那你最近回过歙县老家吗？"

"先生，我现在回去得少。自从叔伯父过世后，老家也就没有什么长辈了。"

"铁林，当年你父母过世得早，你从小依靠家族叔伯养育，这个恩情不能忘。"

"嗯，老家的几个堂兄弟，我都有照应，好在他们也都有自己的一摊事情，都过得挺好的。"

"那就好，那就好。"王儒瑶说道，"你跟我一样，都是从小失了父母。我当年是靠中学老师接济才读完中学，否则就在浙江农村种一辈子地了。你也是不容易，全靠自己一路打拼出来。"

"先生，就像您过去跟我说的，这是我们的命，也是我们的财富。"杜铁林说。

"话是这么说啊，但我们这种人，天生就是没家的人啊。"王儒瑶感慨道。

转眼就到了2013年的5月29日,杜铁林的四十五岁生日。

生日宴就摆了一桌,地方选在了国奥村的一个私人会所里。人到中年,心态大体趋同。原本你想热闹热闹,但是,寻思下来,请了乌泱乌泱的人过来,看上去热闹,其实内心还是冷清。倒不如,就一桌人,说多不多,说少不少。

很多生意场上和杜铁林有过来往的人,都觉得和他相处有一定的距离感,时间长了,又觉得杜铁林的距离感,反而是商业规范、讲规矩、讲分寸的表现。至于杜铁林的私事,很少有人知道,亲近如林子昂这般,那是因为作为助理,林子昂时常要帮杜铁林办理各种登记手续,早就把老板的身份证号码谙熟于心,才知道杜铁林的生日是哪天。这么些年,平常的生日,他一律不过,甚至提都不提,该出差就出差,该开会就开会,和普通的一天没有区别。但逢五逢十的大生日,林子昂知道,老板必定要请几个身边的好朋友聚会一次。反正就一桌人,也不多请。

虽然杜铁林很少说自己的私事,但林子昂在他身边这么些年,也零零碎碎听他或听别人讲过一些。

杜铁林是1968年5月29日上午10点出生,属猴,换成农历就是戊申年五月初三日巳时,命理书上定性的就四句话,"安身立命定恩荣,娇柔嫩枝杜宇鸣。生辰五月初三日,父母堂前产人龙。"此命五行火旺缺木,属大驿土命,宜早学文章。初年奔波,因公得财物,出外好生涯。要行千里路,心急马行迟,红日如天火,行到不能为。一生近贵,财禄足用,慷慨之命。

反正如果你相信命理的话,书上就是这么写的,文绉绉的,也不大好懂,看着应该是不错的命。但命运命运,很重要的一点,还是要看你自己怎么走自己的路。

还有的命理书上是这么写的,说戊申年大驿土生人,乃是独立之猴。为人性急心切,语重音浊,敦厚忠信,弃文就武,智慧过人,名利有份,衣食有余,多情生是非,若能坚定埋头苦干,赤手成家不难。命中多富贵,口吃四方禄,若不习文章,巧术多财谷。但论及夫妻姻缘,隐约有一句"夫妻少欢娱,生来恶姻缘"。

那天生日聚会,振华控股公司里的人,就是杜铁林、沈天放、薛翔鹤和林子昂四人。

薛翔鹤正好在北京办事,杜铁林问他有没有时间来吃饭,薛翔鹤问是什么事情。杜铁林说,我过四十五岁生日,你来不来?薛翔鹤说,你平时不怎么过生日,怎么现在要过生日?杜铁林说,感觉自己人到中年,想热闹些,不想太冷清了,你来不来?薛翔鹤说,那肯定来啊。杜铁林便很开心。

其他客人,有华大银行的行长李明波,他是杜铁林的高中同学,算是发小老乡,还有振华控股常年的大律师邹国立,外加黄秘书和安可为,这四个人,算是私密关系里最亲近的"外人",但从情分上而言,就是自己人。

生日宴请的会所顶层正好有个大露台,杜铁林便突发奇想安排了烤全羊,特意请了京城有名的烤全羊师傅来现场烹制。林子昂在屋内张罗着摆好桌子,一桌八个人,他从单位库房里拿了三瓶1991年的"萝卜瓶"五粮液。这八个人里,杜铁林、沈天放、李明波三人的酒量好,应该是半斤左右的量,安可为、黄秘书和薛翔鹤估计也就二三两左右的水平,邹律师只喝啤酒,其他白酒红酒一律不碰,林子昂自己要负责张罗,则必须少喝。所以,三瓶"萝卜瓶"五粮液应该差不多了。再者,这五粮液老酒存放了这么多年,回味无穷,醉意悠长,那种微醺荡漾的感觉,一般新酒完全不能比。喝到最后,感觉自己喝了半斤,其实可能只喝了三两,三瓶应该足够应付这几位大佬了。当然,凡事不能绝对,以防万一,林子昂又额外多备了一瓶年份茅台。

生日晚宴定在6点半,众人皆准时到达,一个也没有迟到。

杜铁林看大家都已入座,便提起酒杯说道:"今天来的,都是我最亲近的人,特别感谢大家。我二十五岁硕士毕业参加工作,今年正好二十年。别人都说四十五岁,就是人生的下半程了。但我不相信!我觉得,我的心里永远都住着一个小伙,永远都是春天。来,喝酒!"

杜铁林是今天的主角,开场提了三杯,大家也就热热闹闹地连喝了三杯。因为彼此熟得不能再熟了,稍微吃了几口菜,又迅速地加快了喝酒的速度。先是轮流给寿星杜铁林敬酒,再各自沿着顺时针或逆时针的方向,从身边的人开始敬起。因为总共也就八个人吃饭,打圈就打得特别快。

林子昂就坐在黄秘书边上,一边照顾着各位,一边留心着饭桌上的"动静",有谁需要更换骨碟,有谁需要添加热茶,随时都得盯在眼里。林子昂发觉今天黄秘书喝酒的兴致特别高,隐约还有点要把自己灌醉的意思。平时在饭局上见到他,十之八九也有张局在场,那时候的黄秘书看似轻松随意,但其实一双眼睛滴溜滴溜转,神经始终是紧绷着的。今天则全然不同,放松得很。

黄秘书给杜铁林敬酒,杜铁林搂着黄秘书的肩膀说道:"张局常说你好,评价你又专业又懂事。你也知道,他很少夸人的。我当年也在机关里工作过,我知道的,机关里的年轻人,不容易的。来,黄秘书,我们一起喝一杯。今天张局也不在,咱就不拘束了。"

"谢谢杜总!您是前辈,工作上请您多指点!"黄秘书说道。

"我能指点啥呀?你是领导,你要指导我们工作才对。需要我做些什么的,你随时说。"杜铁林兴致高,又拉着黄秘书窃窃私语了好几句。

这边一分开,黄秘书又主动敬了其他几位。这桌宴席的宾客里,就黄秘书一个人的身份是政府官员,便显得最特殊。一来张局"位高权重",作为张局的秘书,黄秘书自然受人追捧,二来黄秘书本人从不张扬,业务能力也强,假以时日,也必定是"位高权重"的新生代。因了以上这两点,即便孤僻冷傲如薛翔鹤,也很乐意同黄秘书交往,黄明兄长黄明兄短地称呼着。至于沈天放,那就更是一口一个领导地叫着。人在这种气氛下,即便你再清醒,也会觉得自己无形中成了这社交场合中的一颗星。我们这些个凡夫俗子,又有哪个不是活在各自的虚荣心里呢?反正那天,黄明一杯接着一杯地喝,从来就没见他有过这么好的酒量。

林子昂因为杜铁林的嘱咐,同黄明来往得很频繁,但也只能称得上熟悉,谈不上过硬的"兄弟情谊"。杜铁林常对他说,同人交往,主要还得看对方的品行,因势结交不长久。有些人,即便官大势力大,人品不行的话,尽量还是躲远些。如果因为生意,实在躲不开,那也尽量别逢迎,但面子上务必过得去,千万别得罪人家。倘若碰到人品好又有真才实学的,那就得努力成为至交好友。

林子昂听杜铁林评价过黄秘书,说他是张局的秘书,但也是新生代领导,是靠专业吃饭、靠脑子吃饭的那类人,值得交往。但毕竟是两代人，杜铁林说过，等到黄明上位的时候，自己已经退休了，但黄明是你林子昂从年轻时就值得结交的好兄长。一代又一代人的交往，不就是你中有我，我中有你嘛。在这复杂的谱系里，你是官，我是商，今天我是他小弟，明天你是我大哥，又或者，我是官，你是商，今天我是他小弟，明天我是你大哥。

这酒桌上的八个人，哪个不是"复杂"的人？又有哪个不乐于成为这么"复杂"的人呢？总之，酒逢知己千杯少，这餐饭，那个喝啊，到最后，三瓶"萝卜瓶"五粮液居然全部喝光了，即便是只喝啤酒也特别能喝啤酒的邹律师，也喝得酩酊大醉。烤全羊之余，又上了不少下酒小菜，几碟油炸的花生，几盆蘸酱小黄瓜，反而让这餐饭变得特别接地气，特别放松。

沈天放问杜铁林："老大，这酒喝得开心吧？"

杜铁林确实很开心，但他嘴上不说，他说："你问问翔鹤开心吗？"

沈天放便朝着薛翔鹤大声嚷道："老薛，老大问你开心不？"

薛翔鹤满脸通红，一看也是喝高了，说："真他妈开心！来，沈胖子，我敬你一个，不许用杯，用壶！"

沈天放说："唉哟，今天终于放开了嘛，这么多年，你薛翔鹤什么时候对我沈天放这么恭敬过啊？来，来，老薛，我们一起壶搞一下！我太他妈荣幸了！"

沈天放说完，便开始在酒桌上到处找酒，想把面前的分酒器倒满。突然发现五粮液的酒瓶已经空了，且发现其他几位面前的酒壶也空了，想借点酒都没有，顿时火气就上来了。

沈天放朝林子昂大声地嚷嚷道："小林，小林，怎么没酒了啊？"

林子昂看这架势,便不慌不忙地拿出那瓶年份茅台,摆到了沈天放面前,一句话都没说。看到这瓶像变戏法一样变出来的年份茅台好酒,沈天放的喜悦之情,蓬勃而发。

"我就说嘛,咱小林跟老板一样,到底是名牌大学毕业的,这个运筹帷幄哈。"沈天放做出特别夸张而兴奋的表情,打开茅台,先把自己的酒壶倒得满满的,再看薛翔鹤的酒壶,刚好三分之二的量,还没有满,"来,来,老薛,五粮液加茅台,我给你倒满哈。我呢是个粗人,但这两壶酒,糅合了中国最好的浓香酒和中国最好的酱香酒,不分高低,不分彼此,就好比咱俩的关系,就是那个干将和莫邪。"

"沈胖子,你什么时候变得这么有文化啊?杜总最近给你上文化课了啊?"薛翔鹤调侃沈天放。

"是熏陶,懂不懂?熏陶,文化的熏陶!"沈天放喝多了,说话就容易结巴。

只见沈天放与薛翔鹤两人,分别拿起酒壶,然后,迅速一口闷。看着左右两边站着的薛翔鹤和沈天放,坐在中间的寿星杜铁林,眯笑着双眼,也同样很享受这个时刻。

如此一来,众人七七八八,又把刚打开的这瓶年份茅台喝掉了。

林子昂尽量控制着自己的节奏,他今晚算是喝得最少的,关键一会儿他还要负责送黄秘书回家。刚才林子昂同黄秘书闲聊,本以为他是打车过来的,闲聊后才知道居然是自己开车过来的,而且开的还是单位的公务车。

兴许是放开喝的缘故,黄秘书开始和林子昂主动地聊起了自己的一些私事。同林子昂出生于大城市不同，黄明出生于西南小县城，完全是靠自己一路勤奋到了北京读大学，进而留在了北京。他与太太是大学同学，大学毕业后，太太先工作，黄明又读了研究生，待到他研究生一毕业，结了婚，很快就有了孩子。

一对小夫妻在北京完全靠自己打拼，但终究是优秀的那一类人，有苦有甜，日子过得也很安稳。但自从黄明做了张局的秘书之后，单位的事情一下子比过去多了好几倍，好在太太很支持他的工作。当然，做了大领导的秘书，黄明整个人的状态明显提升，视野格局也仿佛一下子拓展了。林子昂在听黄秘书讲述的过程中，完全能体会到对方身上那股事业心的冲劲，当然，这里面也有现实生活的压力，而且，两种情绪统统混杂在了一起。

时间差不多到了10点半，杜铁林见大家杯中酒都喝干净了，便即刻宣布宴席结束，各回各家，没有丝毫拖延的意思。

沈天放问杜铁林，还要去喝茶吗？

杜铁林说，不了，他要直接回国际俱乐部休息了。

众人走到大门外，杜铁林陆续和众人打完招呼，径直就钻进了自己的奥迪，扬长而去。

沈天放拉着薛翔鹤要再去喝会儿茶，薛翔鹤说累了，要回宾馆睡觉。

沈天放便不开心起来，说："老薛，你个闷骚包，你能有什么事？我是真的去喝茶，没有其他活动，你陪我去喝会儿茶嘛。"

薛翔鹤又哈哈哈应付了几句，总之，就是不想去，要回宾馆了。

沈天放便凑了过来，搂着薛翔鹤的腰，跟薛翔鹤耳语道："老薛，你不知道吧，老板过去喝完酒，都要和我一起去喝茶的。但老板今天过生日，他要回国际俱乐部，你懂的。"

"什么意思？"薛翔鹤一时没听明白。

"你是真傻，还是装傻啊？"沈天放依旧压低着声音说。

薛翔鹤这回总算是听明白了，轻声问沈天放："你是说，小姚在北京啊？"

"嗯，在。"沈天放说。

11_车祸后的莫逆之交

这边厢，林子昂要负责照顾黄明，杜铁林临走前特意关照要叫好代驾，把黄秘书送回家之后，林子昂才能走。林子昂说，杜总，您放心吧，保证送到家门口。

各人都有了归宿，该回家的回家，该回宾馆的回宾馆，众人便先后散去。

林子昂跟着黄明来到停车场，问道："黄明哥，你把家里哪个小区告诉我，我这就叫代驾。"

"叫什么代驾啊？才两公里的路，一踩油门就到了。离得近，没事。你回去吧，我自己开车就回去了。"黄明说道。

林子昂说："那可不行，你今天喝了不少酒，可不能自己开车。我这就叫代驾。"

黄明说："真不用，在我们老家，这点酒不算什么，而且今天喝的是开心酒，不是闷酒，我肯定开得妥妥的。你回去吧。"

林子昂说："真的不行，我得把你送回家，这样开车不行。"

"那这样好吧，你也上车。如果我开得没问题，咱就一路开回家。如果开得晃晃悠悠，你马上给我叫代驾。"

说完，黄明就直接钻进了自己那辆白色宝来，拿着钥匙把车发动起来了。

林子昂看他执意如此，拦也拦不住，更何况，还有一件正事没办呢。今天来之前，林子昂备了三万块钱的购物卡，原本准备散场后塞给黄明，名义上是借着杜铁林过生日的由头，说是给各位来宾的回礼，实际上就是找个由头送给黄明的。可现在，还没把购物卡送出去呢，一想到这，林子昂便立马钻进车子，坐到副驾驶位子上。

"黄明哥，那我跟你一起走。你答应我，开出会所大门，不行，咱就马上靠边停车，我来叫代驾。行不行？"林子昂说道。

黄明说："OK，没问题！"

车子瞬间发动起来，起步，走起，只见黄明驾驶着白色宝来，慢腾腾地向会所小区门口开去。出了小区门口，一个右转，就直接上了大路。林子昂看了下时间，正好晚上11:20，北边的这条大路，挨着奥森公园，现在这点儿，也确实没多少车辆行驶。大路上空荡荡的，再看看四周，好像也没有什么特别明显的摄像探头。

黄明开车还算稳当，双手紧紧把着方向盘，眼睛直勾勾地看着前面，看车速，也就四十码的样子。林子昂劝黄明再开慢点，但黄明说话的口气，再劝下去，怕是要翻脸骂人了，也就只能随他去了。

过了两个红绿灯，一个右转，就是临近住宅区了，两旁的道路停了不少私家车，路面也变得狭窄了。

"哥，这里路窄。"林子昂提醒道。

"没事，艺高人胆大，放心吧。"黄明刚说完，右脚顺势加了点油门，车子又往前窜出好远。

好在深夜了，路上行人少，一切似乎并无大碍。要说林子昂还有担心，那就是怕半路上遇见警察查酒驾，一旦被查到，加之黄明的公职身份，那就麻烦了。

然而，越是怕的事情，越是会来。

正当黄明提速往前开的时候，突然间，右手边小区开出来一辆黑色奥迪，准备右转上辅路。正常情况下，黄明只要轻踩刹车，让黑色奥迪车先过，或者略微减慢速度，往左边车道偏一偏即可。不曾想，黄明并没有轻踩刹车，而是没有任何反应地，就这么不偏不倚，任凭宝来的车头，一头撞到了黑色奥迪的车屁股上。

"哐当"一声。林子昂知道，终于他妈的出事了。

"操他大爷的！怎么开车的?"黄明破口大骂起来，熄了火，解开保险带，打开车门就冲了出去。

林子昂见势不妙，赶紧下车。那边的奥迪车司机，也已经站到了路边。

"喂，你怎么开车的?"黄明大声向对方嚷嚷着。

"我怎么开车的？我倒要问你，你怎么开车的啊？我右转出小区，开得这么慢了，你从后头直直撞上来啊。"

深夜里，乌漆嘛黑的，两个人就这么大声嚷嚷起来。奥迪司机见黄明坚决不肯认错，又发觉他一身酒气，便又提高了声响。

"怎么着，喝酒了？胆儿还挺肥啊！要不要我报警公事公办啊?"

奥迪司机嚷道。

"你报警啊，我怕你啊！"黄明大声说着，但明显脚步有些踉跄，酒劲上来了。

奥迪司机见状，拿出手机准备打110。林子昂冲上去，拦住奥迪司机，央求他不要报警。

"大哥，咱们私了，有事好商量。"林子昂说。

正说着，黄明却突然冲上来，猛拍奥迪车的车头引擎盖，"就是你错了！你报警啊！报警也没用，我怕你啊！"

奥迪司机的火气顿时上来。一旁的林子昂见势不妙，立刻支开黄明，将奥迪司机拉到一边。

"大哥，是我们不对！我刚看到您车子的通行证了，想必您也看到我们的证件了。都是公家单位的人，咱凡事好商量。"林子昂解释道。

奥迪司机说："你们的通行证，我是看到了，所以，我也没多说什么。但你这朋友也太横了吧，公务员酒驾被抓到，什么后果他不知道吗？我明天早上还要出车，送领导去中办，这事你们耽误得起吗？你看看，车屁股都瘪成这样了。"

"是我们不好，但您千万不要报警。就报个单车事故，我们私了，好不好？大哥，您说个价，我绝不还价。"林子昂说。

奥迪司机略加思索，有些犹豫。再看此时的黄明，已经斜坐在自己的宝来车旁，是真的醉了。

"您说个数吧。"林子昂说。

"你这个小伙子还挺有眼力见儿，那就两万块钱吧。"奥迪司机说。

"啊？两万块啊？"

"怎么着？嫌多啊？那就直接打110，公事公办吧。"

"不，不，没问题，就这么着。我包里有一万块现金，您先拿着，剩余一万块，我这就给您取去。"

林子昂马上从自己的背包里拿出一万块现金，递给奥迪司机。包里常备一万块现金，这是林子昂做了杜铁林助理后就养成的习惯，以备工作上的不时之需。

奥迪司机二话不说，立马接过了这崭新的一万块钱，塞到了自己西裤的后插袋里。

此时，林子昂见马路对面正好有一个银行ATM机，赶紧冲过去，拿出自己的银行卡，分两次各取了五千元。取完钱，林子昂又火速奔了回来，赶紧将这新取的一万块现金，递给奥迪司机。

"大哥，您数数，一万块。"林子昂说道。

奥迪司机说："不用数了，我相信你，赶紧送你朋友回去吧。"

"好嘞，谢谢您了。"林子昂向奥迪司机鞠了一躬，目送奥迪司机开车离去。

此时，再回过头看黄明，仍旧瘫坐在一旁。

林子昂从宝来车里找到一瓶矿泉水，拧开瓶盖，递给黄明。黄明接过矿泉水，大口喝起来，咕咚咕咚几口，就喝掉了大半瓶水。

"子昂，我们怎么在这啊？怎么在车外面了？"黄明问道。

"哥，你总算清醒点了，刚才我们把人家车给撞了。"

"那人家车呢？对方报警了吗？"

"没事，你放心，我都处理完了。对方差点就打110了。"

"噢，子昂，我喝糊涂了，酒劲突然就上来了。"

"哥,那我这就叫代驾,咱早点回去。"

"子昂,你能陪我坐一会儿吗?"黄明说。

"就坐这?"

"就坐这吧,让我清醒一下。"黄明说,"子昂,你有烟吗?"

"我不抽烟啊。"

"我车里副驾驶座小抽屉里有,你帮我拿一下吧。"

林子昂走到副驾驶座,打开小抽屉,里面正好有半包"中南海",还放了一个打火机。黄明接过林子昂递过来的香烟和打火机,点了一根,深深地猛抽了几口。约莫沉默了好几分钟,情绪才逐渐平定下来。

"谢谢你,子昂!要不是你在边上,我今天就闯祸了。"黄明说道。

林子昂说:"还好我们人都没事,有惊无险。"

"是我没控制住,喝多了。"黄明又抽了一口烟,"不瞒你说,上个月我父亲重病,在老家医院住了整整两周。今天一早我姐打电话给我,说老爹的病好转了,我这才放心。所以,今天,我是真的想多喝点。"

"黄明哥,好在伯父身体好转了,那是好消息啊。"

"我姐问我,能不能回去看看老爹?我说,我只能趁 6 月份端午假期里回去,手头那么多事情,根本就抽不了身啊。"

黄明不断地重复着说自己没时间,抽不出身,林子昂感觉他给自己身上压的担子太重了,似乎真的很看重这个"张局秘书"的身份,不敢有丝毫懈怠。

就这么在路边坐了足足有半个多小时,两个人都清醒了许多。

林子昂打电话叫来代驾,把黄明送上了车,好在这里离黄明家小区已经很近了。

"哥,这是杜总生日给各位客人准备的回礼,每个人都有的。"林子昂将三万元购物卡塞到了黄明的包里,"都是叫外边人买的,不记名的。"

黄明没有拒绝,把东西收下后,伸出自己的双手,紧紧地握住了林子昂的手。

"谢谢你,子昂!今天哥哥在你面前丢脸了,但情谊我都记心里了。"

"哥,没事,都过去了。"

"子昂,我认你这个弟弟。"黄明说道。

两人就此告别。看着黄明离去的背影,林子昂心里突然"堵"住了。酒桌上的欢愉与交际,此刻,不见了,散了。刚才惊险的那一幕,此刻,也过去了。林子昂瘫坐在马路旁,浑身像散了架一般。原来,紧张过后,突然松弛下来,最真切的体会就是这一个字"累"。

12_ 干将与莫邪：沈天放和薛翔鹤

米兰·昆德拉说过一句话，表面是清晰明了的谎言，背后却是晦涩难懂的真相。很多人读外国小说，都会摘抄这些经典句子。但谎言也好，真相也好，裹挟了欲望，掺杂了利益，这金钱交织的背后，所隐藏的故事，绝不是那么容易辨析的。

这几天，沈天放总缠着杜铁林，说他拉来了一个好项目，要撮合嘉木实业的老板董建国和达威影视的总裁鲁光辉搞并购。董建国是杜铁林的老朋友，但却是这几年不怎么频繁来往的老朋友，主要也是因为杜铁林不愿意和他来往。当年董建国的嘉木实业上市，风光无限，其主营业务是轴承制造，实打实的制造业，虽然规模不大，但至少做得很稳当。但事情就坏在这公司上市之后的"风光无限"上了，董建国觉得自己是上市公司老板，便开始讲起排场来了。偌大的一个办公室，搞得煞有介事，知道的人明白这是老板的办公室，不晓得的人还以为是明清家具博物馆呢。出行更是豪车开道，周围随从一堆，在外面应酬的时间，远远多于在厂子里聚焦生产研发的时间。

杜铁林劝董建国低调些，乱七八糟的社会活动少参加，多放点精力在研发上。但上市公司老板向来门庭若市，在外面被人捧上了天，他董建国哪还听得进杜铁林的劝诫。在董建国看来，嘉木实业上市，杜铁林是出了力了，但归根到底还是自己公司底子好，有实力，你杜铁林也只是搭上顺风车而已，别颠倒了主次。更何况，那时候杜铁林的振华控股也刚起步，至少在嘉木实业上市这件事情上，振华控股也挣到钱了，看在让你挣钱的份上，你杜铁林就应该乖乖地闭嘴。的确，振华控股那时候还不够强大，看在挣钱的份上，杜铁林也就只好忍了，便不再跟董建国多计较。反正价值观不同，那就尽量远离，前提是，在不再有金钱层面的牵连之后。

因而，当振华控股持有的那部分嘉木实业股票可以解禁之际，杜铁林悉数清空。一来把前期投资的本金和收益全部落袋为安，为公司后续发展奠定了良好基础，二来，对LP投资人有了交代，这也让大家看到了杜铁林的能力。总之，尽早地赚钱，在时间节点上的意义，远比单纯赚多少钱更重要。更何况，错了时间，即便做得再好，又有什么意义呢？

抛完股票，杜铁林给董建国发了一个很长的短信，大意是表达感谢，称赞他企业做得好。但这之后，杜铁林和董建国也就春节过年发个短信互致问候而已，更深入更频繁的来往，是没有的。若不是这几年董建国一番瞎折腾，把嘉木实业搞得七零八落，他大概还想不到要来找杜铁林帮忙。

今非昔比，杜铁林现在的事业做得那么大，董建国生怕自己被怠慢。而且，这几年确实来往得少，董建国也多少有些后悔当年没听杜铁林的话。但要让董建国低头那也是不可能的，他觉得自己终究是一个上市公司老板，基本的架势还是要有的。思来想去，董建国便迂回地找到了沈天放，希望沈天放出面跟杜铁林说说，看看怎么个疏通法，能让嘉木实业起死回生。

于是，才有了沈天放缠着杜铁林，推进嘉木实业重组的这一出戏。

"老板，你看啊，嘉木实业这几年做得不顺利，市值低迷，这主要是因为行业周期调整，实业难做，才导致主营业务下滑。"沈天放絮叨着，"但这个壳还是很干净的，基础业务都在，如果能够叠加一些新的业务进来，我觉得这里面的想象空间很大，有得搞。"

杜铁林认真听着，两眼盯着沈天放看，看得沈天放都有点毛骨悚然了。

"嘉木实业的问题根本不是什么经济下行，实业难做，就是董建国自己不务正业，荒废了自己的看家本领。你说有得搞，你倒是给我说说，你准备怎么搞呢？"杜铁林问沈天放。

"老板，我是这么想的，嘉木实业目前的状况，也就这个样子了，自有资金有限，你让董建国自己去琢磨公司怎么发展，基本上也是个大大的问号，是不可能的事情。另外一边，我觉得这两年文化影视类的公司有得搞，创业板已经独立 IPO 了好几家，而且我们也有圈内朋友啊。婷婷姐经常合作的达威影视，我看就很不错，我跟鲁光辉鲁总也谈了好几次了。鲁总还想着自己 IPO，我劝他不要这么执着，就他那个身板，一年做几个电视剧，再掺和点电影投资，怎么弄也弄不到独立 IPO 的水平。再说了，就算他上市成功了，股票三年之后才能抛,到了第四年,即便抛,每年也只能抛25%,时间成本太大了。而且,我也跟他说了,你一个IPO上市公司的老板,苦熬三年,到了第四年可以解禁抛股票了,咣叽一下,就抛25%,你公司还想不想开下去了?那么大的出货量,瞬间就砸跌停了。所以说,影视公司如果要IPO,老板就得做好干一辈子的准备,最好是老子传儿子,做成家族企业才行。"沈天放详细地介绍着。

"那鲁光辉怎么说呢?"杜铁林问。

沈天放说:"鲁总他多聪明啊,我给他整整讲了两个多小时,他总算听明白了。我就劝他做并购,被其他公司收购,安心做个二股东,哪怕三股东也行,业绩对赌完成,该套现就套现,该享受就享受。"

杜铁林说:"鲁光辉骨子里也是个滑头,你跟他讲的这些又全是投其所好,是在教他怎么钻空子,捞空门。"

"这怎么是捞空门呢?这也是实打实的生意啊。达威影视对资本市场有诉求,前两年就已经开始做股改了,鲁光辉他迟早是要走这条路的。而且这个行当是个封闭行当,优质标的就这么些,我承认达威影视在行业内不是数一数二的头部公司,但好歹耕耘了十来年,也有一些代表作,做个并购,这些既往业绩,已经绰绰有余了。而且我一再跟鲁光辉讲,让他放低预期,把承诺业绩降下来,这样自己也不会太累,别总是要价太高,万一完不成任务,吃力不讨好。"沈天放说。

"你跟鲁光辉还聊得很深嘛,连这些都跟他讲了?"杜铁林问。

"我这也是为了把这个生意谈成嘛!鲁光辉跟我讲了他接下来的三年规划,如果公司能够对接资本市场上个台阶,他很有信心把公司规模做到行业前五。我反正听下来,鲁光辉是个聪明人,他听得明白这其中的牵扯和门道。之所以想到董建国的嘉木实业,也是机缘巧合,老董最近找我来着。他说了,没脸见您,觉得这几年疏于和您来往了,应该多听听您的建议才对。这几年嘉木实业确实走了些弯路,希望杜总您再帮帮他,让他枯木逢春再创辉煌!"沈天放说。

"你少来这一套,董建国我还不了解吗?他怎么可能说没脸见我呢?这话十之八九是你加上去的。"杜铁林半开玩笑半质疑地跟沈天放说道。

"哎呀,老板,看穿别点穿嘛。我承认,这话我说得夸张了一些,但老董的中心思想就是这个意思,我只是帮他把话润色了一下。他也是没办法了,才想到找我们的,但确实不好意思直接开口,所以,前前后后找了我三次了。我也是把两边的情况都充分了解后,才敢跟您汇报这个事情。"沈天放解释一番,他这个油嘴滑舌,杜铁林也是见怪不怪了。

"我先听听你的全盘计划,再来判断行不行。你继续说。"杜铁林说道。

"我大概是这么个想法哈,达威影视有诉求对接资本市场,嘉木实业也有诉求拓展新业务,说白了,就是挖掘新的故事题材。看今后三年,我觉得文化影视这个板块会是个热门,我们也得有所布局,别踩空了。鲁光辉这边咱毕竟也认识这么多年了,他人就是这么个人,搞影视的,哪个老板不忽悠啊?他鲁光辉已经算是比较靠谱的了。当然,熟悉归熟悉,他公司内部究竟是什么一个状况,我们在没做尽调之前,也没有发言权。至于老董那边,他现在是有求于我们，我觉得我们可以比较好地拿捏住他。但纯粹就业务层面而言，嘉木实业跨界并购达威影视，对两边都是一件好事情，说不定，还能捧出个金娃娃。我觉得这个生意成功的几率，能有八成。"沈天放说。

"技术上的操作，你怎么考虑？我们扮演什么角色？"杜铁林听完沈天放这一通汇报后，直接问道。

"技术上，我是这么考虑的。达威影视这边，目前还没有跟嘉木实业正式接触过，我只是把基本的路径跟鲁光辉介绍了，他也表示认可。具体怎么操作，怎么个规划和安排，他表示都听我们的。我感觉上，他已经被我说服了，不会再执迷于独立 IPO 了。但对具体卖什么价钱，他还在犹豫，总归想多多益善嘛。我们肯定要在之前对达威影视做一次尽调，摸一个底，然后我们也肯定要进一部分股份，至于用什么样的身份，用什么公司主体进，这个都要等到尽调之后才能有结论，到时我再跟您仔细汇报。至于老董那边，嘉木实业要想收购达威影视，他的资金状况您也知道，大概率需要我们帮助他做一个收购的定增方案，资金上需要我们有所介入，这里面我觉得也有空间。总之，我建议两头都拿，两头挣钱。至于合规性问题，我们再具体商议。当务之急，是尽快对达威影视进行尽调，做完之后，我们就可以安排两边有所接触了。整个过程，我们肯定得全程主导。"沈天放说。

杜铁林沉默了几分钟，站起身来，看着窗外的高楼，略有所思。沈天放在一旁，不知道老板是怎么想的，也不敢催问。

"天放，我感觉这里面有问题。"杜铁林说道。

"能有什么问题呢？"沈天放表示不解。

"人的问题。董建国也好，鲁光辉也好，都是喜欢钱的主，这个你是了解的。在一开始，为了赚钱，都好谈。但万一出问题了，尤其在钱的事情上，扯不清楚的时候，怎么办？你觉得这两个人会协调好吗？老董是脑子容易冲动、自以为是的人，鲁光辉又是狠劲十足的人，路子也野，你把这两个人搁一个锅里，我们还两边抽头，赚双份的钱，你就这么有信心？"杜铁林说道。

"那您的意思是？"沈天放怯怯地问。

"我看先放一放，或者，就别做了。"杜铁林说道。

"老板，您再听我详细汇报嘛，这个事情我是认真考虑、仔细盘算过的。各方面，都会兼顾到的。或者，您要是不放心，我们先把尽调做了，再做决定。您看可以吗？"沈天放坚持着，不肯轻易松口。

"那请问，你以什么身份去做尽调呢？"杜铁林问。

"我明白您的意思，鲁光辉也肯定会问我这个问题，但我会妥善跟他沟通好的。他之前也表过态了，可以尽调，顺便也帮他做个综合体检，拾遗补缺，好全身心地、健健康康地迎接资本市场的挑战。"沈天放说。

"把内部情况搞清楚，这是必须的。"杜铁林说。

"老板，其实我还想表达一个意思，过去我都是在执行您的战略，您说怎么弄，我沈天放百分百地执行好，绝对不会有半点马虎。但这单生意，是我自己特别想做，我觉得里面空间很大，也会很有挑战。我恳请您给我个机会，至少先让我把尽调做完，让我摸完底之后，我们再定行不行，您看可以吗？"沈天放的语气已经十分缓和，近似请求了。

"好，既然你这么说了，我再阻挠，就是我不近人情了。给你一个月时间，把尽调做完，然后你再让团队出一份报告，把行业现状和可能出现的问题，做一个全面的整理。最后，我们再来做判断。我还是那句话，这两个人难搞，尿不到一块。除非你告诉我，这个生意，确实大大的有利可图，那我杜铁林也不会和钱过不去。但丑话说在前头，你主导的话，你就得全程盯紧，你负总责。"杜铁林说。

这一整个月，沈天放丝毫不敢松懈，对达威影视的尽职调查做得细致到位，也确实发现了一些问题。沈天放给鲁光辉出了不少主意，教他这里应该如何调整，那里应该如何合规，补了许多的漏洞和瑕疵。沈天放告诉鲁光辉，真等到券商、会计师进场后再手忙脚乱地处理这些破事，那就是给兄弟们出难题。大家都是混口饭吃，擦着边的都好办，就怕是过于明显的大BUG，人家也不敢随便签字的。

这一战，沈天放是志在必得。但老板那边不吐口，他也没法全力推进，思来想去，沈天放找到了姚婷婷，希望她能侧面做做工作。

"姚老师，您就当是帮我一个忙，也不用多说，点到为止就行。"

"沈天放，你觉得他能听我的吗？我是他谁啊？"

姚婷婷点了一支烟，回过头，问沈天放。

"姚老师，咱就不说这些了，好不好？您这么聪明，偶尔提一次，老板肯定会答应的。"

"我说过了，我做不了他的主。"

"老板这脾气，确实没人能控制得了他，但也许，他内心可能还挺希望被人管一管的。还是那句老话，一物降一物。"

"你就这么有信心，觉得老杜能听我的？"姚婷婷冷笑着问沈天放。

"别人怎么样，我不敢说，姚老师您出面，我觉得，十之八九。"沈天放说道。

就这么死缠硬磨，沈天放几乎说破了嘴皮子，最终，姚婷婷答应了。

这天，姚婷婷刚好参加完长沙的一个新剧开播活动，回北京稍微休息两三天。这阶段，她和杜铁林也是聚少离多。

"鲁光辉来找我了，他说在和沈天放谈公司并购的事情，希望你支持。"姚婷婷说话从来开门见山，不拐弯抹角。

"让他和天放直接谈吧，这事主要是天放在负责。"杜铁林说。

"这事能成吗？"姚婷婷问。

"公司并购这种事情，主要看双方意愿，还得看公司本身的资质。至于最后能不能过会，那是听天由命的事情，更要看当时的市场大环境。"

"鲁光辉说了，只要有你的支持，肯定能过会。"

"这跟我支持不支持，完全没有关系啊，我也只能做力所能及的事情。而且我跟天放说了，如果利润空间大，我不会阻拦的，我不会跟钱过不去。"杜铁林说。

"你别总是跟我摆出一副谈生意的架势，好不好？鲁光辉对我是有恩的，当年几部戏，要不是他给我机会，我怎么可能出演女一号啊？这几年我确实和他合作得少了，主要也是因为他公司规模太小了。眼看着那几家大公司都上市了，各种抢占资源，他这样的公司再不升级，恐怕就被淹掉了。我又没让你送钱给他，他鲁光辉哪里懂什么资本市场啊，我就是想让你帮他一下嘛。"姚婷婷坐到杜铁林身旁说道。

"投资是投资，感恩是感恩，两码事。再说了，他请你演的那几部戏，他也挣钱了，过去达威影视碰到一些小事情，只要是你开口的，我也帮忙了。我是觉得，达威影视可能天生就不适合对接资本市场，很大一个原因，就是鲁光辉的格局不够大，将来肯定要吃亏的。"杜铁林说。

"我反正把这个话带到了，你自己斟酌。还有，我已经答应鲁光辉了，我会演他一部电视剧。他手头有三个项目还不错，等剧本出来了，让我挑。"姚婷婷说。

"他给你多少钱一集的片酬啊？以他公司现在的资金状况，他出不起你这个价钱的。"杜铁林言之凿凿。

"我这次就收他一部戏打包一千万。"姚婷婷说道。

杜铁林听了十分惊讶，说道："怎么可能？你市场价是两千万打包，你就算要还他人情，也不需要减一半的片酬啊？"

姚婷婷说："我不仅自己减，而且其他几个主要演员，都由我来请，全是友情价。怎么样，杜总，你要不要也投一点啊？"

杜铁林不知道该怎么回答，也不清楚姚婷婷是怎么想的，反正最近，两个人时不时地就会杠上几句。但杠过之后，他还是愿意到姚婷婷这里来。

杜铁林觉得有点小尴尬，便站起身走到酒柜旁，打开酒柜门，拿起一瓶山崎18年，往杯子里倒了三分之一杯。姚婷婷平时在家不怎么喝酒，她家酒柜里的酒，尤其是威士忌，都是给杜铁林留着的。对此，杜铁林已经熟门熟路。

杜铁林倒好酒，拿起威士忌酒杯，凑近鼻子闻了又闻。他喜欢纯饮不加冰，尤其喜欢单一麦芽威士忌复杂多变的香气。至于为何独独偏爱山崎 18 年，大概是觉得苏格兰威士忌之所以好，靠的是得天独厚的地理环境和气候，而山崎这样的威士忌，全靠日本人特别的酿造技术，靠努力和专业战胜了大自然的天赋，这点倒是极其符合杜铁林的人生信条。只不过，今天倒酒的时候，杜铁林发现原本还剩大半瓶的酒，如今却只剩下小半瓶了。

杜铁林便问姚婷婷："婷婷，怎么这瓶 YAMAZAKI 只剩这点了？"

"我自己喝的，不可以吗？"姚婷婷特别不乐意地回答道。

杜铁林虽然在生意场上长袖善舞，但面对姚婷婷，确实不知道该怎么哄她了。

"达威影视这事情，就当是我请你帮忙，好不好？"姚婷婷稍微缓和了一下语气，对杜铁林说道，"还有，我过段时间要接个大古装，大概要在横店拍四个多月。"

"噢。"杜铁林应声道。

"中间最多回北京一两次。所以，你空了，记得多回上海。"姚婷婷说，"另外，明子都还好吧？"

"嗯，都还好。"杜铁林说。

"我有时候挺羡慕明子的。"

"为什么？"

"因为男朋友和老公都可以换，只有老爸永远不会换啊。"

杜铁林端着威士忌酒杯，愣住了。

"老杜，你有没有想过，我们以后会怎么样？"姚婷婷突然问杜铁林。

杜铁林沉默着，此时，杯中的酒，也已经喝光了。

"你不用着急回答我这个问题。"姚婷婷停顿了一下，"反正接下来，我也会集中精力做点投资方面的事情。我已经三十四岁了，不可能一辈子都演戏，也不可能永远都当女一号。投资方面的事情，你能帮就帮，帮不了也没关系。还有，达威影视我也投资了，我用我妈的名字投了一部分。所以，这个事情，不仅仅是鲁光辉的事情，也是我的事情，我也是股东。"

在沈天放的安排下，嘉木实业的董建国和达威影视的鲁光辉正式见面了。这一切，事先已得到了杜铁林的认可。

因为有了老板的认可，沈天放张罗此事的时候，便仿佛拿了尚方宝剑，特别的卖力，也特别的投入。至于杜铁林始终在他耳旁叮咛的"你务必把这个项目做扎实了，防止两头跳"，完全变成了另外一种理解。正常的理解是，这项目仍旧是有风险的，务必小心，但在沈天放的理解里，这话更像是老板听取了他的意见，允许自己操持大项目后的一种肯定与鞭策，是认可大于提醒的意思。

董建国这边感觉是久旱逢甘露，一再地感谢沈天放介绍了这么好的标的公司给自己，顺便拍着胸脯跟鲁光辉打包票，放心，并购一定没问题。那边的鲁光辉，则俨然以娱乐界大老板自居，又感觉前途瞬间光明，个人财富即将陡增，也是满嘴跑火车，同董建国一阵勾兑，干柴烈火得厉害。

"老鲁,你放心,你进来,那是你在帮我。在交易完成后,虽然我是大股东,你是二股东,但具体业务上的事情,还是你老鲁说了算,我是根本就不会瞎掺和的。咱一起把上市公司的盘子做做大,你好,我好,大家好。我们一起发财!"董建国嚷嚷着,和鲁光辉大口喝着红酒。

"老董,你是大哥,我是小弟。上市公司那是你的上市公司,你才是老板,我一切听你的。反正我先把这三年业绩对赌完成,绝对让老哥舒舒服服的。手头这些项目储备,我还是很有信心的,全是大咖明星,个个利润翻番啊。不过,这话说回来,老董,你也别亏待我啊。我的想法是,咱们这单干脆搞搞大,给市场来剂强心针,股价上去才是终极目标。"鲁光辉也吵吵着,兄弟义气,纵横四海。

"那没问题,只要你老鲁有信心,我有什么不敢的?不过呢,关键是安全,我现在的盘子,就是市值二十个亿,我一年也就干个几千万的利润,已经累得我不行了。关键没人来托啊,你就看那个每天的交易量,惨兮兮的,一年到头,也没几个基金经理过来调研。我们这种做制造业的,没人看得上啊,横竖都说我们没概念。"董建国吐槽着。

"是得弄点概念了,你再不弄点概念出来,人家就认定你这企业没活力了。"沈天放在旁边说道。

"是啊,我一个朋友,我们隔壁县市的一个上市公司,搞了点东西,什么光伏概念。我心想,你就一个做钢构的,哪里来的光伏概念?但人家不管啊,股票就是涨啊。"董建国继续吐槽。

"老董,你现在可以放心了,有鲁老板的达威影视加持,你这个概念就有得可说了。泛文化、娱乐行业,光鲜得很啊。"沈天放帮腔着。

"那是，所以要谢谢你沈老弟啊！咦，杜总最近不在国内吗？我给他发信息，怎么他也不回我啊？"董建国说道，"他是不是不肯见我啊？"

"哪里啊，杜总确实出国了，最近特别忙。但他特意关照我，要我给两位把服务工作做好。杜总那是我的老板，我的大哥，两位又都是杜总的朋友，也是我的大哥，所以说，这件事情，我三位大哥的利益都在里面，我沈天放一定办好。绝对没话说。"沈天放说。

"天放，你别这么客气，这件事情，从头到尾，是你促成我和董总见面的，跟老杜没关系。如果最后这件事情成了，我们最要感谢的人是你！我鲁光辉心里是清楚的，你放心，我是明白人。我相信，董总也是这么认为的吧？"鲁光辉煞有介事地说着，眼睛转过来看着董建国。

董建国心领神会，说道："那是，都是天放在张罗，咱们好兄弟，一起发财！他杜铁林就是看不起我，这么多年老朋友了，他京华大学毕业的了不起啊！我们都是泥腿子出身，谁比谁高级呀？再说了，我也是 EMBA 啊，有文凭的，不比他差啊。"

董建国和鲁光辉两人哈哈大笑起来，沈天放便插科打诨道，"老董，那你啥时候再读个博士嘛！那就超过杜总了！"

"哈哈，天放，我也想啊，但我就是不知道这博士帽哪里有得买啊？最好搞个外国的洋博士！直接一步到位，让他杜铁林对我刮目相看。"董建国看来是喝嗨了，在饭桌上手舞足蹈地说着。

一顿胡侃后，沈天放觉得可以聊核心要点了，便清了清嗓子，说道："两位这次见面，还是要把一些大的框架定好，余下的细节问题我来操办。大方向定好,再签好框架协议,就得停牌了。因为这次是由我们来做收购定增的配套,然后鲁总也要参与,中间还要做一个资金的过桥,工作量还是有些大的。但相关的券商、律所、会计事务所都会全面配合,都是一流的团队,这点两位可以放心。关键是价格,对应业绩,还有收购时现金和股票的比例。这个事情,今天这餐饭,我们三个人得把意见统一了,不能开玩笑的。"

"天放,你是这方面的专家了,你有什么建议呢?"董建国主动问沈天放。

毕竟涉及到具体的金钱数额,彼此都还有些博弈的成分在。且董建国这么问沈天放,而不是直接问鲁光辉什么想法,也是一种迂回的套路,更何况,这话题也必须是由他董建国开头比较好。

沈天放毕竟大开大合惯了,也都是江湖口气,并不避讳,直接说道:"达威影视的底子还是不错的,我们振华控股因为要介入,所以,先期已经做了一个粗的尽调,也提了一些建议给鲁总。我是觉得,接下来,这个板块,肯定有空间,值得认真搞一搞。"

"所以呢,老董,你也别小气,倍数上呢,参考行业平均水平,可以略高一点,至于对应的承诺业绩,这边需要鲁总有一个比较客观的评估。毕竟,看你股改之后最近三年的业绩,是有波动的,现在是7月份,今年2013年达威影视扣非净利润能干多少,挺关键的。我看去年2012年做得还可以,至少有个三千万,但我看别人家公司,做到你这个体量的,利润都不止这些。"沈天放继续说道。

因为说到公司利润起伏的敏感话题,鲁光辉便有些扭捏和不自然,好在他红酒喝了好多,脸上酒气十足,便分辨不清是何种原因导致了脸红。但沈天放依旧不肯放过,继续追问着。

沈天放问道:"我就不明白了,同样体量的公司,他们的利润是哪里来的呢?或者说,你的利润都到哪里去了?不在一个平均线上的事情,要么是人家有猫腻,要么就是你有猫腻。这个鲁总你得想好应对的说辞,到时过会的时候,各种问题都会提出来,需要你和董总到时一并解答的。"

"哎呀,这个我也不瞒你,反正今天老董也在,将来都是一家人,我也没什么好隐瞒的。实际上,我从来没想过要搞什么上市,脑子里就没这根筋。我做这个行当,就是喜欢这个行当的热闹。我这种人,你也知道,就喜欢热闹,喜欢男男女女,吃吃喝喝的。"鲁光辉说起男男女女的事,尤其兴奋,"但突然有一天我发现,不对啊,边上那些个傻逼公司怎么全都上市了?大家过去都是差不多的公司,一夜之间,他们成大公司了,我变小公司了,那可不行啊。这以后,我在这个圈子里怎么混啊?我也得对接资本市场啊。所以,我才开始捣鼓起这些个事来。"

"那老鲁,咱也别绕圈子,你看你接下来三年能干多少?明年利润能过一个亿吗?"董建国问鲁光辉。

"这个老董你放心,我是有事业心的人,我肯定不会比其他家差。你到我们行当里打听打听,我鲁光辉在圈子里的口碑,那就两个字,靠谱!"鲁光辉说道,"至于这个利润嘛,我来之前也测算过了,按照天放给我定的标准,我又稍微给自己加了加担子。今年2013年我估计可以做到个七千万,所以呢,2014年我定的是1.2亿,2015年我定的是1.5亿。只要公司资金充裕,我多上几个项目,利润就都出来了。"

"你看看,到底是娱乐行业出来的,利润空间就是大啊。来,老鲁,我先敬你一杯!"董建国往自己的红酒杯里,倒了大半杯,起身敬鲁光辉。

两人喝完酒之后,董建国问鲁光辉:"那老鲁,咱这个收购价格定多少合适呢?你有没有大概的框架?"

"十个亿呗,我三年累积贡献利润 3.4 亿,这个价格还可以拉。天放跟我说了,关键是促成这个交易,所以,我也没狮子大开口,说多了,那是我鲁光辉忽悠,但这个利润我是肯定能做到的。"鲁光辉说。

"老鲁,参照 2013 年的这个七千万,你这个差不多就是十五倍了,比行业平均水平高了。我的意思呢,咱们把总额利润调下来,我也不需要你三年累积那么高,然后把倍数也调下来,这样跟大家差不多,会里好通过呢。"董建国说。

鲁光辉听完,立刻说道:"那老董你的意思,什么条件合适呢?"

董建国说:"2013 年七千万,2014 年 1.1 亿,2015 年 1.3 亿,三年累积利润 3.1 亿,收购价格 8 个亿,差不多十二倍。老鲁,你看怎么样?"

"那不行,低于十个亿,我不干的。外面行情就是这样的,老董你不能让我没面子啊,是不是?到最后,你是大股东,你是老板,股价上去了,大赢家还是你。我是来帮你抬轿子的,赚的是辛苦钱,你别小气这些辛苦钱嘛。"鲁光辉说。

这个时候,沈天放知道,又该自己出场了。

"我说两句哈,今天能够坐到一块,说明大家的立场是一致的,肯定是要合作的。但要把合作的条件弄弄清楚,大家都不能吃亏。再说了,三个大老爷们,算道小学数学题还不会吗?我的意思是这样，收购价格我们就定十个亿，鲁总这边呢，2013年这第一年务必多干点，得九千万，后面两年还是1.2亿、1.5亿，这样算下来还是十一倍、十二倍这个区间，但三年累积是3.6亿，比之前鲁总的方案增加了两千万。老董你也给鲁总一个面子，就定十个亿，不要觉得自己多出了两个亿就吃亏了，鲁总这边三年累积的利润贡献还比你那个3.1亿的方案多了五千万呢。在顺利过会的前提下，尽量争取把盘子做大，利益最大化嘛。两位觉得怎么样呢？"

当沈天放把这一通话说出来的时候，心里感觉特别好，仿佛在这一刻，隐约有点杜铁林的气场了。也不是说他沈天放不够强势，只是在很多场合，他虽然也在独当一面，但更多的仍是作为振华控股的代表在执行杜铁林的战略思路。但这次不一样，这次交易是他一个人在主导，某种程度上，沈天放觉得，哪怕这时候杜铁林在现场，大概也就这个局面和架势吧。

为了这最终的价格，董建国、鲁光辉、沈天放三人又耳鬓厮磨了一番。最终，都依了沈天放的这个方案，将交易价格定在了十亿人民币。

"天放说的有道理，那就这么定。我们都是大江大河里闯过来的，不要在意这些小细节了，主要看大方向哈！"董建国笑呵呵地说着。

这一边的鲁光辉也点头同意。

沈天放继续说道："至于现金和股票的比例，参照目前市场行规，30%现金，70%股票，怎么样？"

"可以。"董建国答。

"没问题。"鲁光辉说。

"董事会席位呢？老董你怎么考虑？"沈天放继续问董建国。

董建国便说："老鲁肯定得董事啊，那必须的呀，要是不给老鲁这个董事席位，那咱就太不懂事了。还有，天放，你们振华控股也得拿一个董事席位吧，我的建议，就你来当吧，派其他人来，我怕没啥共同语言。你来我最放心，咱兄弟几个一起大展宏图。"

"好的，那我回头再跟杜总汇报一声。"沈天放说道。

"你啊，别老是跟杜总汇报汇报的，你也是能做大老板的人，别委屈了自己。"董建国大概是反感杜铁林，便借着沈天放的话又吐槽了几句，但也没多说什么。

三人又推杯换盏，喝掉了最后一支红酒，也是这一箱六瓶红酒的最后一瓶。

"天放啊，老哥这次如果能和鲁总合作成功，一定不会忘记你的功劳。这个股份啊，总归要给你留一些的，至于怎么留，怎么把事办得不显山不露水，你比我们懂行，你来告诉老哥。"董建国说道。

"老董，股份不需要，能促成这个事，才是最开心的事。"沈天放说。

"老鲁，你觉得这股份应不应该给天放留一些啊？"董建国转身问鲁光辉。

鲁光辉听董建国这么一说，自然心领神会，说道："必须得留啊！"

"你看，老鲁都说是必须的，那就这么定吧。"董建国说，"另外，这个感谢费得单算，行规是0.5个点，我看就1个点吧，十个亿就是一千万。这个一千万，统统我来，老鲁你就不用出了。"

"老董，那怎么可以呢？天放也是我兄弟，咱一人一半才对，你五百,我五百。"鲁光辉大声说道。

"两位大哥的心意我领了,咱们今天就先不讨论这个细节了,让我集中精力把这事办成再说。"沈天放说,"等到事情办妥了,那1个点,我的意思就干脆折成股份,这样大家都方便。不知道,两位大哥意下如何?"

"天放,你放心,我绝对不会让兄弟们白干的。"董建国说道。

一旁的鲁光辉,站了起来,说道:"老董,我就喜欢你这股豪爽劲!像个大哥样!总之,从今以后,你就是老大,老大的话,我坚决执行。"

董建国说:"什么老大老二老三的,在我这里都不算。我们就是亲兄弟,说白了,就是这块上市公司的牌照,咱兄弟几个一起用,大家共同致富。假以时日,兄弟们前赴后继,一个个地聚集过来,我们一定要把嘉木实业打造成一块金字招牌,做一个基业长青的平台型公司。这才是我的理想。"

董建国意气风发,至少在这个场景下,大家都是兴奋无比的。

沈天放说:"既然两位大哥的意见都统一了,那我就准备让兄弟们干活了。来,我敬两位大哥一杯,预祝我们合作愉快!"

沈天放举起酒杯,与董建国、鲁光辉一起举杯庆祝。

这一夜,大家的身价,似乎又要大幅度地看涨了,彼此的人生,也即将迎来新的高峰。

这次见面之后没几天,沈天放就将相应的情况向杜铁林做了汇报,或许是因为知道了姚婷婷参与其中的缘故,也或许是压根就不愿意跟董建国、鲁光辉多来往,也不清楚杜铁林内心是怎么想的,总之,在这件事情上,杜铁林充分地放权了。

"老板,还有一件小事情,目前券商、会计师和律师都已经进场了,董建国那边提出来,想约着一起吃个饭,看您什么时候有空?"沈天放问杜铁林。

杜铁林答:"你就跟董建国说,我这段时间破事多,这件事情由你全权负责。等到顺利过会了,我请大家喝酒。还有,天放,这不是客套话,自从美国回来后,我们内部就已经把分工明确了。北京的这摊事情,主要你负责,上海的那摊事情,翔鹤负责,我就尽量在后面了。而且公司的法人也都更改了,所以,也该你和翔鹤走到前台了。"

沈天放知道杜铁林从来都把话放在台面上说,从不做小动作,因而听到这么明确的指令后,也就更加大胆地往前"冲杀"了。

就在董建国和鲁光辉见面后第二周的周三下午开盘前,嘉木实业停牌了。

因为嘉木实业这只股票平时的交易量就不大,所以,正式停牌前的周一和周二这两天,略微有点声响,盘面就已经有一些异动了。好在那次见面的时候,沈天放再三关照董建国和鲁光辉,务必手脚轻一点,别搞冒了。对于这些个江湖老油子,你警告他们一定杜绝、千万保密,那是根本不可能的,你唯一能做的,就是让他们注意分寸,然后提醒他们有哪些红线是坚决不能碰的。好在周三上午的盘面总体还算正常,周三下午也就顺顺利利地停牌了。

由沈天放牵头,振华控股下面新设的几个子机构参与此次收购的配套资金定增,而这些新设的子机构,全部是挂在沈天放名下的"新阵地",也就是说,这些新设的架构,第一责任人是沈天放。至于现时嘉木实业收购达威影视这一单实际业务,沈天放还是多了一个心眼,不敢不尊重杜铁林的意见。在征求杜铁林意见后,最终振华控股决定仅参与配套定增,预期定增完成后,振华控股会成为嘉木实业的第三大股东。原本在沈天放看来,可以在达威影视那头也吃一口,两边倒,但还是听从了杜铁林的意见,只做一头,并且选择了相对周期更长、但却最不会遭人诟病的一种"玩法"。

上桌吃饭,吃饱为主,但也不能吃相太难看,尤其要防止下不了桌的情况出现,这是杜铁林一再叮嘱的"规矩",不容许破坏。更何况,这也是杜铁林第一次真正意义上的"放权",他做老板的,可以认为是"真放权",但你做下属的,可不能也跟着认为是"真放权"。沈天放这多出来的"一个心眼",应该说是"恰到好处"。

2013 年 8 月中,嘉木实业停牌,券商机构进场。2013 年 12 月初,收购方案预披露,公司复牌后,连续六个涨停,随后 2014 年 3 月顺利过会,一切都有条不紊地推进着。等到 2014 年 4 月底嘉木实业收购达威影视股份交割完毕之际,嘉木实业的股价已经翻番,市值已经稳稳地站到了五十亿的位置。或许是历史的机遇,也或许是命中注定的财运到了,看到这市值对应的身价,董建国和鲁光辉都感觉自己简直就是人中翘楚。两个人时不时地厮混在一起,喝酒唱歌,热热闹闹的。当然,这两个男人热热闹闹的时候,也自然少不了沈天放,因为沈天放又何尝不是一个喜欢热热闹闹的人呢?

此前杜铁林答应的请喝酒,杜铁林也真的请了,那天杜铁林八面玲珑,全是场面上的客套话。董建国想找碴让杜铁林多喝几杯,反被杜铁林主动敬酒的架势所震撼。林子昂在一旁看得真切,在这个酒局上,老板就是简单地纯喝酒,没丝毫屁话,一杯接一杯,绝对是不把对方喝趴下绝不罢休的状态。有时候,男人和男人交往,讲究的是拼智慧，拼头脑，但有时候，你未必能够棋逢对手，遇到脑子不够使的人，就只好拼荷尔蒙，拼硬碰硬的体力，至少，在动物性层面上，你也不能输给对方。

那次杜铁林的酒量算是超常发挥，原本董建国想打头阵，鲁光辉殿后助攻，结果，杜铁林的策略更直接，来一个，干一个，所有的敬酒，统统连干三杯。随后，杜铁林主动拎起酒壶和酒杯，走到董建国面前。

"来，老董，首先祝贺你市值到五十亿，这次振华控股做配套定增，现在这部分市值也翻番了！我敬你三杯，感谢你让我挣钱！等到了一百亿市值，我包游艇庆祝！"杜铁林说道。

董建国说："有你老杜这句话，我董建国就心满意足了！你不用包游艇庆祝，我迈阿密有大别墅，我新买的。到时我来租条船，我们一起去海钓，你老杜赏不赏这个脸啊？"

杜铁林说："可以啊，老董，又买别墅了，还是迈阿密的。一言为定！喝！"

轮到鲁光辉这边，也是一顿推杯换盏。一顿宴席，热菜才上到第五个，两个主角董建国和鲁光辉都已经快喝不动了，后面再喝酒，完全不是依靠体力，而是依靠意志了，到最后则完全是无意识了。以正常标准来看，这应该是非常值得董建国和鲁光辉回忆的一顿大酒了。

这单生意刚做完，其他生意还要张罗，振华控股诸多项目并头推进，一切都有条不紊地运行着。开公司就跟开杂货店做生意一样，反正就是这些事情，不停地颠倒着转，这边刚告一段落，那边又接踵而至。

这期间，林子昂被杜铁林安排到上海，跟着薛翔鹤待了两周，指示他把上海公司的日常业务也熟悉一下，找找对二级市场的感觉，说是有利于今后的工作。林子昂便与"怪人"薛翔鹤有了较为直接的两周接触。

平日里，薛翔鹤早上8:15准时到公司，然后开策略会到9点结束，略作准备，迎接9点半开盘。中午休息时间，他一般就是一杯热拿铁配一个鸡蛋火腿三明治，每天几乎雷打不动。下午3点收盘之后，半小时小结会，随后自己窝在办公室里复盘，待到5点，准时下班。除了外出开会调研，在办公室的时候，薛翔鹤的日程表几乎是不变的。这同北京沈天放过的日子，简直就是天壤之别。

林子昂在上海待了整两周，薛翔鹤也就在林子昂来上海的第一天，请他吃了个晚饭，算是尽了地主之谊。其余时间，薛翔鹤似乎并不热衷于公司内部同事之间的聚会吃请，觉得纯粹是浪费时间。他所着迷的，就是办公桌上的那三台大显示器，然后在交易时间，在各个操盘手之间下发指令，"大张，别怂，加个两万股，添把火"，"小孙，撤单，撤单，"那些跳动的数字，以及时不时跳出的紫色大单，才是最让薛翔鹤荷尔蒙爆发的"尤物"。

"薛总，这些数字真有那么大的魅力吗？"林子昂问薛翔鹤。

"有啊，在我眼里，这些数字都是活生生的对手和猎物。你看，这个又蹦跶出来的一百五十手买单，已经跟我抢了半个小时了，这小子贼，就这么趴着，等到上面压货压够了，他就一百手、一百五十手这么买，跟我抢筹呢。"薛翔鹤一边跟林子昂说着，一边关照着大张和小孙，"大张，直接挂一千手卖单，看他敢不敢接？顺便再把散户抖点出来，小孙，你那边都给我接住了噢。"

如此往复几次,那边也就消停了。薛翔鹤也就十分从容地慢慢地"吸着筹""接着货",像是终于驱赶掉了同类,终于可以安心享用眼前这顿美食了。

"有时候,如果你特别看好这只股票,想要她,但她又高高在上的时候,你就非得狠命把她砸到地板上,她才能从了你。我要么几百手,几百手,这么匀速地割着,割到她血流为止,要么就直接一把干到她跌停。我就是要让边上的人感觉到害怕,纷纷把手里的筹码交出来,再也不敢跟我抢了,这样我才放心,我才能把她变成我的。"薛翔鹤说道。

林子昂从来没听说过炒股票还能炒成这样的"心理应对",尤其是当薛翔鹤一边喝着热拿铁吃着三明治,一边如此跟林子昂描述的时候。

薛翔鹤大概也觉得这话说得过于"冷血"了,怕吓着林子昂,连忙说:"子昂,这些都只是打个比方而已,但如果我不把这些数字想象成一个对手或者一个活生生的猎物,我怕失去了感觉。你知道,我们这种人一旦失去了感觉,也就没啥用了。"

薛翔鹤难得有表达欲,但看林子昂,他并不讨厌。或许是那次在美国出差时,他看到林子昂既做助理又做翻译的尽心尽力,薛翔鹤也觉得这小伙子不错。既然对方年轻人如此虚心请教,薛翔鹤也愿意稍微多说几句。

薛翔鹤习惯性地抿了抿嘴,对林子昂说:"子昂,我的生活太枯燥了,你可别学我。因为我对现实生活中的那些诱惑实在没兴趣,不像沈胖子,天天过得活色生香的。他是在现实生活里找刺激,找感觉,而我只喜欢这些数字里的诱惑和血腥味。但不管怎么说,一旦猎物出现,我们两个人的嗅觉都是极其灵敏的。"

林子昂听着,略有所思。

"当然,论灵敏,我比沈天放高那么一点点,但要说狠劲,他又比我高那么一点点。"薛翔鹤说道,"就好比在会所里,沈天放看中一个姑娘,但人家是不出台的。但沈胖子只要认准了,他就敢用钱去砸,五千不肯,他就一万,一万不肯,他就两万,两万还不肯,他就三万。"

林子昂觉得这个比喻过于诙谐,便随口问薛翔鹤:"如果砸了三万,人家姑娘还不愿意呢?"

薛翔鹤一听,露出颇为诡异的窃笑,说:"以沈副总的脾气,他敢直接砸五万下去。"

林子昂结束在上海公司的短期调研回到北京,某次茶余饭后,正好和沈天放说起这个"会所砸钱"的比喻。

沈天放气不打一处来,咆哮道:"薛翔鹤这是在取笑我!我有那么没脑子吗?哪个傻逼会出五万啊?下面是镶了金,还是镶了钻啊?"

等到气消完,沈天放对于薛翔鹤所谓"找感觉"一说,倒是很认同,也接受这种说法。只不过,沈天放的理解还有另外一层意思,在他看来,声色犬马从来都是人之常情,像薛翔鹤这种在虚拟世界里的"放纵"才是真的伤身体。

"小林啊,在这个世界上,什么东西钱买不到啊?就好比姑娘,多大的事啊。下次我带你去最好的会所看看,所有的颜值,所有的身材,其实都是标了价格的。只要你喜欢,只要你有钱,什么都能满足你。"沈天放说。

"那不谈感情么,直接那么做,不就跟动物没区别了吗?"林子昂问。

沈天放不屑地说道:"动物?人难道不是动物吗?你他妈的还能飞天,变成神仙吗?"

为了兑现自己的承诺,沈天放果真带着林子昂去了一次"神秘会所"。站在"鱼缸"面前,林子昂扭扭捏捏,不知所措,那情形恰似在纽约第一次进CLUB一样。沈天放就喜欢看到林子昂这般表情,便老手带新手,硬生生地把这"青柿子"催熟了。某种程度上,沈天放就像个"恶魔",引诱着林子昂从清纯的小伙子,一步步地滑向了色欲的深渊。

那天,林子昂早早地收了场,一个人回到会所的休息室。约莫过了半小时,沈天放才办完事回来,见林子昂已经在等候了,便调侃起来。

"小林,怎么时间还没到,就下钟了啊?"不等林子昂回答,沈天放躺倒在沙发上,开始抽起烟来,"怎么样,舒服吧?"

林子昂支支吾吾,语焉不详。也不记得那天是怎么离开的,但从此以后,林子昂孤寂烦闷的时候,也会来这里。既想着做"未央生"的好,又怕碰见沈天放,怕被他嘲笑,但血液里奔腾着的那个"未央生",一次又一次驱使着林子昂。

次数多了,内心里的羞耻,也就被磨光了,就剩下一副皮囊,任其鼓起、膨胀、释放。有时候,甚至是刺激盖过了一切,任由着自己在其中游走。那些个诱人的身体,就这么直白地横卧在面前,迎合着,挑逗着,而他林子昂,可以用最便捷的方法,省略所有的冗长环节,再也不需要去揣摩对方的心理,也不需要惦记着对方的生日与喜好，就这般直接地面对，仿佛吸食了一次"鸦片"，明明知道这样不好，但却控制不住地想着再来一次。

偶尔，也空虚，觉得自己怎么竟变成了这样，然而，在所有大庭广众的场合下，他还是那个他，那个阴暗角落里的自己，只有他自己知道，像是一个谦谦君子，背地里，做着所有男人内心里都想做的坏事。

尤其是，侵染得久了，便不再想着这件事情是"错"的，只想着，千万别让人看见。这一层一层的灰，便慢慢地越积越多。

2014年4月底，临近五一假期，振华控股不少年轻人都在计划着怎么过假期，作为老板的杜铁林，却被腾空网回归A股的事情牵绊住了。

腾空网是国内较早在美国纳斯达克上市的一家互联网公司，其创始人兼CEO蒋笙更是七〇后互联网老板的杰出代表，年纪轻轻就拥有了无数光环。杜铁林从来就没在国外留过学，所以对于蒋笙这种常青藤名校出身，又投身新经济、新业态的"海归老板"，总是高看一眼。但鉴于对方的高光知名度，反正有事说事，聚在一起互相吹捧的事情，杜铁林并不特别热衷。某种程度上，杜铁林对于所谓的"高光知名度"，多少还存着点戒备心。

就好比振华控股，从2000年创办到现在，业内的影响力已经有了，但聚焦到老板杜铁林个人身上，其公众知名度远远比不上那些经常抛头露面的"投资教父"。公司内部也建议杜铁林进一步增加曝光度，多上电视接受专访，好让振华控股也变得"光鲜亮丽"起来。每逢这时，杜铁林便摇摇头，说不需要。

杜铁林始终坚持一个观点，说："振华控股，要做中国最优秀的投资公司之一，说具体一点，就是要位列第一阵营，但永远不要冒头，永远不要做最拔尖的那几个。好比在中学读书，考个年级前十名是必须的，但永远别考年级前三名，尤其不可以考年级第一名。木秀于林，风必摧之，投资圈尤甚。"

因为多少了解杜铁林的做事风格，蒋笙这次便托了一个特别关键的中间人给杜铁林带话，希望能合作做件大事情。而这个"中间人"，当年帮过杜铁林不少忙，虽然如今退隐江湖，但这个面子杜铁林是必须要给的，且听听蒋笙到底要干吗吧。

这天，杜铁林和蒋笙约在老茶馆见面，一般涉事机密，又不方便在公司谈的，杜铁林就会把人约到老茶馆来。这老茶馆同圆明园茶室不同，圆明园茶室是心灵归宿，有点心远地自偏的感觉。老茶馆的主持者则寻茶问道，把一间间茶室区隔出来，用了佛经里的各种专有名词来命名，又布置了各种佛像器物，显得很出世，但终究仍是一个社交场所。

杜铁林按照晚上 8 点的约定准时到达，蒋笙已经待在那间名为"勤精进"的小包间里，小坐了一会儿。

"蒋总，到得那么早啊！"杜铁林一踏进"勤精进"包间就对蒋笙说道。

"这地方还从来没来过，挺新鲜的，所以，一直在包间里看这尊佛像呢。"蒋笙指了指包间内的那尊铜鎏金无量寿佛坐像说道，"虽然很想努力看懂，但一时半会还是看不懂。"

借着这尊佛像的说辞，两个人便打开话题，聊了起来，杜铁林也就慢慢明白蒋笙的用意和诉求了。

原来腾空网在美国上市这些年,也经历了上上下下的起伏,别看表面上蒋笙是全国闻名的公司老板,大企业家,但公司内部也是各种角力。当年创业之初,腾空网的商业模式国内投资人看不懂,且那个时候国内投资界的力量也还单薄,便只好谋求境外融资,吸引了一大批美元基金,并按照当时的常规套路做了 VIE 结构。那会儿,公司规模还小,市场上也没把腾空网太当回事。

没想到纳斯达克上市之后,腾空网的盘子一下子做大了。市值那么高,市盈率更高,加上资本的冲动,腾空网便就势大举收购各种标的公司,公司体量快速膨胀起来。收购这件事情,对公司长远而言,肯定是规模由小到大的必由之路,但收购是会上瘾的,尤其是在市盈率那么高的时候,装进来各种标的公司,跨越式的发展提速,最具诱惑力。尤其当你发现收购得来的成效,远远快于自己撅起屁股苦干的时候,谁会拒绝这些诱惑呢?那时候,蒋笙也被这些诱惑"蒙蔽"住了。

原本诸事皆顺,但突然有一天,蒋笙猛然间发现公司有危机了。那个阶段,美国股票市场对于中概股的"恶意中伤"渐渐多了起来,腾空网更是首当其冲。

客观而言,腾空网的商业模式在当下的中国国情和市场环境下,中国人都觉得顺理成章,没什么问题,但在美国投资者眼里看来却都是问题。或许也是彼此所处环境的不同,过去中国人创业开公司,尤其是互联网公司,都要照着国外的成功案例讲出中国版故事。比如,这是中国的 GOOGLE,这是中国的 FACEBOOK,没这个比照还真的不行。但随着移动互联网的推进,中国的商业形态发生了巨大的变化,有些生意只有在中国才会发生,也只有中国才能孕育那么大的市场空间，照搬你美国市场的那个思路，根本就是鸡同鸭讲，完全理解不了。

针对这些"恶意做空"，蒋笙很苦恼。在中国可行的商业模式，在美国行不通，但仅仅因为你美国人看不懂，就判定这个商业模式是欺诈，这说得通吗？你深入到中国的大街小巷，你就能明白，这真的是中国特有的商业蓝海啊。

蒋笙跟各种投资者好说歹说，但人家还是听不懂，听不懂也就算了，反复解释之后，人家反倒是以为蒋笙有刻意掩盖的嫌疑。这么一番折腾下来，加上自身收购的各种公司也确实有很多后遗症和小瑕疵，于是，等到各种负面因素聚集，腾空网的股价便节节败退，跌到了蒋笙自己都完全无法接受的地步了。

蒋笙痛定思痛，想找到一个全盘解决问题的思路，既然你美国的资本市场看不懂我的业务模式，那我干脆就回中国，把公司从美国退市了，再在国内 A 股上市。但前些年刚有这个想法的时候，所有人都嘲笑蒋笙。一方面，国内的股市已经熊了好久，回来干吗？能给到合理的估值吗？另一个问题，自身的 VIE 结构怎么办，怎么拆，怎么重新架构？光这两座大山，就是一般人逾越不了的。

这个时候，公司有没有创始人敢于一举定乾坤，就成了关键。很多创业公司，创始人在，诸事皆可谋划，创始人不在了，这个公司也就没有灵魂了。但一般的创业公司做到像腾空网这个规模的，很多创始人早就已经出局了，更何况还有不少人创业开公司就是为了几轮融资之后卖公司，以期实现财务自由。不同的诉求，自然导致不同的结果。

好在蒋笙之于腾空网，那就是灵魂，除非蒋笙意外死亡，否则十之八九，他是永远会在这个公司待下去的。这也就是为什么腾空网规模这么大，但蒋笙仍是腾空网单一最大股东，同时始终拥有最大投票权的核心原因。在这关键时刻，蒋笙力挽狂澜，毅然决定从美国退市。但这退市又不是简单的买东西退货，牵扯到了一大堆利益相关方的反扑和角力，于是才有了蒋笙请求杜铁林支援的初衷与设想。

蒋笙端坐在"勤精进"包间里，绝大多数时候，都是他在说，不停地说。杜铁林偶尔关键性地问几个问题，又让蒋笙觉得如遇知音，便又将自己的很多计划和顾虑告知杜铁林，反正能讲的都讲了，不该讲的也多多少少讲了一些。

杜铁林终于听明白了蒋笙的意思，归结起来，主要就是两个问题，一个是各种矛盾怎么摆平，另一个是什么时间节点才能摆平。这便是这次见面的最大动机。

首先，蒋笙需要摆平内部四大派系的利益诉求，分别是：

一、以蒋笙为代表的创始人团队和管理层的诉求。都是跟了蒋笙那么多年的核心高管，哪个不是身价过亿？这次回归A股，到底行不行，得有个说法。再说了，蒋笙自己的几十亿身价也需要维护啊，万一那边退了，这边却上不去，卡在半山腰，那就完蛋了。

二、这么多年被腾空网收购的那些公司，仍残留在腾空网体系内的各个小山头负责人的诉求。他们虽然被收购时也都套现拿了钱，但现在碰上这么个大机会，肯定还想着再从蒋笙那里榨点油水出来，所以，个个虎视眈眈，甚至还想着各种幺蛾子准备"讹诈"蒋笙一番。

三、早些年就投资了腾空网，帮助腾空网美国上市的早期投资人的诉求，俗称老基金的诉求。他们虽然这些年减持了不少，挣得盆满钵满了，但还留了不少股份在手里，留在纳斯达克，好歹还是钱，回 A 股，他们的利益怎么维护？但如果回 A 股，收益远超留在纳斯达克好几倍，那又为什么不做呢？老基金的算盘，打得贼精明，也极其狡猾。

四，也是最让蒋笙头疼的，新晋金主们的诉求。为了能让腾空网从美国顺利退市，这些新晋金主组成了财团，提供了庞大的过桥贷款，自然也对蒋笙和腾空网提出了苛刻的对赌条件。萌发退市回 A 股这个想法之初，老基金也提出可以帮助提供过桥贷款，但蒋笙并不特别情愿。蒋笙心里明白，这单生意那么大，方方面面都要照顾。老基金已经赚够了，即便得罪了也不怕，但新基金冲上来，声势很猛，能力也很强。这些新贵们，背景错综复杂，其中的个别新贵，或许暂时帮不上大忙，但在关键节点倘若使坏，那却是致命的。所以，既然要来，那就都来吧。一碗水端平，能者多劳，论功行赏。

以上四个方面，让蒋笙异常痛苦。一个人本事再大，最多也就以一敌二、以一敌三，要想以一敌十、以一敌百，那是断然不可能完成的任务。蒋笙此番求助杜铁林，大概也是把杜铁林当成了白衣骑士。当然，这白衣骑士的背后，也是开好了价码的，只要杜铁林愿意帮这个忙，蒋笙觉得一切都好谈。

"蒋总，整个过程我都听明白了，那你现在最急迫的事情是什么呢？"杜铁林问。

"杜总，我美国退市的流程，已经处于收尾阶段，各个山头的诉求，也想好了各种方案，基本上也都摆平了。但我现在最急迫的事情，就是时间节点上没法把握。一方面，我感觉我们最近A股的走势，有点回暖，以腾空网的资质，那么好的盈利水平，我一点也不担心它今后的市场表现，一定不会辜负所有股东和投资者。现在最大的问题，就是时间，不瞒您说，我这次是签了对赌的。如果无法在规定时间内完成中国国内上市，我需要将腾空网当年净利润的50%还给帮我完成退市提供过桥贷款的财团，同时还需要将我本人名下及实际控制的腾空网股份的50%一并转让给对方。这才是我火烧眉毛的事情。"

蒋笙一口气连珠炮地说完，没有一丝停顿。

"蒋总，腾空网从美国退市再在中国上市，这个难度实在太高了。虽然政策大方向上，鼓励已经在海外上市的优质企业回归，但在技术操作层面，那么多家公司在排队IPO，这个过程实在太漫长了。"杜铁林说道，"我能问一下，最后签的对赌协议里，有规定什么时候必须上市吗？"

"有！十八个月，最晚可以延至二十四个月，实际上也就是明年年底，2015年12月31日前必须完成。"蒋笙郑重其事地说道。

"蒋总，我感觉，这几乎是一个无法完成的任务。"杜铁林根据既往的从业经验，如实跟蒋笙说道。

蒋笙听杜铁林这么一说，立刻紧张起来："杜总，您无论如何得帮我啊，看看怎么个推进法？现在从美国退市的全部手续办完，乐观估计也要到今年2014年9月30日。也就是说，国内上市的时间，满打满算，加上允许延迟的最后期限，到明年年底，一年零三个月。就这么点时间，我是真的着急啊。"

"蒋总，我们今天见面喝茶，你就跟我讲述了这么大的一件事情。来之前，我也有心理准备，但这个事情的难度，仍旧大大地超出了我的预计。你且容我仔细想一想，可好？"杜铁林说道，"五一假期后，我们找个时间再谈一次。假期里，我们双方都需要再仔细琢磨一下。"

"好的，好的，那就拜托杜总了。五一假期后，我们一上班就约时间见面。"蒋笙激动地说道。

13_女明星和小小的舒芙蕾

五一假期，林子昂领了杜铁林的任务，要去美国打理一下房子的事情。后来才知道，之所以选择这个时间，是因为姚婷婷要去纽约参加一个品牌活动，时间正好能凑上。

临出发前，杜铁林告诉林子昂，Fairfax 的房子买了也有一年了，他准备把房子转给姚婷婷，姚婷婷想在美国东部买个房子做投资。林子昂说，明白，会跟姚老师把相关手续办齐全的。来美国之前，林子昂就和姚婷婷的助理联络妥当，等姚婷婷在纽约的行程一结束，便相约到华盛顿会合。出于礼节，林子昂也跟姚婷婷本人通了电话。姚婷婷说，一切听你子昂安排，我们美国见。

按约，5月4日，林子昂同姚婷婷一行在华盛顿会合了。姚婷婷这次也住在城里的丽兹卡尔顿，林子昂和她见面的时候，姚婷婷和助理正在酒店一楼的餐厅等他共进晚餐。

"不好意思，婷婷姐，让您久等了。"林子昂说道。

姚婷婷说:"没有久等,你比约定的时间6点半还提早了五分钟呢。你看看菜单想吃什么,今天晚饭,婷婷姐买单。"

参加完品牌活动,姚婷婷心情不错,加之又在这千里之外的异国他乡,便穿上了轻便的运动休闲装。林子昂见她天然素颜,和上妆后的模样比起来,现在的姚婷婷,更加轻松自在。

林子昂毕竟也在这家酒店住过,略微看了下菜单,便点好了自己想吃的食物。待林子昂点单完毕,坐在林子昂正对面的姚婷婷说道:"子昂,今天晚上陪婷婷姐喝点红酒,好不好?"

林子昂先是愣了一下,迅速反应过来后,说好啊,便又问餐厅侍者要了酒单。

林子昂问,婷婷姐,想喝什么类型的酒?哪国产的?

姚婷婷说,你来定吧,或者看看有没有本地纳帕的酒?

林子昂看了一下酒单,便选了美国加州纳帕产的一款梅洛。林子昂知道姚婷婷喜欢喝酒体重一些的红酒,这款梅洛应该符合她的要求。

侍者把酒端了上来,林子昂试了酒,随后示意侍者先给姚婷婷倒酒,再给一旁的姚婷婷助理倒酒,最后才是自己。

姚婷婷说道:"子昂,你比一般同龄人成熟多了,这些个规矩礼节都是从哪学的啊?"

"应该就是这几年在公司里,慢慢积累的吧。过去在学校里,哪懂这些啊?"林子昂回答。

"那你平时下班了,一个人在北京干吗呢?也不找个女朋友?"姚婷婷问。

"我每天忙完公司的事情,再回到家,差不多都11点了。而且出差也多，跑东跑西的，哪里还有时间找女朋友啊？"林子昂答道。

姚婷婷说："我有个小师妹很不错，刚毕业，我下次介绍你们认识认识。怎么样？"

林子昂说："您的师妹？也是表演系毕业的？"

"废话！当然是表演系毕业的漂亮小姑娘啊！我难道还介绍戏文系的给你认识啊？你自己就是中文系毕业的，两个码字的搁一块，多无聊啊，攒剧本啊？"姚婷婷调侃起林子昂来。

林子昂说："婷婷姐，您可别逗我了。表演系的大美女，我哪敢接近啊？那个气场，太漂亮的，我 hold 不住啊。"

姚婷婷说："我这个小师妹不一样，脑子聪明，爱学习。你等一下，我翻照片给你看。"

姚婷婷拿出手机，一阵划拉，翻找到女孩的照片，递给林子昂看。确实，照片里的女孩很漂亮，就是那种跟姚婷婷一样显而易见的漂亮。姚婷婷还给林子昂看了不少现场拍戏时，两个人一起拍的合影和小视频，视频中，姚婷婷的这个小师妹颇为可爱。

林子昂看得出来，姚婷婷是真的想把这个女孩子介绍给自己认识，便说道："那回去后，您帮我介绍吧。"

"这就对了，你们这样的年龄，就应该多谈恋爱。回北京后一起吃个饭，我把她介绍给你。"姚婷婷说，"不过，我要提醒你，和学艺术的女生交往，你凡事不要过于理性思维。我们这种人，是从来不讲逻辑的，我们只凭直觉和感觉生活。"

听完这话，林子昂端起酒杯，敬了姚婷婷，然后自己喝了一大口红酒。林子昂心想，理性？漂亮的女生，有哪个是理性的？她们的行为举止，不都是任性地跟着感觉走的嘛。对于所有漂亮女生而言，所谓理性，那就是鬼话。

那天晚上，姚婷婷拉着林子昂东拉西扯聊了好久，虽然所有的谈话内容都很浅显，没有什么深奥的东西，但每句话都感觉很有生命力。这也是林子昂第一次近距离地跟演员、明星一起吃饭，聊的全是日常生活中的琐事，这个事情会不会很开心，那个事情会不会很有趣，诸如此类，都是碎得不能再碎的内容。但林子昂听着，一点也不厌倦，他似乎有一点点明白了，自己平时跟着杜铁林出去谈事情，早就习惯了细致缜密的商场对话风格，所有的言谈，哪怕是插科打诨，其实都是服务于最终的那个目的，看似是废话，其实压根就不是废话。而不像现在，插科打诨就是插科打诨，玩笑话就是玩笑话，反倒很轻松。

三个人一支红酒，就这么吃着饭，喝着酒，闲聊着。姚婷婷的助理喝得很少，大部分时间，助理小姐姐一边吃饭，一边在IPAD上处理各种邮件，并时不时地征询一下姚婷婷的意见。这瓶红酒，主要就是姚婷婷和林子昂两个人在喝，或许是产自纳帕的缘故，充足的日照孕育了最好的葡萄，品鉴着这瓶颇具层次感的梅洛，林子昂竟然有点微醺了，其实他也只喝了小半瓶不到而已。

"子昂，在你眼里，你觉得你们杜总是个什么样的人？"

姚婷婷聊着聊着，就聊到了杜铁林，这让林子昂有点始料不及。

毕竟这是老板的私事，他一个做助理的，又是年龄差了二十岁的晚辈，这话题本就不该讨论。事实上，在林子昂所习惯的那个逻辑里，姚婷婷这样身份的人，是不应该在林子昂面前主动谈论杜铁林的，因为这不符合逻辑。但是，有了前面的谈话铺垫，林子昂知道,姚婷婷迟早会扯到这个话题上来。

此时,谈话的主题已经滑溜到这里,显然是躲避不了了。

林子昂说:"论社会成就,杜总应该算是中文系校友里的成功人士了。婷婷姐,您知道,其实我们中文系毕业的,一般是不大会去做生意的,杜总是个特例。"

林子昂心想,这么回答,应该是比较得体的,也符合现在这个情境下他自己的身份。

"你们杜总永远是非常理性的一个人,我遇到的所有事情,他都会帮我料到两步之后的结局和对策。但我有时候也害怕,因为他太有规划了,我都害怕我自己成为他规划中的一部分。"姚婷婷话说到一半,停顿了一会儿,"当然,本质上,你们杜总还是一个蛮有趣的人,这点,我还是很庆幸的。"

听到此处,林子昂已经不知道该怎么接话了,这已经超出了林子昂的应对能力范围了。

"来,婷婷姐,我们喝酒。"林子昂傻呵呵地说道。

"喝什么喝呀,就知道傻喝,你根本就不懂我这话什么意思。"姚婷婷端起酒杯,反而自己喝了一大口。

"你知道吗?有时候,遇见只是遇见,那该多好。为什么偏偏遇见之后,要让我看到另一个世界呢?"姚婷婷喃喃道。

林子昂顿时懵圈了。

边上姚婷婷的助理忙说道:"婷婷,差不多了,我们回房间休息吧。明天上午,还要跟子昂一起去看房子呢。"

"等等吧,不着急,我还想吃个甜点呢。"姚婷婷说道,"子昂,你英文好,你能帮我点一个甜点吗?最好是蛋糕。"

林子昂叫来了侍者，言语了几句，然后亲自走到甜点蛋糕柜，去查看了一下。

　　"侦查"完毕，林子昂说："婷婷姐，这里的黑森林蛋糕和苹果派都是特色，要不要尝尝？"

　　姚婷婷说："这个蛋糕和苹果派，是不是一块块切好的那种？"

　　"对啊，这里好吃的蛋糕都是一块块切好的，一整个蛋糕，没人吃得下啊。"林子昂说道。

　　"那我不要，我不要那种一块块切好的蛋糕。"姚婷婷说，"再好吃的蛋糕，我也不愿意和别人一起分享。我就想要一个完整的，小一点也不要紧，但一定要是完整的。"

　　最后，林子昂实在没办法，便给姚婷婷点了一个抹茶舒芙蕾，很精致的小小一个，但百分百完整拥有。

　　姚婷婷拿着小叉子，吃着眼前的这个舒芙蕾，很满足，很开心地笑着。

　　第二天上午，姚婷婷、林子昂一行到了 Fairfax，实地看房子。

　　林子昂看得出来，对于这套杜铁林亲自挑选的房子，姚婷婷是满意的。尤其是周边的环境，安静不扎眼，房子的大小也很合适，是那种准备真正融入当地社区生活的住宅配置，而不是很暴发户地简单买个大 HOUSE。林子昂也是慢慢地才体会到，其实像杜铁林这个级别的老板，正常的在海外置业买房子，都会选择类似洛杉矶新港 NEWPORT 这种地方，买那种打底五百万美金起的大豪宅。即便再低调，也会买到像阿卡迪亚、帕萨迪纳这种地方，总价也不会低于两百万美金。具体到这个一百一十五万美金的"小"房子，真是够便宜的了，太不像是杜铁林这样的老板应该买的房子了。但这种做法，又的的确确就是杜铁林的风格。某种程度上，姚婷婷的行为举止，也有点受杜铁林影响，至少，她看起来并不那么的"名利场"。

"婷婷姐，杜总说，您要做房产方面的投资。所以，相关的手续我都已经准备好了，这些是需要签署的法律文件。您在这几份文件上签完字，我就会着手办理后面的相关工作，不会太耽误您时间的。"林子昂说道。

"我的时间有那么宝贵吗？"姚婷婷说道。

乍一听，姚婷婷的话里带着刺，好在昨天那餐晚饭，林子昂对姚婷婷的说话风格已经有些熟悉了，便不觉得突兀，站在一旁对姚婷婷笑了笑。

姚婷婷说："子昂，你能陪我到上面的露台去看看吗？老杜跟我说，他最满意的就是这个露台。"

林子昂说："好的。"

上到露台，姚婷婷看远处树木，看了好一会儿，又不时地伸开双臂，好像要拥抱住眼前的这一切。林子昂站在一旁，静候，不打扰。

"婷婷姐，您喜欢这个露台吗？这里看风景，真的很不错。"

"是蛮好的，看到的全是触手可及的风景。不像站在什么大瀑布前面，风景是很壮观，也很震撼，但其实根本就没法亲近。"姚婷婷感慨道，"这栋房子挺适合居家的，小小的幸福，我很喜欢。老杜的眼光不错！"

"是，一年前，我和杜总来的时候，就看到周边邻居牵着狗在这片树林里的小路散步呢。人都挺和善，而且这块区域的治安环境也不错，安全感比较强。"林子昂说。

"安全感?"姚婷婷问。

"对啊,我问过中介的,这边区域是富人区,治安好。其实华盛顿城里,到了晚上,他们反而不建议我们随便乱逛。"林子昂说,"当然,我也是听说而已,没住过,也没发言权。美国有个网站可以查询各地治安情况、安全系数什么的,这地方评分挺高,我查过的。"

"呵呵,住在这里,身体是安全了。但一个人冷冷清清的,心里就不安全了。在北京,想吃火锅了,打个电话,朋友就来了,多热闹啊。这里,哪有吃火锅啊?"姚婷婷在露台上边走边说。

"有火锅!这附近还有个巨大无比的中国超市,叫大中华,各种调料都有,我上次去看过的。"林子昂随口说道。

"子昂,你终究还是小年轻啊,你没明白你老姐我内心的苦楚啊!"姚婷婷看了一眼林子昂说道。

"婷婷姐,有那么多人喜欢您,还能有什么烦恼啊?您是明星啊!"

"什么明星不明星的,那都是工作,而且还有很多不自由。"姚婷婷说道,"我倒蛮想生活在这里的,没人认识我,也没人来打扰我。想散步就散步,想去哪玩就去哪玩。不像在国内,你以为我坐飞机去机场,想戴墨镜啊,那是没办法呀。见个朋友吃个饭,都得提心吊胆。有一次,我和老杜一起吃饭,还被狗仔拍到了,说什么姚婷婷和神秘中年男子密会,还登在网上八卦来着。其实,……我比别人更需要安全感。这种安全感,跟你有多少钱,有多大的房子,有多大的名气,都没有关系……反正,就是我自己的感受,要让我心里舒服,不紧张,就是那种普普通通的安全感。"

姚婷婷"机关枪"似的说着,显然她并不在乎一旁的林子昂是否愿意听，反正她自己是一定要把这些话说完，心里才能舒坦。

"是不是觉得我这两天话挺多的？"姚婷婷突然问林子昂。

林子昂说："还……还好，就是，婷婷姐，您说的这些，我也不知道该怎么接话。之前见过您几次，但都没这次聊得那么多。"

姚婷婷说："你觉得我这个人还好相处吧？"

"嗯，没什么架子，说话也挺直接，挺有意思的。"林子昂想着应该说些讨巧的话，但虽然脑子里想着要说些好听的话，结果实际说出来的话，还是太生硬了。

"那是因为你们都活得太复杂了，所以，遇到我这么一个直来直去的简单人，才会觉得有意思。"姚婷婷说道。

此刻，林子昂的内心并不赞同姚婷婷刚才那句话，但他不想争辩什么复杂和不复杂，更不想把自己陷入到这种无谓的概念辨析里，尤其是和姚婷婷之间。林子昂这点脑子还是清楚的，姚婷婷是老板的女人，他今天来这里，只是来办理房子转让手续的。余下的，最好什么也别掺和。

"子昂，以后谈恋爱的时候，多听听女孩子讲什么。遇到争论的时候，先不用急着去反驳她，不要动不动就说女孩子想法幼稚，更不要总是跟她讲道理，不要觉得用讲道理就能够把感情上的误解梳理清楚。好不好？"

姚婷婷又是一通让林子昂完全摸不着边的话，似乎欲言又止，又似乎是今天必须要彻底说明白的样子。谁知道呢？

"子昂，这个房子我很满意，但我需要再考虑一下。"姚婷婷说，"然后，我现在想去参观那个国家大教堂了，你能陪我去吗？"

"好啊。"林子昂答应道，"我这就安排。"

车子离开 Fairfax，半小时后到达华盛顿国家大教堂。林子昂记起上次和杜铁林一同来这里参观时的情景，便说给姚婷婷听，没想到，姚婷婷对林子昂说，她也是"故地重游"。

"子昂，上次我来美国的时候，是老杜带我来参观这个教堂的。老杜说他最喜欢外国教堂的肃穆，不像中国人的寺庙一进去全是香火缭绕，很难找到这种安静的感觉。"姚婷婷说，"老杜还说了，这座华盛顿大教堂的雕塑，最安静，尤其圣坛上的整个饰壁，就是一座巨型石雕，有一百一十个天使和圣徒围绕在耶稣身边。"

在教堂内部参观了一遍，姚婷婷说要到楼上的钟楼去看看，说透过那里的彩色玻璃往外看，还能看到远处的方尖碑。于是，他们两人便找到电梯，往高处去。跟随着姚婷婷的脚步，林子昂此刻已经来到了教堂的最高处，从窗户的一处空隙往远处看，确实如姚婷婷所说，可以看到方尖碑，居高临下，更能俯瞰到整个华盛顿。

姚婷婷一个人走在前面，林子昂跟在后面，不知不觉中，走到了一个拐角的僻静处，正好有一张长凳摆在那里。

姚婷婷说："子昂，这里人少，我们在这里坐一会儿吧。"

事实上，教堂顶楼这片区域，此时此刻，也只有姚婷婷和林子昂这两位游客。

"好的，婷婷姐。"林子昂说道。

"子昂，昨天晚上吃饭的时候，我问你觉得你们杜总是个什么样的人？我知道，这个问题让你为难了。不好意思噢，婷婷姐并不是存心想这样。"姚婷婷说道，"其实，我也说不清楚他到底是怎么样的一个人。"

"我当年刚认识他的时候，以为就是认识了一个普通的老板，那种常规意义上的老板。更何况,在饭局上认识的人,你能期待有新意吗?都是各取所需,来混江湖的呀。我那个时候刚入行,要名气没名气,要资源没资源,唯一拥有的,就是年轻和我那个不服输的臭脾气。但是,我是幸运的,是他让我看到了一个不一样的世界。"姚婷婷继续说着。

"你知道他为什么喜欢来这个教堂吗?因为这里的环境,对他而言是不熟悉的,但就是因为不熟悉,反而没负担了,而且这里还有他想要的安静。老杜跟我说,人有千变万化,人前人后,各种模样。然后他跟我讲,说咱们中国庙里的菩萨其实也是多面的,面对不同的人,连菩萨都有不同的对策,有时候慈悲,有时候忿怒。但教堂里的神像不一样,感觉对谁都一样,都很仁慈,很包容。"姚婷婷还在不停地说,"其实,他跟我说这些干吗呢?我又不想听这些复杂的东西。"

还没等林子昂想好怎么回应姚婷婷上面说的这段话,姚婷婷又开始自顾自地讲起来了。一股脑地,语无伦次地讲了起来,间或着停顿,间或着叹息。此时此刻,林子昂唯一能做的,就是像根傻木头一样杵在那里,期待着她快点说完。

姚婷婷就这么唠叨着,在她略显支离破碎的讲述中,那些在她看来无比珍视的细节,正在被重温。那年,她二十六岁,杜铁林那时候,也只有三十七岁,一晃已经过去九年。她说,刚开始的时候,她需要他的帮助。每个从事演艺事业的人,都是需要外力帮助的,她肯定也是需要的。但对女演员而言,自己的运势能到几分,才是决定你红不红的根本,好在她姚婷婷的运势,确实就到了,而且一下子人气蹿升,姚婷婷从"丑小鸭"变成了"女明星"。

姚婷婷红了,她以为自己和杜铁林之间会慢慢"淡"下来,但她没想到,自己与杜铁林的关系反而更亲近、更紧密了。好比解除了金主恩客的契约,姚婷婷反而能更客观地来看待杜铁林,发现了他身上的"可贵和有趣"。不过时间长了,看到的东西越来越多,姚婷婷的内心,也开始犹豫起来。

"我是觉得他把自己也当成多面菩萨了。他在你们面前,是无所不能的老板;在竞争对手面前,是令人害怕的大佬;在恩师面前,是得意门生;在他老婆女儿面前,我不知道他是怎样的丈夫和父亲。但在我面前,我知道他最真实的那一面。说到底,我并不是他这辈子必须要面对的人,但我又恰好能懂他。"姚婷婷说,"子昂,你知不知道,我也很累的,我也有很多怨言的,但我就是喜欢吃他这一套,你说这是不是我的命啊?"

"反正,我就是要永远站在那个塔尖,高高地站在上面。但我什么要求也不提,我相信总有一天,我能等到。"姚婷婷的眼圈开始模糊起来,"但是,我突然发现,等待是没有用的。我想给他一个家,但他不肯,但是我需要一个家啊。归根到底,他不能把我这里当成一个舔伤口的地方啊。"

"到后来,我明白了,你们老板真的太多面了,太复杂了,你们所有人都太复杂了。"

姚婷婷的情绪变得激动起来,开始掉眼泪。

一旁的林子昂,从包里取出纸巾,递过去,除此之外,他完全不晓得该如何终结这尴尬的一幕,但又感觉应该说些什么。

"婷婷姐,很多时候,这个世界就是很复杂的呀。"

林子昂憋了半天,说出这么一句话。

"对，这个世界是复杂的，但这个世界已经这么复杂了，那么亲近的人，为什么还要戴面具呢？我姚婷婷是谁？我姚婷婷是中国最好的女演员啊！有谁能比我这个做演员的更会戴面具？但在你们面前，我戴面具了吗？"

姚婷婷生气地咆哮着。

某种程度上，此时此刻的林子昂，成了老板杜铁林的"替身"，他也活该被这么吼一吼。整个教堂顶楼的空气，瞬间僵硬了。姚婷婷咆哮的声响太大了，此时不远处又来了几位参观的老外，听到这边的声响，纷纷投来异样的眼光。

姚婷婷也自觉失态，便渐渐收拾好自己的情绪。

"对不起，子昂，我刚才太激动了。这些话我憋了好久了，但又没地方说，你多担待些。别觉得我神经质，好不好？"姚婷婷说道，"还有，老杜跟我说过，他说他在你身上，有时候能看到他过去的影子。但子昂你一定要听姐姐一句话，人要活得简单点，就算这个世界再复杂，也千万别把自己都扔进去了，真的不值得！"

"婷婷姐，你放心，我知道该怎么办。"林子昂应答道。

"今天我说得太多了，那些乱七八糟的话，你别记脑子里，回了北京就都忘掉吧。但刚才最后那句话，你一定要记得，能过得简单，就千万别过得复杂。"姚婷婷说，"还有，那个房子，其实是我让老杜买在 Fairfax 的。有一年国庆节我们到这里玩，我和老杜都很喜欢那个社区，我们原本想着在那里支一个小家的。但现在，都不需要了。"

"不需要了？"林子昂惊讶地问道。

"对，不需要了。"姚婷婷说道，"你们老板就跟这个房子一样，好是蛮好，但说到底，是我配不上。我原本也想过，那些世俗的东西，什么钱啊，名分啊，我都不要，我只要那个有趣的灵魂就可以了。但到最后，我发现，作为一个女人，我做不到，我不可能分得那么清楚。我也已经三十五岁了，年龄不小了，如果不能完整地拥有，那我干脆就什么都不要了。"

姚婷婷说完，便拉着林子昂的手，下了电梯，往教堂出口走去。她不想再在这里待下去了。快到大门口时，姚婷婷突然停下脚步，转身问林子昂："你是不是觉得我刚才那些话，说得挺像电视剧里的台词？"

林子昂点点头，说："感觉是有点。"

姚婷婷说："其实，我自己都分不清楚了，不知道自己还能不能从这出戏里走出来。"

林子昂这时才发觉，这一幕，似曾相识。只是这个熟悉的角色，本来是演员在镜头里扮演，没想到，演来演去，现在竟然演成了演员自己的生活，不禁也跟着一声叹息。

不一会儿，两人就走到了教堂外的大路边，姚婷婷又回过身，仰望着教堂的尖顶，许久才转身离开。

临上车前，姚婷婷对林子昂说："子昂，麻烦你回头跟杜总说一声，就说房子我看过了，但我自己已经在纽约买好了一套公寓，曼哈顿的公寓，好像更有投资价值。所以，这套房子，就让他放一放，遇见更合适的人再转让吧。就这些话，你要一五一十地转达给杜总。至于其他的，子昂你懂的，听过就可以了。好吗？"

"明白了，婷婷姐，我懂您的意思。"

"嗯，那就这样吧，我们走吧。我今天晚上的航班，先从这里去洛杉矶,然后过两天再回北京。你什么时候回去啊?"姚婷婷问。

林子昂说:"我订的是大后天下午的航班,因为我本来预计,这些事情处理完,也需要两天时间。所以,是这么确定回程的。"

"好的,那你一回北京,你跟我联系,我把我小师妹介绍给你认识。"姚婷婷又突然爽朗地说笑着,感觉又回到了一个正常的女明星样子。

林子昂和姚婷婷坐上车,往酒店开去。在车上,林子昂问姚婷婷,需要安排车送机场吗,就让这个车跟着吧。姚婷婷说,不用了,经纪公司那边都安排好了。林子昂便不再多说什么。

和姚婷婷告别后,林子昂第一时间把需要转述的话,在电话里告诉了杜铁林。

杜铁林说,知道了,你按既定行程回京即可。说完,便挂了电话。

回北京后,林子昂同姚婷婷真的约着又见了一面,同姚婷婷一起来的,还有她的小师妹,算正儿八经地介绍给林子昂认识了。两个年轻人互留了电话,也各自加了微信,对,年轻人逐渐开始用起微信这个新玩意了。

林子昂问姚婷婷:"婷婷姐,您最近忙吗?"

姚婷婷说:"忙死了,都快成机器人了。"

再后来,林子昂就没怎么见到过姚婷婷,也很少听周边的人说起。

直到有一天,林子昂在公司上班,打开新闻网站的首页,娱乐新闻的头条里,竟然全是姚婷婷巴厘岛办婚礼的大新闻。她的丈夫,是比她小五岁的青年导演,两个人前段时间刚合作过一部小成本的文艺电影。至少从新闻图片上看，姚婷婷穿着婚纱，笑得很开心。

至于介绍的那位小师妹，整天忙着试镜、去各个剧组串戏，在自己的职业道路上努力前行着。林子昂也是各种出差各种会议，两个人也就更多地停留在微信上互相关注，偶尔朋友圈点个赞，仅此而已。就像姚婷婷之前说的那样，在饭局上认识的人，你能指望有什么新意呢?

如此想来，芸芸众生，那么多人擦肩而过，能停下脚步说几句话，又或者以为知音，那是多么的不容易。但真的错过了，也就错过了，时间久了，除非你刻意去翻找，否则，是断然也记不得藏在哪个记忆的角落里了。

14_ 三亚年会、潭柘寺或者孤独的国王

回到北京后的这几个月,林子昂感觉杜铁林的心事更重了。除去正常的会议安排和商务会见,如果是在公司的话,杜铁林总会把办公室门关上,一个人待在里面。有时候,林子昂敲门进杜铁林的办公室,发觉杜铁林就这么一个人站在窗边,看着落地窗外的城市景色,常常一站就是半个小时。落地窗旁倒是新添了两棵发财树,听AMY姐说,是老板特意嘱咐的,而且老板说了,除非他人在外地出差,只要他在北京,这两棵发财树由他亲自浇水。于是,振华控股的员工们,隔三差五,总能见着老板拿着个绿色洒水壶去茶水间取水,再低着头穿过办公区,一路无语,回到自己的办公室。早已习惯了老板"高人一筹"的人设,见杜铁林这般,大伙也都觉得有些怪异。

这阵子,杜铁林的话也明显变少了,似乎是在谋划什么重要的事情,抑或,就是心情不好而已。期间去过两次香港,主要是腾空

网的事情，杜铁林要同蒋笙及相关各方大佬反复开会确认，而且每次见面都搞得很神秘，经常是四五人的闭门会议，林子昂也只有在外面等候的资格。看得出来，在腾空网这件事情上，杜铁林很纠结，焦虑的成分占了上风。

倒是股票市场上微风和煦，就这么看似不经意间，时不时地这个股票涨一涨，突破了前期高点，那边的股票抛出了一个概念，瞬间又拉了一个涨停。林子昂从未亲身经历过所谓的大牛市，成长过程中，听家里的长辈依稀讲过股票认购证之类的遥远记忆，再者就是2006、2007年的那波大牛市，那时候林子昂刚上大学，其实也没太多感受。这波行情要是真成了，继续这么金钱汹涌下去，那才是林子昂人生里实实在在的第一次"大牛市"。

如今所见，最直观的感受，就是身边的沈天放每天就像打了鸡血一样，他经手的好几个项目都涨势如虹，尤其是董建国的嘉木实业已经涨到了八十亿市值，眼瞅着再拉几个涨停，或许就冲过一百亿市值了。这无疑是沈天放近两年最为骄傲的一次成功战役。

这几个月里，沈天放要么出差在外面谈事情，倘若在北京，董建国、鲁光辉、沈天放三人就整天厮混在一起。看看每天水涨船高的身价，即便是一个定力再高的人，也经不住这种数字的诱惑。董建国说了，宜将剩勇追穷寇，不可沽名学霸王，天赐良机，必须进一步把公司做大做强，等到市值做到两百亿的时候，就是另外一片天地了。

"天放，你是我好兄弟，嘉木实业市值到两百亿的时候，你就从振华控股出来吧。到我上市公司来，做副董事长，咱好兄弟搭档，一定能把公司做到三百亿市值！"董建国说话，从来都是充满自信，口号震天响。

沈天放久居鲍鱼之肆，听着各种奉承好话，又见自己做的各个项目都风生水起，不免也飘飘然，"一言为定啊！董总！近期目标两百亿市值，远期目标三百亿市值！"

这种情绪也弥漫在了振华控股公司内部，毕竟，如此近距离地拥抱财富，谁会不心动呢？整个2014年的下半年，便是在这样亢进的氛围中度过的。整个振华控股都在尽情拥抱这波大涨行情，不停上涨的兴奋，就像火上浇了油。借助着火爆的行情，喜报频传，到年终汇总的时候，振华控股在2014年的业绩表现，创了历史新高。

杜铁林是一个懂得分享，也乐于论功行赏的人。2014年底，在海南三亚召开的振华控股年会上，杜铁林宣布了新的员工激励计划，并根据2014年的实际业绩，给每个员工都准备了一个大红包。杜铁林深深明白，投资公司的核心资源就是人才，那些有才华有能力且愿意为公司付出的员工，他们理应获得更多的尊重。如果金钱是表达尊重最直接的办法，那么，就"恶狠狠"地用金钱来表达"尊重"吧。

林子昂印象中，自他进公司以来，这是振华控股第一次在北京上海之外的第三地举办年会。因为实行北京上海双总部的模式，往年都是北京和上海各自搞活动，杜铁林分头参加。今年讨论年会举办的时候，大家问杜铁林是否还是老样子，杜铁林说，今年业绩做得那么好，公司员工也到一百人了，就找个地方放在一起办吧。最终，便把年会举办地定在了三亚。

这个时节的三亚，气候正好，人又没有春节那么多，举办年会最为适合。订酒店的时候，沈天放说海棠湾新开了几个酒店，可以去尝尝鲜。杜铁林说,那里还有些荒凉,还是放在亚龙湾吧,但选个设施新一点的酒店。最终,便把酒店订在了米高梅。沈天放又说,这个米高梅没有"赌台",不正宗。薛翔鹤拿出手机查地图,告诉沈天放,从三亚米高梅游泳去澳门米高梅还是有些远的,不如直接游到西沙群岛还近一些。沈天放便说,老薛你别取笑我,年会上你得表演节目。杜铁林便说,你们都要表演节目,我也表演节目,难得这么热闹一次,别太冷清了。

那次年会确实热闹,因为老板宣布了最新的激励计划,又定了年终的奖金,展望明年,谁会不兴奋呢?都说在海边是最容易释放心情的,振华控股的员工们自然尽情享受着这难得的大聚会,俊男靓女,载歌载舞,公司高管们也都放下架子彻底融入其中。这里面,沈天放带着北京办公室的几个小姑娘跳了一段劲舞,薛翔鹤则上台表演了一个魔术,连老板杜铁林也上台演唱了一曲《好汉歌》,这年会的气氛也就到达了沸点。

就这么热热闹闹地 happy 了两个小时,该表演的节目都表演完了,该喝的酒也喝得差不多了,连设置的各种年会奖品也都名花有主。大家估摸着该散场了,正准备三三两两散去,只见沈天放悄悄地跑到杜铁林身边耳语了几句。杜铁林听后点了下头,并拍了拍沈天放的肩膀,不一会儿,沈天放便大摇大摆地走到舞台中央,手里拿着话筒大声宣布了一个更为刺激的"返场环节"。

"大家伙听着哈,今天难得北京上海的同事都聚到一起了,好多人都抽到了奖,但也有没抽到的。刚才我请示了老板,老板说,要增进友谊,要我拿点姿态出来。所以,我个人拿出二十万现金,现场抽奖,总共二十个,每人一万。"沈天放说完,便让自己的助理拿了两捆钱上来,总共二十万,现场用剪刀剪开了封带,就这么抽起奖来。

这架势,典型的沈天放风格,便见整个年会的气氛因为这个"北京环节"的意外出现,愈发地热闹了。等到沈天放把这二十个奖抽完,再一万一万地把崭新的人民币交给二十位"幸运儿",这年会的会场,便嗨爆了。在一阵阵"沈总"、"沈总"的欢呼下,大家自然而然地就把目光转移到薛翔鹤身上,"薛总"、"薛总"的声响也逐渐响了起来。

薛翔鹤并不着急,整理了一下自己的正装,走到舞台上,拿起话筒说道:"刚才沈总拿了二十万出来,两个字,牛逼!我肯定也得有个姿态,你们不晓得吧,其实我也准备了。"

众人抱以期待的目光,只见薛翔鹤不慌不忙地从上衣右侧口袋里,掏出了三叠美金,说道:"我就拿了三万美金,也抽二十个吧,一人一千五百美金。"

众人都没想到这画风转得那么快,刚才还在极其土豪地抽奖人民币现金,怎想到,现在又要开始抽奖美金了。在一阵阵"薛总"、"薛总"的欢呼下,"上海环节"同样进行得如火如荼,这场年会因为这两把返场抽奖,也终于圆满了。

这一切,杜铁林都看在眼里,此时此刻,他很乐意这样的气氛围绕在自己的身旁。那晚的年会,但凡有员工来向他敬酒,他一概豪爽答应,坐在自己的座位上,也主动地敬酒喝酒,在自己的公司里,在自己的王国里,内心的欢喜,不需要丝毫遮掩。人,是需要情感滋润的,就如同坐在隔壁桌的林子昂,当有人来向他敬酒,称呼他为"小林总"的时候,虽然他的嘴巴上推辞着,但其实内心终究是欢喜的。

年会前,林子昂拿到了六十万的年终奖,是来振华控股上班后最高的一年。加上平时的工资薪水,2014年这一年,林子昂的年薪过了一百万。这一年,林子昂正好二十六岁。

在年会上,他林子昂不再只是老板的助理,他也是老板手下的员工。林子昂端起酒杯,恭恭敬敬地来到主桌,先向杜铁林敬酒,再分别敬了沈天放、薛翔鹤和其他几位高管,还有公司的几位贵宾。这一刻,林子昂觉得,这人生的第一个一百万,竟然就这么到来了,是不是来得有点早啊?

这个年龄,原本应该是拿金钱换开心的时候,也是最在意物质的时候。但越是在这种热闹的场合,林子昂的脑子却最容易跑调,感觉自己一个人在北京,然后用整年的忙碌和内心的孤单,换来了这个一百万,值得吗?过去也想象过这个场景,但这银行卡里的数字始终那么冰冷,真不如沈天放手里的那两捆人民币来得扎眼和刺激。林子昂心想,如果这年薪一百万,就这么换成现金往自己头上砸过来,或许会感觉更舒服些。

年会结束,众人终究还是各自散去。

第二天一早,林子昂懒洋洋地从床上爬起来,走到阳台上,远处的海景,瞬间映入眼帘。那一刻,林子昂感觉昨天晚宴上的那顿胡思乱想真是幼稚可笑,如此海景,兜里要是没钱,哪能享受呢?正当他趴在阳台栏杆上,准备继续放空大脑时,一转头,却看到左侧隔了三个房间的阳台上,杜铁林一个人站立在那里,看着远方,很落寞的样子。

林子昂瞬间大脑清醒,很识趣地退回到自己房间里,他下意识里不想被老板看到，同时，他更不希望让老板觉得自己被"偷窥"了。不知道为什么，自从在美国听了姚婷婷的那一番话，回到国内后，每次待在杜铁林身边，听老板讲话的时候，林子昂的心绪总是不宁，经常走神。林子昂很是担心，怕哪天杜铁林知道姚婷婷对自己讲了那么多的"私密内容"，会感觉被"冒犯"了，或许哪天就对林子昂起疑心不再信任了。林子昂希望这一切都是自己的胡思乱想，是自己多虑了，但就像姚婷婷所评价的那样，你们这些人，每个人都活得太复杂了。在那一刻，林子昂还是很想跟姚婷婷说，婷婷姐，这个世界本来不就是复杂的吗？但这句话，林子昂又怎么忍心再说一遍呢？

尽管年会上老板笑得那么开心，所有人也都很开心，但林子昂总觉得有些异样。这也是他第一次跳出既有的身份看自己，看这个公司，甚至于看这个老板。林子昂觉得老板变了，和原来认识的那个杜铁林有些不一样了，感觉又加了好几层薄纱，尤其是当看到杜铁林愈加喜欢独处的时候。一个孤独的国王，林子昂的脑海里突然蹦出来这么一个形象。一想到这，林子昂苦笑了几下，看来姚婷婷的话真是太具有蛊惑性了，即便自己有意识回避，那些话，仍像是一道道刀疤，留在了那里。

这一年的迎新年，振华控股额外多放了两天假，然后大家就正常来上班，似乎也没什么特别的变化。上班了，就继续认真上班，每天有大量的事情把时间都占满了，或者，大家都习惯性地找了好多事情来把这些时间填满。

面对世俗生活，林子昂也有些茫然，父母催他快点在北京买个房子，女朋友也可以找起来了。但林子昂完全无感，仿佛一个佛系的人，却被扔到了金融圈这个大染缸里，居然还没被染脏，没被染透，怕是从一个侧面也证明了，直到现在，他自己还没有进入到真正的核心业务层面。林子昂虽然有此反思，但仍和大家一样，就这么稀里糊涂地迎来了2015年。

元旦已过，春节未至。这段时间，往往是各个公司里最特殊的一段时间，说忙也忙，但又往往心不定，毕竟中国人嘛，还要等着过春节呢。林子昂感觉这段时间的工作，很平稳，没有特别紧急焦虑的事情发生，也没有什么堪称里程碑似的大事件，反正就是一如既往地进行着。很平稳，也很平淡。

某日，正好是个周六，一清早的，林子昂接到杜铁林的电话。

"你今天有空吗？"杜铁林问。

"今天没事啊。"林子昂说。

"那好，陪我去趟潭柘寺。你9点能到国际俱乐部吗？"

林子昂看了看时间，现在是早上7点半，周六的清晨，这个时间点路上不会太堵，9点肯定绰绰有余了。

林子昂说："可以，9点前，我准时到。"

"好，你到了楼下就电话我，小王会在楼下等的。"杜铁林挂了电话。

林子昂起身洗漱一番，拿起背包出了门。这一路上，林子昂在想，跟着老板走南闯北的，怎么想起周六一大早的去潭柘寺呢？今天是什么特殊的日子吗？查看了一下万年历，这天也并非什么佛诞日之类的重要时日，就是普通得不能再普通的一个周六。但和老板一起去寺庙，这还真是第一次。林子昂又想到，姚婷婷跟他说过，说杜铁林喜欢去那些有肃穆感的场所，但中国的寺庙似乎并不在其中,这潭柘寺难道有什么不一样吗？因为又联想到了姚婷婷说的那些话,林子昂便一再要求自己,不能再这么联想了,会出岔子的。

到了国际俱乐部,8:50,林子昂给杜铁林打了电话。五分钟后,杜铁林下了楼,两人上车径直往京西的潭柘寺而去。这一路路途遥远,林子昂心想,真要拜佛烧香,为什么不就近去雍和宫呢？这潭柘寺也太远了,手机上查看地图,光车程就得一个小时十五分钟,这还是在不堵车的前提下。

这一路,杜铁林坐在后座,或闭目养神,或醒了之后看看车窗外的街景,并没有多说话。倒是坐在副驾驶座位上的林子昂,间或着声音轻轻地跟司机王哥聊上几句。但绝大多数时间,林子昂要么看着车前的路况,要么就是翻翻手机上的新闻,反正和老板在一个车里的时候,林子昂可不敢打瞌睡。

室外大概零度左右,但因为有太阳,且没有刮风,所以体感温度不会太冷。到达潭柘寺,冬天里的旅游淡季,游客并不多,加上这潭柘寺景区也大,上山的路便显得冷清。司机王哥把车停到了停车场,便安心在山脚下等候。杜铁林和林子昂来到售票处,林子昂走快一步,将头凑到售票处小窗口,说要买两张票,并准备从钱包里掏钱。

杜铁林走上前,说:"子昂,寺庙香火钱,各付各的,这是规矩。我自己买。"

"噢,好的。"林子昂感觉自己又上了一课,便听从杜铁林的话,两人各自买了各自的票。

进了潭柘寺的山门,来到正殿,杜铁林取了三支清香,依例上香,并不多言语。林子昂跟在杜铁林身后,照样学着。杜铁林往功德箱里放钱，林子昂跟随其后，也在功德箱放了点零钱。

虽说今天有太阳，但毕竟是在京西的山里，多少还是有些冷的。这种荒凉感，让林子昂想起差不多五年前的那个冬日，他在圆明园茶室第一次见杜铁林时的情景。在心境上去体会，他感觉杜铁林的内心里，其实就是个孤独的人。尤其是在这种荒凉清冷的冬日，无论当时当日在圆明园，还是此时此刻在潭柘寺，触景生情，便都是这样的感觉。

那种感觉，并非冷漠，却总覆盖着一层看穿红尘世事后的苍凉与孤寂，这大概是杜铁林内心的底色。尽管一旦回到世俗的舞台，他照旧游刃有余，精进有为，但你总感觉，他是在用"专业素养"在做这个老板的角色，或许在他内心的某个角落里，他是不屑，甚至厌恶觥筹交错的。但为什么站在镁光灯下的时候，却又长袖善舞呢？因为那时候，他是在用心做自己的社会角色吧，倘若不这样，便就是不专业的表现。而更令人好奇的是，如此这般灵肉两分了，但在同一个躯壳里，终究运行着两个系统，看似矛盾的两个系统却又能正常地运行，偶尔还会互相成就，这是不是很奇怪？林子昂如此揣测着，同时，林子昂自己也不得不承认，很多事情就是这么奇怪，感觉怎么着都是不可能的，可事实情况，还真的就这么着了。

上完香，林子昂又跟着杜铁林进入几个偏殿，双手合十，敬了所有的菩萨。

杜铁林对林子昂说："这潭柘寺很幽静，一直都是皇家寺院。都说是先有潭柘寺，再有北京城。你过去来过这吗？"

"没来过，这是第一次来。"林子昂答道，"杜总，北京人烧香，不都是去雍和宫吗？谁会跑到这么远的潭柘寺啊？"

"其实，各个寺庙还是有些不同的，北边怀柔的红螺寺，还有西边八大处的灵光寺，各有各的定位与特点。有的人喜欢去香火旺的地方，我就偏偏喜欢来这个潭柘寺，特别是冬天来，特别安静。"杜铁林说，"我们到山后面走走吧，你要是怕冷，你就到车上等我。没关系的。"

"杜总，没问题，我不怕冷。而且今天还好，没刮风。"林子昂答。

说完，两人就往后山走去。北京的冬天，怎会不肃杀？但林子昂却见杜铁林身心放松，十分享受这肃杀，脚步也走得飞快，待到走到半山上的一座凉亭，方才停下脚步。

林子昂见杜铁林站在凉亭外开始休息，便走近说道："杜总，正好我想请示您个事情。今年美国冬天雪下得大，代我们管理的物业说，他们检查房子，有几处小地方坏了，需要等到开春后加固修理一下，可能会产生一些费用。"

林子昂其实更想借着说这个事情，看看杜铁林的态度，看后续房子的事情怎么处理。之前，姚婷婷拒绝了这个房子之后，杜铁林就再也没提这个事，林子昂也不方便多问。

"子昂，那个房子，你就正常打理着，全权负责就是了。暂时我也不会去住，让物业注意照看就行。维修的费用如果金额很大，账上钱不够的话，你到时跟我说。"杜铁林说道。

"好的，杜总，我明白了。"林子昂答道。

"对了，相比较美国那边的景色，你觉得这边潭柘寺的景色如何啊？"杜铁林突然问道。

林子昂说："人少的时候，这里也挺好的。但不知道美国那边下雪之后，会是怎么样呢？"

杜铁林说："看来，春节的时候，我可以去那边住上一个礼拜，看看雪景，体会一下心情。"

"杜总，您真的要去那里过春节吗？那我还得让代办那里准备一下呢。"

"随便说说的，今年春节就不去了，这里一堆的杂事呢。"

恰好这时，杜铁林看到路上有好几根折断的树枝，便弯腰拾起，将树枝扔到一边，免得影响行人走路。

"时间过得快啊，一年又一年的，就像这潭柘寺，来来往往那么多人，人换了一茬又一茬，潭柘寺却一直在这里。"杜铁林感叹道。

"杜总，我能问您个问题吗？"林子昂说道。

"什么问题？"杜铁林被这冷不丁的一个问话，停下了脚步。

"杜总，如果时间倒流，您还会下海创业开公司吗？"

"子昂，你怎么突然问我这个问题呢？感觉不像是你的风格啊。"

"我也是突发奇想，今年公司给我发了好大一笔年终奖，但我却不知道该如何处理这些钱。我赚的工资，已经比我的同学多很多了，但比起那些成功人士，还是差距很大。然后，我感觉自己吧，好像对金钱物质也没太大的欲望。"林子昂倒也不怕杜铁林笑话，如实说道。

在振华控股工作这几年，林子昂的银行账户上确实已经存了不少钱，但对于一个从小家境就不错，又一路名校名企这么过来的年轻人，对于金钱之外的追求，有时候会超出对于金钱的渴望。因为在赚钱这件事情上，他并不急迫。在这一点上，追求事业的动力，反而还不如那些家境普通，急迫需要金钱改善生活的年轻人。

杜铁林的眼睛里，闪出一丝新鲜劲，觉得林子昂的提问着实有点意思。

"子昂，你过去喜欢考试吗？"杜铁林问道。

"杜总，没听明白，什么叫喜欢考试啊？"

杜铁林的反问一句，反而让林子昂听着犯糊涂了。

"其实这个世界上没有人喜欢考试，但为什么还要考试呢？因为凡事到最后，都需要有一个考核认定的标准。考试成绩好，证明我之前学得好，勤奋付出有了收获，成绩不好，证明我还要努力，或者，证明我压根就不是这块料。某种程度上，挣钱也是这个作用，就像考试一样，但挣钱不是目的。"杜铁林说道。

杜铁林继续说道："这个世界上可做评判的标准太多了，但拿金钱来做判断，可能是最直接也最简单的一个办法。不是说你挣钱挣得越多就越有本事，而是反过来看，如果你连钱都挣不到，连老婆孩子都养不好，那怎么能证明你有本事呢？做一个只会嘴巴上逞强的人，有用吗？"

林子昂似乎感觉到了一些，点了点头，若有所思。

"你问我后悔开公司吗？我一点也不后悔。因为决定已经做了，后悔也没有用。我们六〇后这代人，赶上了最好的历史机遇，我很感恩。但在开公司挣钱这件事情上，我也是下海之后才体会最深。一开始面对的全是各种刺激，所谓感恩，所谓岁月静好，那都是宠辱不惊之后才会有的体验。在早期，各种强刺激下，你身上的狼性和占有欲，会快速地上升。很多时候，我看到一个东西，我就是想要，我可以因为不喜欢而不买，但我不能因为买不起而不买。你能体会吧,这两者是有本质区别的。"

"子昂,我知道你家里条件不错,不一定会为一般的物质生活犯愁,但是,作为一个男人,我希望你身上要有血性。不是我们喜欢金钱,而是某种程度上,金钱是最简单的检验标准。过了这道物质的坎,我们才有资格谈论更高的思想层面的问题。而且,千万别把有文化和有钱对立起来,很多时候,有钱的人就是比没钱的人,生活得更体面,更从容。在很多关键时候,你兜里的钞票才是保住你人性本真的第一道防线,而不是你脑子里那个所谓的道德律令。"

杜铁林的一番话,把林子昂镇住了。林子昂琢磨了许久,看周边景色,潭柘寺肃杀依旧,但因为杜铁林的一番话,这肃杀里压根就没有凄惨,而是包裹着一股狠劲,有一股力量即将要冲破这肃杀。

"还有一件事。"杜铁林回过身,叮嘱林子昂,"什么叫淡泊名利?一个从来就没拥有过名利的人,有什么资格谈论淡泊名利?名和利,这两样东西你都要,那叫贪婪;两样东西都不要,那叫虚伪;两样东西里选一样,或者先要什么后要什么,那才是真实的人生。"

杜铁林和林子昂离开潭柘寺的时候,大概是下午3点钟,虽然还没到黄昏,但已经有点黄昏的样子了,反正北京的冬天,就是这般模样。"荷笠带斜阳,青山独归远",好像也有那么点调调。

快走到山脚下的停车场时,林子昂又突然脑子里闪过"似曾相识"的感觉,便也学着姚婷婷在华盛顿国家大教堂时那样,转身回望了一下。但潭柘寺是潭柘寺,大教堂是大教堂,还是不一样。倒是想起上午刚到那会,林子昂跟着杜铁林来到潭柘寺的正殿天王殿,只见宝殿面阔五间,重檐庑殿顶,黄琉璃瓦,绿剪边。再看殿前的上檐额，题的是"清静庄严"，下檐额，题的则是"福海珠轮"。

这里面，有世俗生活希冀的福报，这里面，也有个人精神层面的高级诉求，这些个东西，说到底，本身就是共存的，谁又能分得那么清楚呢？倒是杜铁林的一番话，对林子昂的触动尤甚，也算是此次潭柘寺之行最大的收获了。

不过若干年后的一次偶然说起，林子昂这才知道，这个2015年的年头，是他第一次跟着老板来潭柘寺，但这也是杜铁林最后一次来潭柘寺。从此之后，别说潭柘寺，就连美国的大教堂，杜铁林也再也没有踏进去过一步。

15_大牛市、股灾和熔断

腾空网退市回归Ａ股的事情，做还是不做，做应该怎么回复，不做又该怎么回复，终于都摆在杜铁林面前，需要杜铁林给出一个明确的意见了。

眼瞅着这大Ａ股的行情，进入2015年后，走势依旧强劲，谁都盼望着能赶上这波行情，赚个盆满钵满。杜铁林早就评估过了，腾空网退市回归Ａ股这个事情从商业价值而言，肯定是值得做的。只是这单实在太大了，牵扯的方方面面人物众多，但凡把脚伸进去了，那就得全身心投入，可不敢有任何侥幸心理。天底下没有平白无故的盛宴，尤其是这个时间节点上。

蒋笙那边，一如既往地欢迎杜铁林参与进来。一来，他想借助杜铁林的人脉资源，把这次回归做扎实了。其次，杜铁林参与进来，在蒋笙看来，是多了一支友军，既充实了他这边的实力，又不会削弱他对于公司的控制权。做老板都做到蒋笙这样全国闻名的地位，也不再只是为了钱而活了，公司犹如生命，谁要是剥夺了蒋笙对于公司的控制权，动了他的命根子，那才是最致命的威胁。

当然，这一单，至少从目前看来，盈利空间巨大，这也是刺激着蒋笙必须回来的一大动力。他蒋笙的身价确实已经够高了，但如果有人告诉你，这单成功之后，不仅公司依旧牢牢掌握在你手里，而且身价至少翻倍，弄不好，还能乘以三，你会不会为之疯狂呢？答案显然是肯定的。

在振华控股内部，沈天放坚决拥护老板参与这个项目，这在杜铁林预料之中。因为以沈天放的性格，看到这块大肥肉是不可能不动手的。斯文细致如薛翔鹤，当杜铁林问他什么意见时，薛翔鹤的回答也是异常的坚定，这笔生意，值得做。只是，薛翔鹤的思维更缜密一些，完全从技术层面进行了详细剖析。

内部会议上，薛翔鹤提醒杜铁林，关键还得看时间节点。这波大A股行情起势很猛，但凡能赶上的，肯定能大赚一把。腾空网原定2014年9月30日前完成美国退市的全部手续，但实际上，拖到2014年年底才完成，虽然比原先计划耽搁了三个月，但好歹是做完了。但较之其他准备回归A股的同类公司而言，腾空网并没有抢到绝对的先机。

如今这情形，这边炉火越烧越旺，但这火能旺多久呢？谁也不知道。而腾空网能否在2015年12月31日前完成国内上市，如愿赶上这波行情，这个更是谁也保证不了。

"目前看来，这几乎是一个不可能完成的任务。"薛翔鹤说道，"但蒋笙的特别之处正在于他身上的那股韧劲，这可是人尽皆知的。况且这单生意利益巨大，想必各路神仙参与其中，集中火力的话，也说不定就办成了。唯一的变数,就是时间节点。"

"如果大势继续红红火火,那成功回归之后的刺激效应,将是这几年最难得的一次资本盛宴。但如果大势转头向下,巨无霸要想调头,那就没那么简单了,这或许是唯一的隐忧。"薛翔鹤最后总结道。

听完薛翔鹤的这番话,杜铁林陷入沉思,这些又何尝不是杜铁林内心所想呢?

边上的沈天放听着着急,吼道:"老薛,你刚才一开始就说了,这生意值得做。现在分析了这么一大通,我就问你一个结论,你觉得到底做还是不做?"

"沈胖子,你做事靠直觉,我做事靠逻辑。但是,在大是大非的问题上,我和你一样拎得清,我当然知道什么叫好买卖。你问我这单买卖应不应该做,我的意见是,做啊,当然做啊,干吗不做啊?"薛翔鹤说道。

蒋笙最近密集地拜访杜铁林,隔三差五的就要来一次,看得出来,他最在意的也是这个时间节点。而且蒋笙也明白,不拿出足够多的诚意,肯定打动不了杜铁林。而若能顺利引进杜铁林,就好比迎来了一尊大佛,才能把其他凶神恶煞挡在外面,这也是蒋笙心里的小九九。至于杜铁林是否看穿了蒋笙的小九九,其实也无所谓,生意场上本来就是各取所需,所谓互相成就,那都是事成之后的客套话。

某日,蒋笙再次来到振华控股杜铁林的办公室。

"杜总,所有的细节问题,双方律师团队都已经过完了,就等着我们两个人把几个大数定一下,然后就可以正式签约了。如果您能参与进来,那今年年底前完成上市,我就有信心了。不瞒您说,我心里那个焦虑啊,前前后后听了无数种方案,都说没问题,越说没问题,我就越觉得有问题。"蒋笙说道。

"蒋总,这件事情,主要还是取决于你自己。至于说哪种方案最管用,我杜铁林也没有十足的把握,毕竟事情总是在变化的,而且也没有既定的可以参考的案例。大家都是根据现有的政策法规摸索着前进,别说我们了,就连监管部门其实也在摸索着推进啊。"杜铁林说道。

"杜总,道理我都懂,但问题是,时间不等人啊。所以,这件事情上,杜总,您一定要参与进来啊。"蒋笙的态度十分诚恳。

"蒋总,你今天来了,我们也正好当面沟通一下。这几个月我们前前后后聊了很多,沟通得也很充分。"杜铁林停顿了一下,"但这次腾空网的投资,我们振华控股就不参与了,请见谅。这也是我思考了许久才做出的决定。"

"为什么?您觉得条件还不够优惠吗?如果是这样的话,我们还可以再谈啊。"蒋笙的神情无比惊讶,感觉自己这么好的条件还被拒绝,情感上无论如何也接受不了。

蒋笙追问道:"杜总,您这个决定,我很难理解。我也不是说这次回归A股百分百成功,但即便不成功,仅仅是做腾空网的股东,而且是目前这个价格的话,绝对是有利可图的。如果上市暂缓,为了保证大家的利益,我可以承诺高分红的。这么好的条件,您为什么就不愿意参与了呢?是中间有什么误会吗?这个事情,我今天一定要问明白了。"

杜铁林说:"蒋总,真的没什么误会,关于腾空网的上市,此前我们聊得很充分了，感谢你的信任，我也把我的一些见解与你做了沟通。谁都知道这桩买卖肯定挣钱，我又不是傻子，而且我杜铁林在商言商，也不会跟钱过不去。就是综合下来，我觉得，振华控股参与这次重组的条件还不完备，主要是我们内部有不同的看法，决策难以统一。"

"杜总，振华控股就是您做主，内部意见不统一，这都是说辞啦。生意成不成，我其实都能接受，但请务必要告诉我一个真实的原因，否则我心里会不服气的。"蒋笙坚持着。

杜铁林说："行，蒋总也是爽快人，藏藏掖掖也不是我杜铁林的风格。其实，这次之所以不参与，主要是我害怕了。但这个害怕是要打引号的。"

"什么意思？有什么好怕的？杜总的风控意识，在业内是出了名的，别人家的风险，在您这里，有时候根本就不是风险。把风险控制掉，又把钱赚了，振华控股是有这个能力的。否则，我也不会来找您。"蒋笙说。

"没错，过去再大的困难，我也挺过来了。但这次不一样，腾空网这单生意，盘子太大了，而且牵扯的人也太多了。尤其是最近我听说，孔老三也参与进来了。"杜铁林说道，"所以，我肯定是要多一个心眼的。"

蒋笙似乎明白了，说道："我说杜总怎么突然就把我拒绝了呢？原来是听到了一些流言蜚语啊。"

杜铁林说："我不管什么流言蜚语，咱们这个行当，条条大路通罗马，最后成了，就是一俊遮百丑。我听说孔老三参与了，我就想着蒋总可能还有其他的思路，但或许也不方便说。反正，我就不参与了。咱们还是朋友,生意归生意,能做成生意,朋友的情谊自然加深,没做成,也不影响后续来往。蒋总,您觉得呢?"

"那肯定,杜总永远是我的好大哥,腾空网的事情,您还得多关心。我这边要是有不懂的地方,还得来跟您多请教呢。"蒋笙应承道。

两个人又拉拉杂杂地寒暄了几句,蒋笙便起身告辞。杜铁林亲自将蒋笙送到了电梯口,礼数周到。

等到杜铁林回到自己办公室,没过多久,沈天放便过来敲门。

"怎么样了,老大?腾空网的生意,咱们接下来了吧?这绝对是块大肥肉啊,旱涝保收的好买卖。"沈天放觍着脸说道。

"没有,我明确拒绝了。这次腾空网上市,我们不参与。"杜铁林把头埋在文件堆里,轻描淡写地说道。

"什么?拒绝了?为什么啊?"沈天放张大嗓门,吃惊地问。

"人人都说好,就一定好吗?"杜铁林反问道。

"不是啊,老大,这个腾空网业绩本身就很好,而且从美国那边也已经退了,还是很有机会的。人家好多人想进去分杯羹都分不到,您可好,人家送上门的大餐,您都不要。反正我是没法理解。"

"这次腾空网上市,孔老三也参与了。"杜铁林说道,"我这么说,你应该能理解了吧。"

"孔老三?您跟蒋总确认过了?真有他?"沈天放说。

"蒋笙没有承认,但也没否认。"杜铁林说。

"老大,这个孔老三确实和我们不是一路人,但您也没必要总是敌视孔老三啊。腾空网这单生意,体量那么大,参与其中的人肯定多,孔老三也来分一口,说明这笔生意的确有价值啊。至于蒋总那边，买庄又买闲，说明他重视这单买卖，他得保证百分百成功，也没错啊。"沈天放碎碎念地分析着。

杜铁林打断了沈天放的话，说道："你还有其他事吗？"

"没了，没其他事。"沈天放答道。

"好，那你先出去吧，叫林子昂进来，我关照他几个事。"杜铁林继续将头埋在文件堆里，不再理睬沈天放。

沈天放自讨没趣，便走出了办公室，唤林子昂进去。

没过两日，振华控股放弃参与腾空网回归上市的事情，便在资本圈传得沸沸扬扬，大家都把杜铁林说成了傻瓜。当然，当着杜铁林的面，没人会说这个事情，但当着振华控股几个副总的面，圈里的同行们却是一阵奚落和调侃。总之，振华控股这事，在大家看来，就是个笑话。

沈天放为人好面子，平时饭局又多，就这样被同行冷嘲热讽了好几次之后，也难免会对杜铁林的决定有些不理解。这放到嘴边的肉都不吃，那你是来做什么的呢？或许，老板真的是心灰意冷，不想继续战斗了，又或许是身体原因，真的就干不动了呢？还是查出什么病来了？以上纯粹是私下的揣测，杜铁林从来不细说自己内心的真实想法，尤其是涉及这些个敏感生意的时候。至于沈天放，心里面不理解归不理解，你让他当面去质问杜铁林，始终是不敢的，只好在饭局上，多喝几杯闷酒了事。

又隔了两周，杜铁林带着林子昂去上海公司开会，中午在会议室吃盒饭时，恰好只有杜铁林、薛翔鹤、林子昂三人在。薛翔鹤便主动说起了这事。

"杜总，前两天我到交易所开会，碰到孔老三了。"薛翔鹤试探性地说道。

"嗯。他是不是很春风得意啊?"杜铁林说。

"反正座谈会上,他第一个主动发言,慷慨激昂。散会后,又跟大家称兄道弟的,感觉全是他一个人的场面。"薛翔鹤说。

杜铁林说:"翔鹤,你们上海人不是常说一句话嘛,虾有虾路,蟹有蟹路,各有各的路数。我们做好自己的事情就是了。"

薛翔鹤说:"我也是这么想的,但孔老三会后主动跑到我面前,调侃了几句,我当时也是好不容易忍住了,否则真想抽他两个耳光。"

"翔鹤,别太放心上,就这样吧。"杜铁林吃完盒饭,伸手去拿餐巾纸,"不过,孔老三一直在说的那个新业务,他搞的那个互联网金融,你觉得到底行不行?"

"模式是讲得通的,但孔老三那种做法,我感觉有点悬,反正我是不看好。"薛翔鹤说。

"他路子太野,看他后面怎么收场吧。"杜铁林说道。

大概一年不到,腾空网顺利回归,果然成了市场追捧的热点,蒋笙的夙愿终获成功。而孔老三作为业内有名的另一派"大佬",因为在幕后助力腾空网的顺利重组,也被捧上了更高的"神坛",一时风光无两。

而那段时间,振华控股却显得有些"黯淡"。好几个在别人眼里看来颇有"油水"的项目,也都被杜铁林主动放弃了。别人都在急速扩张,争抢生意,振华控股却处处显得反应迟钝,且主动回撤了好几次,谁都不知道杜铁林的真实想法是什么。

公司里有人悄悄地来问林子昂,说,子昂,老板最近身体都还好吧?

林子昂便说,一切正常,好得很。

如此回答,对方也不敢再多问,但总觉得肯定是老板的身体出问题了,要么就是老板的家里遇到了什么事情,否则,除了这两个原因之外,根本就找不到任何合理的理由来解释。毕竟,在行情一片大好,所有人都巴不得多吃几口的时候,杜铁林却主动选择收缩回撤,他是不是老糊涂了啊?

反正就一句话,振华控股的打法,在外界看来,越来越看不懂了。倒是老板屋里的那两棵发财树,越长越好,枝繁叶茂的,看着是个好兆头。但就眼前的这种打法,伸手的钱都不挣,如此枝繁叶茂,反倒像是个"反讽",怎么看都觉得不合时宜。

2015年的6月,就这么悄无声息地来了。前段时间,林子昂的父亲打电话给他,说儿子你现在做投资工作了,有没有消息啊?老爸那些股票到底是抛了好,还是继续加仓好啊?林子昂反呛老爸一句:"爸,您自己不是挺有主见的吗?怎么现在要问我意见了呢?"

是啊,倘若有未卜先知的"高人",能够对自此以后的各种"大事件"提前有个判定,大概也就可以避免很多悲剧,抑或,大可不必搞得那么惊心动魄。然而,这世间,多的是事后诸葛亮,尤其是在炒股票赚钱这件事情上,贪婪成性,谁不想多吃一口呢?又有谁会晓得,这连锁反应,能这么的一波三折,没完没了啊。

2015年1月初,上证综指突破3300点,3月开始又继续上扬,而且这一波上扬的速度更快。4月27日上证综指首次突破 4500 点，不到两个月的时间，涨幅约 1200 点。5 月 21 日，上证综指在徘徊了不到一个月之后再次突破 4500 点，并在短短十一个交易日之后，于 6 月 5 日突破 5000 点大关。

谁会知道这二级市场的风云变化，有时候，变成了集体狂欢，有时候，却又变成了集体踩踏。林子昂没有经历过 2007 年的大牛市和 2008 年的全球金融风暴，所听到的各种故事，都是听别人讲的。等到现在踏上工作岗位，又身处在这样一家公司，各种直观感受，都实实在在的鲜活起来。

圈内都说杜铁林这段时间状态不好，廉颇老矣，已经缺乏攻城掠寨的雄心壮志了。如今，上证突破五千点之际，杜铁林竟然要求公司操盘手开始逐步降低仓位，这让振华控股内部起了议论，觉得老板真是越来越保守了。但杜铁林不为所动，要求立刻执行他的"部分离场"决策，不要犹豫，卖一半，留一半，并且逐步降低持仓成本。

上海那边，薛翔鹤已经在整个 5 月间，逐步获利了结，并转换仓位，整体已是大赢家局面。但面对这波久违了的疯狂行情，谁都会流连忘返，说撤就撤，哪有那么简单，薛翔鹤多多少少还是留了些仓位，万一瞬间就涨到六千点了呢？北京这边，杜铁林要求沈天放根据所投公司的实际情况，但凡已经解禁可以抛售的股票，也逐步地获利了结，以盘活手头的现金流为第一要务。总之，公司上下，各个板块，要克制内心的贪婪和欲望，争取落袋为安。

该来的总是会来，但很多人就是不相信。尤其是当大家都天真地认为，赚钱是一件很容易的事情，只要你有胆量，只要你敢以小博大，大富大贵就一定会属于你。当这种看法成为主流观点，那就不是简单的不可理喻，而是真的恐怖了。

  2015年6月15日，星期一，在经历了一个人心惶惶的周末之后，上证综指开盘即下挫，并迅速击穿5100点，全天下跌103点，跌幅2.0%。6月16日，上证综指跳空低开，5000点整数关键点位很快失守，收报4887点，全天下跌3.5%。6月15日至7月8日收盘，A股始终未能出现明显的反弹，上证综指由5166.35点快速下跌至3507.19点，短短17个交易日跌幅高达32%。

  这段时间，振华控股内部，各个部门神经紧绷。杜铁林之前的"部分离场"决策，显然让整个公司平稳度过了最为焦灼的6月份。但杜铁林整个6月份，其实都没好好休息过，各种会面，各种会议，忙得不可开交。林子昂在杜铁林身边，每天都被各种海量信息不断轰炸，这段时间内，朋友圈里全是满屏绿油油的股票场景。原来，我们身边的人们，都是那么地喜爱赚钱啊。

  薛翔鹤火速赶到北京，就问杜铁林，大部队进场了，我们跟还是不跟？

  杜铁林说，跟。

  薛翔鹤又问，怎么个跟法？

  杜铁林说，你自己定，反正别跟丢了，也别跟错了。

  薛翔鹤说，老板，您讲的这是哲学问题，我听不懂。具体执行，咱们还是说详细点吧。

于是，杜铁林召集核心高管，利用周六周日开了两个整天的闭门会议，把一个很玄乎的哲学问题，拆解成了实战操作指南。大家统一了思想，迎接周一的开盘。而在杜铁林这里，在二级市场的风起云涌中，倒确实让他进一步反思起整体的公司安全问题了。

后面发生了哪些故事，各位搜索新闻也就知道了。这个时代，大量的信息铺天盖地，我们或主动，或被动地接受了这海量的信息，却不肯花更多的时间去学习知识，倾听思想，接近智慧。我们错误地以为，只要获得了这些信息，这些所谓的宝贵信息，我们就可以拥有更多的金钱财富。而且，我们固执地认为，这些金钱财富是和幸福画等号的。于是，我们终于等来了这些教训。

时间到了7月9日，因为有关部门介入排查恶意做空，市场逐步有所反弹，上下平稳地调整了一个月。经此一"劫"，大家的神经已经变得极其脆弱，但凡有点风吹草动，就必定发生大面积的"踩踏"。因了这个心理，也不知道发生了什么，就感觉，怎么又来了啊？可不嘛，一浪更比一浪狠。

8月18日A股再次大幅下跌，至8月26日上证综指最低触及2851点，收报2927点。相比8月17日收盘价，七个交易日跌幅高达28.6%，下跌速度超过6月15日至7月8日的第一波下跌。经历了两轮暴跌，A股自8月27日起开始反弹，上证综指在11月初重新突破3500点，此后直至12月25日，维持在3450至3650点的狭窄区间震荡。

以上两次大跌，坊间股民称之为"股灾"，好在股民身经百战，一边心惊肉跳，一边持续作战，其实这些年来的实战经验已经告诉大家，只要是闲钱炒股，还伤不了根本，怕就怕放了巨大的杠杆，那真是要玩出个"家破人亡"来。按说，既然选择在市场里搏击，那就要尊重契约精神，愿赌服输。只是这把"融资杠杆"把大家的胃口都吊得太高了，一旦风险降临，那就回天乏力。

2015年12月31日晚上，振华控股公司大聚餐，共同迎接2016年元旦新年。大家的心境，同一年前的三亚年会相比，已经完全不可同日而语。某种程度上，大家都急切盼望着，赶紧把这上半年"天堂"、下半年"地狱"的2015年送走，快点迎来2016年。

没想到，2016年的新年刚来了没几天，1月4日又出来了一个新名词"熔断"。最后"熔断"的结果，又是一片片绿油油的跌停，大家似乎已经不知道该如何表达自己的心情了。紧接着，1月7日，又来了一次"熔断"。于是，监管部门被迫宣布暂停熔断机制。所有玩股票的人，都觉得此时此刻，人生到达了最高峰的嗨点，大家谁也没见过这阵仗啊。

林子昂，年轻的林子昂，终于见识了资本市场的"血雨腥风"。股灾加熔断，何其荣幸，全部都让他经历了。

林子昂始终忘不了那阵子同事们的表情和"口头禅"，不管男女，时不时地，就得来一句"我操"，方能准确表达内心的感受。在振华控股上班，早上上班第一件事情就是打开万得资讯，但凡业务相关的公司，就得仔细浏览各种新闻报道和公告信息，梳理各种突发情况，不管你具体负责什么工作，这是一个自觉的工作习惯。但那段时间的跌宕起伏，真的只能用"我操"这样的粗话来形容了。这句话在当时的语境里，很多时候，并不是一句脏话了，而是逐渐演变成了一个语气助词，所想表达的意思，大概也就相当于，天哪，怎么会这样，天哪，怎么真的会这样！

在这次"股市大灾"面前，振华控股算是保全了，先期获利悉数落袋为安，后续折进去的损失，主要是抄底抄到了后山腰，好在仓位轻，算总账也还能接受。与其他同业相比，振华控股绝对算是"赢家"了。员工们纷纷感叹此番"大难不死"，多亏了老板是"高人"，要么就是老板背后还有"高人"。否则，实在是想不通，怎么就这般惊险地"躲"过了呢？

2016年是丙申猴年，这年猴年的大年初一正好是2月8日。不管这一年经历了什么，过年总是要开开心心的。但这个春节，林子昂过得并不踏实，各方面传来的消息，让林子昂这个选择从事了投资行当的职场新秀，也感觉到了风向的瞬息万变。看各种突发新闻，一会儿这个公司出事了，一会儿那个老板出事了，再或者，哪个领导又配合调查了。有的人，是新闻上的常客，是行业内的风云人物，林子昂只能远观敬仰，有的人则是在业务会议上有过一面之缘的，甚至还有经常在饭桌上碰到的熟人，这些人也时不时地出现在这突发新闻上，这就让林子昂觉得有些担心与害怕了。

林父见儿子这阵子有点心不在焉，春节假期里便问林子昂是否有心事，林子昂讲了个大概。毕竟孩子已经长大了，做父亲的，也未必能给得了最准确的意见。老父亲语重心长地告诉儿子："万变不离其宗，凡事多听多看少说，总归是没错的。"

杜铁林春节假期陪家人去了趟瑞士度假，而且得正式上班后一周再回来，整个假期期间，晚上9点到11点统一回复公司里的事情，其余时间杜铁林将手机关机，任凭谁也联系不到他。待到回国后，便接连去外地出差,看了很多高端制造业的公司,这其中要么是高端医疗诊疗设备企业,要么就是与高铁动车、北斗导航有关的企业。你能明显感觉到杜铁林对于制造业的喜好,其实这种倾向性原来就有,只是现在更加强化和明显了。杜铁林带着林子昂,穿梭在工厂厂房和实验室,并且咨询了众多专业行家,看得特别仔细。林子昂能体会到杜铁林在项目关注点上的重心转移,是真的在做调整了。

至于公司内部,杜铁林再三强调,至少从名义上已经做了比较明确而规范的划分,薛翔鹤和沈天放各自负责一摊,这两人就是老板,有些具体的事情,杜铁林就不参与了。但说是这么说,碰上重大的事情,薛翔鹤和沈天放都不敢擅自做主,还是要来问杜铁林,他们也搞不清楚,老板说不管具体事情了,是真不管还是假不管,老板是真的要隐退,还是有其他更大的战略规划。好在底下的人都无比信任杜铁林,既然之前跟着老板都顺风顺水的,还精准地躲过了"股灾",至少没有伤到元气。那么,今天的一切其实都是源于这份"相信",那有什么理由不继续信任老板呢?

当然,作为下属,你清晰地看到了杜铁林在某些战线上大幅度收缩的举措,甚至你就是这些举措的具体执行者。但你根本无法找寻这背后的动机,究竟这些收缩是主动的战略调整,还是纯粹的无心恋战不想干了?这些细节问题,没人知道杜铁林是怎么想的。

作为老板,他也不需要向所有人解释后面的各种原因,完全没有这个必要。中国的老板,尤其是创始人风格烙印明显的民营企业,大凡都是如此。企业的兴衰,很大程度与老板个人的起伏与心境是同步的。反正人生匆匆几十年,大家都是你来我往,进而或分道扬镳,或擦肩而过,珍惜此刻的缘分,远比空想未来美景更有意义。

不管别人怎么想，怎么看，作为杜铁林的贴身助理，林子昂就是这么想，这么看的。

其实，这年春节杜铁林一家在瑞士休假，薛翔鹤一家也在。

杜铁林向来不喜欢公司里的人过多地接触到自己的家人。一个最简单的例子，即便像林子昂这样的贴身助理，已经跟在杜铁林身边五六年了，对于杜铁林的家庭近况，也是知之甚少。杜铁林的太太李静，平时工作生活都在上海，林子昂见过几次，全是礼节性的接触。

有时候，遇见家里重要的事情，连打杜铁林好几次电话都没人接，李静方才会联络林子昂，问杜铁林在干吗。而通常情况下，杜铁林恰好确实是在重要的会议上，或者正在会见一些重要客人，没有接到电话。总之，李静对待杜铁林，看不到一般家庭的那种烟火气，更像是一种激情过后基于亲情和理性而结合在一起的"组合"，一种彼此不用多言语，一切尽在不言中，一切又永远按照规定路线行进的"组合"。

虽然杜铁林依旧公私分明，但这次和薛翔鹤一家同行，却是斟酌了许久的一次"破例"。

年前，杜铁林在上海和薛翔鹤开会，总觉得他身心惶恐，完全不在状态。个中缘由，杜铁林其实都明白。这大半年，尤其是经历过"股灾"、"熔断"之类的大事件后，但凡市场上说得上名号、有些个座次的，哪家手上不沾点泥灰啊？如此一来，便都需要暂时休整休整，擦擦屁股，洗洗手，方可有个好结局。至于那些个出了事的"大佬"，兔死狐悲也好，杀鸡儆猴也好，本质上说的是同一件事情，只是每个人的角度不同，也就看法不同。

自打"大桥事件"以后,薛翔鹤在上海也是心有余悸,生怕同样的事情,也落在自己头上。便一连好几天待在北京,不肯回去,就问杜铁林后面怎么弄?杜铁林便问他,整个过程里,是不是完全按照公司定的方案执行的?薛翔鹤说,百分百按照公司定的规矩在办事。杜铁林又问他,有没有小动作?薛翔鹤拍着胸脯说道,完全没有。杜铁林说,知道了,你安心工作,春节里你跟我一起去瑞士休假吧,带上老婆孩子一起。薛翔鹤点点头,这才放心回了上海。

薛翔鹤在北京那几日,晚上吃饭都是沈天放和林子昂陪着,生怕他心理负担重,又落得孤单。沈天放也是好心,火锅涮肉、日料海鲜,甚至苍蝇小馆,只要他觉得能给薛翔鹤减压的各种方式,都尝试了,但效果都比不上老板杜铁林的那几句话管用。

林子昂问沈天放:"沈总,薛总心理压力那么大,会不会真的有事啊?"

"这个真不好说,我感觉老薛这次手上肯定也沾灰了。"沈天放说道,"做我们这个行当,像我们这种做一级市场的,三年不开张,开张管三年,只要熬得起,总归是有饭吃的。可老薛不一样啊,他可是天天刀尖上舔血,但凡有一次失手,都可能是致命的。所以说,论抗压能力,我真比不过这个上海人。"

"老板这是在给他吃定心丸呢。"沈天放说道,"但老板既然这么说了,他就一定有办法让老薛安心。子昂,今天哥哥再跟你说件事,无论以后发生什么事,我们都要对杜总忠心耿耿。只要老板在,他就一定会保我们的,但我们绝对不可以背叛他。"

"背叛?有那么夸张吗?我们不就是个民营投资公司,至于吗?"

"小林,你还嫩,不懂这江湖的凶险。"沈天放说道,"能做到振华控股这个规模的,哪个不是三头六臂,各路神仙啊。这次股灾,我们还能保全,恐怕也是福祸相依啊。"

沈天放唏嘘着,声音低沉,像是漏了气。

林子昂听沈天放这番话,听得有些惘然,但话里的中心思想,他记下了。但愿所有人都能平安,可不要发生这种忠诚与背叛的人性拷问。

话说薛翔鹤回到上海后,一切如常。

春节前一周沪深两市的行情,寡淡无味,就这么不上不下的敷衍着,似乎大家都等着好好过一个春节,好把这一年的各种折腾和包袱,统统都卸下。凡事,都等过了年后再说吧。

杜铁林一家三口,还有薛翔鹤一家三口,统一订了瑞士航空直飞苏黎世的航班。出发当天,薛翔鹤一家早早地就到了上海浦东机场,提前办好了行李托运和登机牌,等候与杜铁林一家会合。在薛翔鹤这里,这是第一次和老板一家一同出游,心里有些激动,也有些忐忑。好在杜铁林的太太李静同薛翔鹤平时也有来往,可能因为是常驻上海的缘故吧,杜铁林的女儿杜明子,薛翔鹤也见过几次。论私人关系,李静对薛翔鹤一直都蛮认可。

也就等了十分钟左右吧,杜铁林一家到达机场,办好手续,两家人便一同前往边检出发口。李静和杜明子,还有薛翔鹤的太太和儿子,一路说说笑笑,走在前面,杜铁林则和薛翔鹤一起走在后面。

杜铁林一个侧身,看见身旁的薛翔鹤神情紧张,紧咬着双唇,不似平常那般从容,便问道:"你怎么了?身体不舒服?"

"杜总，一会儿边检，我会不会被拦下来，被限制出境啊？"薛翔鹤如实坦白。

杜铁林哈哈大笑道："放心，你要是被限制出境了，我一定比你更早被抓走。这样，你要是不放心，我一会儿走在你前面，你看看我能不能顺利过去？"

说完，杜铁林大步从容地往边检口走去，薛翔鹤紧随其后。

快到边检口了，杜铁林突然转过身，信誓旦旦地对薛翔鹤说："翔鹤，如果我一会儿被抓了，你就赶紧跑哈。"

薛翔鹤苦笑着回道："杜总，这都什么时候了，您就别吓我了。"

浦东机场的边检，严谨而规范。杜铁林一身轻松，礼貌地递上护照和登机牌，工作人员仔细核对护照和登机牌信息后，大戳一盖，放行，前后不到两分钟。杜铁林办完后，薛翔鹤紧随其后，上前一步，把护照和登机牌交给边防，同时，双脚并拢直挺挺地站在窗口前，大气都不敢喘一口。杜铁林觉得这事有趣，还特意往身后多看了几眼，只看到薛翔鹤整张脸紧绷着，面孔呈猪肝色，便觉得十分好笑。

这边，边防仔细核对，又看了看电脑里的信息，再看看薛翔鹤。这一看，把薛翔鹤看得更紧张了，不会真被限制出境了吧？薛翔鹤更加屏住呼吸，脑子里想着，万一被抓了，接下来该怎么办？跑得掉吗？万一跑掉了，那老婆孩子该怎么办？

只不过，这一切都是正常的例行手续，边防核对无误，大戳一盖，放行。

薛翔鹤如释重负，赶紧拿了护照和登机牌往里走，生怕走慢了，突然又被扣住。

进到里面，薛翔鹤见杜铁林在等他，便凑近说道："杜总，还好，没被限制出境。"

此时，也不知道是因为机场空调太热了，还是因为自己紧张，薛翔鹤的衬衣已经被汗浸湿了。

两人相视一笑。杜铁林大风大浪见得多，遇事先想公司，再想妻儿，已成惯例。但见薛翔鹤这般紧张，终究是把小家庭的安危放在第一位的"好男人"，心里也不免扎了一下。与此同时，对失去自由的恐惧，此种感觉，唯有当事人，才能理解其中滋味，也只有同样耳闻目染过此类事情的人才能体会其中的忐忑与不安。

在瑞士休假的前两天，薛翔鹤仍旧不在状态。不知是因为倒时差的原因，还是因为突然不看盘，生活节奏被打乱了，或者其他什么原因，总之，就是不在状态。与沈天放相比，薛翔鹤过于隐忍，总是习惯把压力憋在里面。这段时间的重压，已经接近他的极限，若不能适时解压，怕是真的要把"魂"丢掉了。

晚上趁孩子们都睡觉了，杜铁林主动邀请薛翔鹤和他太太一起去喝啤酒，李静也一起参加了。薛翔鹤的太太安娜是名全职太太，平时儿子小宝的起居生活和上学接送，全是安娜一手操办。在工作上，安娜倒是十分支持薛翔鹤，全无半点怨言。

"杜总，上次小宝上小学的事情，多亏您跟郭校董打了招呼。我跟薛翔鹤说了好多次了，应该正儿八经地请您和李老师一起吃个饭才对，他总说不需要。您看，小宝现在都上三年级了，今天才有这么个机会，能够让我当面向您说声感谢。"安娜说道。

"安娜，我们两家之间就不要讲究那些客套了。小宝是我小侄子，我这个做大伯伯的，做这点事情是应该的。"杜铁林说道，"不过时间真是过得快噢,翔鹤2003年来公司的,我记得你们俩是2006年结婚的,当时婚礼我和李静还一起来参加呢。"

"是啊,那会薛翔鹤也是工作没几年,来振华控股之前,他在证券公司多受气啊。自从跟了您之后,整个人的状态都不一样了。所以,我得代表我们家,感谢您和李老师!"相比薛翔鹤,安娜在人情世故方面的周旋多了许多,气氛也被调动得很温馨。

"但是,安娜,你们家薛翔鹤可是非常顾家的噢。"一旁的李静说道。

"他就是个宅男呀,在家吃完晚饭,我还要辅导小宝做功课,他就待在书房里看他那个K线图。反正,我跟他结婚这些年,我也想明白了,我再怎么打扮,在他眼里,也没K线图好看。"安娜调侃道。

"你当着杜总和李老师的面瞎说什么呀,在我眼里,你比K线图好看一百倍,好哦啦。"薛翔鹤说道。

安娜说:"拉倒吧,你是怕我在杜总面前揭你丑吧。"

四个人就这么有一搭没一搭地闲聊着。

过了快一个小时,安娜抬腕看了看手表,说道:"杜总、李老师,我得先回房间了,我得去看看小宝睡得怎么样了。我怕他醒了,找不到我,他要害怕的。"

趁着安娜说要回房间,李静也起身告辞,对杜铁林和薛翔鹤说:"你们两个人再聊会儿,我们两个女人在这,你们也没法谈工作。我也先回房间了。"

说完,李静和安娜便一同离开,剩下杜铁林和薛翔鹤两个人坐在楼下酒吧。

"翔鹤，我看你心里还是有疙瘩呀？"杜铁林说道。

薛翔鹤说："这次动静闹得太大，我是真的有点怕了。之前，安娜总是跟我说要移民去澳洲，她舅舅一家都在墨尔本，说了好几年了，我都不当回事。最近，我还真有些心动。"

"这个都是你个人的选择了，我不好发表意见。反正我们每天跟钱打交道，这个危机感始终是要有的。你还记得有一次我和你一起去龙华寺，讨论过的那个话题吗？"

"记得，当时没听明白，现在终于明白了。"

"但就算讨论明白了，真遇到事了，也不能保证我们百分百安全。我唯一能做的，就是如果大家都遭殃，我得确保振华控股是最后一批遭殃的。但你和天放各自负责的这两摊事，小错可以有，大的岔子肯定不能出，否则我也保证不了。"

"杜总，出岔子是肯定不会的，但多少还是有些灰色地带，跟着喝了几口汤。我是怕那些。"

"边界模糊的地方，稍微有点擦边球，问题不大的，别过界了就行。现在当务之急，得把资金规模做一下压缩，得有所回撤。目前这态势，趴着别动，保大局的安稳比保简单的收益率更重要。"

"嗯，我听明白了，回去之后我再调一下仓。"

"翔鹤，骨子里，你和我是一类人。我做这个行当，不是真的喜欢钱，我是不想被人瞧不起，才开了这个公司。但做到我们这个份上，还能轻易地说退就退吗？这公司上上下下那么多人，还有外面那么多客户，那么多帮助过我们的人，都期待着我们呢。"杜铁林说道。

"我明白，我不会轻易退缩的。"薛翔鹤应声道。

"翔鹤,我父母过世得早,家里也没有兄弟姐妹,相当于就是个孤儿。我和你认识十五年,一起共事也有十三年了。我还是那句话,你就是我自己家里人。遇到事,我杜铁林不可能让自己兄弟受欺负的。"杜铁林说道。

"杜总,我心里都明白。我薛翔鹤是明事理的人,其他我不敢说,但如果真遇到大事了,我一定会顶下来的,我不会让大哥为难的。"薛翔鹤说着,感觉自己那个"魂"又回来了。

这次谈话之后,余下的假期,薛翔鹤过得异常轻松,看着有点像"劫后余生"的感觉。两家人该玩就玩,该吃吃喝喝就吃吃喝喝,间或着,大家还喜欢将薛翔鹤的各种"怪癖"拿出来调侃,安娜最起劲,连薛翔鹤的儿子小宝也参与其中。如此一来,薛翔鹤的内心便开始从容起来。

游玩间隙,杜铁林并没有回避工作上的讨论,相反,在这个时点和外部环境下,杜铁林觉得有必要和薛翔鹤两个人沟通得更细致,要将各种潜在的风险点逐一梳理排除,想好各种预案,好在薛翔鹤也是这么想的。

薛翔鹤是个聪明人,悟性也高,杜铁林连着几天的细致沟通,也让薛翔鹤逐渐卸下了心理包袱,而一旦薛翔鹤能够集中注意力,也就自然而然地会有各种办法。加之两家人在一起,李静、杜明子与薛翔鹤的太太和儿子相处得非常愉快,因了这层关系,薛翔鹤也觉得杜铁林是看重他的,是真心希望他好。

薛翔鹤如释重负,也就意味着这个"雷"自动解除了。

好似晓云初出岫,恰为江日正东升。

按照行程,薛翔鹤一家先行回国,节后股市正常开市,还有好多事情需要薛翔鹤料理呢。好在经过此次休假,那个熟悉的薛翔鹤又回来了。

送走了薛翔鹤一家,杜铁林一家三口,终于迎来了难得的私人家庭时间,又到周边几个城市轻松兜转了一圈。

杜明子今年十六岁,暑假过后就要去美国念高中了。杜铁林印象中,杜明子上幼儿园时,一家三口经常一起出去旅游。后来因为各种原因,外出旅游常常是李静带着女儿一起,杜铁林因为工作忙,便很少参与。一眨眼,女儿已经长这么大了,杜铁林自觉亏欠。

某天早晨,杜铁林和李静面对面一起用早餐。此时,杜明子还在房间睡懒觉,并不在场。

"明子去美国读高中后,要么你多去陪陪她?"杜铁林主动说道。

"我会安排好的,你忙你公司事情就是了。"李静说道,"另外,我们之间的事情,也应该处理一下了。来瑞士前,我和明子说过了,她说她都能接受。"

差不多有快十年时间了,因为杜铁林的生意越来越忙,这家庭的维系靠的全是夫妻两人的默契。小孩子的教育,家里老人的生病住院,甚至杜铁林老家长辈的生老病死,代表这个家庭出面的,全是李静一人张罗处理。杜铁林这个名字,在某种程度上,变成了一个符号,而且,他作为振华控股老板的角色,远远大过了他作为父亲和丈夫的角色。时间久了,因为杜铁林很少参与家庭事务,平时几乎不讨论家庭琐事,除了工作还是工作,这夫妻之间的默契便渐渐演变成了约定俗成之后的生疏。这次国外旅行的后半程,李静想着,也该好好说一说了。

"明子说了,她希望我们能够心平气和地谈清楚,不要互相迁就。"李静说。

杜铁林说:"这一家三口,不是挺好的嘛。明子去美国之后,我们可以试着重新磨合的。"

"这话你已经说了无数遍了,你有实际行动吗?"李静说道,"还有,我们之间不要弄得跟小市民家庭那样,我不喜欢吵架,我也不喜欢啰唆。杜铁林你要明白一件事情,因为有明子在,你我之间的亲情,肯定断不了,但法律上的夫妻关系,我不想要了。"

"你要是这么说的话,我也无话可说。"杜铁林说道,"反正离婚我是不会同意的。"

李静说:"你有你的事业,该我扮演的角色,我仍旧会做好。但协议离婚的手续必须办掉。至于你公司的股权,我一点兴趣也没有,至于属于家庭共有财产的那部分资产,你让律师拿一个方案出来,明子要作为唯一指定受益人。"

杜铁林说:"就这些?"

"对,就这些。"李静语速沉缓地说着。

"如果只是这样,我们做一个家族信托,就能把这个分配的事情解决。至于我们之间,还是不要离婚,我想再争取一下。这几年,我确实关心家庭少了。但我杜铁林什么事情都分得很清楚,边界线在哪里,我心里明白。我们夫妻快二十年了,彼此是最了解的,这一点上,你拿捏我最准。"杜铁林说道。

"你别把我说得像是一个控制欲很强的人,你有分寸,我也有分寸。"李静稍微哽咽了一下,"有些事情,别的家庭会特别在意,我根本就不在乎,因为我知道你有分寸。"

"既然你我都有分寸,那干吗非得离婚呢?"

"杜铁林,你好好开你的公司吧,一百多个员工呢,他们这些家庭都指望着你呢。但我这个小家庭,我得维护住。"

"你这叫维护吗?你明明就是没事找事!"杜铁林莫名地咆哮起来,像一头受了侮辱的困兽,没有丝毫优雅可言。

杜铁林从来也没预料过,自己也会变得这么狼狈,究竟是真的不愿意离婚,还是不愿意这么被自己的老婆主动逼迫着离婚,其实,他自己也搞不清楚。这2016年是他的本命年,原本想抽出一个春节的长假回归家庭,好好关心一下李静和女儿。所谓新年新气象,杜铁林是真的想有一个全新的开始,没想到这假期的后半程,竟迎来了这么一件大事情。

"你现在这样子,倒像是个在乎家庭的男人了。怎么了,觉得受委屈了?"李静说道,"你知道是什么导致我最后心灰意冷,这几年懒得跟你沟通吗?就是你那些听上去无比正确,不这么做反而显得我在无理取闹的那些狗屁大道理。"

"行,你这是最后通牒,我听明白了。"杜铁林说道,"那后面的几天假期怎么过?要跟明子说吗?"

"一切照旧,开开心心过假期。"李静语调温和,但语气坚定,"等到全部处理完,我们两个人再想一想,该怎么告诉明子。你也别有负担,只有这样,我们两个人才能彼此放下心结。但法律上如果不切割干净,你活得不够洒脱,我也不可能百分百地做到无所谓。总之,我厌倦了,就这么简单。"

"你心太硬了。"杜铁林咬着牙,说出这几个字。

"不是我心硬不硬的问题,而是你把我整个人消磨得没了生气,但凡我心里还恨你,我都不会像现在这么难受。杜铁林,你处处都太'正确'了,压得我和明子喘不过气来了,你知不知道啊?这是家啊,不是公司啊!"

空气仿佛瞬时凝固,两人低头不语,直到杜铁林开口,含糊而怯懦地表示了同意。

因为李静如此决绝的决定,杜铁林经历了从未有过的挫败感。两个人做了整整十八年的夫妻,一顿稀松平常的早餐,就这样仓促地宣告了这段夫妻关系的终结,所有的恩恩怨怨就这么随意地、一次性地结束了。巨大的挫败感,像海浪一般前赴后继地压迫过来,让他近乎窒息。

从瑞士回上海的航班上,熄灯之后安静的商务舱里,杜铁林躺在自己的座位上,压根就没睡着。虽然嘴巴上已经说了"同意",但在脑海里,仍旧会翻滚许多往事,尤其拿出杜明子小时候的照片翻看,看那时候一家三口的欢笑与喜悦,总忍不住希望时间定格。

回国后,杜铁林与李静一起去见了律师,将相关事情像"做生意"一般梳理了一遍。这种熟悉的"做生意"的套路和感觉,反倒让杜铁林极其不适应,好几次当场发火。

李静对杜铁林说:"你不要发火,你但凡拿出你办公司的十分之一心思在家庭上,也不至于今天这样。还有,这是我们的家,不是你较劲的生意场。今天这个局面,也是我们俩注定如此。"

杜铁林说:"我们结婚的时候,我们俩是达成默契的,而且,开公司的时候,你也说过,你会支持我的。"

"我是支持你开公司的,因为我欣赏你有野心,但我没想到,你的野心那么大。杜铁林,如果作为你的下属,我会很欣赏你这样的老板，但作为你的家属，我心里很害怕，我怕最后因为你的野心，把我这个家都搭进去。"李静说道。

杜铁林与李静协议离婚的事情，本来以为会办起来很简单，但到最后，前前后后还是花了三四个月时间才办妥。离婚这件事，知晓的范围仅仅局限于家庭内部和律师层面，核心事项也都做了严格的保密措施。好比杜铁林和李静这两个人，现在站在大家面前，除了法律上两人已经没有夫妻关系了，其余的表象，都看不出来有任何变化，就如同它原本那样正常运行着。

这年暑假，杜明子正式去美国读高中，特意选了一所寄宿制名校，杜铁林和李静一起陪同前往新学校报到。至于女儿在美国学习生活的一切开销，杜铁林作为父亲，全都做了准备与安排，这些本来就不用女儿多担心。

明子心灵聪慧，一切都看在眼里。她最为开心的是，父母两人看上去都从容了，这样的亲情关系，也是杜明子所期待的。在成长的过程中，她也曾经希望自己的家庭能和绝大多数的家庭一样平平淡淡过日子，但事情总是事与愿违。既然家家都有一门难念的经，既然永远都没有完美的选择，那就只能在既有的选择里做一个相对最优的选择了。

杜明子全身心地投入到了自己的美国高中生活，李静在上海也全身心地投入到大学里的各种教学任务。杜铁林则继续着繁忙的差旅生活，三分之二的时间在北京，三分之一的时间在各地奔忙，间歇地回到上海，偶尔也同李静一起吃个饭或者见个面，交流一些女儿的事情。

一家三口，内心都那么坚强，那么有主见，那么的有自己的一片天地。凡此种种，家庭内部的各种说不清道不明，因为这血缘的存在，纵然再分割，再疏离，也终究会纠缠在一起。外面的人，又怎么可能介入，又怎么可能观察得清楚呢？

在北京的时候，杜铁林常去见一位"师父"。"师父"与杜铁林已经相识十来年了，平日里也就是正常的扯闲篇，重在闲聊。遇到重要的、特别纠结的事情，杜铁林才会正儿八经地问"师父"。

心里最难受的时候，杜铁林便去见了这位"师父"。

尚未入座，"师父"见杜铁林的神情，便说，你是喜欢自己拿主意的人，只是，还想找个人来帮你证明一下吧。

杜铁林便说，这样做，对吗？

"师父"说，夫妻姻缘浅，没有对错，只有合适与不合适。

杜铁林说，感觉自己这次特别颓，特别的失败。

"师父"说，有点挫败感也是好事，否则容易觉得自己事事都行。

杜铁林又说，还有女儿呢，我不想让女儿觉得，我是个不重视家庭的父亲。

"师父"说，别总把女儿当成你自己的一件物件，她其实都懂，倒是要想想今后要好好对待这亲情。另外，"师父"特别提醒，工作上还会经历不少"大事情"，守着旧业，则不会出错，莫生妄想。

虽然"师父"这么开导，杜铁林内心还是烦忧。但既然已经接受了这个决定，那就这样吧，便拿出更大的力气放在工作上了。连着出差好几周，再各种琐事一处理，作为老板的杜铁林，又渐渐回到了那个熟悉的状态。

振华控股的办公室里,更是按部就班,一切正常。回想刚刚过去的 2015 年,人们的情绪波动实在太大了,感觉办公室都变成了赌场。而如今,再看整个市场,温水煮青蛙也好,火中取栗也好,各人有各人的修为与抉择,日子就这么往前过吧。

只是老板杜铁林偶尔表现出来的怪异行为,仍免不了成为大家背后议论的焦点。譬如会议中途,杜铁林看似认真听着,实际已经走神,需要旁人多叫几句"杜总",才能把他的思绪拽回来。有时候,到了下班时间,杜铁林还会让司机王哥和林子昂提前先走,自己一个人在办公室待到很晚,然后再自己开车回国际俱乐部。过去的一年,因为公司的事情,杜铁林也常会深夜独处,只是大家并不清楚,如今老板的心里,其实还装着更多的事情。而且因为家里这事情,杜铁林的内心更压抑了。大家都觉得老板变得很沉闷,眼神里却总是"恶狠狠"的,这两个特征放在一起,大家便对老板有些怕,不敢多说话了。

在业务上,杜铁林心无杂念,完全按照既定方针推进着。他要求公司上下尽一切可能获利了结,不要恋栈,不要心存幻想,争取一切可能性,清退不良资产,尽快回笼资金。老板如此关注地盯在各个团队屁股后面,谁还敢不从?如此一来,振华控股账上的现金,越来越多,越来越多。与此同时,除了几个既定的投资方向,一般意义上的"快钱项目",无一例外都被杜铁林否决了。不确定的不做,不熟悉的不做,所有投资,宁可不投,也别乱投。大家明显感觉老板在积蓄力量,但没人搞得清楚,他究竟要干什么。

如果说还有什么值得关注的重大事件,那大概就是张文华的职务变迁,应该算是一件大事了。

春节上班后不久,张文华接到上级组织部门的调令,为了加强中央地方干部交流,张文华正式调任中部H省,担任分管经济工作的副省长,黄秘书也跟着一起去了。因为事情宣布得比较突然,加之张文华素来行事低调,也不喜欢搞任何欢送赴任的聚会,大家也就没有怎么太在意。倒是杜铁林有心,等到张文华赴任新岗位两个月后,专程去了一趟,算是看望问候了。

原本说是约着一起吃个晚饭,因为刚到H省,各项工作都在熟悉过程中,张文华便跟杜铁林说,饭就不吃了,让杜铁林直接在省政府招待所等他。杜铁林一直在房间等到8点多,张文华才赶到,两人便在房间里聊了好一会儿。

"铁林,今天就我们两个人在,我真是要说说你。"张文华说道,"你和李静的事情,我已经知道了。"

"嫂子和李静相处得最融洽,我猜想,您也应该知道了。"杜铁林说。

"就不能再挽回一下?"张文华说。

"她根本就不是商量的态度,完全就是在通知我。"

"我提醒过你多少次了,外面的女人,不要招惹。你就是不听。"张文华言语中带了批评的意思。

"大哥,我们都是有脑子的男人,我不会乱来的。"杜铁林说道,"另外,我也不瞒您,那边也早就断了,也是对方主动提出来的。"

说到此处,杜铁林抬头看张文华,摊了摊手,苦笑着。

"那你就更应该和李静说清楚啊,要积极挽回啊。"张文华说。

"没用,李静和其他女人不一样,她对具体的事并不在乎。"杜铁林说道,"她就是这种性格,宁为玉碎,不为瓦全。"

"你啊你,连喜欢的女人,都是一个样,全是这种脾气。"张文华也只好无奈地看着杜铁林,同样苦笑着说道。

16_ 现金为王之绝杀孔老三

经过一番洗礼，资本市场也逐渐平静下来，渐渐恢复了常态，或者更准确地说，是适应常态了。经历了2015年整一年的起伏和2016年头的"大高潮"，仿佛大家都变得宠辱不惊，有面对各种大事件的心理准备了。但事情，总还是会冒出来，仿佛钝刀子割肉一般，不知不觉中，便割出血来。北京沈天放这边，便爆了一个"雷"，事情也正如之前所预料的那样，恰恰是出在了董建国的嘉木实业上。好在沈天放知道事情的严重性，提前来找杜铁林做预警，想对策了。

时间往前推，全靠老天眷顾，嘉木实业转型升级得早，2014年3月成功收购达威影视之后，等于率先买票上车，赶上了好时候。并购影视公司这等火爆题材，让身处其中的各个利益方都尝到了甜头。董建国作为大股东老板，鲁光辉作为被收购方，同时也是嘉木实业的二股东，加之沈天放主做此案，三人功成名就。事实上，振华控股同样投资收益颇丰,等到2017年4月,振华控股做的配套股份一解禁,把账面上的大把利润一收割,就真的落袋为安大丰收了。与此同时,热炒该股的二级市场基金和散户,也都尝到了甜头。按理好好推进着,也不会有什么太大的问题,这基本上就是一个通赢的大好局面。但膨胀过后的贪婪,确实比饥饿状态下的贪婪,更可怕。问题首先出在了董建国身上。

董建国爱出风头,作为上市公司老板,身价有了点,在老家也算是风云人物。但影响力仅局限于当地,而他又最忌讳别人把他看成"土财主"。自打收购了达威影视,关键还成功过会了,这一脚便算踏入了"娱乐圈",又经常往北京跑,董建国便感觉自己终于从单纯有钱人的圈层,进入了不仅有钱而且还有身份的圈层,不禁飘飘然起来。董建国一不做二不休,干脆把公司名字也改了,直接从"嘉木实业"变成了"嘉木娱乐"。作为公司董事长,他还时不时地出现在各种论坛上,还一个劲地讲述自己的宏伟理想,什么互联网娱乐产业思维,诸如此类,不胜枚举。自己原来的主业本来就不行,但这次借了东风尝到了甜头,便干脆把主业扔一边,紧赶着又接二连三地收购投资了好几家文化旅游类、游戏类的小公司,美其名曰"组合拳"。关键是,那阵子,整个行业风气也不好,一律好大喜功炒概念,加上2014、2015年这波疯狂的行情,各种风口董建国都抢先赶上了。

看着疯涨的股价,董建国硬是觉得自己公司的"市值管理"水平已经达到了炉火纯青的地步,对于过往的窘境,早就忘记得干干净净了。天有不测风云,等到大行情突变,加上旗下收购公司出现业务困境,再加上自己盲目冒进闯的祸,一叠加,嘉木娱乐的股票便连着几个跌停,之后又一路阴跌下来。如此一来,可不就急出病来了。

沈天放先来探杜铁林的口风,想看看老板的意思,救还是不救,帮还是不帮。

"老板,董建国那里遇到了些难处。"沈天放怯怯地说着,"他脑子发昏,这两年步子迈得太快,质押了不少股票,质押的钱全在外面打转,一时半会儿回不来,赶上这几次暴跌,快跌破平仓线了。他前前后后又陆续质押了不少,现在死扛着,但估计也扛不了多久。所以,他又找过来了,想请您出出主意。"

"天放,你好像对董建国的事情特别上心啊?"杜铁林问道,"我们那部分投资,还安全吗?"

"我们那部分整体市值有些下降,但还安全。而且,当时,我在自己的权限范围内,也做了些布局和对冲,因此算总账的话,我们的收益还是比较可观的。关键是,我们那部分股票要明年4月份才到期,还是得多留个心眼,不能看着董建国崩盘啊,他崩盘了,对我们也没啥好处啊。"

"鲁光辉那边呢?还正常吗?"杜铁林问。

"鲁光辉那边对赌三年业绩,当时为了顺利过会,后来又追加了一年,2013、2014、2015年都顺利完成了,今年2016年的话,按照鲁光辉跟我讲的,问题应该也不大,但也有点不确定因素。如果是小问题的话,他会想办法,反正可以算累计利润,应该能应付过去。"沈天放说。

"他对董建国这么个搞法,有什么意见?他是二股东,他没看法?"杜铁林继续问。

"鲁光辉其实也参与了，他也质押了不少自己的股票，那些资金有的他自己在用，有的是和董建国一起在运作。"

听到这些，杜铁林有些坐不住了。

"你的意思是说，两个投机分子，都坐在一条船上了？"

"他们本来就是一条船上的人啊。"沈天放说。

"我看鲁光辉的达威影视也会掉链子，到最后，他肯定弄一些低级的手段来完成业绩对赌，然后就挖个大坑放那儿。还有董建国自己挖的那些坑，那么多坑，总归他自己去填啊，但他填得过来吗？"杜铁林说。

"那我们帮不帮？"

"天放，他们的事，我们确实参与了，相当于我们做了媒人。但媒人只负责牵线搭桥，难道还要管你结婚以后生儿子，还要管你儿子上幼儿园上小学吗？董建国这人我了解，现在肯定还没到他最难的时候，他是在提前做准备，等过段时间再说吧。他要是命好，他自己肯定能扛过去，他要是活该这个结局，我们也没办法。但你自己先做个预案，把我们那部分做个规划，以防万一。"杜铁林说。

"然后，把鲁光辉达威影视那边的情况，也了解一下，看看后续的进展，该切割的，全部切干净。底线是，到了明年4月份，保住胜利果实，别把我们的底裤都输掉了。"杜铁林追了一句。

"那里面要是有机会，这钱挣不挣？我可以再给他装点东西进去。"沈天放问。

"我建议你还是和他们保持点距离。"杜铁林说，"你有多大的命，就挣多大的钱，有命挣钱，没命花钱的日子，你要吗？"

沈天放觉得自讨没趣，也就悻悻然地离开了杜铁林的办公室。

此时正是 2016 年的 6 月间，不出杜铁林所料，董建国也好、鲁光辉也好，还真是能够折腾的主。反正哪个是热点，就追哪个，AI 技术、VR 技术，甭管英文名称是啥，反正哪个流行就说哪个，出公告就跟打扑克牌一样，这嘉木娱乐硬生生地又挺过去一阵。

这背后，自然少不了沈天放在出谋划策。杜铁林对此，睁一只眼闭一只眼，并不太介意。2017 年 4 月才是最关键的时间节点，解禁之时，沈天放自然要保证嘉木娱乐安然度过，于公于私，他都需要做到这一点。对此，杜铁林心里是有数的。

时间恰好来到了 2017 年的 4 月。

振华控股内部针对各个项目都在有条不紊地进行梳理了结，当年在嘉木实业上的那批定增股票也终于快解禁了。所谓无事不登三宝殿，眼瞅着解禁日期临近，董建国和鲁光辉一起，拉着沈天放来找杜铁林，看后面怎么个弄法。

"老杜，悔不该当初没听你话啊。去年就想来找你了，但我琢磨着，自己能解决的问题，尽量不要来麻烦你，除非我实在没办法了。现在我是真的有难了，股票也质押了不少，这公司今后发展有坎啊，你得救我啊。"董建国见着杜铁林后，开门见山，也没遮掩，身段也放得很低。

"老董，好像不需要我帮什么吧。你这几年赶上高点，卖了不少股票，据我所知，套现了不少，你才是真正的有钱人啊。还有，老鲁是被收购的，去年、前年解了一些，加上当初收购时候拿的现金，老鲁也应该挣了不少。我这边锁了三年，到今天，我们三个人里，其实是我损失最大啊。"杜铁林有些不耐烦，便主动打起太极拳来。

"杜总，老董也是为了公司发展心急上火，说话有点急，您别介意。我们俩确实是挣到钱了，但我们后面又整了好几个事情，投了不少钱。当初本意是好的，但是没想到这市场行情变化太快，我们也是担心这股价，可不能再跌下去了。今天来，也是想事先沟通一下，看看定增解禁的这部分股票，怎么个弄法？大家都是嘉木的股东，股东们商量商量，怎么个利益最大化嘛，毕竟大家的目标还是一致的。"鲁光辉主动出来打圆场。

作为既得利益者之一，鲁光辉自然希望嘉木娱乐的股价不要出现断崖式的恶化，虽然自己跟跟跄跄地完成了三加一年的业绩对赌，但手头还有不少股票，外面还有不少欠债，这些都需要鲁光辉筹措资金呢。

"老董、老鲁，你们才是上市公司的大老板和二老板，我这边充其量就是个财务投资者，而且，当年这么操作，客观上也是我为你们两位老板抬了轿子。所以，我总归要赚点辛苦钱吧。我成本价是六块八，加上三年的资金成本，现在股价十块出头，你们帮我算算能有多大的利润？嘉木之前的股价可是到过三十块的，在高点上，你们两位可是赚了大钱的。"杜铁林继续说道，"所以，也请你们两位体谅一下我的难处。我这边也是压力巨大，LP不停地给我施压，现在生意不好做，我总得对各位金主有交代啊。"

"老杜，我没其他意思，你卖股票很正常，肯定要赚钱嘛。就是我们能不能再一起想想办法，看能不能最近再把股价往上顶一顶？这样老杜你也好多赚一点嘛。我们呢，也稍微安全些，否则你这么一股脑抛出来，市场消化不了，接不住啊。我和老鲁都还有不少股票质押着呢，可不敢开玩笑啊。"董建国说道。

"天放，你觉得怎么办合适啊？"杜铁林转向沈天放问道，"这事是你负责的，你最有发言权了。"

沈天放自知身份特殊，话不能乱说，好在之前已经和杜铁林做了沟通，也和董建国、鲁光辉交了底。今天见面的主要意思，其实就是老板们互相卖个面子，彼此找个折中的办法。但要商量出一个几方都能满意的定论，也远没有那么简单。

"各位老板，我是这么想的，钱么总归大家都要赚的，赚钱么也要有个先后次序。既然时间到了，市场上对这部分要解禁的股票本身也有担心，怕全部放出来，彻底就把股价给冲没了。所以，这之前，董总这边，您是大股东，总归要有点姿态和动作，具体什么动作我们再商量，反正目标就是把股价再往上拉一拉。到了十五块左右，我们正常披露减持计划，接下来大家都是规定动作，大宗减持的时候，我会安排好，把冲击影响降到最低。等到我们振华控股的持股比例降到5%以下，接下来的自选动作，董总您就别太计较了。"沈天放胸有成竹地将方案说出，其实大家都在等他把这个方案摊到台面上，这样才能就事论事。

"这么一个方案，大家看看，能接受吗？"沈天放问。

"可以啊，天放你怎么要求，我们就怎么来。但股价到十五块，这个可是你说的噢。"董建国说道。

"董总你是大股东，只要你全力配合，我觉得十五块是有希望的。"沈天放说道。

"如果真能回到十五块，我也觉得这个方案挺好。我表个态啊，当年嘉木收购达威影视，也是董总和杜总两位一起给了我这么个机会，这中间需要我做些什么，义不容辞，义不容辞哈。"鲁光辉一如既往地油滑，出来打圆场。

"行啊,那就这么定。咱几个好兄弟,也不要客套,具体的事情,你们找天放。我没其他意见,让我赚点辛苦钱就行。以后这摊事,你们直接找天放,他能做主。"杜铁林表态道。

"老杜,你可不能做甩手掌柜啊,谁都知道你是大老板,我们有事还得来找你啊。"董建国奉承着。

这之后,嘉木娱乐的股票,还真的不显山不露水地涨到了十五块,沈天放为了这事调动了不少资源。大家心知肚明,反正最后赚的都是二级市场的钱,既然外面还有那么多"韭菜",收割一些也是正常的。振华控股按照合规程序进行了减持预披露,公告出来之后,股价非但没跌,还略微有涨。加之董建国又搞了些"互动直播"的新概念,反正哪个红火,就往哪边靠,嘉木娱乐竟然还涨到了十八块钱,出乎众人意料。

眼看着振华控股的持股比例已经降到了5%以下,沈天放问杜铁林后续怎么弄?还要继续抛吗?

杜铁林答,如果对方迟早要灭亡的话,这只脚我们不踏,别人也会踏。趁着这股虚火,全部卖掉,一股也不许剩。

杜铁林狼性十足,这股子狠劲,倒十分契合沈天放的心理预期,他巴不得老板能在资本市场"大开杀戒",好好干几票大的,也好让兄弟们再多赚点。至于嘉木娱乐这单买卖,该赚的都赚了,至于之后的行情怎么变化,那是董建国、鲁光辉他们之间"狗咬狗"的事情了。振华控股在这件事情上,已经划清界限,没有其他不必要的瓜葛了。

振华控股账上的现金持续增加着,"现金为王"的主基调,在公司内部已成共识。加上振华控股的银行授信,可拆借的其他低成本资金，振华控股可调配的实际资金总量已经到了百亿级别，而其中最让人咋舌艳羡的，还是振华控股账上大量富余的自有资金。员工们都觉得老板正在谋篇布局，但究竟想干吗，仍旧像是一个秘密。只是杜铁林变得更沉闷了，而且频繁地出差香港。

2017年的夏天，在林子昂的记忆中，几乎一大半的时间，他都跟着杜铁林往香港跑。有时候连周末，杜铁林都在香港，或者就是到深圳见客户开会，来往之频繁，确实超出以往。而这出差里，还有许多时候林子昂并不在场，有时候是沈天放跟着，有时候是薛翔鹤陪同，又或者就是杜铁林一个人。总之，感觉像是"备战"，迎接一场惊心动魄的"大战役"。

在所有合作的公司里，凯康电子作为振华控股的战略合作对象，最为杜铁林重视。但凡凯康电子王江南想做的事情，杜铁林都会有所参与。继之前海外收购了一些相关产业链上下游的科技企业之后，王江南这两年又加码投入到前段芯片制造业，只是前期投入巨大，资金链始终捉襟见肘。如此一来，加上股权投资，加上外部融资，振华控股俨然成了和凯康电子共进退的产业协作方。

在资金上的巨额投入，有时候难免让人误以为杜铁林把凯康电子当成自己的亲生儿子一样对待了。特别是一些暂时还不能装进凯康电子上市公司的外围投资，杜铁林都参与了，并且事实上，也正如王江南向杜铁林承诺的那样，这些外围投资的企业，同凯康电子形成了良好的产业联动，令凯康电子自主研发、拥有独立知识产权的专利越来越多，技术水平提升巨大。在制造业这一端，王江南和杜铁林精诚合作，这个产业链逻辑显然是走通了的。

只是如果仅仅依靠王江南和杜铁林的一己之力，这条道路艰难而漫长，依旧需要不断的资源投入，特别是海量的资金投入。有些还需要海外布局，牵扯到金额巨大的外汇调配，处处都是难题。事业做得越大，投入的资源也越大，风险也随之不可避免地产生。

王江南问杜铁林，后续怎么办？是不是干得有点猛了？

杜铁林说，你负责技术上的事情，钱的事情，我来想办法。

王江南又问杜铁林，人家都在海外收购地产文旅项目、入股海外金融公司，你怎么不去弄呢？

杜铁林说，你看我这块头，能跟人家比吗？咱几斤几两，出身何方，咱自己心里还不明白吗？

王江南说，你老杜这是客气话，就你这股蛮劲，要是你想干的事情，别人谁也抢不过你。

除了凯康电子，振华控股在其他制造业端的布局，也加强了。专做高端诊疗设备的联动医疗，专做高铁节电设备的寰宇智能，诸如此类的企业，振华控股陆陆续续又投资了好多家。只是这些企业都有一个最大的"弱势"，就是作为投资者，你的投资如何退出，始终是不确定的。明明知道这些是好企业，但这些企业无一例外，短时间内都不可能实现盈利，需要持续性投入。在既有的国内资本市场，一个还没有盈利的企业，它的上市之路是十分艰难的。作为此类企业的投资者，资金压力是很大的，能否扛得住，资金链的安全尤其关键。

振华控股即便再有钱，面对内部LP的压力，面对进一步募资的需求和盈利要求，还是要逼迫着你去赚一些热门的"快钱"，要去追一些明星企业，甚至于要求你在企业A轮B轮C轮的转换中赚钱，而这种类似击鼓传花的赚钱方式，又恰恰是杜铁林最"深恶痛绝"的。

这些年下来,杜铁林始终想寻找到一个"一劳永逸"的好办法,既能手里有钱好干事,又能不被过分的短期诉求而打乱节奏。但理想归理想,现实却太残酷了。

2017年的夏天,前前后后出了不少事情,金融圈的人自然最敏感。在这之前,振华控股被人笑话,说他们小富即安,应该是"笑谈渴饮匈奴血"的时候,杜铁林居然带领振华控股的兄弟们拼命地回笼资金。"钱有屁用啊,那么好的资产不去买,钱不花出去,怎么能增值啊?""振华控股和杜铁林,就是一帮怂货,小农思想,注定做不大。"圈内的评论大抵都是如此。

没想到,风云突变,没几个月的时间,这画风就变化了。尤其是在"去杠杆"的大潮下,个别看似大到不能倒的"庞然大物",亦遭"劫难"。搞了半天,原来之前的"一帆风顺,无所不能",其实都是"艺高人胆大",大鹏展翅,借风起势而已。这如今,银行抽你几次贷,或者不再让你借新还旧,再外部舆论这么一起哄,即使没事也变成有事了。

于是乎,一堆"牛鬼蛇神"涌向振华控股寻求合作,说穿了就是想来借点钱。振华控股充裕的自有资金,顿时成了圈内的"神话"和"香饽饽"。

起初,杜铁林遇见客人,倘若是平时不怎么来往的,也就一同叹叹苦经,打哈哈应付过去。反正出了这门,你们骂他"老狐狸",只要不是当着他面骂,杜铁林压根就不会放在心上。但这三天两头的有客人来访,而且来的人体量一个比一个大的时候,杜铁林的内心还是起了些许变化。

演变到最后,杜铁林再这么"装下去",就要被同业视为"矫情"

了。至此,杜铁林也就不再藏着掖着了,尤其是,他终于等到了他梦寐以求的"猎物",一个他过去觊觎已久,很想要却始终不敢奢望的一块大肥肉。如今,这块大肥肉就在眼前,只要踮一踮脚,这个愿望或许就能实现了。

正当杜铁林庆幸自己的未雨绸缪,看着账上充裕的资金,准备迎接这次历史机遇的时候,死对头孔老三却也在此时"不偏不倚"地堵到了振华控股的大门口。只不过,孔老三这次是来向杜铁林"求救"的。

这是个周四的下午,孔老三亲自登门拜访,径直就进了杜铁林的办公室。

AMY正好看到孔老三走进杜铁林的办公室,连忙拿起电话打给沈天放:"沈总,你猜谁来了?孔老三!"

"谁?孔老三?他怎么可能到我们公司来啊?"沈天放疑惑道。

"我没看错,真是孔老三,他刚进杜总办公室。不信的话,一会儿你自己去问老板。"AMY说道。

再说杜铁林的办公室里,孔老三和杜铁林算是老相识了,这么多年风风雨雨下来,该抢的生意,该结的梁子,那是一个也没少过。

"三爷,有事我们电话里说就是了,没必要非得你亲自来一趟啊。"杜铁林说道。

"铁林兄,我们认识得有小二十年了吧?"孔老三寒暄道。

杜铁林说:"有那么久吗?我印象中,三爷一直是我们学习的榜样,不敢高攀呢。"

"什么榜样啊,咱之间就不整这些虚的了,我这次来,是想请你帮个忙。"孔老三说道,"我最近账上资金周转遇到点难处,想从你这里融一点。或者,还有一种办法,我那边的资产,但凡你看得上的,或者作为抵押,或者打折出售,都行。只要铁林兄能够助我一臂之力,帮我渡过这个难关,我们什么都好谈。"

对面的杜铁林沉默了一会儿,然后,双眼直勾勾地看着孔老三,看得对方都有点发毛了。

孔老三赶紧说道:"铁林兄,我知道我们之间过去可能有些误会,但在商言商,过去那些事就让它过去吧。现在这个阶段,我们应该报团取暖啊。"

"三爷,你具体需要我怎么做呢?"杜铁林问。

"铁林兄果然是痛快人,那我也直说了。我想跟你借三个亿,就六个月,只要我这边一周转开来,马上还你。我知道,三个亿,对你老杜而言,不算什么。"为了显亲近,孔老三把对杜铁林的称呼从"铁林兄"改称为"老杜",期待能有所转机。

"三爷,据我所知,你那边该抵押的都抵押了。三个亿可不是小数目,我哪敢借啊。"杜铁林说。

"那你看在我这张老脸的份上,如果三个亿有难度,一个亿也行啊。"孔老三说道,"就一个亿,一个亿总行吧,再不放心,我个人资产做担保也行。"

"三爷,个人无限连带责任啊,听起来是挺靠谱。但恐怕身家性命都搭上了,估计也填不了你那个窟窿。"

"听铁林兄的意思,是不准备帮这个忙了?"孔老三说道。

杜铁林说:"不是我不想帮,是我真的帮不了。"

"老杜,过去老哥我有些事情是做得极端了些,是我鬼迷心窍了。但这次你务必要帮老哥一把,否则我几十年的心血弄不好都要泡汤了。只要能缓过这一阵,我把那些投资人再安抚一下,我一定能东山再起。"孔老三的脸涨得通红,但不敢轻易翻脸,继续恳求着。

"三爷,从来没见你这样说过话啊。当年我求你手下留情的时候,可是连你公司门都进不去啊。"杜铁林说。

"当年是老哥我做错了,请你原谅。今天,我正儿八经地跟你道声歉。"孔老三说道,"但是,老杜,当年那封举报信真的不是我写的,后面稽查大队的事情,也真的跟我没关系。"

"三爷,08年那件事,咱就不说了。再提的话,那就是揭我伤疤了。"杜铁林说道。

"铁林兄,给别人留条路,就是给自己留条路。我什么背景你也是知道的,我一定能够再起来的。"孔老三说道。

"三爷,我相信你一定能够逢凶化吉。但这次,我确实无能为力。天要下雨,娘要嫁人,我能有什么办法?"

杜铁林话说到这地步,再愚笨的人也明白是什么意思了,更何况是孔老三这种久经商场厮杀的江湖大鳄。孔老三自觉受了欺辱,感觉自己是虎落平阳被犬欺,此时已经坐立不住,便不再装斯文了。

"好,你杜铁林果然是爱憎分明,但我劝你一句,人都有落难的时候,能帮人一把就帮人一把,会有福报的。"孔老三怪里怪气地对杜铁林说道。

"三爷,你这话说得我就不爱听了。08年的时候,你们把我整得那么惨,都把我像牲口一样踩在脚底下了。我来求你们的时候,你们想过福报没有啊？你们怎么就没给我留一条活路啊？"杜铁林的声音也大了起来，听得出来，夹杂了不少怨气。

"好，好，你不肯帮就算了。我有得是办法，你等着瞧。"孔老三说罢起身，夺门而出。

临走时，孔老三又甩下一句话，"杜铁林，你记住，这个圈子的生意，说到底还是我们这些人说了算，你这种底层爬上来的，休想！"

杜铁林冷冷地说了一句："谢谢三爷指点！我愿赌服输。"

孔老三气呼呼地离开了振华控股办公室。

等到孔老三走后，无数人开始窃窃私语，议论起来。沈天放脸皮厚，也是好奇心至上，便敲了敲杜铁林办公室的门，走了进去。

"老大，真是孔老三啊？他是来找您借钱的吧？"

杜铁林轻描淡写地说道："对，被我打发走了。"

"真他妈过瘾！早就盼着他有这一天了。"沈天放说道，"但这次我们没帮他，他会不会背后耍花招，给我们使绊子啊？这个明枪易躲，暗箭难防啊。"

"天放，我们井水不犯河水，但人家非得给我们惹是非，我们能怎么办？难道我们就整天躲在家里，不敢出门了？"杜铁林反问道，"这口气我都忍了九年了，我说过一句废话吗？"

沈天放走出杜铁林的办公室，心情比杜铁林还要愉悦。回到自己办公室后，他主动给薛翔鹤打电话，告诉薛翔鹤这件开心的事情。

薛翔鹤听后，也觉得很带劲儿，但忍不住又多说了一句："看来以后，我们凡事得更小心了。我总担心孔老三背后会捅我们，他能量实在太大了。"

"怎么可能？他这辈子也别想翻身了，就他整的那个 P2P，肯定收不了场，会有人替他收尸的。"沈天放悻悻然说道。

"还是多长个心眼吧，这个人太可怕了。当年，他把我们弄得多狼狈啊。"薛翔鹤说道。

"老薛，你别这么提心吊胆的，当年是我们太弱小了，活该被人宰割。现在也该我们扬眉吐气了。"沈天放兴奋地说着。

"话是这么说啊，但孔老三那个狠劲，真是太吓人了。"薛翔鹤一回想起当年，又不禁倒吸一口冷气。

17_ 葬礼、华光信托和商业帝国的"蛊惑"

别人的危机,在振华控股和杜铁林这里,成了重新瓜分势力范围的历史机遇。那种兴奋感和蠢蠢欲动,已经按捺不住地要从杜铁林的神情里涌出来了。

林子昂注意到了老板言语风格的调整,尤其是语气语态的潜在变化。好像是哪本心理学专著里说的,说看一个人说话,切莫完全听信了他所说的内容,与之相比,倒情愿相信一个人说话的语气和语态做不了假,那是最接近内心深处的表现。总之,这段时间里,杜铁林很多场合说的那些话,乍一听,轻描淡写,但话里的口气,却是霸道十足的。

"行业是不会死的,但是行业既有的做法确实需要改一改了。"这句话几乎成了杜铁林这段时间的口头禅。林子昂听着,感觉老板这是要干吗啊?心里的小鼓一阵敲,猜想着,老板跟过去好像真的有些不一样了。

别人贪婪的时候，他恐惧，别人恐惧的时候，他却贪婪了。外部的杂音，丝毫抵挡不了杜铁林的"野心"和"激情"，而且是与日俱增的"野心"和"激情"。振华控股内部的核心高管们，无一例外，都看到了杜铁林的变化，只是每个人的反应和对策，不尽相同。

说来也巧，这一年的10月末，杜铁林、沈天放、薛翔鹤恰巧都在香港，林子昂办完北京的事，杜铁林也让他到香港待命。林子昂到的那天是10月31日，周二，恰巧是西方人的万圣节。当天晚上，杜铁林有自己的安排，并没有召集他们几个人，但说好了周三上午一起去中环开会。于是，沈天放主动提出来，这个洋人的万圣节稀奇古怪的，跟咱也没啥关系，要么咱们三个人一起吃晚饭吧。薛翔鹤平时有点不待见沈天放，但这次在香港，却没有回绝沈天放的好意。林子昂是小弟，两位大哥说啥就是啥，跟着去就是了。

沈天放推了海港城海运大厦那里的一家牛排店，正好挨着维港邮轮码头，便叮嘱店家预留了户外的座位。这家牛排店总店在纽约，但香港这家分店丝毫不比总店逊色，牛排超正，甜品也到位，连赠送的餐前面包也超好吃，颇受沈天放推崇。但你问沈天放，这餐前面包能好吃到什么程度呢？沈天放的说法就是，没法形容，反正就是好吃。并且，沈天放强调，在这个户外位置吃牛排，能找到一种夏天在北京霄云路喝啤酒、撸串的快感，这种霄云路快感一旦嫁接到香港，在此时此地，最让他流连忘返。

薛翔鹤觉得，沈天放大概是最近"骚气"过头了，便问林子昂是否有这种感觉？林子昂答，沈总一直都这样，不管是白衬衫还是花衬衫，内心里永远住着一个"骚气"的灵魂。

那顿晚餐，沈天放点了一个大份T骨牛扒，一份New York

Strip，又加了一打半生蚝，一份冰冻鲜虎虾，外加蔬菜沙拉，三人 share 已经足够。然后，他又轻车熟路地要了一款自己常喝的西班牙 Muga 红酒，总共要了两支。

沈天放说，难得我们三个人还能在香港吃这顿万圣节晚餐，有意义，来，我们举杯庆祝。

或许是身处第三地的缘故，又因为这香港"北京霄云路"的惬意，又或者是西班牙红酒的醇厚滋润了味蕾，酒足饭饱之后，话题自然而然地就扯到了公司的事情上。

沈天放对薛翔鹤说："老薛，我知道你平时有点不待见我，但是，咱们都是成年人，规矩咱们都懂。所以，我敬你一杯，希望我们永远是'和而不同'的好同事。"

薛翔鹤说："难得你用了这么高级的词汇定义咱俩，我也敬你一杯，敬我们共同的目标。"

两个人各喝了一个半杯，没有丝毫的含糊，这酒里面有较劲，但更多的是，心有戚戚。林子昂在一旁，看得真切。

沈天放接着说："老薛，你说咱俩的性格，你心思缜密，我横冲直撞，我们就是老板跟前的'哼哈二将'啊。但是，我怎么最近总感觉不对劲呢，你有没有感觉到老板的心理变化啊？我因为习惯了直来直去，老板对我也是直来直去，但我最近跟他沟通事情，总觉得他有心事呢。平时吧，我横冲直撞的时候，老板负责踩我刹车。但老板最近张罗的这几件事情，连我看着都觉得太激进了。"

薛翔鹤想了想，答道："连你都觉得激进，到我这里，还不成害怕了啊？"

沈天放说："你也有这种感觉？"

"废话，我以为你在北京，离老板近一些，应该早就感觉到了呢。"薛翔鹤说。

"我就说吧，小姚结婚那事儿，对老板还是有刺激的。反正从那以后，老板就不泡妞了，全部精力都投入到工作上。他多余的精力没处消耗，会不会用力过猛啊？"沈天放感慨道，临了还加了一句，"这男人怎么能不泡妞呢？阴阳不调和了呀。"

"你别这么八卦好不好？老板凡事分得那么清楚，他不是那种人。我倒是觉得，老板眼界那么高，身边起起伏伏的事情看得多了，一般的事情根本就乱不了他的分寸。只是，最近……"薛翔鹤疑惑的眼神看向林子昂，"子昂，你是贴身助理，你没感觉到老板最近有什么变化？他最近来香港，都见了些什么人啊？"

"薛总，杜总的行程，在公司高管群里都有通报的。您这问题，我没法回答啊。"林子昂说。

"对，对，老板见什么人，是老板的事情，我不该多问的。"薛翔鹤自觉失礼，问了不该问的。

"不过，有时候，杜总晚饭后，还会单独去顶楼会所喝威士忌，一般我不参加。他最近去顶楼会所次数比较多。"林子昂说道。

"会不会真的是去跟 K 总见面了？江湖上都在传，说老板最近和 K 总走动得比较近。我就不明白了，K 总那些生意全跟航空母舰似的，老板一向保持距离，怎么突然就热络起来了呢？"沈天放犹疑，便问薛翔鹤对此怎么个看法。

"那除非只有一种可能，老板看上 K 总手上那块信托牌照了。"薛翔鹤喃喃低语。

"不可能吧，那可是刀尖上舔血啊。"沈天放倒吸一口气，往身后的椅背靠过去，试图有所依靠，缓解一下压在胸口的重力。

"也不是没有可能啊。咱们这行当，资金就是子弹，谁家子弹多，源源不断，谁就掌握更多的话语权。我这边也好，你那边也好，说到底都是这些资金的出口。如果海量的资金放在上游端，我和你这两个出口，永远会比一般人家更有优势。我们现在账上又不缺钱，如果手里再拽着一块信托牌照，这牌打起来，就更加花样无穷了。你觉得这个诱惑大不大？老板会不会动心？"薛翔鹤反问沈天放，沈天放一时答不上来。

"薛总，我看杜总超脱得很，我以为这个世界上已经没有能够诱惑得了他的东西了。"林子昂可能因为也是喝了不少红酒的缘故，也有点放肆直言了。

"大家都是凡夫俗子，怎么可能没有诱惑呢？只是，老板这境界，我是在想，这诱惑得有多大，才会让他心动呢？不敢想，不敢想啊。"薛翔鹤端起红酒杯，又放下，看着远处港岛璀璨的灯光夜景，心向往之，但又不知今夕此地，是福是祸。

沈天放这时也仿佛知道了谜底，便稍微轻松些，说道："老薛，咱俩跟着老板这么多年，你见过他像最近这样激进吗？反正我是没见过。所以，我觉得有疑问。肯定不是为了钱，老板已经这么有钱了，平时他也没啥大爱好，能花得了几个钱啊？一定还有其他原因。"

"你有什么好疑问的？说到底，振华控股能有今天，靠的都是杜总这么些年的辛苦打拼，你我也就是帮他打个下手，按照既定方针去执行就是了。论资格，我们两个人都没资格质疑他。老板就是老板，我们就是打工的，更何况，老板对我们很厚爱了，待咱兄弟不薄。所以,这个公司永远得按照这个方向来,成了败了,都得接受。"薛翔鹤又凑近身子,对沈天放说,"再说了,你真觉得这个世界上会有百年老店吗?尤其是咱们这个投资行当,也就是这几年市场空间大,搁过去,我们还能有机会在这边喝红酒吃牛排?"

"呵呵,不说这些了,这种讨论也没啥意思。咱们就好好打好这份工,老板说怎么办,咱们就怎么办。"沈天放边说边给薛翔鹤和林子昂倒酒,"来来来,喝酒,喝酒。"

维港的夜色,分外迷人,微醺之后的眼神,却多有游离。

酒足饭饱之后,沈天放、薛翔鹤、林子昂三人各自"打道回府",回了各自的宾馆。反正第二天还要再碰面的。身处异乡,神情反而更放松,也就着这些事情的讨论与吐槽,拉近了关系。

第二天上午 10 点,一众人准时到达中环开会的地点。杜铁林只说是去拜访客户,也没说具体什么事情。等进了会议室,各自入座,坐在对面的果然是 K 总及其团队,沈天放、薛翔鹤心里顿时就都明白了。林子昂初出茅庐,并不知晓这 K 总究竟是何方神圣,但看沈、薛两位的神情,也自然能猜出个八九不离十了。

K 总中等个头,乍一看还以为是一个普通大叔,但眼神坚毅,说话的时候,特别喜欢用自己的右手搓自己的大腿,也算是一个标志性动作。

"杜总,今天团队都到齐了,我们就把方案大致过一下。其实吧,我还真有点舍不得,华光信托可是我的心肝宝贝啊,想想就这么给人家了,心里真不是个滋味。" K 总一边右手搓着大腿,一边说着。

"K 总,华光信托没有您,也不可能到今天这个规模。但振华控股一定会珍惜这个品牌,不会糟蹋了您的一番心血。"杜铁林说道。

"其实,也没那么夸张了,大家都是生意人。说得难听点,我除了儿子不能卖,什么不能卖啊?"K总自嘲道,"杜总这些年经营振华控股做得有声有色,而且这些年,我们两家是英雄惜英雄,生意上也是互相给面子,从来没红过脸,闹过别扭。所以,我把华光信托交给杜总,我心里是放心的。好比把自己的亲生儿子过继给了同门兄弟,这有啥好难过的,说来说去,还是一家人嘛。"

"K总,您放心,我会对华光信托视如己出,而且我会让它再上一个台阶,回过头来,还会孝敬各位的。"杜铁林继续说道。

"那就好。不过,这个过继费,我们还是要好好谈一谈的。"K总笑呵呵地说着,"杜总后续对华光信托怎么个规划,我也想听一听,看看我这个亲爹还能给儿子做点啥,至少,扶上马,送一程嘛。"

杜铁林便将大致的想法一一说出,和K总来来回回地交流着。不知不觉中,会议前前后后开了有三个小时,结束时,已经快1点钟了。双方团队又一起吃了中饭,临到分手时,已经是下午3点多的样子了。

中饭吃到中途,K总在饭桌上不经意地对杜铁林说道:"杜总啊,前两天,老六过来看我,说是有个生意想和你聊聊。"

"是,六哥已经和我见了一面,大致意思我已经知道了。"杜铁林说道。

"我可有言在先,华光信托的事,和老六自己的生意,是两码事。你觉得老六的东西好,你就接,你要是觉得不好,你也不用理他。这两样东西不是搭在一起卖的,这个我得和你说清楚。当然,如果杜总觉得老六的东西还有点价值,那么,能帮就帮一下吧。"K

总话里有话，云山雾罩地说着。

"六哥的那个壳，当然有价值。我呢，本来也想着把华光信托和这个上市公司做点嫁接，但一时半会急不得。不过，我可以和六哥先谈起来，如果K总也同意，不妨站在一个更高的角度，咱把这几件事统筹起来。"杜铁林又详细地讲了讲这其中的设计，"所以，K总您在具体华光信托的价格上，能否稍微低一点，给我多留点空间，然后我们再一并打算，各自多赚点后面的钱。您觉得怎么样？"

"嗯，杜总这个想法很有创意，我还没仔细琢磨过呢，容我这几天也仔细想一想。"K总说道。

"当然，K总，这两件事情，能伙在一起最好，如果您不愿意，那我们还是一码归一码。华光信托是华光信托，六哥的事情，我单独处理。"杜铁林说道。

与K总见面完毕，各自道别，杜铁林与K总约定，两周后，再在香港碰一次。

会后，沈天放和薛翔鹤分别回了北京和上海。两人分住在两个酒店，可见平时确实并不怎么多来往。但这次不同，两个不住同一酒店的人，却约好了一同前往机场。一路上，不知道在叨咕些什么。

林子昂因为要跟着杜铁林去趟H省，便没有直接回北京。杜铁林说是去H省见领导，林子昂知道这领导指的便是张文华。黄秘书已经事先来过电话了，因为第二天中午张文华要外出访问，于是便安排杜铁林一行入住省政府招待所，这样见起来也方便些。

杜铁林和林子昂离开中环，直接上车去了机场，搭下午5:40的航班从香港去 H 省。等到入住省政府招待所的时候,已经是快晚上 9 点半了。黄秘书已经提前在省政府招待所,等候杜铁林一行。

"黄秘书,让你久等了。"杜铁林见到黄明后,主动一个热烈拥抱,"其实你不用等的,我们直接办入住就行了。"

"杜总,领导嘱咐我的,一定得等候。"黄秘书随即帮杜铁林一行办好入住手续,"杜总,今天晚上你们先好好休息。明天早上 8 点半,我准时过来接你们去办公室。差不多 11 点的时候,领导就得去机场了,中间可以谈两个小时。"

"好的,谢谢你了,黄秘书。你也早点回去休息吧。有事我们随时联络。明天见。"杜铁林说道。

"好的,杜总,另外领导特意准备了两份 H 省土特产,让我转交。东西都已经放到两位的房间了。"黄明说道。

"张局真是有心了,谢谢,谢谢。"有熟人在场的私下场合,杜铁林还是习惯称张文华为"张局",显得更亲近,更似故旧老友。

同黄秘书道别后,杜铁林和林子昂各自回了房间。

林子昂生平第一次住省政府的招待所,进房间后,忍不住东瞧西看的,把各个角落都"扫视"了一遍。这招待所的房间简洁干净,并不奢华,但该有的布置都有,同昨天晚上住的香港五星级酒店比起来,完全是两种截然不同的体验。常年在外面出差,房间干净最重要,而且林子昂感觉只有晚上回到宾馆房间关上门的那一刹那,他才可以把白天始终紧张的心放下,所以,尤其希望住宿的房间也能布置得让人安心。

说来真是可笑,这么长期连轴转地出差,躺在床上的时候,还得回想,前天住在哪里,昨天住在哪里,今天又住在哪里。住在哪里，睡在哪张床上，这俨然成了一个值得发问的深刻问题了。

林子昂正准备洗漱一番早点睡觉，手机突然响了，一看，是黄明打来的。

"喂，黄明哥。"林子昂接起电话说道。

"子昂，还没休息吧？你要是没啥事，咱们去吃个夜宵，就在附近。怎么样？"

"要叫上杜总吗？"

"不用，就我们俩。五分钟后，我在招待所门口等你。"

"好嘞，我这就下来。"

吃夜宵的地方就在招待所附近的一条小马路上，一个很安静的小店。黄明特意要了一个小单间，点了一些毛豆小菜，还有烤串，就着啤酒两个人边喝边聊起来。

"黄明哥，这一晃，你跟着张局来H省也有一年半了吧？"林子昂说道。

"是啊，一年半了，2016年3月来的。你怎么样啊，个人问题解决了没有？别每次见面，都得问你这个问题。"黄秘书打趣道。

"就我这种，每天晚上睡在不同地方的宾馆里，哪个女孩子愿意跟我谈恋爱啊？懂我的人知道我在出差，不懂我的人还以为我在外面鬼混呢。"林子昂笑着聊起自己。

"你年轻，选择了这个行业，趁着年轻多走走看看是对的。不像我这种，两地分居，这一年半，家里也没照顾到啊。"

"是啊，小朋友肯定想爸爸了。"林子昂说道，"那接下来有什么安排吗？还能回北京吗？"

"这就不知道了，要听组织上安排了。在地方上工作，同在北京部委机关不一样,又学到了不少东西,很锻炼人啊。"黄秘书说。

"黄明哥,你肯定没问题的,到哪都能做出一番事业的。"林子昂说道。

"领导估计会在H省扎根下来了,大概率明年省委换届后进常委班子。"黄明突然说道,"但这些都还不确定,你别跟杜总说啊,毕竟,这话从我嘴巴里传出来不合适。我猜想,领导如果想说的话,他会亲自告诉杜总的。"

"那是好事啊,那黄明哥你自己的职级,还能再提一格吗?"林子昂兴奋地问道。

"我正好想和你说这个事,领导也来问我意见了,问我是否愿意在H省待下去?一种,干脆就把老婆孩子都接过来,要是他们娘俩不肯离开北京的话,那就只好继续这么两地分居着。"

"这个我就没发言权了,我自己连个小家庭都还没有呢。"林子昂自个笑出来声来。

"我跟领导说了,我准备辞职下海,到市场上闯一闯。领导也同意了。"黄明语气平静地说道。

"什么?下海?我没听明白。这什么意思啊?"

"其实也没有完全下海,还是套了个救生圈的。我准备去北京的一家国有券商就职,所以,也不能完全说是下海,还在这个体制内,但公务员的身份是要放弃了。"

"那具体担任什么职务呢?"

"应该是先担任副总吧,具体的还要再谈一下,没那么快。如果一切顺利的话,明年这个时候,我们应该可以在北京见面了。"

"黄明哥,无论怎么说,我都要祝你一切顺利,一帆风顺!"林子昂说完，提起酒杯，敬黄明。

"子昂，我们是好兄弟，或许今后业务上，还会有交集呢。"黄明说道，"来，我们一起干杯！"

那一夜，黄明和林子昂聊了好多好多，举手投足间，洋溢着闯荡一番的雄心壮志。林子昂被这种情绪感染了，感觉也像是做了一回自己的主人，终于摆脱了那个被人赏识，被人选择，进而期待被人提拔的"被动"身份。那一夜，林子昂真心觉得，年轻真好！因为年轻，也就意味着还有很多种可能，仿佛美好的明天，就在前方召唤着这些少年得志的宠儿。那天晚上，与黄明分别，都快凌晨1点钟了，林子昂回到省政府招待所，躺在大床上，竟比任何一个出差在外的晚上都要睡得香甜。

第二天一早吃过早饭，正好8点半，黄秘书准时到达省政府招待所，接到杜铁林后稍微耳语了几句，杜铁林点头示意明白。三人坐上小车，直接去了省政府大院，其实两个地方离得很近，但需要坐上小车才方便出入。总之，一切入乡随俗，听黄秘书安排就是了。

到了省政府大院，就像当初在北京一样，杜铁林单独进张文华办公室谈事，林子昂则到黄秘书的办公室小坐一会儿。因为和黄明太过熟悉了，就着昨天的话题，林子昂便和黄明两人东聊西扯，时间过得飞快。约莫到了10点半的样子，杜铁林提前从张文华办公室出来了。杜铁林出来时，林子昂并没见着张文华出来送行，便觉得有些奇怪。此刻，杜铁林已经和黄秘书打了招呼，二人便在黄秘书的陪同下，匆匆地出了省政府大院。

林子昂依稀记得，那天是个阴天，从H省回北京的高铁上，杜铁林一言不发。林子昂坐在老板身旁,依据公司即时传递来的信息,间或着询问他这事怎么办,那事怎么办,碰到这时,杜铁林方才应付着回答几句。其余时间,全程都十分静默。

林子昂并不清楚,在张文华办公室里,老板和张局聊了些什么,也不清楚香港发生的事情,为何让沈天放和薛翔鹤如此紧张。在这个圈层里,有很多事情,林子昂是只见表象不知背后奥妙的,客观上,也不需要知道那么多。不知道,反而是一种保护,这个道理是林子昂事后才领悟出来的。但在事情经历的整个过程中,谁不希望多知道一些呢?又有谁不希望自己就是整个事件中的主角呢?

分明似喜非为喜,恍惚闻香不是香。主角,真的有那么好当吗?

回到北京,振华控股内部的紧张气氛又再次浓重起来,感觉马上要迎接新的重大战役了。只不过,沈天放也好,包括最近经常来北京的薛翔鹤,他们每次开会的神情,都变得严肃了,神情也不似过去。倒是沈天放和薛翔鹤两个人私下里的交情,比过去增进很多,大概是终于找到了可以一起沟通的共同语言了。

外部的市场环境风云突变,各种消息扑面而来。杜铁林说,如果这是冬天,那肯定会有草木死去,这个过程是痛苦的。但只要我们能够活下来,到了来年的春天,我们就是当仁不让的主角!看来,老板要开始发力了。众人纷纷觉得,这会是振华控股发展历史上的一个重大的转折和跨越。

正当所有人都在期待振华控股的"伟大崛起"之际,有一个坏消息,却提前传到了杜铁林的耳朵里。安可为打电话给杜铁林,说王儒瑶先生病了,确诊为胰腺癌晚期,一个最坏、最坏的诊断结果。

杜铁林整个人，顿时，就懵掉了。

熟悉杜铁林的人都知道，杜铁林和王儒瑶明面上是师生关系，但某种程度上，情同父子。杜铁林的父母过世得早，在老家安徽歙县，杜铁林从小是在叔伯父家长大的。到了北京上大学，包括后面成家立业后，虽然他也常回老家看望叔伯父，但从精神维系上而言，杜铁林与王儒瑶之间的关系，更亲近，也更为紧密。

王儒瑶膝下只有一个女儿，远在美国定居，本来约定待王儒瑶退休后，老先生就和老伴一起去美国女儿家常住，顺便再照顾小外孙，颐养天年。王儒瑶也确实去美国生活了一段时间，但总觉得没有在国内逍遥自在。卸任系主任之后的前两年，因为又带了一届博士生，王儒瑶便借着带学生的"正当理由"，一个人待在北京，老伴则去了美国女儿家。王儒瑶顶多寒暑假去美国短暂居住，碰上特别不情愿的时候，就说学校有重要会议，或者就说要去外地参加学术研讨会，反正就是尽量推脱，不去美国。过去，王儒瑶并不热衷参加这种学术会议，但自从半退休状态后，一听研讨会还有其他老朋友参加，再偏的地方他也愿意去，图的就是这份老友相聚的热闹。

等到自己带的最后一届博士生毕业，王儒瑶终于彻底退休，他便没有理由总是待在国内。加之，老伴非常享受在美国同女儿一家生活的天伦之乐，便要求王儒瑶也要去美国，不许一个人待在北京。王儒瑶无奈，只好从了。

为此，王儒瑶还和杜铁林吐槽过。老先生说："我一个堂堂国内知名大学的中文系主任，知名学者，跑到美国去，好山好水好冷清啊。我一个人在北京待着，看似冷清，但我那么多的学生朋友，多热闹啊。北京待腻味了，就全国各地跑跑，学生故旧那么多，我自己开心,我自己乐意啊。"

杜铁林便劝王儒瑶,说:"老师,您也不能太不食人间烟火,美国也要去适应着住住,中西贯通,才会更有收获。"

王儒瑶不等杜铁林说完,就把这个话题给堵住了,不许说,进而反问杜铁林一句:"铁林,你们公司有食堂吗?"

杜铁林觉得奇怪,说:"食堂倒是没有,但有固定吃饭的饭店,平时也有送餐。"

"行,那等我以后老了没饭吃了,没人照顾我了,我到你公司来,你给我留份盒饭就行。"

杜铁林哈哈大笑,打趣着说:"别以后啊,现在就可以,随时都有好酒好菜招待着。"

如此看来,人退休与不退休的状态还真是不一样。譬如一个几十年忙惯了的人,过去总觉得时间不够用,觉得各种琐事耽误时间,浪费生命。但现在突然就把这些琐事抽走了,真的百分百退休了,又羡慕起原先那些琐事了。毕竟,过去事情多,再多的时间也能被填满,现在突然没事情了,要你主动去消耗掉这些时间,其实并不那么容易啊。杜铁林在自己老师身上,明显看到了这种变化,要知道,王儒瑶可是国内学界的顶尖学者,写书、讲座、各种学生故旧来访,已属忙碌之人。但即便如王儒瑶,退休前与退休后的生活,都能体会到冷清与热闹的差别,更何况别人呢。

王儒瑶在美国女儿家的时候,杜铁林特意去看过一两次,因为两家人的关系太近了,胜似一家人。平日里,王儒瑶的女儿小茉管杜铁林叫大哥,情同兄妹,也是无话不说的关系。杜铁林便说,老师您在美国乐得潇洒潇洒,慢慢住,住到后面就能体会到里面的好了。您要是待在北京，雾霾那么严重，您年纪上去了，怕您受不了。王儒瑶说，雾霾我不怕，我就担心这加州的阳光，这蓝天白云的，把我寂寞得憋出病来。拗不过老先生的脾气，最后，王儒瑶拉着老伴，还是回了北京。

杜铁林平日里去看望王儒瑶的时候，喜欢当面登门拜访，在老师家喝个茶，或者就是在外面请老师吃个饭。其实，这也是师生之间各得其所的一种调剂与放松。最近一年多，因为生意上的那几件大事，杜铁林到处奔波，去看望王儒瑶的次数少了些，经常是安可为去看过老师后，再转告杜铁林有关近况。

这次杜铁林辗转香港和K总谈判，再转到H省见张文华，回到北京后，突然接到安可为的电话，本以为是惯常的情况通报，没想到，却得来这么个让人绝望的消息。所有的情绪，便全部集中到了一处。

"可为，我想办法找最好的专家。北京如果治不了，咱们就去日本，东京有一个癌症研究中心，是亚洲最先进的。一定要不惜代价，治好老师的病。"杜铁林在电话里和安可为交代着。

安可为说："大师兄，你先来一趟吧。老师有话跟你说，问你啥时候能来？还说，你怎么总不在北京，到底什么时候回来啊？"

"在北京，在北京，我刚回来。可为，你跟老师说，我现在就过来，你在医院等我。我马上。"杜铁林叫上林子昂，让司机王哥准备好，这就出发去医院看望王儒瑶。

到了医院，杜铁林直奔病房。王儒瑶身体略显虚弱，身着病号服，躺在病床上。见杜铁林来了，王儒瑶便扬手示意杜铁林走近些，他有话要说。

"老师，我来迟了。小茉正在从美国往这边赶，您放心，这里有我和可为在，我们一定能看好。这病不算什么，这病能治，没问题。"杜铁林说道。

王儒瑶说："铁林啊，这个就是你在胡说了。我们都是受过高等教育的人，看待生死，要和我们平时写文章时说的一样。放下，不能是文章里的假放下，而是要在现实生活中，真放下。"

"老师，您就别就着这个事再和我们讲课了。大师兄也来了，我们还是把治疗方案定一定，等小茉姐到了之后，最终确认好一个方案出来。大师兄说，咱们去日本也可以，那边研究所的医疗技术，亚洲领先。"安可为说道。

"去什么日本啊，就算再先进，也比不上北京的医生经验丰富，各种病例瞧得多啊。再说了，我得的是胰腺癌晚期，说穿了，这就是个倒计时。不管到哪里治，到最后都是一样的，殊途同归。这是老天觉得我在下面太空闲了，要收我到上面去忙活呢。"王儒瑶说道。

见老先生这么说，杜铁林和安可为又是一阵规劝。

王儒瑶说道："你们就别折腾了，就在北京治疗吧。化疗就化疗，但得告诉我个时间节点，我好趁着前面还有点力气，把我那些文章赶紧整理一下。这些年也整理了一些，总是觉得后面时间还长，不着急。现在好了，能编出个目录来，就已经谢天谢地了，不知道时间还够不够用。我听说这病，到后面特别特别疼，我有言在先哈，实在疼得不行了，我留好遗嘱，你们一定要遵照我病人的真实意愿执行。我要活，但我不要活得没尊严，更不想身体插满管子活受罪。"

"老师,您别尽说这些丧气话了,一切听医生的。您又不是医学专家,专业的事情得交给专业的人去做,这不是您一直教育我们的话吗?"杜铁林说道,"我们还是先听听医生的分析和建议。"

"也对,那就先听听医生怎么说吧。"王儒瑶说道。

此时,王儒瑶见林子昂也跟着来了,感觉师徒传承有序,还挺开心,便继续"调侃"起自己的病情。

王儒瑶说:"我本来以为自己至少能活到八十多岁。你们还记得,我过去跟你们讲过袁宗泗先生的话吧?袁先生那是一代宗师了,活到九十五岁高龄呢。袁先生说的,做我们人文研究的,归根到底什么最重要?就是看谁活得长,看谁能活到最后,而且到了那个时候,你再看看身边,过去和你争论的那些人,还在吗?所以说,学问做到最后,要想做得通透,比的就是看谁寿命长。"

杜铁林和安可为在病床边听王儒瑶这般说辞,是哭也不好,笑也不好,觉得老师的心态还真是豁达。

"子昂,你过来。"王儒瑶招呼林子昂走近身边,"论辈分,我算你祖师爷了。当年你从学校毕业的时候,你还记得,我们一起吃过一次饭吗?"

"我都记得呢,记得清清楚楚。"林子昂答道。

"你知道我为什么让安可为通知你,一起吃那顿饭吗?"王儒瑶开始自问自答了,"那是因为你身上有股劲,行事沉稳,看事物比较全面。我们这一派,从袁宗泗先生起,再到我的老师余伯恩先生,都是这种风格。但是呢,安可为跟我说,你不要读研究生,你要到外面去闯,做点实际的事情。这个我也是支持的,毕竟时代不同了,谁说过知识分子不能做生意呢?但凡有脑子的人,做学问也好,做生意也好，都是相通的。所以，跟着杜总好好干，但也别放松了学习，还是要多看书，多思考。"

王儒瑶兴致很高，不停地在说，杜铁林让他休息休息，别消耗太多元气。

"你今天就让我多说说，等到做了化疗，你让我多说，我也没力气说了。"王儒瑶坚持着，"铁林啊，你前两天是不是去见过张文华了？"

"对啊，您怎么知道？他给您打电话了？"杜铁林问。

"他电话里跟我说了，让我劝劝你。具体的事情，我不了解其中的轻重缓急，这个我没有发言权，你自己做决定。但是，文华是个好人，他也是你的老领导，你切莫被世俗的诱惑冲昏了头脑。既然他让我劝劝你，那我就姑且说几句。"王儒瑶说道。

王儒瑶清了清嗓子，继续对杜铁林说道："铁林啊，事功这东西，要不要？当然要。你和可为都是我的学生，也是我最得意的门生，你们知道，这是袁宗泗先生一直在讲的观点。但事功到什么程度，才叫够呢？有所为，有所不为，说起来容易，做起来难。因为我们谁都不知道这个分寸究竟应该在哪里。我今天生了这个病，我也有反思啊，等于我这个时间轴，基本就要确定了。在这个即将确定终点的时候，我就在想，我这辈子过得痛快吗？"

王儒瑶又咳嗽了几声，"如今想来，我一生沉稳，步步为营，基本上，每一步我都预料到了，也做到了。但是，你问我有没有遗憾？我原来不觉得有任何遗憾，但今天，你们都来看我了，我仔细琢磨着，还是有遗憾的。我就在想啊，如果我这沉稳的一辈子里，要是能偶尔任性几次，偶尔放肆几回，我会不会活得更有趣些呢？"

王儒瑶一口气讲了许多，讲到此处，杜铁林、安可为、林子昂，都沉默了。

兴许老先生就是要在这自问自答里，消解掉自己的那些疑问，或者自己找寻一些解脱的答案。周遭来看望他的学生们，所起的作用，也就是个见证吧。

王儒瑶最后说道："反正啊，就八个字，此生无错，此生有憾。"

第二天凌晨，王儒瑶女儿小茉乘坐的航班到达北京，杜铁林安排了接送和在北京的一切事宜。小茉给美国公司请了长假，同母亲一起照看父亲，以尽孝心。医生确定的医疗方案，家属也都做了确认。医生说了，王先生的病已经是晚期了，家属要有心理准备。

林子昂跟随杜铁林，后来又去过几次医院，正如预期的那样，一开始王先生还很有气力，也趁着化疗间隙，在病房里整理文章目录。杜铁林关照过了，住最好的病房，安排最好的医疗资源，这些都由他来安排。因为杜铁林与王儒瑶的这层关系，所以，一切都是应当的。但到了第二阶段，老先生的身体明显虚弱起来，有排异反应，再也没有气力多言语，更不用说整理文稿，整理文章目录了。

冬至时节快到了，杜铁林盼望着老师王儒瑶能挺过这个时间节点。此时此刻，在内心里，他不再相信任何科学技术和医疗手段，他只相信，只要能熬过今年的冬至，熬过这个"收人"的节气，兴许就能熬到春节，若再能熬过了农历新年，或许就会有转机。

然而，不幸的消息最终还是来了。

冬至前夜，王儒瑶先生过世了，享年六十九岁，从确诊到离世，两个月都不到。杜铁林赶到医院，见了老师最后一面。

那天晚上，杜铁林一个人在医院外面的那条大马路上走了好久，没让林子昂跟着，也没让司机在附近等。

荒江叶乱露初冷，独棹孤舟夜上流。

杜铁林知道，那个唯一可以教导他的人，已经不在这个世界上了，在精神上，他再也没有一个可以依靠的支柱了。

王儒瑶的葬礼，由学校和系里具体操办，因为京华大学的影响力，再加上王儒瑶的学界地位，这葬礼办得够规格。各级领导及海内外各大院校的学界同仁，都悉数送了花圈并派专人参加，媒体也做了许多报道。当天的葬礼追悼会上，作为王儒瑶的大弟子，杜铁林率领所有王门学生统一执弟子礼。余后又办了几次追思会，因为都将范围限定在学术界，组织者来请杜铁林参加，杜铁林都以不在学界为由推辞了。因为"身份"的存在，生时的风光，死后的哀荣，依旧混杂在各个场合中，还是没能彻底洒脱。

王儒瑶的追悼会现场，张文华也来了。因为张文华的身份，在葬礼举行前，便到一旁的贵宾室等候。贵宾室里，王儒瑶先生的家人及杜铁林都在，一同接受陆续到达的重要来宾的致哀。张文华先是慰问了王儒瑶先生的家人，节哀顺变，随后示意杜铁林同他到边上简单说几句。

"铁林，那次你走了之后，我让王先生再劝你几句，先生都和你说了吧？"张文华轻声说道。

"先生都跟我说了。"杜铁林点头。

张文华追问："那你现在怎么个想法呢？"

杜铁林说："大哥，您不用为难，我自己想办法吧。华光信托，我志在必得。"

"好吧，反正我已经劝过你了。你好自为之。"张文华说，"但我还是要提醒你,别去碰。"

张文华见杜铁林心意已定,便不再多说。再加上陆续有其他领导进来,此时此刻,也不方便就这个事情多言语了。今日是王儒瑶先生的追悼会,此事最重,余了,都得暂且放一放。

王儒瑶先生的墓地,选在了北京怀柔的一处公墓。最后的落葬仪式,杜铁林参加了。

那日气温虽低,但好在有太阳,等到正式落葬了,心情也不似最早那般悲戚。万事万物,终了就是终了。

那天下午,从怀柔回来后,杜铁林回到办公室,抬头看到那两棵原本枝繁叶茂的发财树,竟然干枯发黄了不少,才想起来已经好久没有浇水打理了。而且因为嘱咐了别人不准动,这么长时日,也就真的没人敢进屋来帮他打理。

杜铁林拿起办公桌上的剪刀,一阵修剪,将所有黄叶剪去后,两棵发财树仅剩的绿叶,竟变得孤苦伶仃。一看到这,杜铁林便觉得泄了气,将剪刀扔到一旁。站在落地窗旁,杜铁林从外套口袋里掏出一张纸条,这是落葬仪式前,师母特意拿来交给杜铁林的,说是王儒瑶临终前给他的几句交代。纸条上就简短几句话,老师的笔迹颤颤巍巍,杜铁林又仔细地拿出来看了一遍,也记不清这是今天第几遍看这张纸条了。眼睛里含了泪,看完这最后一遍,杜铁林将办公室角落里的保险柜打开,将这张纸条锁在了里面。

丧礼事宜完毕,约莫过了一周,杜铁林送师母及小茉全家去机场准备回美国。

师母说:"铁林,你老师也不在了,北京的房子你帮我打理一下,能卖掉就卖掉吧,我估计不会经常回来了。"

杜铁林答:"房子先放着吧,偶尔回来的时候,也能有个落脚点。我会派人时不时去开窗通风的。如果真不想要了,我来帮忙处理。您就在美国安心生活,身体多保重。"

师母说:"铁林,你自己也多保重,工作别太辛苦。"

杜铁林说:"我知道,我会给您打电话的。有什么事,随时跟我说。"

这之后,杜铁林曾经设想拿一笔钱出来,用王儒瑶先生的名义设立一个专项奖学金,这事也得到了师母和小茉的认可,并表示王儒瑶生前还有些稿酬版税可以拿出来。最后咨询下来,先得把今后资助的方向确定,还得制定相关章程。杜铁林让林子昂先把前期准备工作做好,等到第二年9月开学之际,正式设立"王儒瑶专项奖学金",以示纪念。

杜铁林往来香港的次数更加频繁,除了一些既有的业务沟通之外,见K总谈华光信托的事情,是重中之重。中间K总有过几次反复,杜铁林觉得这是K总在耍鸡贼。明面上,K总声称,这华光信托是上乘品相的资产,想要的人多了去了,但实际上这也只是一种谈判技巧。杜铁林对此拿捏得精准,有一次杜铁林干脆在K总面前挑明了,华光信托要想脱胎换骨、焕然一新,除了他杜铁林之外,估计也找不出第二个有能力接而且敢接的买家了。

世上没有不透风的墙,振华控股意欲接盘华光信托的事情,渐渐在圈内传开来了,但基本上都属于小道消息。但金融圈么,传的就是这些小道消息,一旦公开宣布了,也就不存在任何的"套利空间"了。关于这件事情,振华控股内部也做了要求,要做到三缄其口,而且鉴于事情的敏感性和交易完成的复杂性,还真的不是故意不去议论，实在是没人知道最后能不能做成。

光靠振华控股一家，恐怕也吃不下整个华光信托，杜铁林便寻思着再去寻找几个战略伙伴。潜在的合作方已经有两家，一家是在华南地区市场占有率排名前三的中诚地产，因为地产业务的关系，中诚地产天然就对信托业务有兴趣。另一家则是新晋崛起的电商物流新秀瑞通快递，刚刚借壳上市，也想寻思着往金融方向靠一靠，所打的主意也都在这"资金"的沉淀与赋能上。大家都是聪明人，产业做大了，总免不了往"类金融"的方向上有所试探，一旦"资金"成为"生产资料"，这里面可做的文章，可就大了去了。

杜铁林目前所要做的，就是将中诚地产和瑞通快递牢牢地绑在振华控股的战车上，华光信托一役，必得要把各家的资源都拿出来，方才可以。但凡有考虑欠缺的地方，怕是会前功尽弃。某种程度上，这就像是一场"赌石"，考验的是行家的眼光和现场的胆量。

赌这玉石的人，首先得看准了，得精确地预估好这大石头里到底有多少"好货"，去了皮，去了碎料，能开出来多少可用之物，同时呢，因为这石头体量太大，外面蒙蔽的东西太多，即便是行家里手，也未必真的看得清楚，就怕一刀开下去，发现上当了，那就闯大祸了。

沈天放被杜铁林叫来具体参与执行收购华光信托这件事，已经被折腾得精疲力竭。在此之前，但凡遇见K总的生意，沈天放警惕性极高，向来不敢沾。但如今既然老板认定了这个事，他沈天放自然全力以赴，再苦再累也得扛下去。在薛翔鹤那里，也是一样的态度。虽然，这两个人内心里，对收购华光信托这件事，始终有疑虑和担心。

那么，杜铁林心里有担心吗？当然有啊。

而且，随着情况的深入，各种明里暗里的角斗，便开始滋生出来。即便是联合着去拿华光信托的这几家合作方，彼此也得多沟通，生怕许多话没说到位，彼此生了嫌隙。这其中，最怕最后关头付钱的时候，万一要是有一方掉链子，拿不出钱来，那就出大事了。再说了，现在市场上钱紧了，不比过去那么宽松，凡事还得防一手。为了保证最后的万无一失，杜铁林除了既有的两家合作方之外，又找了一家"国字头"公司参与其中，此间架构，也是花费了一番心思来设计。

目前看来，在杜铁林的精准规划下，各项事宜均有条不紊地进行着，就等着 K 总最后松口了。但估摸着，不到最后签约一刻，还会有变数。即便签了约，也保不准还会横生出什么事情来。

因为在这件事情上，振华控股内部多少有些不同意见，杜铁林便有点"一意孤行"的意思。行船至河中间，不知前面是否有漩涡，因为放心不下，杜铁林便想着再去"师父"那里坐坐。

杜铁林给"师父"打电话，手机关机，估计是在打坐，或者忙其他事情。隔了半天，又拨电话过去，还是关机。杜铁林觉着奇怪，便又问了问与"师父"相熟的几个身边人，说是出去云游了，也不知道去哪里了。

此事，便只好作罢。

再后来，"师父"回来了，而华光信托的事情也基本上有了着落，杜铁林便没再去请教"师父"。

凭借着杜铁林的多方奔走和坚持不懈，K 总最终同意了。几家一起签署了框架协议，交易细节、各种安排均妥善确认完毕，也按照协议的要求，各自付了定金首款。又一个多月，基本完成了各种后续工作，只等着监管部门批复了。一旦批复同意，这块杜铁林梦寐以求了多年的信托牌照，从此就要改换门庭，成为振华控股系的新成员了。

收购华光信托这件大事，即将迎来最终的曙光。杜铁林的内心是极其兴奋的，但他的身体却有些扛不住了。自打王儒瑶过世以后，杜铁林好几次晚上睡觉，在半夜里惊醒，然后就再也睡不着了，胸口也常常发闷。毕竟到了这个年纪，加上近期的这种工作强度，也着实把杜铁林累着了。

这些时日，常有商界精英猝死的新闻，联想到自己最近的情形，杜铁林心里有些害怕。又因为最近半年接连参加了几次追悼会，或自己的老师，或过去的老同事，便害怕自己的身体也突然停止运转。倘若真有这么一天，前面的辛苦，都将白费。每每想到这，杜铁林就更加睡不着觉了。

利用工作间隙，杜铁林特意让林子昂和 AMY 陪同着，去阜外医院做了心脏彩超和各种检查，好在结果都还正常，便稍微放松一些，继续投入到工作中去。当然，杜铁林也终于意识到，自己也是个"怕死"的普通人，在这肉身的底座上筑造事业的丰碑，他可不想碑还没树起来，人先没了。更何况，华光信托的事情已经八九不离十了，在杜铁林的事业安排里，他正在逐渐接近那个"王座"，即将成就他自己的那个伟大的"商业帝国"梦想。

对此，杜铁林没有半点的怀疑，他比任何既往的时刻，都更加地相信自己，相信自己所做的每一步决策。

18_ "总裁助理"林子昂拜见"壳王"六哥

最近一段时间,林子昂在振华控股的职位也有所提升,已经不仅仅只是杜铁林的贴身助理,很多实际的业务,也经常参与其中。在杜铁林的规划中,再过个一年,林子昂就可以放出去,在具体某个板块里做个负责人,有所施展了。为此,杜铁林也跟林子昂做了交流,问林子昂有没有信心。林子昂答,不辱使命。

也差不多在这个时候,林子昂在杜铁林的引荐下,与"六哥"正式打起了交道。

"六哥"本名刘强国,是K总在国内常年合作的生意伙伴,也是有名的"资源整合高手"。六哥爱好广泛,但最大的爱好,就是喜欢做上市公司的股东,但凡有机会的,他都会掺和一脚。后来六哥觉得,这种掺和总是跟在别人屁股后面,比不上自己当家作主感觉好。这五六年间,他便想着各种办法,一下子整合了三家上市公司,自己做老大。虽然这几个上市公司的体量都不大,但每天的交易量却不少，时不时地再炒一把"借壳"概念，六哥便成了圈内有点名号的"壳王"。

因为是 K 总的缘故，这一年里，杜铁林与六哥也走动得比较频繁，林子昂在不同场合见过六哥好几次。正好六哥来找杜铁林，想把其中的一家上市公司盘给振华控股，杜铁林便有意将这件事情交给林子昂去办。

倘若能成，振华控股既多了一个可运作的上市公司平台，又再给 K 总一个人情，何乐而不为呢？况且，杜铁林深知 K 总和六哥私底下的那些勾连。在一开始的阶段，六哥几乎就是 K 总的马仔和代理人，之后因为 K 总的生意做得太大了，便切分了一块给六哥。这六哥也确实是个能耐人，精心耕耘了十多年，做出了一番事业，在 K 总面前也不再是纯粹小弟的身份，多少可以平起平坐了。但无论是做小弟，还是平起平坐，他们之间的勾连，从来就没断过。至于他们之间怎么个勾连，杜铁林并不需要知道得太清楚，只需知道有勾连即可，包括这些交易背后还有谁，更不必打听得过于仔细。这些周密考虑，也正是之前杜铁林在饭桌上接了 K 总的话，有所点题，又没有点破的奥妙所在。

这边厢，林子昂因为领了任务，便跟六哥来往多了起来，倒是渐渐成就了自己的成长之路。

刚打交道时，林子昂一板一眼，凡事都在分寸上。六哥看林子昂颇得杜铁林信任，且接触了几次，也觉得林子昂是个聪明小伙子，便时不时地招呼着林子昂。一来二去，也没把林子昂看作是普通的业务对接人，某种程度上，挺把林子昂当小兄弟看的。要知道江湖都有套路，但凡做过小弟的人，等到自己有资格做了大哥，总归也希望自己的小弟，能像当年的自己一样，机灵可靠，值得信任。所以，六哥是真心欣赏林子昂的。

这六哥平时还有一个爱好，就是喜欢去足浴店捏脚。然后隔上个把月，就喜欢拔一次火罐，到了大伏天，又喜欢做艾灸。六哥说他自己是寒湿体质，捏脚、拔火罐、艾灸，都有利于身体。

林子昂第一次单独去见六哥那回，晚饭后便被拉去捏脚，顺便还在六哥的怂恿和胁迫下，被拔了火罐。回到家之后，林子昂想看看后背上到底被拔成啥样了，但他一个人独居，也没人帮他拍照。正踌躇中，六哥一个微信发过来，打开来一看，正是林子昂拔火罐时，还有拔完之后，六哥在边上给拍的照片。一共五张，统统发了过来。

六哥感觉是真把林子昂当自己小兄弟了，一点也不避嫌。但林子昂看到这些照片，却有些不舒服，感觉自己被人拉去捏脚休闲，还要被人拍照片留底，感觉像是吃了个苍蝇。还好就是去捏脚，要是碰上其他不好的事情，还被拍了照片拿了证据，林子昂估计是要害怕了。

记得那次是先拔火罐，然后再捏脚，全程都是六哥在滔滔不绝，林子昂只有听的份。

"小林，我年轻的时候，特别能吃苦，脑子也活。八十年代，刚刚改革开放，全是机会，我那会儿就在长城饭店给一个香港公司做代理。有一次为了换一批美金，要找领导批条，香港老板就亲自过来公关。其实事情我都办得差不多了，香港老板过来就是走个流程。后来事情办妥了，老板跟我说，第二天要去钓鱼台国宾馆见领导，需要报车号才能放行，让我赶紧安排车。"

六哥刻意地停顿了一下,就像相声演员准备抖包袱之前,例行的停顿那样。

"小林,你猜怎么着?我一个电话就搞定了一辆大奔,第二天,我亲自开着大奔进的国宾馆,倍有面儿。因为事情办得好,老板重重奖励了我,给了我好几万。我当天晚上就把这钱全部花出去了,统统花在朋友身上了。"

"六哥,没想到您还做过外汇生意啊?"林子昂问道。

"那是,只要有钱赚,除了杀人放火,六哥我都做过。我和你们杜总不一样,你们杜总是正宗科班大学生,有理论,不像我们这种,是社会大学培养出来的实干派。"

六哥说得兴起,又跟林子昂讲了不少江湖逸事。

"哎,小林,你们学校经济系是不是有一位申英杰教授?"六哥突然问林子昂。

"有啊,申英杰教授可是我们学校经济系的学术权威呢,很有名的,我听过他的讲座。杜总还请申教授来我们公司做过学术交流。"林子昂说道。

"你不知道吧,申老师过去是我上市公司的独立董事,他学问做得好,名气大,我就想着请他来做独立董事最合适。你们杜总还跟我打赌,说我不可能请得动申老师,但我就是做到了。而且,申老师一做,就连着做了两届独董,然后再换到我另外一家上市公司,继续帮我做独董。去年起,你们学校不允许教授在外兼职做独董,这才请辞的,但私下里,我们经常聚。"

"那您是怎么做到的呢?申老师可是一个特立独行、非常清高的学者呢。"

"怎么做到？因为我足够坦诚啊。你们都把申老师当老师，只有我不把他当老师，我把他当兄弟。我第一次见申老师，我就带着申老师去KTV唱歌喝酒，我跟申老师说，男人要活得真性情，什么狗屁大学教授，西装笔挺的，装给谁看啊？"六哥说道。

在六哥的絮絮叨叨中，林子昂的"三观"再一次经历了冲刷，他原本以为自己在振华控股这几年的工作经历，已经见识了很多，自己为此也改变了很多。但实际上，外面的世界远比他已经经历的，包括他脑海中想象的还要丰富。事情不是不存在，只是他不知道而已。就好比六哥口中说到的"申老师"，和他平时所看到的"申老师"，其实就是一个人，只是在不同的场合，这同一个人进行了拆分。

在六哥那里，申老师原本就是一个内心欲望很强烈，但又经常压抑自己、克制自己的人。就如同他的姓氏一样，申老师的"申"字，有一竖贯穿上下，就是说上面想出头，下面也想出头。但这"申"字的主体是一个方框，中间又加了一横，好比他内心的想法，想着做教授为人师表的时候，就往横里扯，成了一个"曰"字，想着做男人性情洒脱的时候，就往竖里拉，成了一个"日"字。

这时间久了，申老师心里的一把剑，是上不上来，下不下去，硬生生地穿插了始终，却又被中间这一横彻底卡住了。所纠结的核心问题，便是自己身体里的力比多要紧，还是人言可畏要紧。始终在摇摆，却下不了决心。

旁人并不能看清这些，但六哥看清了。而且六哥不仅看清了，还亲自动手，三下五除二，轻轻松松就帮申老师卸下了精神包袱。当申老师在KTV终于身心愉悦，灵肉统一的时候，不得不承认，是六哥给予了他力量。

但在另一面，申老师也还是那个申老师，那个有着严谨的治学习惯，那个对国民经济有着深入见解，既了解宏观大势，又清楚企业微观细节的申老师，而且是一个在学界和政界都很有影响力的申老师。还是六哥的那句话点醒了林子昂！的确，大家都把申老师当老师捧着，只有六哥把他当兄弟，真正走入了申老师的内心。

或许这些就是社会大学堂的历练吧，或许，这本身就是一场探究人性深处秘密的无规则游戏。

如今，林子昂在振华控股的具体职位是"总裁助理"，请注意，是"总裁助理"，而不是"总裁的助理"。而且在振华控股内部，在沈天放和薛翔鹤的管辖之外，不少新设的公司的法人代表，现在都由林子昂担任，足见杜铁林对林子昂的信任，以及他这几年的不断进步。

这些年，林子昂跟着杜铁林走南闯北，他的行事风格，甚至着装，都和老板有些相似了。黑西装白衬衫不打领带，这是林子昂永远的标配，冬天最多外面裹个大衣，夏天再热也要坚持穿着这身西服。

一些许久没见着林子昂的同学，偶尔聚会时，碰到林子昂，觉得他毕业这几年身上有变化。林子昂好奇地问，你们觉得我有啥变化？同学便说，变化主要有两个，一个是看人的眼神，似乎有点凶，好像总想把对方看透一样。再则，就是说话特别注意分寸和场合了，感觉心里总装着事，不再畅所欲言了。

偶尔，林子昂清晨洗漱的时候，抬头看镜子里的自己，他也忍不住问自己："他们说的这些评价，是真的吗？"只不过这种疑问，往往稍纵即逝。出了家门，进了公司，他林子昂，就是一个"职场新贵"。哪有那么多闲情逸致，来讨论这些没有"价值"的琐事啊。

"对于年轻人而言，工作也是学习，学到东西最重要。"这是家里大人常说的话。但工作对于林子昂而言，又附加了更多的意义。在林子昂看来，学到的东西不转化，又有何用，归根到底，还是要通过工作来获得自己最想要的东西。年轻的时候，工作是为了赚钱，是为了生存，是为了证明自己，再年长一些，工作又往往演变成了获得更大的成就感和虚荣心。说到底，虚荣心也好，成就感也好，不都是一样的东西嘛。

林子昂这些年的变化，甚至，开会发言的间隙，他的神情举止，老板杜铁林也全都看在眼里。

有一次，杜铁林和安可为闲聊，说："林子昂这个小伙子，真是没选错。我看现在这代年轻人，身上真的没有太多的畏手畏脚。不像我那时候，研究生毕业刚进机关，完全就是夹着尾巴做人，整个人都是抖抖索索的。"

安可为便说："大师兄，你也得看看人家林子昂的老师是谁啊，名师出高徒嘛。"

杜铁林便摇摇头，指着安可为的鼻子"骂"他脸皮厚。对此，安可为照单全收。

王儒瑶先生过世后，安可为继承了老师的衣钵，虽然没有了老师的庇护，但也没有了王门弟子的现实羁绊，一切都可放开手脚，大干一场。一来二去，安可为便很快晋升了教授，比他当年晋升副教授容易多了。

安可为跟杜铁林坦承，师生相处，过去读书那会儿，是最简单的师生相处。后来，自己留校做了老师，年纪轻轻提了副教授，在这师生情谊上，自己给自己压了不少砝码与担子。对着老先生，实际上，又加了不少听话与揣摩的意味。不似杜铁林在外面闯荡，老先生想帮也帮不了，便总觉得杜铁林最有出息，反之，也最听得进杜铁林的话。如今，老先生过世了，一切都归了原点。

"可是，大师兄，我最近做梦总梦到老师。先生在梦里跟我说，他担心我们受欺负，尤其怕你做生意有起伏。"安可为说道。

杜铁林听后，没说其他的，拍了拍安可为的肩膀，说道："可为，我现在彻底是一个没父亲的人了。"

安可为听闻，也一下子悲从心底起，流了眼泪。

"总裁助理"林子昂与六哥洽谈的这单买卖，原本应该由沈天放分管，但这次杜铁林有意让沈天放只在边上指导，并没有让沈天放介入太深，目的也是想观察一下林子昂独立判断业务的能力究竟有多强？尤其是抽丝剥茧看问题，以及灵活运用江湖套路的手段能有多少。

林子昂虽然不是学金融专业出身，但毕业至今，加上实习，在振华控股已经待了整整八年时间。八年时间足够改变一个人吗？如果你好学上进的话，八年时间足够让你脱胎换骨，当然，如果你不学无术的话，八年时间也足够让你变成渣了。

因为跟着杜铁林的缘故，又因为公司上下比较厚待，林子昂对各种业务模式，大致的框架都是了解的。而且整天待在老板身边，接触过核心内容，也知道这交易背后的实质是什么。但与六哥对接的这笔交易，还是让林子昂有些提心吊胆。

虽然在一定程度上，林子昂只需要把各项进展汇报给杜铁林听，然后再根据老板的指示具体执行就是了，本不必承受太大的压力。但林子昂知道，这是一次很重要的毕业考试，重要性并不亚于高考。这八年里，林子昂也经历了各种小测验和重要考试，积攒了不少经验，但这次却是决定他能否真正进入振华控股核心决策层的关键一役。

尽管现在头上戴了一顶"总裁助理"的帽子，但倘若没有显赫的实际军功，这帽子也就是个装饰品。林子昂内心里，也希望通过这次考试，真正成为杜铁林的得力干将，而不只是一个助理，一个身边人。

林子昂的这些"忧愁"，在杜铁林这里，恰恰是他作为老板对林子昂这个小伙子的"拿捏"。这八年里，杜铁林早就把林子昂看得清清楚楚，更何况，他这样的"老江湖"，实在是太了解这行业里的各种门道了。

因为直接与钱打交道，而且又是金额巨大的钱，在这些个诱惑面前，最考验人性。好在林子昂年轻，家教好，本质纯真，杜铁林料他在里面不会有私心，但究竟能否抵御住，杜铁林也想检验他一番。如果经不起这诱惑，没有"忠心"，便是不值得信任的，倘若不值得信任，能力再强，杜铁林也不会用他。

至于林子昂这个年纪，30岁了，在杜铁林看来，倒真的可以出去独当一面，做一方诸侯了。杜铁林想起自己当年32岁就敢下海开公司，再看现在这批年轻人，知识储备、市场环境、物质条件等等，都比当年的自己要强，但做事情的魄力和胆量，究竟会怎样，这还真得看各人的造化了。

与杜铁林的关心与检验相对应,六哥这边也是一番"言传身教",俨然是另外一道风景。

六哥身上江湖气更重,在林子昂面前又好为人师,该说的不该说的,都在林子昂面前说。明面上听着,六哥是真心把林子昂当小兄弟,也希望林子昂越做越好,将来或许还能帮助到自己。"莫欺少年穷"的道理,六哥这样的老江湖最懂了。但暗地里,这拉拢关系也好,知无不言也好,是否还有其他的目的,这就需要林子昂自己去领悟了。

此时此刻,林子昂想起父亲老林的一句话,十分应景。

父亲老林从小就跟林子昂说,外面的人说你好,你姑且听着,但千万不要真以为自己有多好。自己有几斤几两,自己心里要清楚。

林子昂常记着这番话,虽然现在有时候碰到事情,父亲老林经常会倒过来问林子昂,说自己跟不上形势了,想听听儿子的意见。但在成长的过程中,老林还是手把手地教了儿子很多,至于现在,父亲对儿子有依赖,那是另外一个层面的事情了。人总会老的嘛,如果恰巧有一个年富力强的儿子,做父亲的,谁不会多问一句,让儿子拿拿主意呢。而在林子昂这里,有这样的一个父亲在,他的心里便总是有依靠,遇事也断然不至于惊慌失措。

这段时间,林子昂组织团队人员充分研究了六哥旗下几家上市公司的财报信息,并且做了细致的比对。杜铁林曾经告诉过大家,面对同一个事情,张三一种说法,李四一种说法,各有各的立场和诉求,但如果将相关各方的说法全部集中起来,针对具体某一点的说辞进行交叉对比,所重叠的部分,可能就是最接近事实真相的内容。当然,也只能说是接近真相,不能说是百分百真实。

既然六哥要从手头这几个"壳"里拿一个出来转给振华控股,那林子昂必须得保证,转给振华控股的这个"壳",得是相对最干净的,千万不能有什么硬伤。经过比对,林子昂发现其中有一些很隐秘的痕迹。这些痕迹,放在台面上说,都没问题,都是在既定游戏规则下的正常玩法,谈不上什么致命的硬伤。而且,在几个上市公司平台的腾挪中,这些痕迹已经处理得很巧妙了,足见六哥实为胆大心细的"强人",并不像他表面上表现出来的那样"粗鄙"。事实上,如果你真的误以为六哥是个没文化的大老粗,那就大错特错了。学会不再"以貌取人",这大概也是这几年林子昂在工作中的一大收获。

梳理完毕之后,林子昂是打心眼里佩服六哥"财技"之高超,但总觉得还有些说不出来的滋味。六哥的玩法,谈不上是钻了政策的漏洞,你最多说他胆子大,但又不能简单定性为违法违规,顶多是游走在了一个模糊的灰色地带。但妙就妙在,六哥竟然能在这灰色地带,走出了红毯时装秀的感觉。无论如何,鲜活的事实再次证明,制度设计永远都是在理想状态下的制度设计,但制度或规则永远会跟不上实践过程中的"创新",这却是不争的事实。

简单说来,这几年六哥的玩法就是很好地利用了国内投资圈天使轮、A轮、B轮、C轮转换之间的利益诉求关系。譬如先在外围寻找或设立一家有"价值"的新公司,这家公司的商业模式必须新颖,可以是真的具有投资价值,或者只是具备讲故事的价值,这些都不重要,重要的是有没有故事,有没有可以拿出来讲的"亮点"。

六哥和六哥的朋友们早早地就"潜伏"在里面了。也不知道这几年哪个高人想出来的关于"投资收益"确认的新办法,很是神奇。譬如一家公司注册资金一千万，六哥和他的朋友们出了三百万，占股30%，然后公司正常开展业务。因为觉得这公司"有价值"，突然冒出来一个人愿意出五百万买这公司10%的股份，于是这家公司的估值就变成了五千万，这单交易一旦完成，只要公司后面不倒闭，六哥和他的朋友们的投资，对应的就是一千五百万的估值，扣除之前投资的成本三百万，账面上就可以录得一千二百万的"投资收益"。看清楚了噢，即便这个公司业务上还是亏损的，实际上六哥和他的朋友并没有真金白银的赚到钱，但是在会计层面，在财务账上，至少就可以确认赚了一千二百万噢。

而这种基于非上市公司投资的估值玩法，一旦投资主体是上市公司，同时又能在几个上市公司主体之间做腾挪的文章，这里面可以翻出来的花样就多了去了。而且，这上市公司里面既有真实的业务收入，又有这种投资类的收入确认，或者所投资的公司可能本身就处在同一产业链上的上下游，存在关联交易、转移收入的空间，再叠加六哥最擅长的"甲地作案，乙地销赃，丙地分钱"的手法，那最后的局面，可想而知了。

总之，真真假假，虚虚实实，林子昂在这些枯燥的数字和冗长的招股书、年报、披露材料里，拨云见雾，看到了一幕又一幕的大戏。你问林子昂是怎么看出来的？其实一般人根本就看不出来。你以为仅仅看这些报表和年报就能找出猫腻？一个纯粹的圈外人是根本看不到里面这些奥妙的，因为没有路径，没有钥匙。

林子昂因为常年待在杜铁林身边，加上他平时观察仔细，年纪轻、记忆力又好，最擅长将这些信息进行关联合并。譬如在公开披露的材料里，会看到各种声明，说张三和李四没有关联，王五和赵六没有关联。但这些在报告里看似无关的姓名,恰恰可能是有关联的,只不过关联的不是这些名字,而是名字后面的名字。对于这些名字背后所对应的人物,林子昂却是熟悉的。这些"名字",或者在现实生活中经常来往,隔三差五地就在一起吃饭喝酒,或者偶尔开会有所照面,这其中,有的是公开场合,有的是私密聚会,层层叠叠,讳莫如深。林子昂现在所做的事,无非是手里拿了一把钥匙,打开了一扇门,又找到另一把钥匙,再打开另一扇门。因为钥匙越来越多,又顺藤摸瓜,触类旁通,便梳理出了整个食物链和关系网。这便是八年来日积月累之后,林子昂觉得振华控股这份工作有趣的地方,跟过去在大学里考证史料写论文,有异曲同工之妙。

但这个资本游戏,真的可以任人玩弄,没有一丝的纰漏吗?当然不是。倘若你认定人是不可能十全十美的,而游戏规则又是人制订的,那么这游戏规则也就不可能是十全十美的。因为不完美,所以就有人钻漏洞,但钻漏洞的痕迹永远在那里,那些个钻漏洞的聪明玩家,总会想办法把这些痕迹抹掉,而更聪明的玩家,则要想尽办法找出这些痕迹。隐藏和寻觅之间,便是巨大的利益。

具体到六哥那里,他当然明白源头的这几家标的公司,不能纯粹是空架子,必须有一些真材实料在里面。说白了,有操守的玩家,玩的是"酒里掺水",没操守的玩家,玩的是"水里掺酒",倘若完全是"扶不起的阿斗",那就真的太辛苦了。而一旦玩过火了,把公司玩倒闭了,玩突突了,这些个所谓的投资收益,全得一把计提坏账,统统算作亏损,这也是谁都不希望看到的结局。因而,这个游戏好歹还是有规则在的,但凡有规则,那就需要专业人士的介入,让它看起来不那么残忍和粗鄙。即便弱肉强食,也要用专业知识把这门面包装好,斯斯文文地"弱肉强食"。

当然,一旦林子昂发现了这些美其名曰为"奥妙",实则为"勾当"的细节内容之后,一开始的兴奋,随即就被忧虑所取代。毕竟,他不是财经调查记者,也不是监管部门的稽查,林子昂的目的不是为了"揭露",而是在振华控股介入之前,了解好里面的情况,好做个后手,为自己留一条后路。

原本以为做企业,做一个商业奇才,是一件很荣光的事情,但逐渐接触到这些"灰色地带"后,林子昂内心的犹豫与痛苦也与日俱增。因为这些烦恼,林子昂联想到了杜铁林,便觉得自己的老板真心不容易。自己因为这些小破事就已经如此纠结痛苦,那作为一家之主的杜铁林,操持着振华控股这么大的一个企业,面对更为复杂的局面,又是怎样的一番心境呢?想起老板这一年多来,渐渐沉默寡言,把自己关在办公室里,林子昂依稀能感觉到这其中的伤感与无奈了。

但事情总归要去做,再复杂的局面也得去面对。

林子昂决定先开诚布公地和六哥谈一谈,看看六哥的底线。毕竟要把其中的一个上市公司作为"壳资源"转给振华控股,这可不是一件小事。作为具体经办的负责人,林子昂有必要把情况摸清楚之后,将所有利弊权衡汇报给杜铁林,以便老板做最后的决定。他自己也必须心里有底,如果这个壳不干净,有雷,还有没有补救的措施?或者,到最后,怎么个取舍法?

见面的地点是六哥定的,一个洗浴中心的 VIP 大包间,里面既可以打麻将,又能吃东西谈事。据说,六哥最喜欢在这里谈生意,在他看来,大家洗完澡,穿着洗浴中心统一给客人准备的衣服,酒脱又平等，最是舒服。

"小林，你看这地方怎么样？我这大老粗，就喜欢这大澡堂，搓搓背，捏捏脚，再把这洗浴中心的衣服一穿。人跟人之间，自由平等，谁也别跟谁装。"六哥倚靠在一个大沙发上，同林子昂闲聊起来。

林子昂"呵呵"了两声，吃了片果盘里的西瓜，润了润口。

"你看他家的衣服，面料特软，穿着特舒坦。就是这个颜色淡了点，整得跟牢房里的囚服似的。不过，这牢房吧，跟洗浴中心也有一点像，就是把这衣服一穿，别管你外面怎么个人模狗样，在这里全都一模一样。"说罢，六哥自己就哈哈大笑起来，他或许觉得自己这话很幽默吧。

林子昂见六哥心情愉悦，便说："六哥，杜总让我具体负责谈转让这件事，其实我压力挺大的，就怕事情没办好，对杜总和您都不好交代。杜总之前关照过我的，这事必须谈成，得让六哥满意。杜总还说了，六哥之前是帮过振华控股大忙的，这个人情我们一定是要还的。"

"老杜真这么说的？"六哥的眼神里略有狐疑，瞄了林子昂一眼。

林子昂立刻答道："杜总特意关照我的，虽然我进公司时间不长，不知道这大忙指的是什么，但杜总既然这么说了，我肯定要把这事情办好。但我最近在仔细梳理方案细节，还是有一些担心和不懂的地方，想跟您请示一下，看看怎么个弄法？"

"没事，小林，你尽管说，我们一起来商量。你别觉得咱两家是上下家的关系，说到底，我们是一起商量着赚外面的钱。还有，我今天也跟你交个底，之前老杜说派你来谈，我还不乐意，说怎么派个小年轻来？你老杜忙不过来，不亲自谈，至少也得派沈天放过来跟我谈啊。"六哥喝了一口热茶继续说，"不过，我这阵子和你接触下来，我觉得咱们还是挺投缘的。你好好干，年轻人嘛，后面还有很多精彩的风花雪月等着你呢。"

林子昂且将这些好听话放在一边，集中精力，将交易中的细节问题一一说给六哥听。一问一答，沿着交易路径和各种假设推演着，虽然是质疑的内容，但说话的口气全是请教和商量，各个细节要害，林子昂全部点到，让六哥也不敢轻视了眼前的这个年轻人。

如此高强度的谈话，时间消逝而过。一抬头，房间里的挂钟显示已经过去了整整一个半小时。六哥显然是听明白了，也知道了各种利害关系，其实他怎么能不明白呢？因为这些事情就是他干的啊。

"小林，我都听明白了。这些细节问题，我接下来都会处理好。你放心，六哥我行走江湖这么多年，主要做的事情就是各种擦屁股，而且六哥擦屁股还擦出了心得体会，擦出了境界。你回去跟老杜带个话，这个壳，我是真想卖，如果你们真想买，价格都好谈。关键核心就一条，时间要快，我有更要紧的事情要办，所以需要快点做处理。"

"六哥，我回去之后就跟杜总汇报。您看还有哪些事情，需要我转告的？"林子昂问道，生怕遗漏了什么。

"没有了，没啥好转告的了。"六哥哈哈大笑，在沙发上伸了一个大懒腰，"这事，六哥我就认你！"

林子昂没想到六哥会回答得这么爽快，他原本以为六哥会在细节问题上跟他辩驳解释，结果人家就几句话，事情我弄干净，价格好谈。也许在六哥眼里，再复杂的问题，本质上还是一个价格的问题，只要价格谈好了，谈满意了，其他的那些都是小问题，还有什么好纠结的呢？

对于这些，"总裁的助理"林子昂不一定能明白，但"总裁助理"林子昂显然是明白的。

毕竟，这个世界的勾连，永远都会超出你的想象，而且，这种勾连不是固化的、一成不变的，它永远处在一个动态变化的过程中。背后所蕴藏的力量，交织的利益，牵扯的恩怨，甚至各种猜测、误解、成见，你能够想到的所有人性的污点和真实，在里面，都有记载，都有碰撞。只不过，在事情发生的那个刹那，你根本就不会追问事情的背后是什么，因为事情所外露的那些表象，就已经足够你应付的了。

一想到这，林子昂的内心也释然了，加上和六哥口干舌燥地谈了一个多小时，身体感觉疲乏，便往沙发里躺倒了。

"小林，你要到隔壁按摩一下吗？这里的技师不错的。"六哥对林子昂抛了个"淫邪"的小眼神，笑呵呵地说道。

林子昂对六哥摇了摇手，说："真不用了，我歇会儿，喝口茶。"

看到林子昂居然面露羞涩，六哥这个"老流氓"感觉乐坏了，便拿林子昂调侃起来。

"小林，你别还是个雏吧？"

"哪能啊？六哥，您这是拿我逗乐子呢。我就是累了，您容我歇一歇。"林子昂说道。

六哥便不再生拉硬拽，又说："小林，我听说你最近新处了一个女朋友，青岛姑娘，对吧？没事的，女朋友又不是老婆，还能把你管头管脚啊。"

林子昂觉得奇怪，便问："六哥，您怎么知道我新找了女朋友，而且还知道是青岛人啊？"

"这世界上，只要六哥想知道，就没有六哥不知道的事。"六哥洋洋得意地说道。

正当林子昂疑惑中，六哥突然一个起身，走到 VIP 大包间的里屋，不一会儿，推了一个银色小行李箱出来。林子昂一看，是崭新的 RIMOWA 经典款，连标牌都还没撕呢。

"小林，前几次见你的时候，你还说自己单着。这次见面，听说你有女朋友了，六哥想着，你们小年轻都喜欢出去旅游，六哥也没啥送你，就送你个行李箱吧。"

说完，六哥便把 RIMOWA 的箱子推到林子昂跟前，又说道："我也用这个牌子的箱子，就喜欢这名字，乱摸啊，乱摸哇，特带劲哈。"

林子昂想想也好笑，便接过箱子，随手一提拉杆，发现这小行李箱竟然死沉死沉。

"六哥，这小箱子怎么这么沉啊？"林子昂随口说道。

"噢，里面还有点六哥的小意思。你不是有女朋友了嘛，给人家姑娘买个包，买个项链啥的。也不多，就一百万，你先花着。"六哥云淡风轻地说着。

林子昂立刻明白是怎么回事了，说道："六哥，这可不行啊。"

"是嫌少吗？没事，回头还有，六哥我就想和你交个朋友。"六哥说道。

林子昂连忙解释，"六哥，您是前辈，应该是我向您多学习、多请教才对。这几次接触下来，我确实学到不少东西，还想跟您拜个师父呢,就是不知道六哥愿不愿意收我这个徒弟?还有,您看,从古至今,都是徒弟孝敬师父,哪有师父倒过来给徒弟送钱的啊?"

林子昂自知六哥心里的盘算,明着拒绝,肯定会伤了和气,便灵机一动,想了这么个说辞。

六哥听林子昂这么一说,十分高兴,也明白林子昂的心思,便说:"你真想拜师父,还是随便一说啊?"

"真想。"林子昂答。

"那好啊,但说到底,你的师父是你们杜总才对。我呢,论辈分应该算师伯,你以后就叫我师伯吧。"六哥说道。

林子昂说:"六哥怎么说,我就怎么办,反正从今以后,我就叫您师伯了。"

"好,那就这么说,你小子机灵,六哥不会看错人的。但是,有一点,小林啊,六哥要和你说清楚,这钱只是暂时存放在我这里。回头你结婚的时候,师伯给你的贺礼得是双份。"六哥伸出两个手指比划着,"两百万,到时你可别再推来推去的了,要给师伯一个面子。行不行啊?"

"没问题,到时候我结婚,您可一定要来赏光啊。"林子昂说道。

19_做一个比坏人更坏的好人

洗浴中心的"奇葩见面"一完结,第二天一早,林子昂就将所有细节问题以及六哥的反馈和解决方案,向杜铁林做了详细的汇报。

杜铁林问林子昂,对价格,你有什么看法?

林子昂谈不上来,只说如果六哥能把这个壳的遗留问题和隐患处理干净,而我们又确实想用,那这个生意显然是可以做的。至于价格多少钱合适,关键还是看后续能产生多大的效益,倒推着来计算这个壳费该是多少。

杜铁林微微一笑,对林子昂说:"子昂,自从接了这个项目之后,你感觉自己有什么变化吗?"

"变化?我感觉没啥大的变化,就是压力挺大的,有时候睡不着觉。还有么,就是有时候,也很纠结。"林子昂答道。

"纠结?有什么纠结,说来听听。"杜铁林觉着这对话挺有趣,便让林子昂继续说下去。

"就是我自己在做这个事情的时候,常常在告诉自己,一定要做好,要追求最大的经济效益。如果我做得不好,那就证明我不够专业,所以,专业与否,成了衡量所有事情的最高标准。但有时候,我也会怀疑自己,就是这个事情到底做得对不对?一边打着擦边球,一边赚着钱,这样赚钱,会不会太缺乏道德感了?"

林子昂最后说出"道德感"这个词的时候,自己都忍不住苦笑了一声,因为这话说得太迂腐了,像个书呆子一样。倒不是有意嘲笑,林子昂有时候,也真心羡慕那些沉浸在学术世界里的朋友们,羡慕他们自得其乐,但每当听到他们热烈讨论"道德感"的时候,林子昂也总是忍不住要笑。虽然,他也明白,其实自己根本没资格笑话别人,但就是想笑,忍不住。

杜铁林见林子昂回答得很慎重,便认真思考了一番,虽然听到"道德感"这个词的时候,杜铁林也跟林子昂一样笑了出来。但有些话,却无意中刺痛到了他内心的那个角落。年轻时,尤其是刚下海开公司那会儿,他杜铁林自己,又何尝没有这样发问过呢?只不过,这样的质疑很快就被公司要生存下去的压力盖过去了,毕竟他是公司的老板,加上创业初期的现实艰难,并不允许他有那么多天马行空、似是而非的想法。

"有时候,一个读书人下海做生意,要想做得好,真得把自己那些所谓的尊严撕碎了才行。"杜铁林停下来,又略微思索了一下,"况且,我们也谈不上是什么读书人,也就是比一般普通人多了点学术训练,多了一张京华大学的文凭而已,这算什么读书人、文化人呢。所以,别太纠结,既然选择了,那就做得纯粹一点,别给自己找借口。"

杜铁林觉着，这大概是自己回答林子昂这个提问最合适的说辞了。

"杜总，我明白，我不纠结，我会把这单业务做好的。"林子昂说道。

"那就好，反正商场如战场，你要想做一个好人，那你就得比坏人更坏才行。这话听着拗口，仔细琢磨琢磨，你会明白其中真意的。"杜铁林告诉林子昂。

临近六哥提出的目标日期越来越近了，经过公司内部的反复商议，林子昂代表振华控股与六哥沟通了拟定意向的具体金额。林子昂以为对方会在价格上再纠缠一番，但事实上却没有，六哥爽快地答应了，但提了两个预料之中的附加小条件。经林子昂请示杜铁林，这两个附加小条件，振华控股均认可接受。前前后后又谈了一下午，最终大方向上都认可了，双方便草签了框架协议。因为当天是周五，且已经是周五下午休市时间，双方便约定，下周一开盘前临停，周一中午再出正式的停牌公告。

草签完框架协议，意味着项目有了重大进展，林子昂顿时觉得如释重负，虽然他也知道，后面还有一大堆的事情等着他去处理和协调，远没到彻底放松的时候。但这种筋疲力尽之后的兴奋感，仍旧像是某种神奇的"致幻药物"一样蛊惑着他，让他深陷其中，而这蛊惑显然还有一件更漂亮的外衣，这件外衣的名字叫做"职业成就感"。

晚上六哥做东，约着一起聚餐，杜铁林、沈天放都来了。饭桌上，杜铁林和六哥，还有六哥的几个好朋友，都喝得很尽兴，饭桌上也少不了对林子昂的点评与夸奖，而这个话题还是由沈天放挑起的。

"子昂,今天这个项目,算你正式出师了。杜总不仅是老板,更是你的师父呢!真是一手培养,手把手地教啊。所以,我有个提议,子昂,你必须提一个满杯,敬杜总!"沈天放说完,不等旁人应和,就已经自顾自地往林子昂的红酒杯里倒满了红酒,整整一个满杯。

林子昂傻呵呵地举起红酒杯,也颇为实诚,说道:"谢谢杜总!谢谢六哥!谢谢大家给我这个机会!"说完,不等别人接话,就直接一个满杯,一饮而尽。

边上的杜铁林和六哥相视一笑。六哥今天看来心情极佳,也给自己倒了许多红酒,拿起酒杯,从座位上站起来。

"我今天心情特别好,首先是感谢铁林兄,给我巨大支持。老兄弟这么多年,今天能助我一臂之力,这份心意我记在心里了。其次,这次是小林代表振华控股主谈,让我看到了铁林兄手下是人才济济啊,能够和年轻人一起做生意,我也感觉自己年轻了不少。这个比我挣多少钱更开心,说明我还和年轻小伙子一样,干得动啊。"

六哥越说越开心,先敬杜铁林,再依次打圈,聚餐到最后,更借着酒劲胡言乱语了。杜铁林也明显是喝嗨了,借着这个机会,也想让自己开心一晚,放纵一晚。

"铁林啊,我知道你前段时间累坏了,K总的华光信托,那可是皇冠上的明珠啊,多少人想要啊。但没想到,最后K总把他的心头好给了你,说明你振华控股现在是今非昔比啊。"六哥搂着杜铁林的肩膀,凑在杜铁林耳根旁说道。

杜铁林应道:"六哥,我知道你在K总面前替我说了不少好话,这里面有你很大的功劳呢。"

"铁林，风水轮流转啊，现在是我们需要你。"六哥边说，边向杜铁林跷起了大拇指，"你现在可是咱圈里的NO.1啊！"

"六哥此言谬矣，在这个圈子里，K总和您，才是永远的NO.1！"杜铁林回敬道。

按照既定的计划，杜铁林周日坐飞机去美国看女儿，大概两周后回来。林子昂预估停牌时间至少得有三个月，好在之前的一些风险点，六哥说他已经基本擦干净了，个别难弄的，再给他一两个月时间，也基本可以妥善处理。林子昂知道，这期间，大概率上不会有急事打扰到老板到美国看女儿，便放心了。

杜铁林在美国的这两周，正好跨了5月29日，而今年2018年的这个5月29日，正好是杜铁林的五十岁生日。按理来说，五十岁的大生日应该好好庆祝一下，逢五逢十，杜铁林向来最讲究了。林子昂想起五年前，杜铁林过四十五岁生日的时候，还热热闹闹地庆祝了一番。但如今真到了"五十知天命"的时节，杜铁林却选择了这个时间点去美国看女儿，也是代表了内心的一些转变吧。

生日当天，行政AMY姐在公司高管群里先发了一声道贺，祝杜铁林生日快乐，随后其他几个高管也意识到今天是老板的五十岁生日，先不管老板那边是否休息了，纷纷祝福。祝福是不分时差的，等到杜铁林美国东部时间起床，看到了这些祝福，就回复了一句"谢谢各位，五十而知天命"。随后杜铁林在群里发了一张照片，是一碗生日面，上面还"窝"了两个"爱心"鸡蛋。杜铁林跟众人说，这碗生日面是女儿杜明子今天早上上学前特意为他做的，"你们看看，我这个老爸是不是很幸福啊？"此情此景，难得如此温馨，大家都很乐意看到一直在经历大风大浪的杜铁林，终于能够享受到这片刻的宁静。大家也都被感动到了。

两周的休闲时间，匆匆而过。杜铁林从美国回来后，特意留了不少时间在上海公司常驻，他感觉二级市场有些小回暖，便跟薛翔鹤商量着下半年怎么做些布局。

因为刚刚张罗好了华光信托的大事，几个控股的上市公司平台也都各自有条不紊地推进着，至少从目前看来，风平浪静。几个常规板块，大家也都各司其职，并无太大的差池，需要应付的都是些日常事务性的工作。振华控股和杜铁林，终于过了一段相对安逸舒坦的日子。

杜铁林有时候把投资比作干农活，凡事勤能补拙，该做的育苗插秧，该用心的田间施肥，都必须做充分的准备。这些事情做完，余下来的事情，就是看天吃饭，看老天爷赏你多大的收成了。当然，中途偶尔还要抓个虫，但更多的就是等待大自然本身的回馈了。毕竟，在人力层面所能做的全部工作，都已经尽心尽力，问心无愧了。

在上海公司常驻办公期间，午休时间，杜铁林常会拉着薛翔鹤去喝咖啡，全是上海街边新开的独立品牌咖啡店。而且看得出来，杜铁林十分享受坐在马路边喝咖啡的惬意，一边看街景，一边品咖啡，似乎决心要把生意放一放，偷得浮生半日闲。

薛翔鹤便问杜铁林，老板你是不是最近大生意都布局完毕了，就等着开花结果，所以才想起上海这摊小生意了啊？

杜铁林对薛翔鹤说，你跟我一起创业，从练摊开始，你觉得我对二级市场的这份敏锐嗅觉，我会随便丢掉吗？

杜铁林与薛翔鹤，再次相视一笑。两人之间的默契，都包含在里面了。

在上海期间，杜铁林除了推脱不了的应酬，其余时间，基本上就是朝九晚六，像个典型的上班族一样。薛翔鹤觉得，老板这样在上海多待一段时间，能适时地回归家庭，挺好的。薛翔鹤是一个按部就班的人，就喜欢待在家里和老婆孩子过其乐融融的家居生活，所以从情感上来说，他也希望看到杜铁林在上海待的时间多一些，至少他觉得，老板在家里和李静老师多说说话，多一些交流，总归是好事情。而且，薛翔鹤的太太安娜也和李静老师有来往，虽说老板的家事下属最好不要多过问，但从情感接受度上，薛翔鹤和他太太是明显站在李静老师这一边的。

早些年，薛翔鹤也听闻一些老板和姚婷婷之间的事，但他尽量回避，也尽量避免接触到姚婷婷和她身边的人。某种程度上，薛翔鹤对沈天放的不待见，有些也来自薛翔鹤认为沈天放在北京纵容了老板的行为，并且推波助澜了。单就沈天放当面称呼姚婷婷为"姚老师"，背后称呼姚婷婷为"小嫂子"这件事情，薛翔鹤就心生厌恶，这分明是把李静老师不当回事。好在现在杜铁林和姚婷婷也不来往了，再加上这段时间老板上海待的时间多，薛翔鹤看在眼里，便觉得，这样的状态对老板个人，进而对公司而言，都是好事情。

其实，薛翔鹤并不知道，那次瑞士之行后，杜铁林就已经和李静协议离婚了。这从表面上是一点也看不出来的。杜铁林本身就忙，再加上薛翔鹤知道李静老师也是个事业心很重的人，两人的生活状态，同过去无甚差别。偶尔听到两人已经离婚的传闻，薛翔鹤也情愿认为，老板那么有钱，也算是国内有头有脸的"富豪"了，离婚这事是绝对不可能的。在薛翔鹤的逻辑里，这个级别的老板是不会轻易离婚的,因为财产分割的事情最难处理。即便一开始信誓旦旦想离,折腾到最后,看在这份家业的份上,大多数人也就不了了之,继续维系着这么一个家庭结构了。

只不过,李静老师真的太与众不同了,而杜铁林也不是那种在情感上扭扭捏捏的人。更何况,能成为夫妻的男女,肯定不只是因为简单的爱情。"不是一家人,不进一家门",但凡能做夫妻的,彼此相处那么多年,又都是这么有主见的两个人,所做的决定,一定有他们的道理。分也好,合也好,这对夫妻,情愿把他们想复杂了,也不要把他们想简单了。

杜铁林在美国的时候,女儿杜明子问他:"爸爸,你现在幸福吗?"

杜铁林在女儿的成长过程中,很长一段时间是缺失的,像是一个失踪了的父亲。但他确实没想到女儿会成长得那么快,一眨眼,就变成大姑娘了,他想倒退回去,有所弥补,也已经来不及了。

杜铁林便说:"还好吧,大人的事情,有时候也挺莫名其妙的。但再怎么分割,也不可能分割了亲情。"

杜明子说:"我觉得挺好的,至少你们两个人都不纠结了。对我而言,永远都是爸爸和妈妈,也没啥变化。"

杜铁林感觉女儿真的长大了,但他也弄不明白,女儿的这份冷静和淡然,是遗传了他们夫妻俩的基因,还是他们夫妻俩这些年的"理性和冷淡"催生了女儿这样的性格?总之,事情已经是这样了,那还能怎样呢?一切的转折,都是那次瑞士之行。

其实,那次瑞士之行,中间还有一个小插曲。

19 | 做一个比坏人更坏的好人

某天晚上，吃好晚饭后，杜铁林一家和薛翔鹤一家一起喝茶闲聊。屋内的壁炉里，炉火在嗞嗞作响。薛翔鹤学金融出身，但也是个文学爱好者，便跟杜铁林闲聊起古典诗词来。薛翔鹤说自己最喜欢读苏轼的诗词，豪放得很，同时还有很多悲凉，感觉苏轼的人生维度好宽广。一旁的李静老师，静静地听着，因为平时很少与杜铁林公司的人来往，对于杜铁林和薛翔鹤的对话，她并不太热衷，但因为和薛翔鹤相对熟悉一些，又听他在聊苏轼，便主动和薛翔鹤攀谈起这个话题。

李静问薛翔鹤最喜欢苏轼的哪首诗词？薛翔鹤说，最喜欢苏轼的《自题金山画像》：

心似已灰之木，身如不系之舟。
问汝平生功业，黄州惠州儋州。

李静听薛翔鹤朗诵完之后，沉默了好一会儿，感觉是这几句话触动到她了。

又过了一小会儿，李静对薛翔鹤说，过去读大学的时候，老杜给我写信，有一次信里抄写了一首苏轼的词，《定风波》，说是他最喜欢的。其实，他不知道的是，这首《定风波》，也是我最喜欢的一首词。

莫听穿林打叶声，何妨吟啸且徐行。竹杖芒鞋轻胜马，谁怕？一蓑烟雨任平生。
料峭春风吹酒醒，微冷，山头斜照却相迎。回首向来萧瑟处,归去,也无风雨也无晴。

在炉火旁,李静把这首苏轼的《定风波》轻诵了一遍。不知道,同在一旁的杜铁林,是否也在心中把这首词默念了一遍?

20_这一天终于还是来了

2018年的夏天，影响上海的台风特别多，一会儿"安比"，一会儿"云雀"，之后又来了一个名叫"温比亚"的大台风。那天是8月17日，当天凌晨"温比亚"在上海登陆，从16日晚上起，上海就开始大风大雨。林子昂之所以对这个"温比亚"台风记忆深刻，是因为在"温比亚"的见证下，2018年8月17日这天，同样堪称他职业生涯中的"台风登陆"日。

因为最近一段时间一直在忙"卖壳"及后续的事情，六哥便向杜铁林提议，可否再成立一支专项基金，据说有一位老朋友准备"下海"了，这支基金或许能帮到这位老朋友。对此，杜铁林心领神会，此事便由振华控股出面召集，并框定了几位"基石投资者"。这几位"基石投资者"都是业内有名有姓的大老板，且都受过这位"老朋友"的照顾，自然也是十分愿意。但要凑齐几个大老板的时间着实不容易，恰巧这几天他们都在上海或周边办事，杜铁林便说就定在上海吧。

经过一番沟通确认,大佬们便约定,8月17日下午3点,在振华控股上海公司开会,然后晚上杜铁林做东宴请各位,事情就这么定下来了。杜铁林让林子昂联络六哥的时间,让他从北京赶到上海来开会,六哥是源头,没了他,这会开不了。

按照既定行程,林子昂和六哥一同订了8月17日上午的航班从北京飞上海,前一天中午,林子昂看到天气预报说上海有台风,便建议六哥和他一起改坐高铁。六哥说,没事,我这个人特别旺,再大的台风,我都能让飞机准时起飞,17日早上我们直接机场见吧。

六哥的话不好辩驳,但林子昂还是多了一个心眼,提前把两人的高铁票买好了。恰好有两张商务座,差不多下午1点半就能到上海虹桥站,赶紧先订了。否则到后面,怕是连站票都没有,更别提什么商务座了。

果不其然,8月16日晚上10点左右,航空公司通知,第二天早上的那班航班因为上海天气原因取消,其他相近时间的航班也都取消了。六哥这才着急起来,问林子昂怎么办,要么把会面改到第二天?林子昂说,六哥,明天早上的高铁票我已经提前订好了,做了两手准备,不耽误事。六哥直夸林子昂办事周全,便约定第二天直接火车上见面汇合。

第二天一早,林子昂早早地前往北京南站等候六哥,对于这种平时不怎么坐高铁的大老板,还是等候着一起上车比较妥当。六哥的奔驰车8点半才到,林子昂接上头后,赶紧拿着两人的身份证取了票,一同进入候车大厅。

"你看看,这人山人海的,说明咱国家经济好啊。就是这候车大厅冷气开得不够足,大夏天的,热死了,回头我得给有关部门提提意见。"六哥一看就是很少来北京南站坐火车,弄不好这还是第一次坐高铁去上海呢。

上了列车,六哥一入座便前后左右打探一番,看来对这商务座的乘坐体验还是很满意的。列车准点出发,一路向上海高速驶去。

"小林,我看这高铁不错,以后我去上海就坐这趟车吧。"

六哥接着便又絮絮叨叨地开始讲话,在林子昂所接触过的各色人等里,六哥绝对是属于"话痨"级的。

"小林,咱一会儿中饭怎么解决啊?这车上可以订饭吗?"六哥问。

"六哥,商务座会送餐的,您要喝茶的话,我给您准备,我带茶叶了。"林子昂答。

"那就来杯茶吧。"六哥也不跟林子昂客气。

林子昂拿出随身携带的小袋装"竹叶青",给六哥泡了一杯热茶,端过来。

"绿茶啊?绿茶伤胃啊。有没有其他茶啊?"六哥说道。

林子昂早有准备,又从包里拿出随身携带的飘逸杯,泡了一泡凤凰单枞的"兄弟",然后端给六哥。

自打 2009 年冬天在圆明园茶室,跟着杜铁林生平第一次喝凤凰单枞,林子昂也迷上了这款产自潮汕地区凤凰山的好茶。这凤凰单枞各种香型兼具,虽小众,但也有一个复杂的体系。这些年,林子昂对凤凰单枞也是小有研究了。

六哥喝了林子昂泡的凤凰单枞,感觉香气特别,问道:"是单枞吧?"

"是单枞，就是车上的水一般，您将就着喝吧。"

"我平时专门喝鸭屎香，我就喜欢这名字，大俗大雅。但你这个单枞是什么香型啊？感觉不是鸭屎香。"

"这个香型叫'兄弟'。"

"兄弟这名字好啊，出门在外靠兄弟，以后我就喝这个'兄弟'了。"

六哥喝着热茶，抬头看前方电子屏，正提示现在的车速为每小时三百五十公里，这又让六哥异常兴奋，就跟刘姥姥进大观园一样，处处都显着活泛劲儿。

"小林，你在振华控股有多少年了？上次吃饭，我印象中记得你说有八年了。"六哥一边喝茶，又一边问道。

"是的，有八年了，大学一毕业就在振华控股。"林子昂答。

"所以啊，我看你现在的表现，活脱脱就是一个小杜铁林，回头师伯我再好好教你些独门秘籍，你就好比是《绝代双骄》里的那个小鱼儿，打小就在恶人岛上，然后我们一帮大坏蛋教你各种功夫。"六哥说道，"这就好比打球，老杜教你正手，我教你反手，正手反手都学会了，那才叫高手。"

还没等林子昂回答，六哥自己就"哈哈哈"大笑起来，怕是又如同往常一样，觉得自己这话很幽默、很风趣呢。

这一路叽叽喳喳，林子昂疲于应付，但车过济南，车厢却一下子安静了。一看，六哥睡着了，真是瞬间秒睡的节奏。林子昂晓得，这种体质的人，谈事的时候精力旺盛，休息的时候又能做到倒头就睡，天生就是做生意的好身板。

车过南京长江大桥的时候，六哥醒了，问林子昂到哪了？

林子昂告诉六哥,快到南京南站了。

"噢,南京!虎踞龙盘今胜昔,说的就是南京!"六哥突然蹦出来这么一句话,林子昂觉得还挺好笑的。

见中午的盒饭已经送到了,六哥便就着餐盒扒拉起来,盒饭吃得贼香。吃完盒饭,又去洗手间解了个手。回到座位上,翻翻手机,又打了几个电话。此时,列车大概还有二十分钟到达上海虹桥站,外面下着大雨,天阴沉着,有一点点压抑。

六哥看着列车外的雨水冲刷,有点出神。

林子昂便对六哥说:"六哥,接我们的车已经到了,一会儿出站后我们就直接去公司,路上大概半个小时。到公司后,杜总会和您先见面,聊一会儿,然后3点准时和其他几位一起开会。"

"噢,好的,都听你安排。"六哥随口答道。

不一会儿,列车就进站了,车门缓缓开启。

林子昂正准备起身拿行李,突然,从外面站台进来两个便衣男子,径直走到六哥跟前,分别亮了证件,说道:"你是刘强国吧?我们是C市检察院的,请配合我们走一趟。"

林子昂从来没见过这阵仗,不知道发生了什么事情,一时有点懵。

只见六哥神情也有些慌张,但还是问了一句:"你们哪个检察院的?我刚才没听清。"

其中一位带头的便衣男子并不多言语,从包里拿出一张纸,展示给六哥看。六哥瞟了一眼内容,便没再多说什么。随后,两位便衣男子就带着六哥离开了车厢,并带走了六哥的随身拎包。

林子昂大脑一片空白,等稍微缓过神来,立刻冲出车厢,想追上六哥。只见一号站台附近的内部停车场,已经有一辆警车在那边等候着了。此时,六哥和两位便衣男子已经上了警车,关上车门,迅速驶离了高铁站。

前后不到五分钟,仿佛这戏刚一开场,就拉下了帷幕。林子昂赶紧给杜铁林打电话,将刚才发生的事情做了汇报。杜铁林听完,嘱咐林子昂快点到办公室,见面再说。

去上海办公室的路上,外面依旧狂风大雨,但路上的车辆很少,雨刮器狠命地摆动着。林子昂呆坐在后排座位上。刚才在电话里,林子昂告诉杜铁林是C市检察院的办案人员带走了六哥,杜铁林一再跟他确认,你确认是C市检察院的办案人员吗?林子昂说,一开始,火车上有点吵,没听清楚,后来六哥又多问了几句,对方便给六哥看了文件,确定是C市检察院。

到了上海公司的会议室,杜铁林和薛翔鹤已经在了,林子昂见他们两位神情凝重,并不清楚这半小时里又发生了什么事情。此时,杜铁林的电话响起,杜铁林接起电话,走到角落里,来回踱着步。

薛翔鹤让林子昂先坐下,等老板打完电话再说。会议室里的气氛从来没有这么压抑过,这也是林子昂生平第一次遇见类似的事情。

杜铁林接完电话,对薛翔鹤说道:"问了,估计就是那个事情。"

薛翔鹤叹了一口气,呆坐在座位上。

随后杜铁林又亲自打了几个电话,分别通知原定开会的大佬们,会议取消,并把六哥的事情简单知会了几句。接到电话之后,那头的大佬们纷纷表示,都在路上了,干脆到办公室大家碰一下吧。

杜铁林又让林子昂打电话给沈天放,问他现在在哪里,不管在哪里，让他尽快赶到上海来。林子昂拨通了沈天放的电话，此时，沈天放正好在合肥看一个项目，接到电话后也立刻买了高铁票，往上海赶来。

8月17日的这个"温比亚"台风，是早上4:05直接登陆上海的，随后上海便发布了暴雨橙色预警信号，台风穿行上海市区，并以每小时三十公里左右的速度向西偏北方向移动。虽然强度逐渐减弱，但"温比亚"台风，仍旧造成了江苏、安徽多地大暴雨。尤其是江苏省内，普遍出现八级以上大风，苏通大桥南侧区域，最大风力更是达到了十二级。

以上这些信息，都是林子昂事后看新闻才知道的。而此时此刻，屋外，超级台风席卷一切，屋内，也在经历着同样的席卷与破坏。等到下午大佬们见面结束，再加上晚上振华控股内部的种种紧急商议，林子昂已经彻底明白了其中的利害关系。

第二天一早，杜铁林临时去了香港，沈天放和林子昂则迅速赶回北京。因为无法判断六哥的事情究竟有多严重，也不清楚到底是不是打听到的"那个事情"直接导致了六哥配合调查，目前振华控股所能做的，就只能是等待进一步的消息。在这等待的过程中，林子昂作为这单"买壳"生意的具体经办人，则须再次梳理交易方案细节，查找是否还有潜在的风险和漏洞，尽量把防御措施和应急预案做得更充分一些。因为事关重大，杜铁林让沈天放也即刻参与进来，为林子昂提供协助。

如果短时间内六哥那边还是没有明确的消息，那么，待到综合评估之后，振华控股也做好了终止交易的准备，并争取把损失降到最低限度。但至少截至目前，事情已经过去二十个小时了，没有任何渠道能够打听到六哥的确切消息，而他的电话也已经处于无法接通状态。事情，大概率只会变得更糟。

　　当天晚上，林子昂枯坐在宾馆房间里，仔细地看了看这8月17日的黄历。这天是周五又是农历七夕节，原本大家开完会，可以好好大餐一顿，却不曾想发生了这么一件大事情。黄历里的提醒事项倒是写着，宜结婚会亲友合婚订婚，忌出行安葬。林子昂没看懂，他和六哥一大早坐火车赶到上海，正是出行会亲友，到底是合适，还是不合适呢？又或者，这突发事件，到底是偶然，还是必然呢？

　　这天晚上，林子昂手指轻触几下，将他手机里所有与命理推算、黄道吉日相关的公众号和APP，统统删除一空。删除完毕，林子昂躺在床上发呆，六哥的形象在眼前不停浮现，此时已是深夜了，不知道此刻六哥身在何处，他又在干吗呢？

　　杜铁林香港之行结束，周日晚上直接飞北京，周一上午正常出现在了振华控股北京办公室。原本这是一个极其普通的周一，但从早上9点开始，来访的客人一拨接一拨，一直到下午5点，都没中断过。临到下班，杜铁林又通知林子昂随他一起去见几个国外客户，一直忙到晚上11点多才结束。

　　一天又一天，一周又一周，因为事情的繁忙，时间过得飞快。六哥那边，依旧没有什么消息，整个事情就只能暂时搁置，等待仍是目前唯一的办法。

　　眼瞅着，中秋节又要到了，林子昂便盼望着这个中秋节能快点到来，他迫切需要休息一下。这段时间，林子昂连着好几个晚上失眠，他曾经以为，失眠这种事情对于他这样一个三十岁的年轻人而言，是不应该发生的，但很遗憾，这样的事情还是发生了。

是的，就这么不经意间，林子昂三十岁了。

有一次，振华控股几个高管在饭局上闲聊，正好说起各自的年龄，杜铁林便做了一番点评。说到林子昂的时候，杜铁林说，子昂这个年纪好啊，三十而立，可以正式冒头了，但同时，你还很年轻，还有很多风花雪月等着你呢。在杜铁林这番评点之前，上一个说林子昂还有很多"风花雪月"的，正是六哥，而且就是在洗浴中心的大包间里，六哥对林子昂说的这番话。可现如今，说这话的人，又跑去哪里了呢？

亲眼目睹六哥被有关部门带走，这件事情，对林子昂的刺激太大了。或许，六哥是咎由自取，他所谓的灰色地带的"反手打法"，最终还是让他受到惩戒了。但这些，都是林子昂的猜想，因为没人告诉他，六哥究竟是因为什么事情而被带走的，或许，再过几天，六哥就出来了，可能他只是例行的配合调查而已。

想起人们经常拿来调侃的一句话，"出来混，总是要还的"，过去都是道听途说，但如今自己亲身遇见，一个熟人，前脚还在和你说话，后脚就被有关部门带走了。这种感觉，这种惊慌，你试试看？不要说得轻巧，真是遇见了，你受得了吗？

暂时先不管这些了，因为中秋节有三天假期，林子昂便和女朋友晓雯一起回了一趟杭州。林子昂的爷爷奶奶，想看一看孙子的女朋友，听说两人感情稳定，林子昂的父母更是想亲眼见见女孩子的模样，顺便了解一下这位青岛姑娘的性格。

晓雯比林子昂小四岁，大学毕业后在北京一家律所做见习律师，恰好律所的高级合伙人是 AMY 的好闺蜜，说这个女孩子人品好，又长得漂亮，问 AMY 有没有合适的男生介绍。AMY 心里总惦记着林子昂，便着力牵线搭桥，硬拉着林子昂同晓雯见了面。

这些年，林子昂明里暗里也和一些女生短暂接触过，但都算不上正儿八经的谈恋爱。但初见晓雯，林子昂还是动心了，交往了一段时间，更觉得这个女孩子的思路与见解同自己很合拍，但因为年龄的差距，对方天然地很"小女生"，不似当年同龄的修依然那般给他很多压力。除此之外，林子昂内心也想尽快走出那种"浑浑噩噩"的"鬼混"状态，觉得再这么纵容自己苟且下去，怕是真的会失去正常的恋爱心了。此番下了决心，与晓雯好好相处，也是林子昂与修依然分手那么多年后，内心认定的最正式的恋爱关系了。

说起修依然，林子昂后来也打听到了一些消息。他的这位初恋女友，英国读书完毕后，又去了美国读博士，如今已经定居美国，并且结婚生子。听说修依然已经做了母亲，林子昂心里的滋味挺复杂，想起当年的各种你侬我侬，到最后，自己的心上人还不是变成了别人的太太，变成了别人家小孩子的妈妈。只不过这种想法一蹦出来，林子昂立马警觉，觉得自己太狭隘了。既然你们俩走不到一块儿，那人家姑娘总归要结婚，总归要嫁人的呀。

只是，林子昂觉得，过去真是年少无知，那些个所谓的纠结，一旦加了时间轴，再难过的坎，也都被时间给消解了。就像当年两个人所纠结的所谓安全感也好，确定性也好，性格融合也好，如今不都消解在了这些结婚生子的人生流程里了？可能也是因为自己到了三十岁的年纪，加上家里面时不时地催问，林子昂想着，或许真的可以有一个稳定的情感归宿了。

三年前，在工作满五年，正式拥有在北京购房的资格之后，林子昂便在北京买了一套两居室的公寓。家里说要支持一些,买个稍微大点的房子,至少也得三居室,但被林子昂拒绝了。而且林子昂用了一句最简单粗暴的话来回绝父母的好意,"杜总说了,如果连房子首付的钱都付不出,就太丢京华大学的脸了,也丢振华控股的脸。"林子昂的父母也就只好作罢,反正每月付房贷,都在林子昂的承受范围之内。

晓雯的家在青岛,两人确定关系之后,晓雯特意带着林子昂回了趟青岛,见过了自己的父母。女孩子的父母对林子昂很满意,叮嘱两个年轻人多多沟通,说感情是需要慢慢处的。在青岛的那些天,林子昂清晨喜欢到海边跑步,因为晓雯也是跑步爱好者,两人又增加了很多共同语言。

2018年的中秋节假期,和国庆节离得比较近,林子昂原本计划着再请几天假,把假期连成十五天左右,想和晓雯一起去欧洲玩。但因为发生了六哥的事情,林子昂心绪烦躁,便不想特意再请年假外出,尤其不想出去太久,怕影响工作。但他内心又十分渴望出去散散心,思来想去,便做了个短途旅行计划。

其中,中秋节单拿出来,和晓雯一起回杭州见父母。然后,再利用国庆节的七天长假去日本玩,京都待四天,大阪待三天。晓雯心细,已经做好了全程的攻略,并且把酒店机票都订好了。

事情一件一件办,日子一天一天过。

回杭州前,老林给儿子打电话,说:"儿子啊,晓雯是睡咱家客房,还是直接睡你房间啊?你妈说她搞不懂现在年轻人的习惯,所以让我来问一问。如果晓雯睡客房的话,你妈就得整理两个房间,如果睡你房间的话,你妈只要整理你那间就行了。"

"爸,这次我们就不住家里了,我和晓雯住外面,就住在老香格里拉。这样也不影响你们休息,互不干扰。"林子昂答道。

"噢,晓得了。我也觉得这样最好。你妈其实也是这个意思,这样她就轻松多了,到时我们直接外面吃饭见面就是了。"老林说道。

到了杭州,林子昂带着晓雯先是见了父母,又去看望了爷爷奶奶,除了两次家庭大聚餐之外,其余时间都是自由安排。因为就住在孤山这边的老香格里拉,去哪儿都方便,加上有林子昂做向导,晓雯也乐在其中。

酒店的东边葛岭路这里有一个小小的玛瑙寺,看过了几个大景点之后,林子昂特意带晓雯来这里游玩。

"为什么要来这个玛瑙寺啊?"晓雯问道。

林子昂说:"我小时候就喜欢来西湖边上这些个小地方,断桥啊苏堤啊,到处都是人,只有这些小地方才安静。"

晓雯说:"切,我才不相信呢。我看这些小地方,最适合中学生谈恋爱,反正游客少,也不会见到熟人。"

这一路上,两个人打情骂俏,嘻嘻哈哈,竟也暂时忘记了工作上的烦心事。

中秋节的清晨,天刚微微亮,林子昂睁大着眼睛,看着房间的天花板出神。前一天晚上家庭聚餐,回来后林子昂和晓雯两个人闲聊到很晚,聊到兴头上后一阵胡闹,睡觉的时候已经是晚上12点半了。按理这一觉应该直接睡到上午10点钟才起床,但此刻,才6点半,林子昂却怎么也睡不着了。

林子昂索性起床,轻手轻脚地穿好衣服,为了不惊扰熟睡中的晓雯,开房门的时候尤其当心,生怕弄出声响。出了房间,林子昂先在酒店的大草坪晃荡了一圈,接着,便沿着北山路往西走,没几步路,就走到了孤山附近。

孤山这一带,林子昂打小就常来,尤其喜欢到这里的西泠印社旧址玩耍。既然已经到这了,林子昂便按照既往的行走路线,过了西泠桥,径直往西泠印社走去。

这条线路,林子昂闭着眼睛都认识。从前门进来,便能看到石坊正梁上"西泠印社"四字,着了绿色,在后面的竹林映衬下,更显幽静。林子昂穿过石坊,再上到小盘古,略作停留,继而走到隐阁那里,这里有一处建筑名为遁庵,取的是西泠印社创始人之一吴隐的别号。庵堂柱上有一隶书六言联,为张祖翼所写:"既遁世而无闷,发潜德之幽光。"这对联,字面上的意思,林子昂打小就记在脑子里了,但字面背后的深意,小时候不懂,以为自己长大后能懂。如今三十岁了,林子昂再看这副对联,好像还是体会不深。

遁庵边上还有一汪小池塘,取名叫做"潜泉"。在这汪小得不能再小的池塘里,如今养了不少小金鱼,在水里四处游弋,自得其乐。过去上中学时,林子昂考试考得不好的时候,就会自己一个人跑到西泠印社这里,坐在这潜泉旁发呆,一坐就是半个小时。偶尔有游人过来,以为这小男孩有啥想不开的,便会特别留意,但看这潜泉的水就这么浅浅的一小汪,料想也没啥好担心的,便自顾自地散去,也压根不会把这个呆坐在石头上的小男孩太当回事。

林子昂又来到了这潜泉旁,像是回到了自己的少年时期,在池塘边的那块石头上,呆坐着。清晨的阳光,穿过松柏老树的枝条与针叶,又穿过翠竹的缝隙,照在这一汪池水上,也照在了林子昂的身上,进而,池水里便映出了他的身影。

林子昂就这么目不转睛地看着池塘里的那些小金鱼游来游去，间或着争抢一番，继而又各自游弋。此时此刻，宁静恬然，应和着周边的景致，林子昂想着应该彻底地静一静，但脑海里，还是抛不开那些杂事。呆坐了半个小时，他没有如以往那般找到什么灵感，林子昂终于明白，当年考试考砸了，只要一来这"潜泉"，痛定思痛，下一次考试必定就能打个翻身仗。如今自己长大了，事情变复杂了，连老朋友"潜泉"也帮不了自己了。

　　正苦恼中，晓雯打来电话，问林子昂去哪里了？怎么一睁眼，自己的男朋友不见了。

　　林子昂在电话里哄了晓雯几句，挂上电话，感觉今天在这里也不会有什么心灵启发了，便起身回宾馆。从孤山走出来，路口就是钱塘苏小小之墓，再过去点就是武松墓。林子昂小时候最搞不明白的就是这件事，一个苏小小，一个武松，两个八竿子都打不着的人，为什么坟墓却要挨得这么近？实在是搞不懂。

　　回到房间，林子昂发现晓雯还躺在床上，披头散发着，肩膀也露出一大截，便轻手轻脚地走到床边，想逗逗她。不曾想，林子昂刚走到床边，晓雯瞬间不再假睡，一把拉过林子昂，拽到床上，半生气半开玩笑地说道："说，大清早的见谁去了？"

　　林子昂说："我去看武松墓了。"

　　"啥？武松？你给武松扫墓啊？"

　　"不是扫墓，而是我请武松来收拾你这只小老虎！"林子昂说道。

　　两人又是一阵胡闹，方才消解了晓雯的不开心。但不得不承认，有家的感觉真好，就这么短短两三天，在杭州家中休息调整一番，林子昂终于还是放下了不少心事。如今，就等着国庆长假快点到来，

10月1日一早,两人就可以搭乘国航的航班直接从北京飞大阪了。

因为第二天一早还得上班,中秋节当天的晚上,林子昂和晓雯乘坐高铁从杭州回北京。在高铁上,晓雯依偎在林子昂怀里,问道,工作上的那些事情,要不要紧?如果特别重要的话,我们还是待在北京吧,不一定非得出去玩的。

林子昂说,能处理好,不用担心,我们就在日本开开心心地玩一周,什么也不用多想。

晓雯便说,你事业心那么重,跟你们老板一样的工作狂,你肯把工作扔一边?

林子昂说,我跟我们老板不一样,我没他那么优秀。

此时,列车已经过了江苏,转而进入山东地界,再往前,就是泰安了。林子昂把脸贴在窗玻璃上,往窗外看去,天上挂着硕大的一轮明月,只是列车飞速前进,即便到了泰安,因为是深夜,也未必能看得见什么景致。脑子里幻想着,中秋月圆夜的泰山,月光皎洁,山姿巍峨,其实在这高铁车厢里往远处看,除了黑乎乎的一片,还是黑乎乎的一片。加上车厢里的灯光总是那么明亮,其实是外面的人看车厢里面更清楚。但林子昂心里想着,好歹,那个月亮,总在那里跟随着。

中秋节休整完毕,振华控股北京办公室里,忙忙碌碌,一切如常。林子昂埋头处理手头的工作,盼望着把眼前这几天的工作忙完,赶紧迎来国庆节假期。

杜铁林这几天都在上海,根据公司日程计划表,9月28日周五,杜铁林会搭乘上午9点的早班机从上海到北京,中午12:30约了华大银行的行长李明波一块吃饭。李明波作为杜铁林的发小和最好的朋友，这些年和振华控股业务往来颇多，据传最近还要官升一级，即将担任华大集团的高级副总裁。杜铁林说约着国庆节假期前和李明波见个面，颇有点提前祝贺的意思，吃饭的地方就定在离李明波办公室不远的国贸三期。

杜铁林上飞机后，给司机王哥发了信息，说已经登机了，大概11点准时到。林子昂在办公室将几份文件资料放在一个档案袋里，交予王哥，让他接到老板后转交，以便杜铁林在车上可以看一下，下午3点半公司还要开会讨论。这些都是例行的日常工作。

司机王哥接过材料，一看时间9:45，便直接下楼开车去首都机场接机了。林子昂也着手准备下午的会议，并处理其他工作事宜。

时间不知不觉就到了11点，航班管家的行程提醒，杜铁林乘坐的航班已于10:45提前降落北京首都机场。林子昂估摸着杜铁林11:15就能坐上车，他准备11:40给杜铁林打电话，说一下工作上的事情，做个请示。

时间到了11:35，林子昂的电话突然响起来，一看是司机王哥打过来的。林子昂刚接通电话，就听到电话那头司机王哥急吼吼的声音："子昂，老板没接到，电话也打不通。"

"什么？什么叫没接到？可能还在摆渡车上吧。"林子昂听了也有点慌，但电话里却让王哥别着急，再等等看。

"小林总，杜总这趟航班10:45就到了，直接停靠廊桥，不用坐摆渡车。我见着好几个上海口音的乘客推着行李箱出来，上去问了，就是跟杜总一个航班的。"司机王哥语速飞快地说着，"而且杜总坐头等舱，又没托运行李，按理说11:15就能出来了。我怕是杜总手机没电了，就等到现在，这都11:40了，急死我了。不会出什么事吧?"

"不会的,不会的,王哥,你继续等着。我打电话问一下,或许杜总手机掉了,或者上洗手间了,总之,你先等着。"林子昂也有点慌,但马上定了定神,赶紧打电话给薛翔鹤。早上是上海公司的司机送杜铁林去的虹桥机场,林子昂先得跟薛翔鹤说一下。

薛翔鹤接到林子昂的电话,也着实奇怪,连忙说:"我赶紧问一下,机场那边我有熟人。"

挂掉薛翔鹤的电话,林子昂急忙冲到沈天放办公室,但沈天放不在。林子昂立刻拨打沈天放的电话,电话响了好久才接通。

"干吗呀,子昂,啥事啊?"沈天放声线慵懒地说道,边上似乎还有女人的声音。

"沈总,杜总联系不上了。"林子昂在最简短的时间内,将事情经过说给沈天放听。

"问过老薛了吗?老板确定是坐的这班航班吗?"沈天放也开始发慌了。

"已经电话过薛总了,薛总人在杭州,早上是上海公司的司机送杜总去机场的,起飞前,杜总还给王哥发信息来着,就是这个9点的航班。现在薛总正托人询问虹桥机场那边的情况呢。"

"好,好,那就等一下老薛那边的消息,我也问问北京机场的朋友。可千万别出什么事啊!这都什么时候了,可不能再有个风吹草动的了。"沈天放是真的发慌了,"子昂,你在公司等我哈,我现在就往公司走。"

林子昂一看手机,已经12:15了,连忙又给司机王哥打电话。王哥说还是没等到,现在已经是下一班上海飞来的航班的客人陆陆续续出来了,还是没有见到杜总。

此时,薛翔鹤的电话进来了。

"子昂,王哥接到杜总了吗?"薛翔鹤急忙问道。

"没呢,等到现在,都没见人影。电话也还是关机,打不通。"

"我刚问过虹桥机场那边,航班起飞前都是正常的,也没发生过任何突发事件。另外,你把这个事情也告诉下沈总,让他马上托人去首都机场派出所询问一下,他那里有熟人。我刚给李静老师打电话了,李老师没接,估计在上课呢。一会儿我联络上后,再和你说。"

林子昂站在办公室里,不停地拨打着电话。一旦挂上电话,大脑里立刻一片空白,但他知道这样是不对的,必须理清思绪,想好下一步的对策。

沈天放已经在从外面往公司赶的路上了,也托人去问首都机场派出所了,司机王哥那里始终没见着人,只能继续等候着。但愿一切都是瞎操心,真希望这时候杜铁林突然出现,或许他真的就是手机没电了,或者就是手机被人偷了,他去机场派出所报案去了。总之,千万不要出现大家最不希望看到的那个事情,倘若真是,那无疑是灭顶之灾。

已经快下午 1 点了,此时,李明波行长的电话打过来了。

"子昂,你们老板什么情况啊?说请我吃饭,我都等了快半小时了,打他电话还关机了。你没和他在一块吗?"李明波问林子昂。

"李行长,杜总应该 11 点到北京的,但我们到现在都还没联系到他本人。您再稍微等等,我们联系上后,马上通知您。"林子昂跟李明波说道。

"联系不到是什么意思？这不是老杜的风格啊。你赶紧再问问，我等到1点半，如果再联系不上，我就先回公司了。但不管联系上还是没联系上，务必给我个消息。"李明波也有些着急了。

　　办公室墙上的挂钟，指针滴答、滴答地移动着，时间漫长，消逝，滑过，像是一种煎熬。1点半到了，林子昂的手机依旧没有任何讯息，没有电话、没有微信，什么也没有。万般无奈之下，他拨通了李明波的电话，将进展与李行长做了通报。林子昂知道李明波人脉广，又是杜铁林的亲密朋友，或许能帮着打听打听。事已如此，尤其是之前六哥的事情，再加上近期周边类似的事情时有发生，林子昂觉得，往最坏的地方想一想也是必要的。

　　事实上，振华控股内部的管控体系是很严密的，日常业务那么庞杂，但各个板块的负责人各司其职，即便没有杜铁林盯着，日常工作也能有条不紊地运行。除非遇到大事需要向杜铁林请示，其余日常事情，杜铁林其实已经很少过问。

　　但老板在与不在，还是有很大区别的。毕竟，杜铁林是振华控股的灵魂人物，小事他可以不管，但大事他一定得知道。就好比庙里的一尊菩萨，平时菩萨不需要开口发话，大家只要抬头看见菩萨在那里，也就心安了。但如果大家一抬头，发现菩萨不在那里了，那这个庙也就不能称之为庙，凡事也就不能正常运转了。

　　正踌躇中，只见沈天放已经赶到办公室，见到林子昂，连忙问道："王哥还在机场吗？"

　　"还在呢，我让他在那边等着待命。"林子昂答道。

　　"好的，你让王哥就在机场等着，李静老师已经在去虹桥机场的路上了，3点的航班，5点到北京，让王哥接机。还有，薛总正在去萧山机场的路上,一会儿他从杭州直接飞北京,薛总直接来公司,我们晚上在公司开会。但凡问到杜总的事情,先统一汇总到我这边,我们再一起商量,总之,等李老师来,等李老师来。"

沈天放把"等李老师来"这句话重复了两遍,林子昂便觉察到事情的微妙了,原本还想跟沈天放商量几句,却见沈天放呆坐在办公室座位上,开始狠命抽烟,没抽几口,一个电话进来,沈天放又把香烟掐灭了开始接电话。林子昂见状,便退出沈天放的办公室。

此时,林子昂的电话也响了,林子昂一看来电显示,是李静老师。

"喂,李老师!"林子昂立刻接通了电话,将手机放到耳朵旁,右手轻捂着说话。

电话那头,传来李静老师的声音:"子昂,你有杜总公寓的钥匙或门卡吗?"

"李老师,我这边有一套备用的,平时都由我保管。"林子昂答道。

"那辛苦你直接到杜总公寓等我吧。我已经上飞机了,3点准时起飞。我去公寓拿几件东西后,再去公司。"

李静又在电话里和林子昂交代了几句,便挂上电话。飞机准点起飞了。

林子昂接到李静老师电话后,便从自己办公室的保险柜里取出了公寓的备用钥匙和门卡。他稍事调整了一下情绪,拨通了女朋友晓雯的电话。

"晓雯,我晚上没法和你一起吃晚饭了,公司晚上要开会。"林子昂说道,"还有,可能我们国庆节没法去日本了,具体情况,你等我晚上回来后跟你说。"

还没等电话那头的晓雯反应过来是怎么回事,林子昂已经挂上了电话。

此时,墙上的挂钟,指针继续滴答、滴答地走着,一点也没有要停下来的意思。窗外,高楼林立,车水马龙,也丝毫没有一点要停下来的意思。

林子昂想起公众号上看到的一篇文章,有这么两句话,"凡事都有偶然的凑巧,结果却又如宿命的必然。"据说,这两句话出自沈从文的小说《边城》,但任凭林子昂拿出小说仔细翻找,也没找到原文出处。但这丝毫不影响这两句话本身的价值。

其实,沈从文的《边城》是有结尾的。

在小说的结尾,沈从文是这么写的:

> 到了冬天,那个圮坍了的白塔,又重新修好了。可是那个在月下唱歌,使翠翠在睡梦里为歌声把灵魂轻轻浮起的年青人,还不曾回到茶峒来。
> ……
> 这个人也许永远不回来了,也许"明天"回来!

2019 年 8 月 2 日一稿
2019 年 11 月 6 日二稿

后记

一晃十七年

2003年的时候,我对自己充满信心,因为高三时的"一篇作文进北大",加之大学四年的努力,发表文章、甚至出书,对我而言,并没有那么难。在写作并获得名声这件事情上,我没有受过太多的"苦"。在当时那个年纪,尚不知道"苦尽甘来"才是正道,只觉得,是自己的能力和才华在起作用,这些都是应得的。

那会儿,真是"年轻"啊,感觉自己除了写文章之外,还可以做很多事情。但究竟该怎么选择后面的道路,仍有疑惑。临到大四写毕业论文,我有意识地拿张元济、王云五、巴金、邹韬奋四位先贤的人生经历及他们各自在现代出版业中的表现,来做知识分子与时事关系的研究。最后得出的结论,要想消解这个疑惑,光靠读书是不够的,得把自己扔出去,亲身体悟才最直观、最生动。只不过,我没料到,这一扔,就是整整十七年。

感谢我职业生涯的第一步,《新闻晨报》的历练,让我脑子里植下了"产业""经营"这些字眼,在接受这些理念的同时,写作,在客观上,退化成了一种"工具"。在这十七年的最初阶段,真心体会到了别样的刺激,那是写作所产生的快乐无法比拟的。那个时候,我和身边的朋友们,醉心于各种产业思维的熏陶,所关心的,全是这家报纸新创刊花了一个亿,那家报纸改版花了六千万,口头禅也变成了"这个盘子少于三千万就不好玩了","一千万的小盘子就当练手了"……那时,是纸媒的黄金时代,如日中天，没有人会觉得，这个金饭碗还会遇到挑战。

2004年4月，因为一件偶然的事情，我转战到影视行业。彼时中国的电影票房收入也就十亿人民币，规模远不及报业，更妄谈日后的六百亿。当时我身处报业，心系出版业，做的又是书评的工作，无意中看到当时迪士尼的CEO迈克·艾斯纳写的一本书，中译本名为《高感性事业》，发觉真正的传媒产业，影视这个环节怎么能缺呢？于是，便一头扎了下去。这之后，生意上的体会越来越多，写文章的心境，就真的没有了。

2012年初，我去美国培训了整整两个月，算是系统地进行了思考。回来后，一半的精力继续放在影视业务本身，另一半的精力则放在了对资本市场的关注上。当时国内陆续有影视公司、出版集团上市，文化产业资本化道路拓宽，最明显的一个变化，就是周边的朋友渐渐多了许多金融圈的，即便是文化人、文化企业的经营者，也必谈资本，这便是当时的大环境。到了2014年的时候，我亦"下海"投身其中，算是真刀真枪地上了一线。

因为上述缘由，这些年我认识、接触到了各种形形色色的"老板"，有我们自己行当的，也有其他各种上市公司的当家人与大股东，甚至还有"神秘大佬"，其中故事，十分精彩。但到了2017年年底，延续到2018年年中，随着资本市场的剧烈波动，许多过去认识的，或者只是一面之缘的"老板"，纷纷变成了另一种"新闻人物"，从"天堂"跌入"地狱"。这个时候，我才意识到，他们真是把自己的人生活成了"小说"。

因为各种故事见得多了，且放了一个比较长的时间轴来系统观察，清清楚楚地看到了这些"老板"如何起，如何升，如何降，如何灭，我便觉得，是时候把这些故事和感受写成小说了。而且，从我自身而言，也到了非写不可的阶段。

真正动笔写作的时候，也有过不少挣扎。常规的商战小说，着力在背后的所谓勾心斗角、尔虞我诈，实际上，真实的商界故事并没有那么复杂，甚至很枯燥。因而，我更想表达的是这些商战故事背后的一些人性上的反思与检讨。小说里的人物，放在世俗的评价体系里，绝大多数都是"成功人士"，我挺想把这群人的真实状态，把他们的优秀和努力写出来，同时，也把他们的自以为是，把他们的焦虑与不安写出来。尤其是在那些光鲜的背后，那种不被外人所理解的"痛"与"无奈"，那种拥有世俗成功之后的"荒凉感"，希望能有所展现。

远离写作的这十七年，如今回望，还是很有收获的。假使当年不这么选择，依旧沿着专业写作、专业学术的道路走下去，我相信，同样得付出足够的辛苦，才能理解写作的艰辛。它不会因为你起点高了，出道早了，就省去中间的辛苦，就如同办企业，做经营一样，可能因为某些偶然因素，瞬间坐电梯上了高楼，但只要不是一级一级楼梯走上来的，总有一天，都是要还回去的。当然，必须承认，如果没有这十七年的经历，我无论如何是写不出这样一部"关于在中国如何做生意"的小说的。

感谢这次完全出于内心自觉的"写作"，通过写这个小说，我也把这十七年来各种负面的东西，特别是心里的、脑子里的各种杂音杂念，彻底清理了一番。我感觉最内核的那个自己还在，虽然也有不少沧桑，但好像清理一番之后，又有了重新上路的动力与激情。与此同时，我也意识到，这十七年的经历，包裹了一个还很想写文章的内心，这大概也是我自己的真实状态，只是过去，为什么总想着回避呢？

感谢小说完稿之后,给予我宝贵意见的傅星老师、走走女士、彭伦先生;感谢上海文艺出版社和责编陈蕾老师的认可与付出;也感谢这么些年来给予我支持的家人与朋友。

同时,特别想对大学期间对我影响最多的程郁缀先生、曹文轩先生、温儒敏先生、杨铸先生和蒋朗朗先生,说一声感谢。如今,当写下这五位老师的名字,通过这种方式一并致谢后,我感觉,在精神维系上,也终于做了"切割"。余下的人生,都是自己的修为了。

最后,我想说的是,兜兜转转这么些年,我依旧很想念1999年的那个自己。虽然那时候对写作究竟是什么理解得还不够透彻,但那时候真是敢说啊。如今,回望那个起点,内心里觉得,凡此种种,皆有缘由。此刻,则但愿,念念不忘,必有回响。

          陈佳勇
          2020年2月27日

图书在版编目（CIP）数据

老板不见了/陈佳勇著.-上海：上海文艺出版社.2020
ISBN 978-7-5321-7552-9
Ⅰ.①老… Ⅱ.①陈… Ⅲ.①长篇小说－中国－当代
Ⅳ.①I247.5
中国版本图书馆CIP数据核字(2020)第106627号

发 行 人：毕　胜
策　　划：李伟长
责任编辑：陈　蕾
封面设计：丁旭东

书　　名	老板不见了
作　　者	陈佳勇
出　　版	上海世纪出版集团　上海文艺出版社
地　　址	上海市绍兴路7号　200020
发　　行	上海文艺出版社发行中心
	上海市绍兴路50号　200020　www.ewen.co
印　　刷	常熟市华顺印刷有限公司
开　　本	889×1194　1/32
印　　张	11.625
插　　页	2
字　　数	259,000
印　　次	2020年7月第1版　2020年7月第1次印刷
ＩＳＢＮ	978-7-5321-7552-9/I・6010
定　　价	45.00元

告 读 者：如发现本书有质量问题请与印刷厂质量科联系　T：0512-52605406